Staread
星文文化

你的春日晴空，请签收

微凉维夏 著

江苏凤凰文艺出版社
JIANGSU PHOENIX LITERATURE AND ART PUBLISHING

图书在版编目（CIP）数据

你的春日晴空，请签收 / 微凉维夏著 . -- 南京 :
江苏凤凰文艺出版社，2022.12

ISBN 978-7-5594-7112-3

Ⅰ . ①你… Ⅱ . ①微… Ⅲ . ①长篇小说－中国－当代
Ⅳ . ① I247.5

中国版本图书馆 CIP 数据核字 (2022) 第 164789 号

你的春日晴空，请签收

微凉维夏　著

选题策划　谢小禾
责任编辑　王昕宁
特约编辑　谢小禾　陈　纯
出版发行　江苏凤凰文艺出版社
　　　　　南京市中央路 165 号，邮编：210009
网　　址　http://www.jswenyi.com
印　　刷　三河市嘉科万达彩色印刷有限公司
开　　本　700 毫米 ×1000 毫米　1/16
印　　张　22
字　　数　417 千字
版　　次　2022 年 12 月第 1 版
印　　次　2022 年 12 月第 1 次印刷
书　　号　ISBN 978-7-5594-7112-3
定　　价　49.80 元

江苏凤凰文艺版图书凡印刷、装订错误，可向出版社调换，联系电话 025-83280257

目录

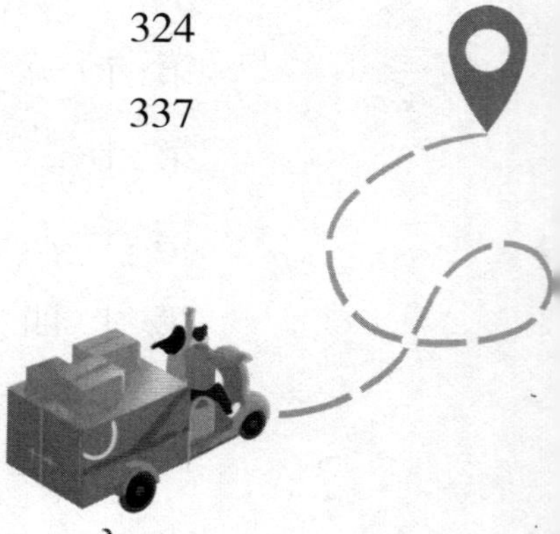

第一章

不服

周末，闹钟依然准点响起，陷在松软被褥中酣睡的林筱长腿一伸，踢开被子干脆地坐了起来。

她揉了揉乱发，留给大脑几秒的混沌时间，冷着脸走出卧室时差点踩到了昨晚负气扔在地上的包。

上班一年，实习期半年，正式进组先后被毙了四个方案，昨天是第五个。

委屈吗？当然委屈，连续十天没在十二点前回过家，拼尽全力做出来的东西被总监姚桓否了后，在组长口中也被批得一文不值，后面还有半数同事幸灾乐祸的眼神。

谁叫她是传说中的关系户，寰宇公司一个实习名额都被各大院校高才生抢破脑袋，最后挤进来的幸运儿哪个不是勤勤恳恳从打杂做起，她却在短暂实习期后就能直接跟组做项目，姚总监骂起人是半点情面不留，但他也是看着她长大的姚叔叔。

大多数同事日常为租房、攒首付发愁，她却住在离公司只有十分钟车程的高档小区，连家有俩娃的组长徐阳一提起她房子自带的实验小学、中学学位，都会两眼冒绿光。

所以别人加班，听到的是“辛苦了，歇一歇”，她加班，大家只会拿“不成功就要回去继承家产”这样百玩不腻的梗调侃她。

烤吐司的间隙，林筱捧了杯黑咖啡想冲醒还在迷糊的脑袋，忽然想起阳台上久未“临幸”的绿植，那是母亲赵清毓上回来视察时，嫌她屋子太过冷清，硬塞进来的。

知女莫若母，赵清毓挑选的都是极易养活的品种，虽然林筱半个多月疏于照顾，大部分绿植靠着飘进的雨水竟也垂头丧气地活了下来，只有一盆最大的阔叶木叶片全黄了。

林筱想起赵女士碎碎念的功力，背后发紧，赶紧在清早澄亮的阳光下伸了个舒展的懒腰。

在已经发展到寸土寸金的高新区，嘉洲花园作为敢打出园林概念的高端楼盘，绿化毫不马虎，风雨环廊的紫藤开成一蓬花瀑，中庭浅水潺潺，名贵树种葳蕤生姿，枫竹掩石，兰径通幽。

林筱住的一期更是周边罕见的小高层，一共只有八层楼，她住六楼，晨风吹拂都带着庭院里的芬芳，对着疏朗有致的景观做了几个深呼吸，林筱吐出心中郁积的浊气。

刚毕业就住高档小区大套间，进业内最顶尖的公司，毫无后顾之忧地拼事业，这样的人生对绝大多数人来说已经满开绿灯，她再抱怨未免矫情。

至于同事阴阳怪气，也有她自身的原因，学设计、学美术的家里条件一般都不错，公司里还有个家境富裕的小美女偏要做前台，却人见人爱，连被批评两句事后都会有人围着安慰，而林筱下班后连约着去喝杯咖啡的伙伴都没有。

林筱觉得，她性格天生不怎么讨喜，很多时候人际交往对她是种负担。学生时代这些缺陷被优异成绩和好看的外表掩盖了，步入社会后，她很快被所谓的办公室文化折腾到疲惫，而据她所知，寰宇已经属于氛围相对轻松的公司。

顶着众人当面和气背后异样的目光，林筱只能埋头苦干，想做出成绩来证明自己不是只靠关系的摆设。可惜她得心应手的顺遂好像在学校用尽了，作为社会新鲜人，林筱接受了现实一次又一次的锤击。

锤吧，锤吧，锤多了也就百炼成钢了！就像她现在已经学会自嘲设计狗不配有周末，喝完咖啡，叼着早餐就出了门。

电梯半晌没来，还停在楼下发出了超时的“嘀嘀”声，林筱耐着性子等了一会儿，想起赵女士的战斗力，掏出手机准备搜盆同款绿植，企图瞒天过海。

与此同时，电梯门终于打开，走出的快递小哥抱了两个大箱子，因为视线受阻，在与林筱擦身而过时，箱子角蹭到了林筱叼在口中的吐司。

望着吐司上那道显而易见的灰痕，林筱觉得本来不甚好的心情雪上加霜，身材高瘦的快递小哥却伸脚钩住了欲关拢的电梯门，飞快地回头冲林筱说了句：“对不起，稍等我一下。”

他头盔未摘，脸上戴着雾霾天常见的口罩，只露出一线被刘海遮挡的眼睛，声音清清淡淡的，隔了层口罩的尾音瓮声瓮气，有些别样的温和。

很多送餐员和快递员因为赶时间，都会这样做，林筱的教养告诉她，不要把工作导致的恶劣情绪迁怒于他人，她默默拿着无法下嘴的吐司，退到了按键那一角。

快递小哥放下大纸箱，腾出手按了 612 的门铃。林筱的邻居是个身材娇娆到连身为女人的她都会多看几眼的美女，还是个离了婚的单亲妈妈。

从不探听人隐私的林筱能知道得这么清楚，是因为上个月对方前夫深夜再次上门闹事，加班晚归的她恰好碰上了，被迫听了几句堪比八点档的往来交锋。

门开后，林筱听到那夜隔门与前夫嘶吼的邻居，用娇滴滴的声音说着：“哎哟，方彦，又辛苦你给我送上来啦。”

电梯超时声再次响起，与过于娇柔的语调一起敲打着林筱并未补够眠的大脑，快递员倒是手脚灵活地在电梯外的往下键上又按了一下，然后缩脚帮人把大纸箱搬进了玄关，踩在关门前钻进了电梯。

电梯门感应到异常再次打开，快递员冲林筱点头致谢，连说了两句“不好意思”，伸手按了关门键。

林筱因为他的靠近退到另一角，还是被从眼皮子底下经过的手吸引了目光，指骨分明的手指修长有力，是双做事的手，不过也是双相当漂亮的做事的手，指缝边……好像还沾了点灰色颜料？

美术生出身的林筱下意识多看了两眼，确定那不是灰，而是灰色颜料。然后她才发现这人比一七二的她还高了大半个头，哪怕用很挑剔的目光来看，他的肩宽、头身比都优秀得不像话。她目光不由得在他被宽松制服遮挡住的腰臀、长腿上转了一圈，内心发出了感叹，模糊看身材都非常出色！

人嘛，总是视觉系的，林筱原本的不耐烦被赏心悦目的外观打散，回了句“没事”，眼睛在他的工作牌上转了一圈——方彦，倒是个好记的名字。

电梯内两人各据一端，林筱脑子恍惚地走了会儿神，现在快递小哥身材都这么好了？而且——快递还给送上门？

林筱白天绝大部分时间不在家，早习惯了去快递柜和驿站取包裹，很久没享受过送件上门的服务了。不过想想那个千娇百媚的邻居，林筱觉得，能多些特权也不稀奇。

方彦送完了嘉洲最后一个大件，抹了抹额头上的汗，才看见同电梯的女生拿在手中的早餐上有脏痕，他回忆了一下刚才错身而过的瞬间，眉心一跳。

“对不起，”方彦指了指她的吐司，“那个……是我弄的吗？”

女生抬头，有双清亮而精神的眼，她礼貌地冲他笑了一下，大概也不常笑，浅笑堪堪挂在嘴角。

“没关系，我自己也不小心。”

“我赔给你。”

“不用了。”

三两句话的时间，电梯到了地下车库，女孩大步走了出去，修长的身段利落挺拔，和她眼睛一样精神奕奕，也透着点生人勿近的冷淡。

方彦往停靠电摩区域的小三轮走去，没想到女孩竟然和他走一个方向，还推出了那辆他停车时会忍不住多看几眼的 C-evolution 电摩托。

据说乱烧钱的土豪才会买来耍帅的车，原来是她的呀！方彦这才发现她挂在肩上的拉绳袋里放的是个头盔。

大长腿的女孩子跨坐在泛着金属光泽的车座上，灰色头盔一扣，只露出一把鸦黑的发尾扫在颈边，画面着实养眼，就连那辆耍帅的“大玩具”都真帅了三分。

都站在一块儿了，方彦想了想，还是擦擦手，把放在前座的纸袋递了过去：“赔你早餐。”

“不用了。”

林筱扫了一眼他递过来的纸袋，看到包装上那个眼熟的咧嘴小人，居然是自己常去的乐莎。她搬来嘉洲后试遍周边烘焙店，乐莎是味道最好的一家，就是老板娘面相冷淡且价格小贵，看来送快递收入也不错。

她诧异的目光被头盔遮挡，只显出了垂头后的迟疑，方彦微笑着说：“你放心，里面还有一层包装，不脏的。”

他这样一说，林筱倒不好拒绝了：“我不是那个意思，我也喜欢这家店的面包。”

事实上，她今早吃的吐司就是乐莎买的，林筱不想平白惹人误会，摘掉头盔后把手套往车把上一搭，取了最上头一个早餐包丢进口中，含混地冲他说了声“谢谢，够了”，就把纸袋推了回去。

她工作后为了多睡几分钟，养成了迅速解决早餐的习惯，吃相很不秀气，一个小面包三两口嚼完，头盔一扣，冲方彦挥挥手，留下一个帅气远去的背影。方彦这才发动自己的小三轮，温温暾暾地跟在后头也开了出去。

被骂归被骂，林筱还是赶着周末两天，兢兢业业地把手上被组长徐阳批过的活又改了一遍，结果周一例会上她的讲述甚至没结束，姚总监就夹着眉头敲了敲桌面，示意换人。

林筱再稳的性子，情绪积压到了顶点也反弹了，追到公司门口拦住了人：“姚总监，我不服！”

跟在姚桓身后的助理和秘书交换了个颇有深意的眼神，他们不会深究林筱的憋屈，只觉得家里有矿的大小姐果然放肆得理所当然。

不要说刚进公司一年的新人，就是林筱他们四组的组长，在姚总监跟前都毕恭毕敬。一个小小的私宅装修方案，姚老师肯去旁听第二次已经难得，林筱居然在被否后追上来叫板，还一路追到了公司大门口，连向来美美地做着门脸的前台王璐彤都忍不住咋舌。

“你哪里不服？”

毕竟是老友家看着长大的孩子，姚桓语气还算平缓，只是收紧的嘴角透出了严厉。

“您不能因为组长资历比我老，就闭眼选她，这不公平！”

林筱两道长眉上扬着，目光炯亮，但她神情坦荡，哪怕倔强着脸，也不显得咄咄逼人。

姚桓却皱起了眉头：“我选徐阳，只有一个理由，就是她的方案比你的好。”

他手指在前台轻轻敲了两下，那是他失去耐心的表现，林筱提气欲问，被他直接打断：“你回去沉下心想想，如果都想不明白徐阳的方案到底比你好在哪里，我只能说你根本不懂设计的本质！那再多的细节和设计感，都只是无用的炫技。”

比起训人，姚总监这番话其实更重，林筱咬着下唇，脸色有些发白，眼底却明明白白写着不服气。

她见姚桓准备离开，不甘心地往前追了两步，还想再说些什么，一个快递员恰好抱了十余个包裹，用肩顶开门走了进来。

小伙子视野受限，没看到斜向来了人，和林筱撞到了一处，手中的包裹散落一地。他下意识虚扶了林筱一把，手指却在碰到她身体前又缩了回去，另一只手只来得及抱住了最下方贴了易碎标志的纸箱，自己却失去平衡，摔坐在地上。

“对不起，对不起。”

他忙不迭地道着歉，林筱觉得声音有些耳熟，只见那人热得刘海全贴在了额头上，口罩遮住了大半张脸，露出一双疲惫的眼睛。林筱记性好，想起是前两日才在小区电梯里见过一次面的那个快递员，是叫……什么彦？

她有些木然地捡起掉在自己脚边的包裹递了过去，方彦迅速确认了掉落的包裹都没有破损，将其他袋子也捡了起来。

平时摆放包裹的地方被挡住了，他就选了盆栽后一处不起眼的地方放下东西，压低声音和正偷偷理着鬓发的王璐彤说：“麻烦签收一下。”

姚桓看了一眼林筱，她这会儿被意外状况打断了气势，站在那儿有些沮丧。他会把话说得那样重，是因为他心里看好林筱，见她被训得垂头耷脑，声音放缓下来：“小筱，好的设计，灵魂都在生活里，你得慢慢学。”

林筱是年轻气盛，但绝不狂妄自大，姚总监能软硬兼施把话说到这个份上，她当然能意识到问题出在自己身上。她为人干脆，一旦认理就不再纠结，脑子里已经全是组长的方案。

姚桓用手中的文件袋在她额头上敲了两下，半开玩笑半认真地说道："你呀，大学毕业就出去了，成绩够优秀，设计也有自己的想法，但做出来的东西却是不接地气的花架子，知道为什么吗？因为你对生活细节的理解，可能还不如这个四处跑的小伙子。"

林筱抬头，发现姚总监随手指的正是那个快递员，他在前台处将待发的文件装袋、扫码，说话还是那样轻言细语，动作却很麻利，交接完更是脚步匆匆。

原本已经走到门外的姚桓往旁边让了让，示意他先走，方彦愣了半秒，弯腰冲姚桓行了个礼，背起放在门外的大背囊，边接电话边往电梯小跑着去，连背影都透出焦急来。

林筱目光又露出几分不忿，不过她想起刚才是自己把人撞了一跤，遂大步走了过去。

"网点最近连着走了两个人，实在忙不过来……不好意思，我今天一定给您送过去……再两个小时左右吧……好的，谢谢您的理解。"

方彦声音依然平缓，脚下却走得飞快，他显然等不及电梯，准备爬楼下去了。林筱绕过他背后半人高的大背囊，招呼了一声："帅哥，对不起啊，把你撞倒了。"

她刚才被姚桓说蒙了，一时没反应过来，这会儿才想起来道歉，态度尤其诚恳。

方彦认出来对方居然是前天骑车的女生，不过想来萍水相逢，她应该不记得包得严严实实的自己，他就当第一次见面般，不在意地摆了摆手："没关系，那个……我赶时间，先走了。"

他话说完，三步并作两步，已经跑到了楼梯拐角。林筱站在安全门那里听着楼梯间里匆忙的脚步声，又想了一会儿姚总监的话，半晌才回了办公室。

傍晚，方彦终于接送完了商用区的单，把小三轮停靠在路边，喝了下午的第一口水。

日头已经疲惫地落在高架桥的边缘，映着行色匆匆汇入晚高峰的人群，微温的水舒缓了干到冒烟的嗓子，方彦决定休息五分钟，摘下口罩取了个面包出来。他慢条斯理地啃着偏干的晚餐，难得在忙碌中欣赏了片刻黄昏，直到一双看起来颇为舒适的限量款球鞋进入视线范围。

"看来你喜欢这家面包店。"

方彦过了几秒，反应过来对方是在和自己说话，抬头看到是有过两面之缘的姑娘，才知道下午她认出了自己。

两人对视上那一霎，林筱也愣了一下，她上回只发现这人身材不错，没想到摘下口罩来，长得也不赖。

方彦不是浓眉大眼的标准款帅哥，但是长眉挺鼻，棱角分明，一双眼轮廓尤其漂亮，只是眸色偏浅，眼距稍开，有种不经意的清淡，正是时下常被鼓吹的高级脸。

林筱不得不说，这样的身材、长相，当快递员可惜了——

“没有模特公司或者星探给你递过名片吗？”

林筱下意识问了一句，方彦被她问得愣住，林筱不是自来熟的人，自己也觉得唐突了，尴尬地笑了一下：“我意思是……”

她一时也找不到话来圆场，方彦笑着把口罩戴了回去：“我就当你夸我帅了。”

他声音天生和软，哪怕语气淡，乍一听也察觉不到其中的不耐烦，倒容易被他笑起来微弯的眼迷惑，觉得他人挺和气的。

“下午的事不好意思啊。”林筱诚心诚意又道了次歉，伸出了手，“认识一下吧，我是林筱。”

方彦觉得眼前的女孩虽然是主动上前来打招呼，却带着随时能把天聊死的僵硬，实在不像爱搭讪的人。不过女生大大方方伸了手，他还是礼貌却飞快地握了一下：“方彦。”

他猜不透这位林小姐有何意图，绕到三轮车的后厢翻出已经被催了两次的包裹，林筱看了一眼贴在上头的标签，问：“你要去嘉洲花园？”

方彦点了点头，没承想林筱接下来说：“那你能不能顺便载我回去？”

她问归问，人已经坐到了小三轮的前座，为了显示自己不会妨碍开车，缩坐着只占了前座三分之一，伸手把手机里叫车的 APP 展示给他看：“我车昨晚忘充电没骑出来，打车排队七十六个人。”

她衣着光鲜，手长腿长，缩在那里怎么看怎么别扭。方彦因为过去一些经历，对品牌略有涉猎，看了一眼她雪白的球鞋，单肩挂着的罗意威双肩包在车扶手上随意剐蹭着，再看看自己这辆押金一千五的小三轮，眉头皱了起来。

林筱察觉到他的抗拒，索性把话说得更白：“我熬了十几天改了 N 稿的方案今天刚被老大彻底否决，还被批评说我对生活细节的理解都不如你。”

“所以？”

方彦眼神更茫然了，察觉到她话里藏着的愤愤不平，觉得莫名被拖下水的自己有些冤。

“所以你介不介意赚个顺风车的外快，我也看看你平时怎么过的？”林筱想了想，又生硬地补了一句，“如果你不觉得我付钱给你是看不起你的话。”

方彦心想，这个女孩说话做事——说好听点是直白干脆，难听点是直接到令人不适。

不过有些人生来拿的就是简易模式，她应该从没看过房东脸色，不用担心职场骚扰，她可能都没挤过贴着肉淌着汗的高峰地铁，也不知道有些人忙完一天，回家先接下家人成筐的抱怨，除了睡觉，唯一能喘口气的时间是蹲厕所的十分钟。

这样的人才会被批一句不懂生活都觉得委屈，突发奇想要看看他的生活就自顾自坐下了，方彦情不自禁瘪了瘪嘴角。他怎么过的？方斗小车，方寸斗室，日晒雨淋，扛上跑下，转眼就是一年。

虽然方彦什么都没说，林筱已经从他熟悉的、带了点嘲讽的目光里猜到他在想什么了，她也不辩解，只是扬起洁净的面孔，把姿态又放低一点，再问了一遍："可以吗？"

方彦既累又赶时间，虽然极其不愿意和人挤一辆小车，但是更没心思和一个姑娘家站这儿为十分钟车程争执，他给自己规定的五分钟休息时间结束，就跨上了三轮，拧动车把后还是说了句："你扶稳了。"

就这样，方彦平凡无奇、机械而忙碌的接送件生涯，因为这个意外的小插曲，在春寒料峭的黄昏忽然变得有些奇幻。

一个住高端小区，在高档写字楼上班，身上随便拎个单件都值上万块的大小姐，在他们两人第二次见面的那天，一起坐在了四面透风的小三轮里。

看得出来林筱也不喜欢与陌生人靠近，总努力将自己往边沿贴去，所以前座即便不宽敞，两人居然做到了没有肢体接触。只是方彦不得不在每次转弯时都减速慢行，免得她失去平衡掉下车去。

就算是这样，她全程也一脸严肃地凝视着方彦，那探究的目光如有实质，好像要把他片片剖开，层层解析，望得人半边脑壳都在发麻。

好在嘉洲花园距离写字楼确实近，方彦开到大门口时同门卫和保安打了声招呼，门卫替他升起栅栏时还熟络地聊了两句天，然后诧异地看见了坐在旁边的林筱。

"林小姐？"

嘉洲花园的物业自诩高品质服务，长住业主门卫都认得，林筱从容地回应了一个礼貌的微笑，仿佛自己与人并肩坐在乱糟糟的快递小三轮上没什么稀奇，然后跟着突突地进了大门。

"到了。"

小区内人车分流，方彦把三轮车停在了快递柜附近，见林筱爽利跳下，拿出手机准备扫挂在车边的二维码，他抬手遮住了。

"算了吧，几步路还要吹风吃灰，我不好意思收你的钱，公司知道也会罚的。"

着急要包裹的人已经等在了快递柜边，见到方彦时态度不怎么好，接过包裹嘴里还嘟囔了两句拖拖拉拉、等半天之类的话，方彦一直和他道着歉，那人就不好意思再揪住不放。

只有和他站得很近的林筱才看得到，方彦半垂的眸子里静如深潭，静到林筱开始觉得，他并不像表现出来的那样随和，反而藏着极大的距离感，是林筱这样不习惯和人多打交道，同样会用礼貌来掩饰的人，才能察觉到的疏离。

方彦锁了车，麻利地把整个小区的包裹都搬出来一一入柜后，只留下了一个小箱子，看来是准备送上门去。

林筱见包裹上写着八栋，正想给方彦指路，他已经熟门熟路地抱着包裹往最近的路去了。

他步子迈得飞快，亏得林筱也是瘦高个，竟也跟得上他的步伐，她在经过自己住的六栋时完全没有要回去的意思。

“你为什么单送这个包裹啊？”

方彦觉得这位林小姐实在奇怪，明明长了张不热情的脸，言行举止也不像拖泥带水的人，怎么偏偏黏上了自己？

他停下了脚步，微微叹了口气：“你方案被毙，和我没有关系。”

“我知道。”

“你总监说的话，可能也就是随手找了个对比的人。”

“是。”

“那你……”

到底对方是女孩子，方彦也不好说出死缠烂打这样的话来，只能收口，却听林筱说：“姚总监眼力很准的，我虽然不服气，还是想知道我到底是哪里不如我们组长，又哪里不如你。”

方彦看着她因为执着而显得生机勃勃的眼睛，还有年轻到发亮的脸，觉得对于充满干劲的社会新鲜人还是要宽容一点，他摇摇头，无声叹息，继续往前走了。

“所以为什么会单送这个包裹？”

某些方面来说，林筱是个很轴的人，有问题就会打破砂锅问到底，而且想到她那个享有特权的美貌邻居，难免会猜测包裹的主人是否又是大美女。

方彦想想也没什么不能说的，就开口解释道：“八栋的杨奶奶耳朵不好，行动也不方便，又喜欢收快递，我忙得过来就会送上门。”

林筱倒没想到他是这样细心的人，愣了一小会儿，两人已经走到了八栋楼下。

嘉洲花园每栋楼都有门禁，外来人员进门栋要么楼上开锁，要么业主提前发送一次性二维码扫码进。方彦走到八栋楼下没有直接按铃，也没用二维码，他拿出手机按亮手电后，对着二楼阳台方向闪了几下，阳台上冒出一个花白头发的脑袋，笑眯眯却超大声地招呼着："小方来啦？"

"杨奶奶。"

方彦又是那个熟悉的欠身，好像过去曾做过无数次，已经定型到了固定的幅度、固定的角度，只是打招呼的声音听上去亲近一点。

八栋是小区的楼王，一楼挑高近六米的大厅，布置了前台和休息区域。前台已经接到楼上的电话，替方彦刷开了电梯，林筱就在沙发上坐着等他，翻了翻手机里的图片。寰宇的规矩很严格，设计只能在公司做，内网传输，林筱用手机翻拍了两套设计的部分效果图，想着总监的话，陷入沉思。

这次方彦上去的时间比她预估的要长，下来的时候还提了袋东西，再走回快递车时，方彦终于负手站定了。

"我要去南四小区，你也要跟着去？"

南四小区是附近最大的一片安置区，属于每个城市高速扩张开发时必有的产物，夹在数个高档楼盘中，像个格格不入实则闷声发财的土地主。

就像所有的安置小区一样，南四的房屋质量一般，环境普通，物业、安保形同虚设，拆迁大户们每人手握着数个套间带一楼门面做吃租大户，租户、商家鱼龙混杂。

林筱沉默了半晌，把手机递给了他："你能不能帮我看看这两个设计方案？"

"我完全不懂。"

"不是平面方案，只是几张效果图。"

方彦见她坚持，颇为无奈地接过了手机，边滑边问："你平时做事都这么较真吗？"

"差不多吧。"

林筱笑了，在华灯初上的光下，那笑容明晃晃的，有了女孩子专属的鲜亮柔软。

方彦确实不懂平面设计，不过他累了一天，不想再被这位大小姐一路探究着跟回网点，只能随便看了看图，问："别墅呀？也对，你们公司那么出名，要做肯定是做豪宅——客户怀孕了吗？"

林筱倒没想到他这么敏锐，点了点头："是，新婚不久的小两口，都很年轻。"

方彦看着，随口问了句："富二代？奉子成婚？"

林筱目光闪动，这属于客户隐私，她没有回答。

"专业的东西我不懂，是我的话，我会选这套吧。"

方彦挑选的正是组长徐阳的设计稿，林筱不解地看着他问："为什么？"

她的方案以婚房为出发点，兼顾了时尚、浪漫，又在婴幼儿安全防护、环保材质各方面都有细致考量，而且造型、用色明显更符合年轻人口味，二十来岁的方彦却毫不犹豫地选了组长的方案。

“年轻的富二代肯奉子成婚，应该是家里长辈更有话语权，而且更看重孩子吧？可能买房、装修掏钱的都是长辈，即使不住在一起，以后也会常去探望。这套虽然没那么漂亮，却中和了老人和婴幼儿的需求，审美也照顾了两个年龄层的观感。”

方彦想了想，指着自己所选那套又解释了几句，“我对玄关最熟悉，这套的鞋柜做得比较高，老人家不用弯腰取鞋，有带软靠的换鞋凳，鞋柜下面的留空加了……这个是叫地脚灯吗？老人、小孩看地面都能更清楚。”

他随便拨了两下图片，点在林筱那套的门把手上：“你选圆形把手是避免孩子碰伤吧？但是另一套圆弧的回形门柄更适合老人握压，抱孩子的人也可以用手肘按下去，像我平时两手抱箱子，就最喜欢这种门把手……”

毕竟不是专业人士，方彦说得都很浅显，不过这些已经足够了，关于适老设计林筱有足够多的专业知识，她只是没想到而已——

就算她和组长一起接待了那对小夫妻，做了调查诉求，她依然没有留意男方开口闭口常会提到的“妈”，没有想过一对小年轻愿意为了孩子结婚背后隐藏的门道，完全没有将老人的需求放入她概念中归于“婚房”的设计里。

“而且，怎么说呢，这一套虽然好看……”

方彦在林筱沉下的脸色里，已经猜到自己选的不是她的方案了，一时没好说下去，毕竟小年轻的工作激情没必要打击。

“请说。”

对于工作上的事，林筱的态度向来诚恳且一丝不苟，方彦斟酌了一下用词，才开口：

“我不懂设计啊，就觉得很像用来吸睛的精品样板间，参赛冲奖的‘作品’，没那么像家。”他想了想，换了个方式，想说得更准确些，“以前没有快递柜，我都要送件上门，越是主人不着家，每次由阿姨接件的，越有你这个味道，怎么说，就是看上去亮眼、大气，但是你坐一坐起身都会想掸灰抚平，没有回家想要的放松惬意。”

林筱咬着下唇，看着自己的设计图，很久都没说话，就在方彦以为自己话说得太重，把人姑娘给郁闷坏了的时候，她骤然抬头，问了一个不相干的问题：

“你每天要跑多少住户？”

“我？同事走了以后，我就负责商业区，住宅小区没那么多……”

“过去呢？”

“过去跑得多，得上门收件嘛，还有住户件不同意放快递柜和驿站，以前纯管住宅区的时候，有时候能上百家，现在每天至少二三十户吧。”

方彦已经收拾东西准备离开，却再次被叫住了，他简直是无力地叹了口气：“还有何贵干啊？我真的很忙，没精力陪你们有钱人家的大小姐玩——”

林筱的注意力却被他的话拉偏：“你怎么知道我是家里有钱？”

年轻漂亮的单身女性，独自住大三居，有风度翩翩的豪车车主偶来探望，总会招惹一些有色眼光，她都懒得解释。

“我有眼睛会看。”

方彦再次长叹，住在这么贵的小区，两万块的双肩包丢车上随便摩擦，偏偏勤勤恳恳做着连周末都要加班的忙碌工作，但是作为羽翼未丰的社会新鲜人，却敢直接和顶头上司叫板。

她明摆着就个出身优越，学了点本事，又难免自视过高，从头到脚都不会让人往包养方向去猜的大小姐。

在方彦把这番话委婉地表达完后，林筱的目光里全是琢磨了：“你是读警校的？”

不然眼睛怎么毒成这样，屡猜屡中？

方彦也是被她磨得没有脾气了，在前座坐下来，取出水杯喝了一大口：“我只是到处跑，形形色色的人见多了。”

姚总监的话再一次浮现在林筱耳边，这一次，林筱终于承认，她在某些方面确实比不上眼前这个疲倦却细心的快递小哥。

“我可以走了吧？”

打扰了别人这么久，林筱终于不好意思了，赶紧让开：“对不起，今天麻烦你了。”

方彦发动了小三轮，晃晃悠悠往小区外开去，走到拐角时不自觉回头看了一眼，只见林筱依然站在原地，浅色的衬衣被晚风吹得微微鼓起，青葱又挺拔，还冲他挥了挥手。

第二章

秘密

第二日中午，林筱准备去楼下吃饭，经过前台时见王璐彤正边喝奶茶边整理要寄出的快递，脚下一顿，走了过去。

“你好，你有昨天那个快递员的电话吗？”

能被选作寰宇的门面担当，王璐彤长得当然好看，笑起来还有小梨窝，而且她家境好，打着及格擦边球撑到毕业，准备随便找个工作混日子等结婚，稀里糊涂应上了寰宇的前台，没想到做得得心应手，就再没换工作。

王璐彤读书不怎么样，但口齿伶俐，八卦先锋，不过知道什么该说什么不能说，所以在公司人缘颇好。

林筱应该是和她话说得最少的员工，倒不是林筱眼高于顶，其实每天进门林筱都会客客气气打声招呼说“早”，走……王璐彤想了想，发现林筱基本都下班比较晚，走在自己后面。其他都是工作上相关的三言两语，除此之外，两人几乎没交流了。

“昨天？”

“就是被我撞倒的那个，高高瘦瘦的……”

“方彦吗？”王璐彤恍然大悟，眼底闪过一丝光，手上倒是飞快地翻开了手机，“你要发快递？需要我帮你发吗？”

“不是，我是想要他的联系方式。”

王璐彤抬头看了一眼林筱，没想到她说得这么坦诚，说起来林筱这人也不是难相处，只是话不多，做什么都是公事公办的样子，很难熟络起来。

可是王璐彤此时八卦之魂在熊熊燃烧，试着说了句：“方帅哥上个月才负责跑维星大厦的，你已经是第三个问我要他联系方式的人了。”

话说着，她已经翻到了手机里昨天发的单，顺利找到号码，林筱边记边随口问了句："要他联系方式怎么了？"

王璐彤只当她是不好意思了，也没点破，反而兴致勃勃说了下去，"我第一次见他就觉得一定是个帅哥，毕竟身高、体形都摆在那里，听说楼上公司有人看到过他摘掉口罩，长挺好的。"

林筱想起昨天看到的那张脸："是长得可以。"

"你看到过他长什么样？"

王璐彤一脸惊讶地问，林筱更惊讶地反问："难道你没看过？"

"没啊，他天天戴着口罩，我上哪儿看去？"

林筱的眉头皱了起来："天天戴着？"

最近雾霾天，又有流感，出门戴口罩的人不少，林筱倒没想到方彦的口罩是标配："这么古怪？"

"帅哥嘛，有一两个怪癖也不奇怪。"

王璐彤觉得林筱的态度不像对人有意思，又见她按号码在搜微信，忍不住多说了句："你前头那两人试过了，他不加微信的。"

"哦？他不通过那我迟点给他打电话吧，谢啦！"

林筱很潇洒地关了手机，再次向王璐彤表示了感谢才准备出门。或许是"看上"快递小哥这件事让林筱接了点地气，王璐彤也实在是好奇心浓厚，就鬼使神差地开口问："你要去吃中饭吗？一起啊。"

她话说完就后悔了，毕竟林筱平时都独来独往，从没见她和谁在非公事上有交流，没想到林筱只是愣了一下，问道："我准备去浅草，可以吗？"

王璐彤把桌上物件一收拢："他家定食我超爱！"

和一个健谈的前台小美女共进午餐的结果，就是林筱迅速掌握了方彦已知的所有信息，包括他是本地人，住南四小区，刚负责维星大厦一个月，公司彩平组和设计六组都有小姑娘对他有意思，楼下广告公司一个大姐更是一眼就看上了摘掉口罩的他。

"你不是也看过他的脸吗？是不是帅得石破天惊，看一眼就忘不掉那种？"

王璐彤大眼扑闪着，亮晶晶的，林筱歪头想了一下："不算太帅，有他的特点，没你说得那么夸张。"

维星大厦这一片号称C市新的CBD，俊男美女一抓一大把，相比那张脸，林筱对他身材印象其实更深。王璐彤见她并不像有所保留，而是真的不太在意的样子，啧啧有声。

"现在这社会，是个人都会扬长避短打扮一下，五官稍微端正点，都自恋得恨不得把脸挂头顶上，我喜欢方小哥这样朴素低调的，就是穷了点……不过没关系，钱可以自己挣，天然帅哥嘛可遇不可求。”

林筱觉得王璐彤说话有点好玩，微笑着听她叽叽喳喳，一个话少另一个自己都能聊，两份餐吃得热热闹闹。

叫林筱没想到的是，吃完她才发现王璐彤已经把账给结了，还笑眯眯地说：“我是公司第一个请到你吃饭的人吧？必须给我这个荣幸！”

林筱刚工作时，母亲赵清毓因为不放心，把家里做了快二十年的周姨直接派过来，照顾了她四个月。周姨能在赵清毓的刁嘴下掌勺多年，厨艺绝非一般水准，于是林筱每天都带着堪比大餐的午饭上班，晚上加班还有人闪送热乎乎的汤盅到公司来。

刚工作的林筱觉得每天有学不完的东西，有人管饭确实节约时间，并没有反对。只是赵女士一片好心，也间接把女儿排除在了用餐队伍之外，虽然她长得可以，引来过一两个动了点心思的男同事，在邀约失败又听闻她的家庭背景后也纷纷打了退堂鼓。

时间长了，到饭点再没人喊林筱一起，今天确实是她进公司后第一次和同事约饭。

两人回去时经过星巴克，习惯了有来有往的林筱问王璐彤：“你请客吃了午饭，我请你喝咖啡？”

“好啊。”

王璐彤大方应承，点单的时候她随口问了句：“要不要给你们组的人也带杯回去？”

办公室里大家请喝饮品是常态，林筱喝过几次也会买一回，听王璐彤提议自然同意了，准备像往常一样挑几种常规口味买了，没想到王璐彤“噼里啪啦”帮忙点起了单。

“两杯冰美式，一杯馥芮白少冰，摩卡半糖加脱脂奶，冰摇柠檬水换花草茶，香草星冰乐加覆盆子糖浆，我要燕麦拿铁，谢谢。”

她点完才冲听晕了的林筱眨了眨眼：“我经常帮忙点的，大家口味我都记得。”

“全公司？”

“差不多吧。”

林筱看着王璐彤笑起来的样子，还真像旁边宣传册上堆起的奶油，甜滋滋的却不腻，她不得不承认，被人讨厌或许不需要太多理由，但能人见人爱还是有道理在的。

林筱和王璐彤提了咖啡回去，组里的人常规道谢，伸手来取的时候大都愣了一下，最后那杯热量之冠的星冰乐被留了下来，最年轻的小邹指指里间：“这是组长的，正好她让你回来以后去找她。”

看了一眼喝下去会让人有犯罪感的高热量饮料，林筱犹豫了一下才端了进去。徐阳一见她手中樱花粉的超大杯，呻吟了一声：“林筱，你太坏了！”

她嘴里是埋怨，却双手把星冰乐接了过去，开盖舔去了奶油尖，有点贪心的吃相让三十好几的人倒像偷吃糖的小孩，与平时严肃的外表不符。

尤其她边吃边欲盖弥彰地吸了吸肚子，又忍不住叹了口气：“每次都管不住嘴，回家再为这点放纵要跑五公里，还是你们年轻人好，什么都敢往肚子里吞。”

林筱迟钝地意识到组长在和自己闲聊，只能摇摇头：“我是易胖体质，要是喝了这一大杯，照样要跑五公里。”

徐阳抬头看了她一眼，眼底流过丝笑意，林筱虽然是姚总监塞进组的，但徐阳并不讨厌她。起码不是想象里肩不能挑手不能提的娇小姐，人虽然傲气了些，也有骄傲的资本。

用最老土的话来说，林筱是有天赋的，有后台有天赋还能这么努力更难得。徐阳颇为感叹地调出了自己的方案：“姚总让我和你聊聊你的方案，还有，你别老是加班，要学会劳逸结合，能在工作时间把事都做完也是一种能力，你年假都没休呢！”

昨天林筱勇拦老大的事迹已经传遍公司，徐阳倒是一笑置之，没放在心上，没想到老大转头把疏导工作都布置给了自己，唉，上头有人罩是幸福啊！

林筱闻言，脸上有些不自在了：“组长，昨天是我鲁莽了，你确实比我考虑得周到。”

她将方彦所说再结合自己的方案，简明扼要地说了一遍，徐阳平静地听着，默默压下了心中的惊叹。

她知道总监是在刻意打磨林筱，就是徐阳自己在林筱这个年纪，连连受挫也难免倦怠。这姑娘不过丧气了半天，今天又这样神采奕奕，还自省总结完毕，多可怕！

家世、学历样样拿得出手，还这么拼，真是不给老人家活路了！徐阳怀揣着满腹要被后浪拍死在沙滩上的唏嘘，喝下了一大口甜津津的冰沙。

恒通快递在开发区的网点就在南四小区内，四个铺面打通的店，除了进门一张“L”形台面和一排高柜，后头全是仓库，货架、地面堆着大大小小的纸箱、打包袋。网点外横七竖八停了六七辆小三轮，已经看不出原色的遮檐篷结了厚厚的蛛丝油垢，吊着两盏天黑后亮起来惨白的灯，像对入夜就翻起来的硕大白眼。

方彦打完卡，替三轮车充上了电，又看了一眼那个沉重的等人高的大长条纸箱，上头有个压出来的豁口，依稀看得到里面是棵大绿植。

他下午发现包裹破损时，觉得收件人姓名有些熟悉，给对方打电话没接，顺手看一眼微信，发现同一个名字在申请加好友。

林筱……方彦再想了想，那个骑着电摩托的背影和坐在自己小三轮里的身影同时浮现了出来。

他皱着眉通过了验证，对方头像是张素色系的家居照，方彦把破损包裹拍了一张照发了过去，然后写道：您好，包裹被压坏了一点，里面像是绿植，您什么时候在家？最好当面签收看有没有破损。

结果那个主动加他的人一整个下午都没回应，直到他拉着破了的箱子回到网点，准备收工，林筱的信息跳了出来。

她可能手头还在忙着什么，发的语音，背景里有物件碰撞的声音，上完一天班的人，声音依然清脆："抱歉，才看到你消息，我十五分钟能到家，今晚都在。"

方彦觉得林筱虽然不是那种叽叽喳喳的小女生，但有种偏静的生机盎然，像长势很好的植物那样，带着知道该往哪儿生长的笃定，而不像这里的大多数人，是生活不知在何处的瞎匆忙。

不过她那样脸上都写着富足和坦途的人，自然活得阳光充沛，又怎么会不知道生活在何处。

他想了想，没说自己下班了，毕竟纸箱是他不小心压破的，哪怕他内心很认同同事猴子的吐槽，最烦在网上买这么大盆栽的人，重得要命，还容易压坏，坑人坑己！

六年留学生涯，林筱虽然不像很多同学，仿佛去读了个新东方似的，练得一手好厨艺，但也能做一些简单的三明治、炒饭。林母隔一段时间就会分门别类给她寄来煲汤的材料，冷冻冷藏分别对应编号，她只需要取出来往砂锅里一扔，定好时，下班就能收获一锅老火汤。

方彦电话打过来的时候，她刚盛出一碗熬到汤浓肉烂的鸡汤，鲜美得舍不得放下碗，按着免提边听边喝了一大口。

"美女，你方便下楼一趟吗？"

林筱叹息，虽然称呼都是美女，自己这样的"美女"到底比不了隔壁的真美女，没有送货上门的待遇啊！

不过经历过国外一个包裹等六天，最后被人隔着围墙扔进院子后，林筱对国内服务业几乎不挑剔，何况对面还是昨天对她颇为宽容还帮忙解惑的方彦，连忙应道："我马上下来。"

方彦的小三轮再次停在了那辆写满了"我很贵"的C系电摩边上，林筱没让他久等，一分钟不到就出现在车库，她人高腿长，一件随手披上的薄风衣，愣是在安静空旷的车库里踩出了走路带风的T台气场。

林筱远远就见方彦在看自己的摩托车，因为太多人问过，她走到近前顺口解释了一句："我会骑它是因为不堵车，还好找车位。"

方彦心中暗叹，真是个听上去好似合理，却又让人想仇富的理由。

“东西太重，所以辛苦你下来看一下，确定不退货我再帮你搬上去。”

方彦掏出小刀划开了纸箱和里面气柱上的胶带，林筱才知道，自己刚才的“美女论”好像小人之心了。

快递的纸箱虽然压破了，里面那棵天堂鸟问题倒不大，只折断了两枝小茎，关键隔着裹了数层的薄膜和气柱，林筱也看得出高度、叶片大小和阳台上牺牲了的那棵相差不大。

“没问题的。”

方彦二话不说，抽出卡在车顶的小拖车，把纸箱抱了起来。这一大棵绿植还裹着土确实有分量，他人虽清瘦，劲却不小，手臂因为用力还隆出了肌肉线条。

林筱想伸手帮忙，方彦瞟一眼她米色的风衣，让开了：“别弄脏衣服。”

看他还算轻松地将纸箱放在了推车上，林筱跟着他走进了电梯，忍不住问：“快递员是不是需要很大力气？”

方彦扶着拖车歇了口气，平淡地说：“做久了自然就行。”

这是方彦第一次进 611 号房，和隔壁一样的户型，但林筱的屋子一点都不像女孩子的家，虽井井有条，有种太过整洁、冷清的感觉。

“需要帮你搬进去吗？”

林筱想起他一个大男人抱着绿植都隆起的肌肉，估计分量真不轻：“阳台，谢谢。”

她虽然感谢，却留了个心眼，把门大敞着，自己站在玄关。方彦搬着天堂鸟往阳台去，闻到开放式厨房飘着的鸡汤香，房子霎时有了温度。

把东西搬到阳台，方彦就看到那株已经从盆里起出来的枯植，叶片开裂发黄，根茎全蔫了，他见新的这棵是带土送来的，就顺口问：“要我帮你把旧的带下去吗？”

“啊——那麻烦你了。”

林母昨晚下了指示，说过两天会来 C 市，林筱怕了她的念功，连夜把已经“牺牲”的盆栽给挖了出来，累出了一身汗，还没来得及扔掉。

她想起方彦去八栋送快递，也帮忙把垃圾带下了楼，觉得这个人有时候很热心，有时候又很有距离感，真是个矛盾体！

她走神这一小会儿，方彦已经把纸箱里的天堂鸟搬了出来，再把死掉那棵塞了进去，还顺手拿了放在阳台上的扫帚把灰土也扫了，倒进纸箱。

林筱有点不好意思了，赶紧过来想帮把手，方彦已经清理完了，还顺便提了句：“天堂鸟喜阴凉，这种阳光直射的阳台不合适，你最好挪个地方。”

“谢谢啊。”

"不用。"

他轻松地抱起盛了枯枝败叶和干土的纸箱，快步走到门外放上了拖车，几乎没在房里落下什么尘土。

帮忙都帮得这样细致贴心，林筱自然得送客，隔壁的门恰好也开了，林筱那位美女邻居穿了件拼色裹身裙，婀娜生姿地走了出来。

如果说林筱是长得不错，邻居舒南就是货真价实的大美女，嫉恨的人总说她长了张俗气的二奶脸，那也是一般女生站在她跟前会被衬到寡淡的艳丽，她个头不算高，身材前凸后翘，有恰到好处的熟女风情。

用赵女士的原话来说，二十五岁的林筱和隔壁的尤物比起来，就像白长个的学生。

她一见方彦，嘴唇一勾，很熟稔地打了招呼，然后问："哟！方彦，这么晚还送货呢？"

方彦应了一声，拉着推车进了电梯，舒南和林筱打了个招呼也跟了进去，她家中响起了奶娃娃震天的哭声，被门板隔弱了七成，都显得气势惊人。

"淘淘怎么了？"

方彦的问询里也透着熟悉，舒南皱了皱眉，叹气都叹得很好看："没听说过夜崽不离娘吗？不舍得我出门。"

她伸出蔻红的手指，按了关门键，林筱看见舒南凑到较近的距离要说什么，方彦也弯了点腰去迁就她的高度，画面一时极为暧昧，电梯门恰好关上了，越发令人对那个狭小的密闭空间浮想联翩。

林筱耸耸肩，继续回去喝她的鸡汤了，等收拾完了房间又看了会儿书，她想起家里的面包快没了，换上夜跑的运动衫，准备跑完步顺便去乐莎买点面包和三明治回来。

乐莎开在嘉洲花园东门那条马路的尽头，堪比咖啡馆的上下两层门面，装潢精致，后边还用篱笆圈出了个小院，种了许多花草，繁花时常将木篱点缀得锦绣一片。

林筱进门就见露面必然妆发精致的老板娘坐在后窗边，板着那张好似谁都欠了她百八十万的脸在看什么。老板娘年轻时应该是个美人，身材苗条，肤色是冷调的瓷白，如今瘦到高耸的颧骨，常年郁结的眉宇，盖去了曾有过的秀丽，显出刻薄的苦相来。

乐莎据说是家开了多年的老店，价格比隔壁街知名连锁还贵三成，老板娘更是态度欠佳，生意却始终不错，靠的就是东西真的好吃。

就算是林筱这样在国外吃三明治吃到麻木的人，第一次打包她家的吐司厚蛋烧都狠狠惊喜了一把，之后屡次尝鲜几乎不踩雷，连她过去嫌腻的毛巾卷店里都有款招牌，将芋泥口感做到介于颗粒感与流心之间，加一点海盐芝士，夹着绵密微甜的蛋糕，层次丰盛得林筱每个周末都愿意为它跑几公里。

不过林筱总觉得乐莎的店面开得太大，盈利空间很小，这家店连着老板娘本人都给她一种排场大到像存心做给人看的感觉。

林筱顺着老板娘专注的视线看过去，没想到竟看到了方彦，他穿着便装，没戴口罩，正在搬动小院那些看起来就很重的大花盆。

说来也奇怪，一旦记住这个人后，好像在哪儿都能遇上他，林筱不禁怀疑，他们是否曾擦肩而过无数次了？

有些人天生就是衣服架子，最简单的衬衣牛仔裤，站在爬藤蔷薇开得如火如荼的春深处，只有室内透出的一点微光，半明半暗勾勒出清瘦的侧颜，宛若海报大片般的质感。

林筱正想着，方彦却连打了几个喷嚏，画面感被破坏殆尽，而很少正眼看人的老板娘视线始终跟着他在走，目光复杂。林筱难免又想起电梯里邻居凑过去那一幕，心想，这个方彦是不是特别招熟女喜欢？

乐莎的老板娘虽然黑口黑面，两个看店的小年轻却伶牙俐齿，很会做生意，今天店里余下的品种格外少，林筱只挑了两袋吐司，准备付钱的时候，小姑娘又给她推荐了收银台边包装好的小酥饼。

林筱拿起小方罐看了两眼，方彦恰好也走进了店里，他满头大汗，灰色衬衣被大块的汗渍浸湿，服帖得像第二层肌肤粘在劳动过后偾张的肌肉上，收银的小姑娘都忍不住偷偷在瞄他。

"你好，买单。"

林筱的酥饼递在空中没人接，只能提高一点音量，小姑娘才回过神来，脸红红地低声道歉，赶紧替她扫码。林筱心想这人虽然不是什么大帅哥，身材确实养眼！

方彦看到她也很诧异，原来那天她说自己喜欢这家店不是托词。林筱正要和他打招呼，看到老板娘拿过来一个大牛皮纸袋，里面装着各式面包，还有个塑料袋里全是牛奶。

林筱注意到方彦没有付钱，接过东西时道谢的话比对客户还要客气三分，老板娘也是说一个字都嫌多的样子，总之两人气氛怪怪的。

她跟在方彦后面出了门，看着他扫开了路边一辆共享单车，纸袋太大放不进前框，方彦皱起眉头看着那一袋面包，眼眸里的复杂竟与老板娘方才注视他时如出一辙。

要从他身边经过，林筱觉得不打招呼也不好，只打招呼又太干巴，就问了个好，说："我说今天东西这么少，原来都在你这里了。"

方彦望着她跑完步汗涔涔的脸，还是那样精力充沛，仿佛每天都有使不完的劲。

他笑着把纸袋递了过去："介不介意帮我分担一点？"

林筱愣了一下，分享食物在她的概念里是要很亲近的朋友才可以做的事，而方彦只是一个有过几面之缘的路人，不过他有双笑起来格外柔和的眼睛，让人很难拒绝。

"那我拿两个吧。"她随口问，"你喜欢什么口味？我拿别的就好。"

这么简单的问题方彦却沉默了很久，沉默到林筱都有点尴尬时，才轻声说："我不喜欢吃面包。"

即便是林筱这样不多事的人，也难免脑补出很多东西来了。方彦一看就知道她想歪了，说道："老板是我……小姨，我每周会来看她一次。"

林筱在他那一两秒的停顿里感觉到，事实远不止这样简单，不过她不是好奇心重的人，立刻为自己显而易见的歪念头道了歉："对不起。"

方彦笑："你又没做错什么。"

他又递了一次纸袋，林筱不再矫情地从里头选了自己爱吃的几款口味，和他道完谢，继续跑着回去。

方彦目送着她小马尾一甩一甩，轻快地跑远，才戴上口罩转身往相反方向骑回家。

他就住在南四小区，一套顶楼加盖的带厕所单间，二十平方米左右，离网点步行三分钟，屋外一侧堆放着灰扑扑的杂物，另一侧有十来盆自他来后被照料得长势甚好的花草，让蓬头垢面的天台多了些生机。

每次从乐莎回来，方彦的心情都不会太好，他习惯了每日把自己累到筋疲力尽，但见完方乐婷，比身体更累的是心。

他伏在天台的栏杆上，木然地俯视着楼下，一对慢腾腾散着步的老夫妻，几个拖着有气无力脚步回家的晚归人，还有吵嚷着溜滑板而过的孩子，滑板下的闪光轮在夜色里炫目到刺眼。

方彦垂着发沉的肩推开了家门，室内非常简单，上下铺的铁架床，小方桌，两门的旧衣柜，老式冰箱旁边堆了三箱不同口味的方便面，唯一的凳子上放了个电磁炉。

房间其实收拾得很干净，只是楼房已经上了年份，墙里墙外沾满楼下炒菜做饭熏上来的痕迹，还有梅雨季将至的湿潮，一眼看去暗淡又陈旧。

胃里传来熟悉的隐痛，方彦随便拆了个长条的面包咬在嘴里，把剩下的都丢进了冰箱。他麻木地嚼着，从暖壶里倒了杯水，胡乱吞送下去，就算搞定了晚餐。

洗漱完毕，方彦去外头浇了几盆花，躺床上看了会儿书，疲惫的身体在拉扯着他的意识，人却睡不着。

他皱着眉等胃痛慢慢缓解，看着上铺那块已经瞧过无数次的老木板，每一根毛刺、每一个疤眼的位置他都记得清清楚楚，里面仿佛残留着他这些年过得寡淡无味又单薄的人生。

两天后，林筱再次光临乐莎时，收银的女孩子一眼就认出了她，在她买单时主动搭讪："美女，你认识方彦啊？"

林筱面无表情时，看上去有酷酷的御姐范，气场十足，学生妹一般的小姑娘迟疑了一下，又补上一句："我前天看见他在门口分你面包了。"

"算吧。"

林筱不知道她怎么定义"认识"这件事，不过她知道方彦的名字、职业，有他的电话、微信，说过几次话，应该算认识吧。

"你们很熟吗？"

"不熟。"

女孩的蠢蠢欲动被林筱没什么温度的嗓音差点泼熄，她边扫付款码，边低声嘀咕了一句："可是方彦来店里看老板娘这么多次，我头一回见他跟人分东西呢！"

她到乐莎打工已经两年了，一开始觉得方彦长得可以又好说话，动过些念头，可是她方法用尽，怎么都和他熟络不起来，渐渐明白这个人在心里对人划了一条界线。

"你别误会，我对他没有别的想法，就是……"

小姑娘一时也不知道该怎么讲，她早被打击得渣都不剩，天涯何处无芳草？方彦并没有帅到石破天惊值得她干耗的地步，她只是不好说自己现在纯粹是好奇加八卦。

"他撞坏过我早餐一次，可能想赔我吧。"

"哦……"

小姑娘拉长的声音里透着失望，林筱是她眼熟的客人之一，话不多，大长腿，眉眼沉静，那晚见她和方彦站在门外，两人都瘦瘦高高的，看上去很般配，她还以为自己发现了什么，原来是想多了。

林筱没准备再聊下去，一旁做咖啡的男孩子倒接上了话："要我说，老板娘对这个儿子是真不好，每次来都黑着脸，话都不肯多说半句，亏得方哥脾气好，还陪她去医院……"

他话说一半，可能觉得有客人在还提老板娘去医院不好，又咽了下去，已经转身准备离开的林筱却被动听了闲话。

儿子？那晚方彦不是说老板娘是他小姨吗？

"又不是亲儿子，后妈而已，而且老板娘也离了……"

女孩声音越说越小，毕竟是老板的私事，不过这么几句也足够林筱捋清楚事情了。不知为何，林筱觉得方彦那晚说老板娘是他小姨没骗她，那么小姨变后妈，再离婚，光是听听林筱都觉得这过往太狗血复杂。

难怪他在迟疑之后，选择了“小姨”这个最简单的身份告知，而听柜台里两人的语气，似乎并不知道方彦与老板娘还有这层关系。

那一瞬间，林筱有丝奇异的感觉，就像小时候你从谁口中得到了一个秘密，难免会觉得与秘密中主角的距离拉近了。

第三章

急病

往回走的路上，林筱去快递柜取了包裹，自然又想到方彦的事。她从小家庭和睦，父母恩爱，对破碎家庭的孩子有本能的恻隐之心，再大些知道对于心中有伤的人来说，同情反而是令许多人不适的情绪，就收敛了。

“喵呜——”

路边有人在学着猫叫，打断了林筱思路，一个膀阔腰圆的大个子趴在前方木栈道上逗弄着什么，他见林筱走近了，知道自己块头大占路，连忙站了起来。

这几日升温快，空气湿度越来越大，时不时还下阵雨，嘉洲花园的植被密，小道旁的树木散发出过于浓郁、湿润的气息，在夜里扑面而来，仿佛置身丛林。这一处的路灯恰好被两棵枝繁叶茂的桂花树挡住了，树影幢幢，那人背光而立，林筱有遇见了一头熊的错觉。

“是……611 的林小姐？我是周卓雄，社区的。”

他出声问道，向光亮处走了两步，一张黑黝黝却和善的脸露了出来，只是脸上和头发上都沾了些泥叶。

周卓雄接近一米九，这样高大的身形还是很有记忆点的，林筱认出他确实是社区的工作人员，之前人口普查和垃圾分类宣传都上过门。没想到他记性这么好，居然连她的房号都记得。

“你好。”林筱发现他打量了自己一下，尤其是提着东西的右手，又憨笑着堵在路中间，欲言又止，只能主动问，“有事吗？”

两人脚下的木条缝隙里传来了一声细微的猫叫，周卓雄又趴了下去，嘴里絮絮叨叨说着：“预报说今晚有大雨，我外婆惦记楼下流浪猫上个月生了崽，让我来看看，结果我不小心惊到了猫，其他小猫跟着妈妈跑了，有一只掉进缝隙里被管道卡住了。”

林筱这才看到道旁有一处防腐木裂了个七八厘米的小口子，猫崽应该是从那里掉进了下水的空腔里。

“我手掌太大伸不进去，刚才搞卫生的大姐想帮忙，手臂又短了点，不过她把手套留给我了……”

他看了一眼丢在旁边脏兮兮的劳保手套，又看看穿着浅色运动服的林筱，后面的话不好意思说出口了，他已经在群里找了物业，还是等人过来帮忙吧！

没想到林筱扯了个塑料袋一垫，就趴了下来。

“我试试。”

她的手修长却纤细，稍微缩一下就伸进了破口，又将手退了出来，目测深度和猫崽所在位置，戴上已经看不出原色的棉纱手套，感受了一下厚度，觉得小奶猫应该是挠不破。

戴了手套以后，手进去要困难很多，林筱用了几成蛮力才挤了进去，然后整个人都贴地趴下，凭借着记忆将手臂尽量往下伸。

周卓雄打着手电从隔壁木板的缝隙里照着替她指方向，嘴里还哄小孩似的念叨着：“崽崽不怕，不怕啊，马上救你出来。”

他明明是个粗声粗气的大嗓门，却捏着嗓子小声哄一只听不懂人话的猫，还学了两声猫叫，林筱半张脸都贴着地，还是想送他个白眼，好在手指很快就碰到了一团软物。

“那是它的后腿，你往上抓着它肚子试试，轻一……”

他话没说完，林筱手指往水管边沿撑了撑，扣住猫崽的臀部一用力就把它“拔”了出来，然后灵巧地改抓为提，两指捏住挣扎的小猫的后颈，从木头缝隙里挤了出来。

“看看受伤没。”

林筱把猫放进他手忙脚乱捧来的外套里，是只黑白斑纹的猫崽，湿答答的，拼命抠抓着衣服，发出“喵呜喵呜”的喊叫。

“这么有力气，应该没事的。”周卓雄咧嘴笑出两排大白牙，“谢谢你啊，我马上带它去检查。”

林筱拍拍身上的灰就准备拿东西走人，周卓雄看了一眼她放在旁边的面包、水果，还有快递小箱子，说：“我送你到电梯那儿吧。”

这点重量对林筱来说还好，不过周卓雄手更快，已经单手抱起了纸箱和她搁在纸箱上的水果。

林筱其实不喜欢这样自来熟的热情，何况也没几步远，周卓雄却已经攀谈上了：

“我外婆就住前面八栋，每次打雷下雨就惦记院子里的猫……”

嘉洲花园里常有流浪猫出没，一开始物业赶过，但不少业主私下会喂养，关于流浪猫的问题，大家意见不一，时常会起争执。

“这小家伙的妈妈是只黑猫，生了四只小猫，我本来想等小猫大一点找找能领养的人，再带它把疫苗打了，做好驱虫和绝育。傍晚老太太看预报说之后几天都是雷雨，让我找到它的窝放点吃的，没想到差点害了它。”

周卓雄嘴一张，就滔滔不绝，他口中那只黑猫林筱见过，还算温顺，但很怕生，她虽然对于喂养流浪猫一事持保留态度，但周卓雄的安排听起来靠谱。

“我常在车库消防通道的暗角看见那只黑猫。”

“那它有可能把‘家’挪去那边，我待会儿去看看。”眼看着快到楼下了，周卓雄才吞吞吐吐问道，“林小姐，你和舒……舒南，就是住你隔壁的……你和她熟吗？”

周卓雄皮肤偏黑，就问这么一句话，借着路灯都能看得出他耳根黑里透出了红，林筱就明白他的热情和好记性原来都是醉翁之意不在酒。

“没说过几句话。”

这是今晚第二次有人问林筱和一个只说过几次话的人熟不熟了，她有些头痛地想，自己看起来像是知交遍天下的人吗？

“这样啊。”

周卓雄并不会隐藏心事，声音里的失落都快溢出来，正说着，林筱已经刷开门到了电梯口。

“我不送上去了。”他怕林筱误会自己是为了舒南才帮忙拿东西，还解释了两句，“木道要明天才能修，我回去守着，等物业来放警示牌，免得有小朋友经过卡着脚。”

林筱接过他手中的东西，说了声谢谢。进电梯时，周卓雄怀里的猫又弱弱地哼唧了两声，她想了想还是说道：“我小时候听人说，幼崽如果被人碰了，母猫就不会要它了。”

周卓雄连忙应下：“我知道，我会想办法给它找个主人的。”

林筱点点头，上楼了，等她收拾好东西去阳台浇水，看见周卓雄果真门神般杵在栈道边，低头哄一哄猫崽，又仰头望着隔壁612的窗户发发呆。

搬进嘉洲花园一年时间，林筱和舒南说过的话不超过十句，最多的一次就是遇见她前夫上门闹事那晚，她出来表示已经向物业投诉。

她知道舒南是单亲妈妈，家里有一个育儿嫂刘姐帮忙带孩子，偶尔母亲和妹妹会过来一下。舒母是同坐一部电梯都主动硬聊全程的人，林筱遇见过她几回，都只能保持礼貌回应几个单音。而且舒母打扮得特别时髦，挂着一身的品牌标志，看人总是先扫包或是表，有一双藏不住的势利眼睛。

所以周末的下午，当林筱蜷在沙发里，看着准备开工的别墅材料清单，被窗外的雨声敲打得昏昏欲睡时，突然被舒母急躁频按的铃声吵到，她很克制才没让自己黑脸。

“小林是吧？你认识英文吧，帮我看看这个耳温枪该怎么用？”

舒母递过盒子，林筱已经自612敞开的门里听见孩子在哭，舒母还在喋喋不休控诉着：“保姆偏偏今天请假，淘淘发烧了，他妈妈手机又打不通，我记得量体温是用的这个，盒子上全是外文我也看不懂。”

博朗的耳温枪林筱本来就会用，她听孩子哭得有气无力，想了想，合上了门：“我帮您量吧，看一次就会了。”

“那太谢谢你了！”

舒母连忙把林筱迎进了门，抱着孩子的应该是舒南的妹妹，看上去还不到二十岁，姿势很不熟练，漂亮的五官挤满了不耐烦，孩子也不知是哭的还是烧的，满脸通红，人中已经泛起青紫色，拼命想从她身上下来。

林筱帮忙换了耳温枪套，一面讲步骤一面把探头伸进还在挣扎的孩子耳中，一看温度脸色变了：“四十度二！”

舒母也吓到了，六神无主地说：“怎么突然烧这么高？怎么办？找不到你姐，要不要通知你姐夫？”

她话是冲小女儿说的，小女生哪里拿得下主意，倒像恨不得把孩子丢地上。林筱一看孩子的情况，觉得也不像“忽然”的样子，而且孩子两岁多了，舒母都不会用家中的温度计，猜也知道是带得太少。

别人的家事林筱不想多说什么，但她一听舒母要找孩子父亲，她记得那夜来闹事的男人一脸的凶神恶煞，找他大概率会惹出更大的麻烦。

看着母女俩手忙脚乱，林筱一个没带过孩子的外行也忍不住开口了：“阿姨，你找出孩子户口本，带上水壶、衣服和尿不湿，赶紧送医院吧。”

手足无措的舒母立刻听从了她的建议，进房去收拾东西了，林筱看向更茫然的女孩：“你叫辆车……”

她看了一眼窗外的大雨，再看看屋里的一老一少，迟疑了两秒，改口道：“算了，我送你们去吧。”

女孩被娃娃哭闹得心烦意乱，恨不得有人担事，连忙道谢。

“你接着打他妈妈电话，通了先问清楚有没有药物过敏史。”

她回家迅速换了身衣服，取出鲜少使用的汽车钥匙，想了想，在小区业主群里问了一声，宝宝高烧送附近哪个医院好。

有几个人迅速回复了她，都让就近送三医院，还叮嘱高热可以挂儿科急诊，四十度以上或者有惊厥、抽搐，抱到护士台去，可以插队。

林筱向来不打无准备的仗，见那几个家长热心的回复里出现一系列名词，在等舒家母女收拾时，她一个未婚女青年在网上恶补了关于幼儿高热惊厥等知识。

也万幸她有临时恶补，在车上孩子出现牙关紧咬、浑身僵直时，她喝住了哭号的舒母，边开车边指挥两个大人替淘淘松开衣领，轻抚背部安慰，宝宝才慢慢平复下来。

也是运气好，林筱开到医院急诊区，恰好有一辆车开走，她靠着过硬的技术一把硬卡了进去，见舒母手颤脚软，去后座抱起已经迷糊了的淘淘就跑。

方彦这日恰好轮休，接到舒南求助的电话就赶去了三医院，三医院他是跑熟了的，进门正看见林筱从取结果的窗口挤出来，满头大汗，衣衫揉得全是褶皱，是他见过最狼狈的一次。

医院里戴口罩的人多，他人走到林筱跟前了才被认出来："淘淘怎么样？他妈妈让我过来的。"

林筱见到他先松了一口气，眉头很快又皱了起来，她虽然见过电梯那一幕，也不能以此判断两人关系深浅："淘淘外婆没和我说。"

方彦看着她将信将疑的大眼，想起房东家看门的小狗，警惕又若有所待的样子，他点开微信，随便放了一条舒南交代的语音给她听。舒南娇软的声音还是很有辨识度的，林筱立刻把检验的单子塞进他手里。

"护士已经用过一次退烧药，开始发汗降温了，外婆带着淘淘在排流感的咽拭子，你去四楼采血室排队，咽拭子做完我马上抱他上来。"

"辛苦你了。"

"他妈妈什么时候能到？等检查完了，用药还是她做主好。"

"她在城北，高架太堵，可能还要一个小时。"

林筱风风火火地走了，方彦看着她凌乱的马尾和匆忙的脚步，不得不说这姑娘人好。孩子父母都不在，很多人不敢管这种闲事，她不仅管了，还安排得妥妥当当，没一声抱怨，也没好奇他和舒南的关系。

医院的电梯难等，林筱是抱着淘淘爬楼梯到四楼的，看到方彦就把手中沉重的肉坨坨往他手里一塞，赶紧甩了甩酸胀的手腕。

"阿姨她们在楼下等结果。"她简单地交代了一句，并没有说舒母听说方彦来了，面上立刻流露鄙夷，甚至不愿意上楼来。

方彦单手抱着孩子，从包里掏出一瓶水递给她，林筱愣了两秒，说了声谢谢，拧开一口气喝了大半瓶。

缓过劲来，林筱终于腾出手整理头发，抚平衣服，很快恢复了平时整洁利索的模样。她伸手摸了摸淘淘颈后，摸出一手的汗，方彦侧过身把挎包转向她："里面有纸巾和湿巾。"

身材好，长得不错，还细心体贴，难怪美女和他牵扯不清，林筱在心中下了定义，擦完手又替孩子擦了擦背上的汗。

方彦抱着孩子，一肩高一肩低，背带总是往下滑，林筱看他扶了好几次，在包又一次滑到他手腕上时，问了一句："我帮你先拿包吧？"

抱着孩子背挎包确实不方便，方彦把包摘了下来，林筱将包和自己脱下的外套一起搭在手上，正好轮到他们了。

淘淘烧得脸红扑扑的，却是个大眼萌娃，抽血自然哭得泪眼汪汪，不知多招人心疼。方彦抱着他坐到一旁的凳子上小声哄着，声音低醇如琴，林筱压着棉签，也顺手拍了拍孩子的背，听见身后的小护士们嘀咕着："这一家三口颜值都高！"

"那当然，爹妈长得好，孩子自然也好看。"

林筱尴尬地看了看泪眼婆娑的淘淘，再看一眼戴着口罩哪看得出来"长得好"的"爹"，觉得莫名当了妈的自己有点冤，倒是方彦低低笑出了声。

头一回留意到他时，林筱就知道他一双眼生得漂亮，眼下两人都弯腰凑在淘淘跟前，那双近在咫尺的笑眼柔如春风，拨得林筱心中都一荡。

她无声地叹了口气，看来妈妈的唠叨也没错，她太久没恋爱了，被长得稍微好看点的人笑着看一眼，都有点心跳加速！

舒南做完直播赶到医院的时候，检查结果已经出来好几个了，确诊淘淘是感染乙流引发的高热，而且肺部有湿啰音，建议住院观察两天。

她忙不迭地拉着林筱道谢，林筱不自在地抽回自己的手："没什么事我先走了，你照顾孩子。"

舒南很自然地使唤道："方彦，帮我送送！"

"不用，我自己下去就好。"

林筱脚下走得飞快，觉得她和舒母不愧是母女，热情都如出一辙，真叫人吃不消！

她冲过雨幕跑到车边才想起来，方彦的挎包还在自己手腕上挂着，折回医院却听见舒母正在数落女儿："我早和你说过，家里就得有个男人，郑浩然到底是他亲爹，怎么都比里面那个穷小子强！”

“那是，郑浩然会给你钱，也会请你女儿吃拳头，你也不怕为了那几分钱，把我这条命都卖了？”

“你这孩子，说的什么话？我是看淘淘这么小，你一个女人也带不过来，男人嘛，多少有缺点，他也说了改……”

舒母还在絮叨。舒南显然是怒了，胸口起伏着，手一抬：“妈，我不想在外头和你吵。”

她真跌下脸来的时候，舒母还是怕她的，嘴里啰唆了两句什么，就进去了。舒南靠在米色的瓷砖墙上，鬈发蓬乱，娇颜已经半脱妆，腰肢也陡然塌了下去，像八九十年代港片里加了重滤镜的艳女，有种颓废的美。

林筱觉得这个时候自己不适合过去，踌躇片刻，方彦走了出来，他看舒南那副模样，什么都没说，在她肩头按了按，像是给她打气：“淘淘吃了奥司他韦，已经睡了。”

“一年到头难得请她们来帮一次忙，我不过出门了六七个小时，”舒南苦笑了一声，“亲妈和妹妹还不如一个没打过什么交道的邻居靠得住，还有什么人可以依靠。”

她在顶头的日光灯管下惨白着脸，纤腰一把，我见犹怜地说着无人可依，就是林筱都觉得想上前搂一搂，安抚两句。

方彦却像个不解风情的木头，淡淡地说：“我们从小就靠的自己，现在也指望不上别人。”

林筱想起她在乐莎听到的那几句拼凑的闲话，觉得方彦云淡风轻一句话里，可能藏了不知多少事。

舒南却一扫萎靡，撩发笑了出来：“是，怪我心态一时崩了，对不住，我妈刚才又给你脸色看了吧？”

“我什么脸色没看过？不怕的。”

舒南闻言，把头轻轻挨在他肩上，那画面就是林筱看过去也觉得悦目，毕竟那样美的人，总叫人怜惜，就像那样宽阔的肩，总会叫人想靠上一靠。

可是方彦的手一直守礼地垂在身侧，舒南也很快站直了身子，林筱过去总觉得像她这样的美女，多的是人疼爱，又常见她娇声莺语、婀娜多姿，原来也要硬挺脊梁，努力生活。

方彦这才看到走廊这头的林筱，微微一笑。她举了举手中的包，方彦待舒南转身回病房，才大步走了过来。

“不好意思，把你包带走了。”

“是我忘了，”方彦接过了包，“送你下去吧。”

“不用啦。”

“我留在这里也没用了。”

儿科病房在住院部的十楼，电梯里越来越挤，偶像剧里男士挡在前面圈出一方小天地的剧情并没有出现，只有两个都不喜欢与陌生人靠太近的人下意识缩紧了肩，然后在对方同步的动作里互看了一眼。

林筱被挤得跨出电梯的步子迈得又大又急，出了住院部的大楼，雨已经下得越发大了，劈头盖脸抽打着想冲进楼里躲雨的人。她被逼退回门帘内，才发现方彦没有跟上来，而是和一个穿着白大褂的女医生说着话。

那个医生中等个，短发，看起来有几分面善。嘉洲住了不少三医院的医生，林筱打过照面也不稀奇。方彦投来一个抱歉的眼神，她摊开一只手，示意他随意，转身离开。

林筱的车还停在急诊的侧面，她看着外头的大雨，决定从楼内穿过门诊去取车，没想到刚进大厅，就看见了人高马大的周卓雄。

门庭若市的大厅里周卓雄也高得打眼，林筱见他无头苍蝇般乱转着，想起他那夜问自己是否与舒南相熟时的羞意，还有已经带着孩子住进“新家”的那只黑猫，犹豫了一下还是走了过去。

“林小姐！”

周卓雄回头看到她，惊喜不已，林筱皱了皱眉，说：“叫我林筱吧。”

因为发音的缘故，每回被人高马大的周卓雄喊着像“林筱”姐，她都觉得格外违和，周卓雄倒是从善如流：“林筱，是淘淘病了吗？”

周卓雄是代替外婆的户主身份进的嘉洲业主群，他看到林筱询问两岁半幼儿高热，就想到了淘淘，舒南的电话又打不通，他只能来医院碰碰运气，没想到真找到了人。

“淘淘已经确诊是乙流，住院观察以免发展成肺炎。”

林筱并不热衷于拉红线，更不知舒南对周卓雄是什么态度，没再透露其他消息，周卓雄却死缠不放，啰啰唆唆问了一箩筐的问题。林筱有点后悔自己的莽撞，幸好方彦的电话打了过来，她连忙接了。

“你走了吗？”

“还没，在门诊服务台附近。”

“我马上到。”

林筱又闪避了周卓雄几个问题，方彦救星般降临，他像是抄近路跑过来的，头发全淋湿了，一缕缕贴在额头上，往下淌着水珠，洗得眉清眼亮。

周卓雄和他居然很熟，方彦三两句话就把淘淘的情况全说了，心系佳人的周卓雄也不废话，道谢完就往住院部跑去。

他身材魁梧，皮肤也黑，跑起来有太高的人常见的肢体不协调，活像只笨熊。林筱觉得不厚道，还是偷偷笑了一声，又看了一眼方彦，心想这人也是大方，没将周卓雄视作情敌？

“我和舒南没有男女之情，而且，周卓雄人不错。”

方彦就像她肚中的蛔虫，就凭着她瞟过来略显古怪的一眼，把她心里想的猜了个十足十。这下轮到林筱不好意思了，好在方彦很少会让人难堪，立刻转移了话题：“今天谢谢你了，害你忙到现在，舒南叮嘱我一定要请你吃个晚饭，还有，以后要是有我们能帮得上忙的地方，你尽管说。”

林筱负手看着这个刚说完没有男女之情的人，用很随意的口气将舒南和他自己称为“我们”，挑了挑眉：“吃饭就不用了，帮忙嘛——”

一般人其实都懂，那句“以后有能帮得上忙的地方”和“下回一起吃饭”一样，纯属再正常不过的客套话，林筱两眼却忽然发亮：“我确实想请你帮个忙。”

方彦也没想到她这么不按套路出牌，话都说出口了，别人也确实帮了大忙，只能应下来：“你说。”

“以后周末你收发快递，我能不能跟你一起？”

林筱其实在那晚听他侃侃而谈时，就模糊地动过这个念头，只是和他不熟，不方便开口。

别墅已经按徐阳的方案开工了，具体施工却由林筱负责对接，她最近闲了一些，也看了不少书，总会想起方彦那晚说得头头是道的话，还有姚总监语重心长的教育。

她越想越对方彦这个人以及他的工作好奇，林筱不是个事事有新鲜感的性子，但她一旦对什么产生兴趣，就会恨不得钻进去研究透彻了，现在有人亲手送梯子，她不介意上个墙。

“我们有规定，包裹不能经手他人。”

“我不经手，就跟你一起跑，你说的，只要你能帮得上忙……”

林筱在求人的时候，难得温顺地半仰着脸，她五官好看但偏英气，却有两弯浓密又软翘的睫毛，覆在黑亮的眼眸上，微微颤动着。方彦明知她在装模作样，还是又一次想起了狗狗湿漉漉的眼神，又被她用自己的话堵住了退路，一时不知该怎么拒绝。

“那就说定了？”林筱压根儿不给他后悔的机会，自顾自把话接了下去，“明天你上班吗？我明天就可以。”

“明天我上。”

方彦无力地垮着肩。

达到目的的林筱笑开了，露出两排雪白的牙：“回家吗？送你。”

方彦看看外头的大雨，没理由拒绝她的好意。

林筱的车是辆改装过的揽胜，张扬的正红色，挂的A市牌照，车上坐垫居然是卡通图案，前窗还摆了一排摇头晃脑的小老虎。

她翻出一条造型过于可爱的维尼熊毛巾，递给了方彦，不得不替自己辩解一句：“我妈把她的车给我用了，车上东西也是她备的，我平时骑车。”

方彦从她话里听出了十分不满和一点无奈，是被宠爱的孩子才会有的姿态。

林筱的车开得很稳，她不善于聊天，就按下了收音机，来冲淡一路的沉默。大雨如注，雨刷疯狂地摆动着，两侧车窗被豆大的雨打成帘幕，路边渐起的灯光隔着水雾像一团团化开的斑斓光晕，车内的温度调得刚刚好，电台里放着一首老情歌。

……

I've been waiting for someone new to make me feel alive,

waiting for a girl like you to come into my life.

……

方彦揉了揉发痒的鼻子，还是没忍住打了个喷嚏，他庆幸自己没摘口罩，不然喷上一片飞沫着实尴尬。

“不好意思。”

“没事，你和周卓雄很熟吗？”

方彦在她突兀的问话里才意识到，林筱在努力寻找话题，就很自然地把天聊开了：“还行，他是八栋杨奶奶的外孙，住在对面山海湾，那个小区以前也归我送件。”

林筱记得那个说话超大声的奶奶，原来就是她担心生了崽的黑猫雨天没处去呀。

“我记得你给杨奶奶送过件。”

“她人很好，有一次我送件的时候忽然下暴雨，把别人的件淋湿了，被说了些难听的话，杨奶奶正好也在那里躲雨，你听过她的嗓门，给那人呛得没法吱声。”

林筱听他说得很形象了，都能想到对方被杨奶奶大嗓门震慑的样子，所以他给舒南送上门是因为熟，给杨奶奶送件，是感谢？

“周卓雄在街对面社区上班，每天傍晚都会推杨奶奶下楼散心，你们小区里很多孩子都和他玩熟了，淘淘也很喜欢他。他好像在家排行老二吧，孩子们都叫他熊二，淘淘会喊他熊叔叔。”

两人随意地聊着，林筱发现方彦是个很会聊天的人，不会冷场也不会话痨，让人接得上话，还聊得挺舒服。她其实很佩服这样的人，大概是她从来不具备这个能力，还时常会把天聊死吧。

车很快开到了南四，安置小区没有外围墙，沿街是一排商铺门面，方彦让林筱把车停在了恒通快递那一排，就当带她先认个地。

林筱看了一眼窗外越下越大的雨："你住哪里？我送你到楼下吧。"

"就在前面，"方彦犹豫了一下，抬手指了指自己住的天台，"那个搭了蓝色顶棚的，很近，我带了伞。"

他从包里掏出了套在塑料袋中的伞，正准备拉开车门，想起一件事："你明天别骑你那辆电摩来，太招摇了，被人动了手脚也可惜。"

他看到林筱扶额，用无奈到近乎抱怨的语气说了句："那是我爸硬塞的上班礼物。"

方彦的笑声隔着口罩变得很模糊，林筱只是不希望他误解自己是个骄横的富二代，话说出口自己都觉得不是那么个味，她又压低声音补了句："我不是在炫耀。"

方彦的手指搭在被空调吹得凉丝丝的金属把手上，点头："我知道，我其实有点羡慕。"

林筱并不是走可爱路线的女生，但在她母亲眼里，依然是会用卡通配饰的小孩；就像他都看得出林筱不是会炫富的性格，依然不妨碍她父亲可能只是冲着牌子，给女儿送了一辆不实用却抢眼一流的C系电摩。

是不够了解却尽心宠爱的父母，也是有点嫌弃又扶额接受的女儿，有不需要期盼就轻而易举拥有的爱。

方彦不知道，林筱因为他一句羡慕，心中升起些许酸软。

"早点回去吧，你九点来，那个时间我差不多点好件了，准备派送。"

方彦打开了副驾驶的门，外面的风雨飘了进来，只有一瞬，很快又被关在了门外。林筱把着方向盘，目送他高瘦的身影因为玻璃窗上的雨幕变得弯曲迷离，慢慢走进大雨深处。

第四章

失踪的黑糖

方彦在恒通快递已经做到第五年，他不算特别勤勉的员二，每天正常工作，工资从一开始不足四千到现在八千左右，是因为熬成了老员工，分到发件多的写字楼，而且发展了几个做网店的熟客。

林筱到的时候，方彦正在将包裹分区域装袋，天气转晴，她穿着舒适的运动套装，棒球帽下一张素净的浅蜜色面孔，身段修长，神采奕奕，走到车边二话不说开始帮忙。

“纸箱脏，你在旁边看着就好。”

“我跟着你做，不会捣乱。”

林筱扬了扬手上的劳保手套，以示自己早有准备，脸上有点小得意。方彦大半张脸被口罩遮着，看不出什么表情，只是搬动包裹灰尘大时会听见他擤两下鼻子，林筱忽然想到这人常戴着口罩大概是因为呼吸道的问题，而不是故作神秘。

她来之前，方彦已经和网点负责人赵兴打过招呼了，两人一来一往这么小会儿，其他人纷纷看过来，七嘴八舌地调侃上他们了，看来方彦人缘不错。

“这是我朋友，工作需要调个研，你们别乱开玩笑。”

方彦大大方方地介绍了，林筱与众人问好，大伙见她沉稳少言，气场强大，调笑的话就不好说下去，只是觉得方彦到底不一样，难得来个朋友看起来都不一般。

“我会不会给你添麻烦？”林筱帮他把大件搬上车，压低声音问。

“没事，我们管理不严，像老何孩子放学和周末没人管，租住的地下室光线也不行，田田经常待在网点，电商促销季的时候，也有其他的家属来帮忙加班。”

方彦示意她往里面看，一个扎了双辫的小女孩坐在小马扎上，用一条方凳当书桌在埋头写作业，外头再吵闹也不见她分神。

“我们网点气氛不错的，一些小事大家都睁只眼闭只眼就过了，一年人员流动就不算太大，两三个吧。”

快递员们手下忙着，有人随口抱怨两句最近收件少，下个月工资堪忧，立刻引起共鸣，就齐齐喊方彦请客喝东西，方彦应了下来。

林筱听不懂缘由，不过她习惯多做少说，倒是方彦边做最后的整理，边小声给她解释了一下。

“派件无论轻重都是一块，想要创收最好多揽件，商业区派件多，我们网点范围内写字楼有两块，分在资历最长的老何和我手里。老何负担重，老婆在老家养病，女儿要上学，请客自然找我。”

林筱想起自己上回那个重得出奇的大盆栽，送一趟居然也是一块钱，她记得当时车斗内只有那一件，大概率是方彦特意跑了一趟，忽然有点汗颜。

方彦收拾完了，按惯常的路线开始派送，林筱果然没有骑那辆打眼的电摩，而是刷了辆电动车跟在后面，她很快就猜到方彦为什么会答应她的要求，因为他觉得她根本坚持不下来。

跟到中午一点，已经做足心理准备的林筱也深觉快递员这份工不容易，近两百件包裹，加上接的揽件，方彦几乎都是在小跑着做事。林筱自认身体素质相当不错，依然跟到腿软，这份工就像方彦路上说的，没什么技巧，纯粹是个费时费力的活。

好在林筱也不是踩在云端没见过疾苦的千金小姐，虽然没吃过苦，但是在外求学也是自己装家具修水管，做志愿者时整个假期都在贫民窟，跑工地会撸着袖子和施工方争执对方没按图纸做事，这点辛苦她觉得能撑下来。

方彦把三轮开到小学外面等着收一个件时，指了指马路对面的店面：“你要不要去吃点东西？”

林筱看他掏出了眼熟的面包，眉一扬：“你中午吃这个？”

“方便。”

林筱分别在早上和傍晚遇到方彦，他都是在啃面包，她没多说什么，停好车跑进对面小卖店买了个三明治和功能性饮料，飞快地出来了，过完马路手中的三明治已经吃了一半。

“你不用这么急，我可以等你。”

按规定他们两点前要完成百分之七十的单，今天已经差不多了，方彦不介意等她吃个中饭。

“还没出来？”

林筱记得方彦算着时间提前打过电话了，亏得不是大夏天，否则大太阳下头这样子干等多遭罪。

“当老师空闲时间也不能完全自主吧，可能被什么事耽误了，我们正好解决中饭。”

“你们确实不容易。”

方彦把包装袋扔进旁边的垃圾箱，才笑着说：“我们当然有难处，但是顾客也有很多不满，尤其包裹大量放快递柜和驿站后……大家都不容易，互相体谅吧。”

方彦的脸轮廓分明，却总带点倦色，不笑的时候仿佛凡事都不以为意，但他有双柔和的笑眼，七分的长相靠这双眼都增色十足。

林筱再稳重自持，也是二十来岁的女孩子，皮相对她还是有吸引力的，至少在累翻了又草率解决用餐的中午，对着这样一张笑脸，她心情不算太差。

或许是多了林筱搭把手，方彦这天比平时早一些结束工作，到了网点，柜台里的吴大姐对着他笑逐颜开：“小方，今天大手笔呀！谢啦！”

长柜台上摆着饮品店的几大袋外卖袋，应该才到不久，还看得到里头大块的冰。他看向不远处停车的林筱，她一丝不苟地将电动车摆进路边的线框内，还顺手扶正了旁边两辆歪扭的车。

说实话，他很惊讶林筱能从头跟到尾，没发一字牢骚，他投柜就帮忙递件，送上门的箱子会搭把手，到门边就站在几步开外，从头到尾没有影响他工作，最难能可贵的是只看不说，没有化身十万个为什么。

她显然很累，扣在棒球帽后总是扬着的小马尾都耷垂下来，身前身后都汗湿了，依然迈步走了过来。

“你点的喝的？”

“感谢大家对我的睁只眼闭只眼呀。”

林筱鼻尖都是密密的小汗珠，她伸手从里头挑出无糖的乌龙茶，插上吸管喝了一大口，脸上露出满足又迅速回血的神态，然后取出一杯加奶油顶和奥利奥碎的奶茶，走到始终低头做作业的小女孩凳边，小声问：“我能不能请你喝一杯？”

老何内向的女儿抬头看了看她，她很少听见有人给她东西时是用询问的方式，笑了一下，嘴角有很浅的酒窝。

方彦看小姑娘接了却不动，说：“田田，口味不喜欢你可以换。”

“喜欢的。”小姑娘抿了抿嘴，“我留着和爸爸一起喝。”

“放心，爸爸也有。”

方彦粗略扫一眼也知道林筱是超数量买的，小姑娘这才小口地喝了起来。他也取了一杯西柚气泡，口感正好，没有太甜，这才发现大部分饮品都标了少糖，只有田田那份加了奶油。

“很细心啊。”

“才跟我们前台小姑娘学的，我以前没记过这些。”

方彦摇了摇气泡水，里头的冰块碰撞着发出脆响，抵消着暖春的湿热气。

他相信林筱此举是善意，应该是今早听见大家撺掇他请客，觉得是自己出现带来的麻烦，才赶在他回来前点好了外卖。他扫一眼打包袋上挂的单，两百七十二，其实他们日常所谓请客，不过几瓶冰可乐或者红牛而已，难怪同事感叹“大手笔”。

方彦打完卡，给车子充上电，林筱见他工作结束，就准备告辞。

“请你吃晚饭吧。”

林筱指指那些喝的：“你不是要跟我置换吧？而且……”

她揉了揉酸胀的腰，笑道：“我现在只想赶紧回去泡个澡，然后瘫在床上。”

“看你干劲十足，还以为你收获良多，能继续奋战。”

“其实一点收获都没有，我脑子里想得最多的是防晒抹得不够。”

她的直言不讳逗笑了方彦，他问：“下周还来吗？”

“才跟一天能看出什么？我做事从不半途而废，下周见啊！”

林筱应该是真的累了，回家那么短的距离都叫了车，隔着深色的车窗，她疲惫垂眼的侧脸因为一管秀挺的鼻梁，显出坚毅之色。

方彦挥手同她告别，默默记下远去的车牌，给她发了条“到家后说一声”的微信，五秒钟过后，林筱将行程共享了过来。他握着手机笑了，回头看见刚回网点的老何正弯腰喝着田田举高的奶茶，脸上有困顿又温情的笑容。

到了下个周末，林筱果然如期而至，还骑了辆小牛电动车，换了大帽檐的遮阳帽、一双更轻便的网眼鞋，衣服也是深色的速干衫，站在路边，亭亭玉立。

方彦的嘴角却悄悄抽了两下：“你别告诉我你买了辆电动车？”

林筱拍了拍身下的车：“不是你说那辆太招摇了，我也不能总刷共享，太不方便了，别人说这个品牌挺常见的。”

方彦看了看那辆新车，忽然觉得上周那单外卖也不算什么了：“你记得锁好车，还有电瓶……”

话说到一半，方彦都觉得自己婆妈了，林筱淡定地说道：“销售给我装了 APP 可以防盗，我还加了电机锁，没问题的。”

方彦非常老土地暗叹了一句“有钱人的世界”就收了口，当她花六七千又买了个大玩具吧。

这样搭档过周末收发件的日子，转眼就过了两三个月，两人每个周末都在一起，连网点众人林筱也基本熟悉了。

主管赵兴单身离异，每天管头管脚又抠门，一遇见有人投诉就会把嗓子都念到嘶哑，但心思活络，吃苦耐劳。

老何较为年长，老实憨厚，老婆有严重的风湿，在河南老家养病。他觉得大城市教育质量高，去年把女儿田田先接了过来，生活压力更大了，好在田田懂事又聪明，转校后成绩上升很快。

每天不是跟电脑打交道就是在打电话的吴大姐，做事特别麻利，什么问题单、催单经了她的手都记得，但是嘴碎爱说闲话，得理不饶人。她有个大三的儿子，老公在旁边夜市卖卤味，有时候会提一点素的卤菜来，大家就会敲诈方彦买啤酒，哪怕都知道方彦不沾酒。

脾气最坏的孙白外号叫猴子，瘦小个，才来一年，爱发牢骚爱说酸话，干活也挑三拣四，据说家里有个十来岁的妹妹，所以特别疼田田。

年纪最小的朱宏话少不多事，每天只想赶紧干完活回去和女朋友玩游戏，其他还有两个岗，人来了又走了，林筱没来得及记住。

林筱如今已经对方彦的派送线路倒背如流，能帮他分类装袋，在他收件时准确递上信封、防水袋或是气泡膜袋。

她在吴大姐那里确认了方彦有过敏性鼻炎，因此工作只能长期戴口罩，并不是故作神秘。还知道他在接下写字楼后，又主动承担了一片C类楼梯房，C类是每天爬上爬下最累的区域。

送快递原来赚不了多少，大家都更爱收件，方彦手头发件大户除了办公楼，就是两家做服装同时卖线上的，新款到货或者做特价时每天能发几十单，平时件也不少。方彦为了维护“生意”，给他们优惠到了六块包国内非偏远地区三公斤的底价，完全是薄利走量。

网点快递员们都喜欢南四这边的服装“大户”，东西轻，购买价格不高，万一丢件也有价可循，而最不愿意接的是水深的保健品，不止一个人吃过大亏。

方彦三餐几乎都是牛奶面包或者泡面，经常会忘记喝水，偶尔收二时会买一罐冰饮料，肠胃毫不意外差得不行。不过林筱觉得，他对自己身上的疼痛也不怎么在意，完全没有要养生和改变生活习惯的意思。

林筱不会去对别人的生活方式指指点点，只是在方彦明显胃疼的时候多搭点手，毕竟方彦为了带她，默默把休息调到了周中，相当于间接放弃了一天写字楼工作日的发件。

这些日子，林筱跟着方彦进了上百家公司，去过数个在居民楼和安置房门面里不怎么正规的小仓库，甚至在方彦的介绍下记住了一些门卫、保安和前台的姓氏籍贯。他们遇见过蛮不讲理的挑剔甚至威胁，也有体谅、善意，听了许多“辛苦了”，说得最多的则是“不好意思”和“谢谢”。

周末在周边和方彦同进同出多了，林筱自然会遇见熟人，方彦每天都跑维星大厦，两人碰到了也会打声招呼。连王璐彤都悄悄来问，小筱——对，王璐彤已经自来熟到喊她小筱，光听她用软糯的声音喊出来，会觉得名字对应的该是个可爱的小姑娘，林筱觉得实在太嗲了，虽然在家她妈也是这么喊的。

她问：“小筱，听说你在和方帅哥约会？”

林筱苦笑，谁见过周末均数两万五千步以上的约会，方彦都没让她搬过重物，但她在回家路上依然腰酸腿断，脊背湿透。

不过她说得再坦荡，王璐彤也完全不信她的说辞，反而觉得是她在追人，恨不得替她摇旗助威。

林筱已经懒得解释流传开的绯闻，好笑地问：“他们都说我疯了，你这么激动干吗？”

王璐彤瞪大一双忽闪的杏眼，说：“你管他们讲什么，我觉得挺好，你有钱有才有前途，什么都不缺，找男朋友当然要看颜和身材，何况方帅哥温柔又体贴，做男朋友再好不过。”

林筱默默搓着掌心长出的小茧，轻哼了一声，体贴？温柔？方彦这个人说话看人都慢悠悠的，初时会觉得是有些迟钝的温和，熟了就会发现，那是因为他对什么都无所谓。

件多件少没关系，被骂被赞也不在意，一日三餐、工作生活、身体健康通通没所谓，他在林筱眼里就是缸温暾水，天塌下来也是不紧不慢、不喜不悲地过着。

姚桓下班时经过林筱的桌边，看见摊开的速写小本上，是一幅老居民楼的客厅草图。水磨石地板，齐腰墙裙，房门上对开的两扇小窗还是羊眼圈螺旋风钩，家具挨挨挤挤，摆设凌乱却富有生活气息，最有特色的人造革旧沙发和座钟在旁边，画了单体图。

现在虽然都是电脑测绘了，姚桓还是欣赏能画出漂亮手绘稿的员工。林筱做美术生时留下的习惯，随身常带着速写本，她打小学画画，在美院读了两年才交换出国，底子打得很扎实。而且最近徐阳都在说，林筱的设计变得有温度、有烟火气了。

“总监？”

姚桓见林筱打了水回来，指指她的速写本：“我能看看其他的吗？”

“当然。”

姚桓往前翻了翻，看到了许多玄关、客厅的草图，简化后的小区内道速写，本子后面还夹了两张店铺的平面布局线稿，每页下面都写了日期。

“听说你周末终于不跑公司了，还用了两天年假？”

“我手头的事都做完了的。”

姚桓还在看她图中的细节，笑得很和蔼：“我从来不赞成以加班为荣，而且你妈和我抱怨过很多次，在我这里耽误你找男朋友了。”

“不用理她。”

“怎么，是恋爱了吗？”

林筱警惕地打量了一下顶头上司，确定他不是来帮爸妈探口风的，才坚决否认：“没有。”

“有做积累，不错，”姚桓把本子放回了林筱桌上，在封面上敲了两下，“别把自己逼太紧，工作要张弛有度，小年轻嘛还是得好好享受生活。”

“我现在很享受我的工作。”

林筱答得很真诚，她还在最意气风发的年纪，爱情能有无数可能，对职业生涯有无限展望，而且她没有后顾之忧，错得了输得起，最不缺的就是奋力一搏的勇气。

姚桓颇有深意地看了她半晌，欣慰地笑了笑，心中都不禁唏嘘，年轻到底有拼劲啊！

下班后，林筱顺路骑去乐莎买了面包，刚进小区大门就看见周卓雄正扛着淘淘在骑大马，小朋友坐得高眼睛尖，立刻挥动了小手：“林阿姨，林阿姨！”

林筱一听见奶声奶气的呼喊，太阳穴都条件反射性地抽痛，自从送了这孩子就医后，也不知道舒南给儿子灌输了什么，淘淘出院后见了她就要抱要亲，还学会了一摇一摆来敲她家门。林筱阳台上唯一会开花的盆栽已经被他扯秃了，她昨天坐沙发还被乐高尖角扎了屁股。

而周卓雄不知在淘淘住院那两天下了什么大功夫，小朋友如今三句不离他的“熊叔叔”，时不时看到他出现在对门或者楼下，那么高壮一个人，被小不点指使得到处跑，常顶着林筱不欢迎的目光赔着笑蹭进屋。

赵清毓在和女儿视频时遇见过淘淘上门，自觉保养甚好能和女儿做姐妹的她一见虎头虎脑的淘淘，笑得不知多像慈祥的奶奶，连说让他多过来玩。

林筱事后抱怨，被林母一通批评，说她没有爱心。林筱就不明白了，谁规定了要对孩子和蔼可亲，否则就是没爱心，小朋友事多手欠还闹腾，明明就是又吵又闹心的小恶魔！

不过话说回来，有舒南这样颜值的妈，淘淘长相没得挑，又喂得白白胖胖，他虽然调皮，但不是蛮不讲理的熊孩子，反而很有眼力见儿，加上一张卖萌无敌的脸，永远踩在林筱忍耐的边界线内一厘米处蹦跶。

林筱捏住刹车，停在一大一小面前，才看到跟在后面在玩手机的育儿嫂刘姐。两三岁的孩子精力旺盛，在舒南没有拒绝的前提下，刘姐很欢迎周卓雄出现。

"林阿姨，我可以去你家玩吗？"

淘淘两只手搭在熊叔叔的头顶，撑着下巴，脸颊挤出两团鼓鼓软软的肉，睁着大眼望过来。

"不行，我一会儿还要出去。"

林筱撒谎撒得面不改色心不跳，见他可怜巴巴耷下了脸，掏出一个面包塞过去："请你吃面包。"

淘淘很喜欢林阿姨和他说话的调调，不像其他人总是吃饭饭啊、玩猫猫啊，林阿姨是最不拿他当奶娃娃看的大人，可是他看到包装袋上眼熟的标志，苦了脸。

"是乐莎呀……"

"怎么了？"

"妈妈说乐莎有坏人。"淘淘努力用他的小脑瓜组织语言，"每次从那里过她都说，方叔叔小时候就被坏人欺负，逼他拍照。"

淘淘听得多了，自然认得乐莎的标志，拿个面包在手里都一脸怕怕的表情。

方叔叔？林筱想了想："你是说方彦？"

周卓雄听到熟悉的名字，也颠了淘淘一下："是给外婆送包裹的方叔叔？"

"对呀，妈妈说方叔叔和她一样，很小就开始赚钱，要拍很多照片，很辛苦的……"

林筱第一次留意到方彦，就觉得他身材堪比模特，听淘淘的意思他以前可能真是做模特的，而且和舒南是老相识了？

周卓雄不像林筱话少，直愣愣问了出来："你妈妈认识方彦那么久了吗？"

方彦从一开始就表明了自己对舒南无意思的态度，所以对周卓雄而言，他是能助力的帮手，不过他也没想到方彦和舒南是打小的交情。

"我妈妈和方叔叔小时候就能当'猫特'，很厉害的哟！当然，妈妈现在卖衣服也很厉害，好多人喜欢她的。"

淘淘来的次数多了，林筱自然听说了舒南是个小有名气的带货主播，她那样的脸蛋身材还有声音，很符合林筱对网红主播的认知，想来镜头里更是迷人，什么衣服挂她身上不好看？

可不知为何，林筱最记得的反而是那个傍晚，她靠在医院走廊的墙上，一脸挫败又颓美的样子。

周卓雄被淘淘一说，也想起舒南当初刚搬到嘉洲来，还没离婚的郑浩然上门闹事，物业觉得是家务事只能劝和，她倒是很刚，群内求助并且报警。

他作为社区干事，就在隔壁栋外婆家，自然过去了。其实那天舒南脸上青肿未消，哭得眼泡鼻肿，他也不知道是个大美女，只是觉得可怜就帮了一把。过两天听说她刚开始直播卖货，觉得单亲妈妈不容易，担心她直播间没人理会，准备去买点东西给她加人气，结果开屏就被美貌暴击了。

他现在都记得当时她正被怼，说不就是靠美颜卖脸，她撑着头对着镜头慢悠悠说着，对呀，我离不开美颜，沉迷前置摄像头不能自拔。

有人说她是整容怪，滤镜一关不能看，她摸着上镜的巴掌脸说，这都被你们发现啦，下次给你们开个整容知识特辑，她说完笑得摇头晃脑，像只俏皮又妩媚的狐狸。

那会儿舒南合作的直播间卖的还只是女装，她人美身段漂亮，随便一件上身都能再增色三分。她不是高频输出的主播，反而不急不缓把每件适合的身形、优缺点都讲得清清楚楚，怎么搭配，如何出彩，说起来头头是道，周卓雄觉得自己要是个女人，早就剁手了。

而且她不时巧笑着将难听的言论怼回去，偶尔又卖卖单亲妈妈的惨，有时似真还假地聊聊美容整形，周卓雄看着屏幕上全然陌生又百变的美女，仿佛那个狼狈地和郑浩然吼着大不了我和你同归于尽的是另一个人，可离她抱着孩子一脸枯槁无声哭泣才过去三天。

后来周卓雄和她熟了，知道她没用滤镜没整容，还问过她为什么总在直播间那么说，已经颇有人气的舒南很是得意地说，我这么好看的脸，不说做出来的，别人得多难受？彼时周卓雄早已被那双眸光流转的眼套得牢牢的了。

淘淘还在滔滔不绝，小孩子说话不会藏头收尾，什么都往外说，虽然也说不出什么所以然来，林筱依然认真做聆听状听着他颠三倒四的叙述。

“林阿姨，我告诉你哟，方叔叔以前也是‘猫特’，和我妈妈一样，要读书要赚钱……”

“好啦，淘淘，你再说下去林阿姨就要饿肚子了。”

周卓雄担心林筱又被吵烦了，只能打断了他的话，淘淘噘着小嘴搂住周卓雄的脸，两人一个小小只又白又胖，一个大高个又黑又壮，像不同系列的汉诺塔叠在一块儿，好笑得很。

“你乖，不吵林阿姨，我还带你去找杨奶奶玩好不好？杨奶奶每天都盼着你陪她遛弯呢。”

周卓雄父亲是东北人，他不仅继承了大块头，说话还带北方口音，嗓门洪亮又有点大舌头，开口就活像头憨熊。

淘淘一听有人这么需要自己，立刻故作老成地一挥手：“那我们出发吧！先去看看‘黑糖’！”

“黑糖”就是楼下那只黑猫妈妈，已经带着四个孩子住进了周卓雄替它们安顿在消防通道梯角的“新家”，据说有两只小猫也找好了主人，只等两月龄断奶打疫苗就送走。

林筱一听淘淘愿意转战，大松一口气，回家后却一直在想方彦的事——做模特收入再差，也比一般职业要高吧？她觉得以方彦的相貌身材，是吃得了这碗饭的，怎么送起快递来了？

林筱对快递工作没有任何歧视，但是跟着跑了这么久，正如方彦所说，这就是个耗时耗力的活，职业提升空间极其有限，看得出来方彦也不是出于喜爱，那为什么不选一个收入更高的？

门外忽然传来淘淘震天的哭声，大门被拍得“啪啪”作响，林筱一口红豆薏米粥哽在喉咙，有想骂人的冲动。

“林阿姨，呜……”

门打开，淘淘哽咽着扑了上来，林筱看到他鼻涕眼泪全糊在自己的睡裤上，眼角抽了两下，周卓雄干笑着把他一把抱了起来。

“林阿姨，呜……黑糖和小猫猫都不见了，它们会不会死掉？”

淘淘哭得活像泡发了的肉团包子，林筱目光带刀扫射周卓雄，扫得他都抬不起头来，但他也是一脸焦急。

“林筱，那个猫……猫都不见了，猫窝也打翻了，旁边有拖拽的痕迹，我得去找找，淘淘不肯回家……”

林筱心想他不肯回家干我什么事，可周卓雄和站在后面的刘姐都是一脸为难的表情，淘淘还在旁边号：“我也要去找黑糖和小猫……”

对于淘淘的哭功和倔强，林筱是见识过的，但是她更见识过这孩子眼泪收放自如的能力，她不太情愿地开了口：“我煮了红豆粥，你喝不喝？”

淘淘哭声小了一点，林阿姨不会炒菜，但是炖的汤和粥都很好喝，关键她家有超多漂亮的餐盘，譬如他特别喜欢的那个乔治碗……

“我还烤了吐司，可以夹花生酱或者蜂蜜吃。”

小好吃鬼的哭声霎时又小了一号——

“我准备再榨杯西瓜汁。”

啊！他当想了很久的那个猫咪杯！如果拿来装西瓜汁不要太漂亮！

“一会儿还可以陪你画画。”

淘淘果断地从周卓雄身上出溜下来：“熊叔叔，我在林阿姨家等你，你找到它们要马上告诉我。”

林筱敏捷地闪避了淘淘的扑抱，去烤吐司片切西瓜了。嘉洲的大平层都是中式厨房，再加一个西餐大岛台，淘淘在刘姐的帮助下爬上了弧形岛台旁的高脚椅，洗完手后把两根胖乎乎的小手指凑到嘴巴边，带着才哭完的鼻音奶声问：“林阿姨，我可以用猫咪杯喝果汁吗？”

这孩子皮归皮，大方向的礼貌还是不错的，这也是林筱能忍受他的原因之一。譬如淘淘再喜欢她家东西，从来不嚷着要带回家，每次使用前还会征求同意。她笑着把那只带爪带曲尾柄的猫咪杯拿了出来，还有淘淘上次用过的乔治碗。

“可以，这两个以后都是你专属的。”

在喜欢的林阿姨家拥有专属餐具极大地满足了小朋友，他宝贝般捧着喝了一口，林筱又取了玻璃杯给刘姐也倒了果汁。

“他妈妈出门去了？”

刘姐无声用口型告诉她，在做美食直播。

林筱对主播所知很有限，难免会有些刻板印象，觉得舒南在带货之外，又开始做餐食，无非是要打造岁月静好的人设。

“林阿姨，你觉得黑糖它们会有事吗？”淘淘问。

林筱想了想，没有选择哄骗他，而是委婉地说道：“我希望它们没事。”

因为淘淘长得胖乎，林筱怕他吃太多，将一片吐司切成了数个小三角，然后再给了他一个小软头勺抹酱。小朋友喝着果汁，吃着简易迷你版三明治，很是满足。

林筱又拿出彩铅来，陪淘淘画了会儿画，不过她画的佩奇没有得到淘淘的认可。

“林阿姨，你没看过小猪佩奇吧？衣服颜色都画错了，方叔叔就很厉害，他会画佩奇一家，还会画苏西、艾米丽和瑞贝卡，画得可好了！”

林筱没想到方彦还会画这个，拿出手机搜了一下，提笔又画了十几只小猪，让淘淘自己上色，淘淘就安安静静地埋头涂画了，虽然涂得一塌糊涂。

安顿好了小家伙，林筱打开微信，发现周卓雄已经在业主群里发了信息，询问有没有人见过那几只猫，她想了想，主动加了他的微信。

周卓雄很快通过了，并告诉她自己正在查监控，林筱拿了手机也准备下楼去看看。

“林阿姨，你也要出去吗？”

林筱在淘淘心目中本来就是繁忙的形象，小娃娃倒没多想。

“我要下去一会儿，你甜酱抹太多了，吃完要回去刷牙。”

林筱多叮嘱了一句，淘淘对她是又爱又有点怕，立刻点头。刘姐看时间差不多了，摸摸小不点的脑袋：“淘淘，妈妈怎么和你说的，别人家没人的时候……”

“我不可以赖着。”

淘淘委屈巴巴地嘟着嘴，林筱指了指他手里的盘子：“你端回去慢慢吃，好吗？”

“妈妈说，不可以带别人家的东西回去。”

“是阿姨要出去，辛苦你先端回去，吃完请记得还给我，可以吗？”

“当然可以！”

淘淘振奋地从高背椅上往下跳，唬得林筱赶紧去接，没想到小胖墩还挺灵活，稳稳落地。

第五章

温柔的皮囊

暮色四合，傍晚的嘉洲花园到处都是嬉戏声，挂在树梢的落日给低矮的灌木涂抹上余晖，一切看起来都安宁祥和。

周卓雄趴在草地上，查看着灌木下那层濡湿的积叶腐泥，低声学着猫叫。林筱已经在小区转了一会儿，冷不丁遇上他，听着他努力捏着浑厚的声音学着“喵喵”叫。

周卓雄外表是个绝对的北方大汉，做起事来却热心到婆妈，这绝不仅限于他有好感的舒南一家。

林筱认识他后，亲眼见过他顺手清理楼下道旁的狗屎，帮老人提东西，给小朋友取风筝扎毽子，耐心详细地解答所有来咨询的问题……淘淘偷偷告诉她，他给小家伙读《你看起来很好吃》的绘本，自己先读红了眼。

最厉害的是，林筱亲眼见过他带着一群两岁到五岁不等的孩子，玩得不亦乐乎，孩子是什么？小天使？才怪！

一个孩子是小魔怪，一群孩子是魔王们！林筱见他在孩子堆里混得风生水起，简直叹为观止！

“林筱，你也下来啦？”

卓雄摸摸后脑勺，或许是这姑娘气场太强，他在她面前常有种不敢大声说话的感觉，那和在舒南跟前的胆怯完全不一样。

林筱是典型的人酷话少，目光有时会有很强攻击性的女生，不过和她打过几次交道后，周卓雄渐渐感觉她是面冷心热，就像她刚才明显不情愿，还是收下了淘淘，现在又顶着雨季的闷湿下来帮忙找猫。

“监控查到了吗？”

“有人下午在消防通道口看到黑糖被抓走了，监控已经调出来，但那人戴了帽子看不到脸。”

卓雄两道粗眉打着结，取出了手机里翻拍的视频，只见一个戴蓝帽子的人在通道门后用工具套住了黑糖，飞快地塞进了麻布袋里。

“被撞见后人就跑了，只知道他进了二期，物业那边还在帮忙排查具体楼栋和楼层。”周卓雄叹口气，又点开了另两个视频，“猫窝大概是抓黑糖的时候被打翻了，四只小的受了惊也跑掉了。”

周卓雄翻拍的视频能看到有三只小猫从车库口跑了出去，另一只上了楼道。

“楼道那只已经有好心人带回家，其他三只我还在找。”

林筱也皱起了眉头，这么小的猫靠自己很难活下去，看那人手法是个抓猫的老手，黑糖恐怕——

“你等等，你把抓黑糖的视频再放一遍……”

林筱凝神细看了一遍，暂停在露出那人鞋的位置，又放大仔细辨认了一下。

“清晰度有限，但我觉得是‘宇航员’，耐克和 Tom Sachs 的联名款。”

她查到图片给周卓雄对照着看，果然十分相似。林筱立刻打给了方彦，按着免提，两句话把事情说清后，问：“上周末我们小区二期有人买了三个大件，我记得包装箱上写的是铁笼，他希望你帮忙送到家里去？一起送去的还有一个包装上写的高压水枪，那是几栋几号？”

作为学霸，林筱虽然谈不上过目不忘，但记忆力还不错，她虽然想不起房号，却记得陪方彦送件时在那家门口看到过这双鞋，Tom Sachs 是她喜欢的设计师之一，“宇航员”好歹被炒到了两万加，她就多看了几眼。

周卓雄听得一头雾水，方彦却立刻领会了她的意思：“你怀疑他虐猫？”

“对！”

方彦之后还去那家收过两次件，印象比她深一点：“应该是二期五栋 405。”

林筱听到房号已经往二期快步走去，周卓雄跟了上来：“林筱，我马上打给保安，你一个女孩子不要去了。”

“如果敲开门他不承认，不让你们进呢？”

周卓雄语塞，业主拒绝的话物业的人总不能硬闯，事实上，为了一只流浪猫调看许久监控，保安队那边已经有微词，但是想想网络上虐猫视频里的惨状，周卓雄斩钉截铁地说：“就算擅闯民宅，我也要冲进去。”

他抬臂做了个大力士的动作，冲手机大喊了一句：“方彦，你也劝劝她，女孩子家家别……”

林筱沉着脸，脚下走得更急，她拿定了主意的事从来没有人劝得动，手机那头也有数秒的安静，然后方彦说道："卓雄你找物业查业主信息，我这边查电话，我记得你微信有小号吧？写他的号码下一个上门收件的单。"

"我让你劝她别去，你怎么还安排上了？"

电话那头传来轻笑声，沙沙的，像拂过枝头细叶的风："我可劝不动她。"

林筱的心一瞬间仿佛被风吹起了涟漪，她愣了一秒，脚下没停。

"我就在附近，林筱，你等我二十分钟，我带你上门去收件。"

林筱是习惯冲锋陷阵的人，尤其对方可能涉嫌虐猫，她在硬压心底的怒意。周卓雄还在旁边念叨着安全问题，她站在暮色里，听到方彦轻描淡写一句"我带你上门"，忽然觉得耳朵有些痒，那种微微的、热热的痒。

"好，我等你。"

嘉洲所属风岭社区办公楼就在小区侧门的马路对面，周卓雄作为社区干事，外婆还住在嘉洲，与物业员工早已混熟。他很快问到了405的业主信息，却与方彦反馈回来那几单快递的姓名、号码不一致。

然后周卓雄看着林筱镇定自若地假装物业打给了业主，说要上门做年度满意度调查，语气、用词毫无破绽，对方言明自己人在外地常驻，房子租给了朋友，倒是和快递的信息对上了。

林筱挂上电话才问："你和方彦很熟？"

熟到方彦都知道他有微信小号，那回在医院方彦还只说他是杨奶奶的外孙，难道两人有别的交情？

周卓雄尴尬地挪了挪脚："我想多了解点舒南，也担心他对她有意思，就……就用小号打着舒南朋友的旗号加了他，没聊几句就被发现了。"

方彦向来守时，二十分钟后果然骑着小三轮出现在了五栋楼下，他显然已经在外面跑了一天了，目露倦色，湿透的衣裳贴着他瘦削的肩胛骨，像撑起两弧薄刃。

"走吧。"

他又瘦又高，前头却站了个熊一般的周卓雄，身形骤然小了一圈。周卓雄一脸要上战场的肃然："你们敲开门，确定是他我就冲进去，不给他反应的时间。"

方彦有点无奈："你以为拍警匪片吗？"

林筱冷哼："他不会防备快递员，你等方彦敲开门再出来，就说上门来找猫。"

在打电话和等人的时候，林筱已经想好了说辞，方彦偏头，看到电梯里发白的灯映在她的脸上，比起严肃到夸张的周卓雄，他怎么觉得这一位身上更有杀气，寒森森的，简直让人后颈发凉。

方彦按响了 405 的门铃，周卓雄特意爬楼上来，把一身大块头硬缩在防火门后，探出半张脸来，还直冲林筱使眼色，示意她躲到自己身后，而林筱就像往常一样，站在方彦身后两三步的地方。

“谁呀？”

“你好，恒通快递。”

门开了，是个五官寻常，因为眼角下耷面相还挺老实的矮个年轻男人，林筱第一时间看到地上的联名款鞋，明显是今天才穿过的，门边的挂钩上还挂着视频里同色的棒球帽。

“我没有快递要送。”

张志上下打量着面前穿着制服的快递员，确实是常给自己送件的人，他记得对方的口罩，还有某次跟在他身后的女生，他当时还想过那是不是他女朋友，找个快递员可惜了。

“张先生吧？我是来收件的。”

“收件？”

张志想起手机里方才莫名出现的收件信息，疑惑却耐着性子解释了两句：“我没有下单寄件，是不是你们系统错误？”

他看上去是个很普通的年轻人，穿着时尚，家中有点小钱，言行举止还算客气，完全不像会虐待猫狗的人。

可是嗅觉灵敏的方彦拉下口罩，便闻到了空气中有一丝动物排泄物的臊臭和若有似无的煳味，他扫了一眼张志袖口黏着的几根毛，揉了揉鼻子，冲旁边打了个喷嚏，问：“张先生，您家是不是有什么东西煳了？”

方彦有张温和的笑脸，很容易让人放下戒心，张志只是下意识将门掩了掩：“啊，我在烧水，可能壶旧了，底烧起来有气味。”

“安全第一，您还是先去看看火吧。”

“没事，我确实没有寄件，应该是你们系统出问题了。”

他作势要关门，林筱早不耐烦方彦慢慢吞吞和他对话拉扯，她扫了一眼监控的角度，不动声色地站到了门边，手恰好卡住张志的手肘。她挂着假笑探头，好在明眸皓齿，也不讨嫌。

张志望着林筱“搭”在自己手腕上的手指，喉结轻微滚动了一下，目光在她身体上流连了片刻，而这点时间也足够林筱看清他家中的情形。

405 户型与林筱家很相似，也是开放式厨房，她站在门口就能看到灶台干干净净，什么都没有，而拐角有扇包裹了皮革、缝隙用橡皮条做了密封隔音的房门。

“张先生，你没烧水呀！是不是电路出问题了？”

林筱故作惊讶地大喊了一声，她平时才不会这样大惊小怪，方彦想起两人刚一起送快递那会儿，他为免尴尬没话找话硬聊天，林筱曾提过自己大学时是戏剧社的骨干，没想到还真有演戏天赋。

“我说了没有。”

张志有点不耐烦了，看在女生好看的分上暂时没发作。林筱像是没站稳，往里跌了一步，自己又稳住了，张志趁机扶住了她，手指还在她胳膊上摩挲了一下。

林筱皱眉，闪避开，方彦的手臂拦在了她身前，对张志坚持地说：“还是检查一下吧——”

周卓雄配合满分地及时走了出来：“你好，我是社区的，请问有没有看到一只黑色……”

林筱冲他使了个眼色，下巴一抬，示意他看那扇密封良好的门，周卓雄表示收到。

“咦——怎么有股煳味？”

张志个头偏矮，周卓雄边说边像座铁塔似的往屋里冲，极有压迫感，张志没反应过来就被闯了家门。

待他伸手欲拦，林筱选了个角度挡住了他的手臂：“张先生，我觉得你还是检查一下……”

张志伸手就去推林筱，方彦巧妙地一拉，把正摩拳擦掌的林筱拉到了身后。张志推了个空，自己脚下一个趔趄，稳住了后赶紧去追周卓雄。

“你要干什么！”

不过几步之差，周卓雄已经推开那扇门，腐臭扑鼻而来，还有猫嘶哑的叫声，屋内的情形比他预想的还要惨烈。小铡刀、喷火枪、钉枪等工具看得人触目惊心，笼中、案板上躺着数只伤势不一的猫。

方彦眼明手快地将被用铁丝吊在木架上的黑糖救了下来，它已经被高压水枪冲得虚弱不堪，林筱紧跟其后，一见屋内的惨状也脸色铁青，二话不说掏出手机边报警边帮周卓雄解绑其他的猫。

“你们这是私闯民宅！”

见事情败露，张志就像变了个人，一脸戾气地想去抢林筱的手机，林筱还算麻利地躲开了，只是被他拽住领口，扯掉了一颗衣扣，张志的目光下意识地停留在了她敞开的领口。

“人渣！”

林筱一脚踢了过去，张志没料到她一个女生手脚这么利索，见高壮的周卓雄已经冲到铁笼边救猫，他抄起房门口的球棒就扑了上去，却被人拽住了衣领，他回头看到方才还笑容可掬的快递员眼神冰冷地揪住了自己。

只是转身的工夫，林筱听见“扑通”一声巨响，张志摔倒在地，被方彦半跪着用膝盖压住了手腕，发出一阵哀号。

谁能想到面团般没脾气的方彦会有这么利索的身手，林筱心想，怪不得英雄救美这么老的梗用了这么多年依然喜闻乐见，像方彦这样身材相貌有优势的人，淡然又轻松地一招制敌，尤其动人心。

“谢谢。”

方彦反扣住张志另一只挥舞的手，示意她继续，张志叫嚣得更凶了：“你们报警也没有用！我抓流浪猫又不犯法！倒是你们硬闯我家，还动手伤人！”

林筱录了一段视频，帮周卓雄把另一只绑在木架上被打得奄奄一息的猫放了下来，看到滚落在一旁的球棒上还有打猫时留下的血渍，脸黑得厉害。她知道张志说得没错，他们很难用现有法律来制裁他，可这不代表他有虐杀的权利。

方彦倒是冷静地举着手机拍下了屋内工具、血渍、烧痕，并提醒周卓雄查看放置在桌上的摄像设备和电脑。

“这孙子！刚才居然在直播虐猫！还拍了好多视频在卖！”

被压在地上的张志吼得更凶了：“我和你们没完！我要投诉你们！告你们！”

林筱看方彦重点拍摄的区域，就知道他和自己想到一起去了，她因为愤怒而用力的后槽牙让下颌线都冷硬三分，眼中有冰：“你以为我们会就这样算了？”

周卓雄先送猫去医治了，物业、警察到得很快，方彦终于见识到戏剧社骨干的能力，前一刻还寒着脸在发信息的林筱忽然间蜷着身子，一米七几的个头居然硬拗出了脆弱无依的模样，“强忍泪水”同警察控诉自己陪朋友收快递，却被张志骚扰的事。

“我朋友护着我，和他言语起了冲突，恰好社区的工作人员上门来找猫，劝解了几句，他拿起球棒要打人，我朋友去制住他，不小心撞开了那扇门，太吓人了。”

她记着张志刚才叫嚣的“投诉”，自然要将方彦摘干净，在等待的期间迅速想出了全套说辞，并赶在警方来前用手机发给了方彦和送猫去医治的周卓雄串供。

张志在旁边喊着她乱说、要验伤，她被“恐吓”得脸色惨白，站在方彦的身后，掩了掩凌乱的衣领，还有脖子上被勒出的红痕，红着眼眶说：“我，我能不能告他骚扰……”

她五官秀丽，身材高挑，毫无疑问是个好看的姑娘，眼下故作坚强的模样更惹人心怜，屋内又有那样残忍的现场，看热闹的邻居已经开始拍照、录像，在业主群里抨击起了人渣。

“还有……”林筱眼眶蓄起零星的泪花，丢下最后一根稻草，“我看到他的工具里有改造的管制刀具和气枪，太危险了，应该违法了吧！”

愤愤不平的张志很快被带走了，要带林筱和方彦回去做笔录的警察杨振国见她被“吓得不轻”，说起话来都轻轻的。

林筱整理了一下粘着毛发、留着血渍的衣服：“警察同志，我家就在这个小区，我能不能回去换个衣服？”

“好，记得衣物先不要洗。”

走进电梯，周卓雄的信息发了过来，黑糖骨折、断尾，还有六只猫重伤，其中内伤、开水烫伤最严重的两只，医生建议安乐。

林筱将方才说的结合摄像头可能拍到的情形又和周卓雄顺了一遍，老实人周卓雄这时怒气冲天地一口应下：“我们配合好，一定关死那个王八蛋！”

周卓雄语气凶悍得仿佛能看见他那两个碗大的拳头在舞，林筱应下：“当然不能放过他，而且我也没撒谎。”

张志每次落在她身上的目光，都让人充满了不适。

“我只是把他的歪念头合情合理地‘加工’了一下……”

她慢条斯理地说着，笑容又冷又坏，眼神简直有些许肃杀，哪里还有半分方才的“脆弱”。方彦站在她身侧正在整理警察来时摘下的口罩，突然觉得，她这副模样虽然看起来颇不好惹，却很吸引眼球。

“方彦，我留意过摄像头的位置，视频只会看到你突然往后拉了我一把，把我护住了。”

林筱抬头，忽然掉进了一双含笑的眼睛里。她如今和方彦也算熟了，知道这个人披了张温柔的皮囊，其实圭角不露、波澜不惊，很少有这样能直观感受到他真实情绪的时候。

他在笑，不是对着客户的职业笑脸，也不是日常惯性的微笑，他那双轮廓优美的眼睛，平日里好看归好看，却像封存在匣子里的琉璃珠，有种过于平静的暗淡，现在却笑得濯濯发光，软如春水。

林筱觉得，方彦真的很适合做模特，他有很多张脸，每一张都是他，每一张又不完全是他，共性是都很耐看。就像现在，她明明因为张志一事非常生气，被这样一双笑眼望着，还是禁不住心跳漏了一拍。

她觉得有点丢脸，干咳了两声：“希望不会影响到你的工作。”

方彦没弄明白她突如其来的不自然，只当她是担心张志叫嚣的投诉，这一点他倒是能理解林筱，因为他也是但凡能自己搞定的事，宁可麻烦一点，也不愿打扰到别人。

"不会有事，你放心。"

他平静的声音有让人信服的力量，林筱低头擦干净了手，捋顺了发，把那一瞬的心动不露声色地掩饰过去了。

从警局出来，拿着受案回执的林筱、方彦，又和赶过来的周卓雄去了趟宠物医院。宠物医院的李医生三十来岁，长得斯斯文文，说话行事特别热情，他是小动物保护协会的义工，经常帮忙救治附近送来的流浪猫狗，只收取成本费用，和周卓雄是老熟人了。

林筱看见周卓雄弓着腰蹲在那里摸着几只猫的头，唠唠叨叨地安慰着，然后坐在黑糖旁边，叹气叹得像语重心长的老母亲。

"本来黑猫就不太受待见，哎，偏偏还长得丑，又怕生，现在尾巴断剩一截，走路还不知道有没有后遗症……"

林筱听明白他的潜台词，淡淡地说了句："我听淘淘说，你家已经有三只猫两条狗了。"

周卓雄抱着头，继续叹气："等它好一点，我还是先接回去养着吧。"

虽然肯定会听到老爹的咆哮，不过老爷子咆哮归咆哮，现在退休在家，每天遛狗铲屎倒一点没误。

"我刚问了一下，黑糖半个月左右能好，如果它没有人接手的话，我可以养。"林筱说道。

方彦看了林筱一眼，几分钟前，在询问过几只猫的情况和后续治疗方案，听闻周卓雄已经押了三千块，但可能不够后，她去外头找了李医生开单刷卡。

问题是，他如果没记错的话，林筱对猫狗并不感冒，她也不像那种同情心随时泛滥撒钱还出力的人。

林筱误解了他眼里的疑问，认真地申明："这件事我管了就会管到底，黑糖我如果接回家，会好好待它。"

是了，这才比较像她的调调！方彦看着她郑重其事的样子，又笑了，和这姑娘相处多了就会觉得，她比看上去要有趣得多。

"对了，谢谢你今天拦住了张志，背后偷袭太阴险了！"

林筱练过一些自卫的招数，但张志毕竟是个大男人，能被方彦一招按倒在地，明显和她报班学的小打小闹不在一个段位。

“随手而已，不用放在心上。”

从小家里就教育林筱，跟人道谢时要注视着对方的眼睛，可是林筱看着方彦的笑脸，耳根不知怎的又有点痒，就低头翻起了黑糖的病历。

“希望不会牵连你。”

墙上明亮的灯光照过来，林筱透红的耳垂无所遁形，方彦还能看到她微弯的长颈上站立的细细绒毛。她有张干净又倔强的面孔，会较劲、不服输，偶尔会流露出没有被世事真正捶打过的天真，那让人嫉妒的、一定是幸福长大的人才会有的干净和天真。

方彦不觉把心里的话说了出来：“你比我金贵。”

他说出口了，才发觉自己的话有歧义，歧义还显刻薄，而这确实也是林筱从小到大最不爱听的话之一。

你家什么没有啊？

你的命值钱呀！

千金大小姐多金贵！

等等等等，诸如此类，她已经不会被伤到，还是会觉得刺耳。

就在她眉头皱起的那一刻，方彦又轻声说了句：“因为你有人心疼。”

不像他，有时会觉得自己还不如那些包裹，包裹至少有人惦记着送，有人着急收，而他无人问津，无人在意。

林筱猛地抬头，撞进了方彦收敛了笑意的眼里，那里面乌沉沉、灰扑扑的，丧气到凉薄，不过一瞬就被他惯常的笑给掩饰了过去。

张志一事的视频自嘉洲花园的业主群发散，扩散到了C市各个群体，连林筱公司都有不少人看过，还有人吞吞吐吐地向她表示了慰问，慰问得林筱脸都要绿了，在她的再三恳求和保证安全下，才拦住了姚桓向她父母告密的意图。

被拘留了数日的张志没能如他被带走前叫嚣的花钱消灾，林筱也拒绝和解，事情发酵后，他被户主强行退租，还被人肉出了学校和家庭。

几只受伤的猫在逐渐康复中，宠物医院李医生减免到基础费用，除了一开始慷慨解囊的周卓雄和林筱，事情发酵后，宠物医院还陆续收到了不少捐赠捐款。

不出周卓雄所料，几只大猫和被找回的小猫都陆续被收养了，只有颜值最低的黑糖无人认领。林筱倒是说到做到，问了黑糖大致出院的日期后，在“撸猫达人”王璐彤和周卓雄的指导下，开始给它准备生活用品。

这日，林筱下班了又来探望黑糖，碰见一个短发女士正在看望养伤的猫，林筱觉得她有几分面熟，最厉害的是黑糖居然不抵触她的靠近。

黑糖身上的伤已经逐步恢复，但是伤后应激，极为抗拒他人触碰。像林筱几乎每日都来看它，只要她靠近笼子，黑糖就会团到笼子另一角，警惕地躬身，那位女士却顺利地摸到了它的伤腿，并且手法专业地捏了几下，黑糖也只是伸出前爪，推了她一下。

李医生给林筱解惑："那是安医生，在三医院上班，可能身上气味和我们有点像吧，她家里又养猫，所以黑糖接受得比较快。"

医生？林筱想起她是淘淘生病那日，在住院部叫住方彦的女医生，当时她也觉得眼熟，今天换了舒适的休闲装，一时没认出来。

李医生陪她走了过去："安医生，给你介绍个朋友，林筱，她准备领养黑糖，而且这群猫都是他们救的。"

安怡涵抬头，她三十来岁，眉细眼长，容貌偏淡，气质恬静，她也觉得林筱面熟，多看了几眼。

"你好，"安怡涵笑容可亲，有让人如沐春风的舒适感，"我家猫见黑猫就打架，没法养黑糖，我本来还替它发愁，多亏有你。"

林筱不怎么会和陌生人说客套话，只应下："我会照顾好它。"

安医生看了看她拿在手里的头盔，还有停在门外的电摩，笑道："你也住嘉洲吧？我在二栋，见过你的车。"

三医院离得近，停车位也紧张，安怡涵天气好的时候会骑电动车上下班，一期的电动车都停在同一个区域，她自然认得最"拉风"的那辆，两个总加班的人一年到头可能还遇见过数回。

林筱虽然买了小电动，工作日还是骑的原来的电摩，有些东西贵那么多，还是会好用些，听安医生这样说，她也模模糊糊有了点印象。

"我住六栋。"

"我认识一个叫舒扬的小朋友，也住六栋。"

舒扬是淘淘的大名，一捣蛋狠了舒南就会吼儿子全名，林筱再熟悉不过："他就在我隔壁。"

"啊……原来你就是送他进医院的林阿姨啊。"

安怡涵又多打量了林筱两眼，果然像舒南说的，是个看起来有点高冷范，心地却很好的姑娘。而且二十来岁就住着嘉洲的大户型，看衣着打扮也知道家底丰厚，居然会跟着方彦每个周末去送快递——

"你和方彦很熟？"

他们三个人救猫的事，来宠物医院探望的人大多都知道，林筱也见过她和方彦在医院交谈，倒没觉得她问得突兀。

“认识。”

安怡涵饶有兴致地又上下打量了林筱几眼，林筱不喜欢被人这样盯着，但安怡涵的目光是善意的，她就忍了下来。

“方彦身边难得见个女孩子，不容易啊。”安怡涵说完还冲她眨了眨眼，这样偏少女的表情她做出来也不违和，反而自然得很，“我只是他亲人的主治医生，你别误会。”

林筱第一时间想到了乐莎老板娘那过于瘦削、苍白的脸，她没有好奇追问，反而觉得安怡涵这样把方彦的隐私同“陌生人”说出来不好，只淡淡地“嗯”了一声。

安怡涵本来是觉得她的存在对方彦多少有点特殊，随口多说了一句，没想到抛出来的话林筱并没有接，倒对她的克制有点刮目相看，见她低头很不熟练地逗着黑糖，就问：“你以前养过猫吗？”

“没有，我会学。”

林筱不会讲漂亮话，但有些字眼从她口中说出来，就有种许诺的郑重，这样掷地有声的性子太对安怡涵的胃口。

“我家里有一只狗、两只猫，养很多年了，你加一下我微信吧，如果有什么问题，你随时问。”

安医生其实很少把私人联系方式给人，但像林筱这样面冷心热，能出手帮高烧的小孩，能为了流浪猫跟人杠到派出所的人，她觉得挺难得的，主动提出了加微信，反而是林筱迟疑了一下。

不过二维码递到了眼前，林筱还是掏出手机扫了，安怡涵的头像居然是个软萌的小狗，还颇有少女心地加了粉色蝴蝶结，和林筱上回见她穿着白大褂很是专业，或此刻谈笑风生的样子都画风不一致。

两人又聊了几句，安怡涵问了李医生其他几只猫的情况，就去了前台，林筱发现她也刷了一笔钱作为后续治疗费用。

“安医生人很好的，当然，你们也人好。”

李医生听周卓雄绘声绘色描述过林筱在张志家的“壮举”，对又出力又出钱，还主动领养了黑糖的她特别佩服，热情得让林筱吃不消，赶紧低头和黑糖培养感情。

第六章

好感

方彦最近在分拣时，总能挑到林筱的大包裹，就像这日，依然是来自宠物店的巨大纸箱，上头印有豪华、爬架、别墅等字眼。

他知道林筱要领养黑糖的事，对于她这过于充分的准备，也不知该表扬她认真，还是该说她有钱任性。毕竟恒通只是周边的快递之一，他相信有其他更多宠物用品在络绎不绝地通过各个快递点往她家输送。

老何经过时，看到方彦笑弯的眼，调侃道："小方，最近心情不错呀，谈了女朋友到底不一样。"

"没谈。"

"没谈你拣个包裹都能笑出来？"老何一脸过来人的表情，探头一看，"哟，可不就是林筱吗？不过姑娘住这么高级的小区，很有钱吧？"

方彦叹口气："她真不是我女朋友。"

老何做了然状："还没追到手？我看她每个周末都陪你早出晚归，肯定对你有意思，没确立关系也就差捅破层纸了。"

"老何……"

"男人嘛，脸皮别那么薄，姑娘不说，你就先开口！"

经过的孙白嗤笑着："条件这么好的可不好找，方彦你是捡到宝了，要是抓住了，少奋斗二十年啊。"

小年轻朱宏倒是没想那么多："我们方哥也不差啊，南四一枝花！"

"花什么？要也是站草！"

老何起了头，其他人都跟两句嘴，忽然看到主管赵兴沉着脸走了过来："方彦，你过来一下……”

大家伙一看赵兴脸色，就知道没好事，纷纷看向正在录入的吴大姐，吴姐冲他们比了个手势。

“方哥被投诉了呀？”

“小方那么好脾气，还被投诉啦？”

大家又小声讨论了几句，就继续做手头的事，过了一小会儿方彦回来，戴着口罩看不到他脸色，目光倒很平静，他也没说什么，拿了手机去打电话了。

“喂，方彦。”林筱的声音总是精神抖擞的，在夏初开始蒸热的上午清爽得像杯冰柠水。

“你今天去工地吗？”

“今天不去，要加会儿班，下了班正好去接黑糖，它可以出院了。”

“我陪你去。”

手机那头安静了片刻，林筱声音悄然变软：“警察和我说了，张志放出来了，我能自保，还备了防狼喷雾。”

和聪明人说话就是这样，哪怕方彦有九曲十八拐的心思，林筱也一猜即中，只是她聪明又直接，把方彦的关心都说了出来，反而让他接不下话。

林筱自己笑了：“我是不是把天又聊死了？”

方彦也笑：“不算吧。”

“你那边没事吗？”

方彦想起刚被通知的投诉，在她看不见的地方皱了下眉头，声音却没露出一丝破绽：“暂时没事。”

“那就好，他要是敢找你麻烦，我就去找他晦气。”

张志被关了十天，罚了款，暂时也只能这样了，他没做出实质性的伤害，管制用品改造也很轻微，林筱不能为了搞他而作假。但她手上的笔敲得桌面“啪啪”响，每个字都说得铿锵有力，活像手中拿的是冲锋的大刀。

方彦听得直摇头，拧紧的眉头都舒展开了，转移了话题：“我这里有你三个包裹，应该都是黑糖的东西，你下班我给你送过来，顺便陪你接它。”

他平时也不是多主动的人，现在第二次提出作陪，林筱就不再拒绝了，按掉手机，她用笔轻轻敲了敲嘴唇，嘴角有不自觉的浅笑。

说起来，她现在也和舒南一样，有送货上门的待遇了呢！

“哟，才上班就笑得这么荡漾，什么好事呀？”

公司里敢这么调侃的林筱的，非王璐彤莫属。最近因为“骚扰”事件，林筱在公司受到前所未有的关怀，不过好心也好看热闹也罢，她横竖是张不热情也不委屈的脸，那些人得不到回应，自然也就散了——除了王璐彤。

因为王璐彤的关注点就不在“被骚扰”这件事上，林筱在她眼里向来有遇神杀神、遇佛杀佛的气场，她觉得那个变态在林筱手里占不到便宜，她关注的是“英雄救美”的快递员！

“说！是不是和方帅哥在打电话？”

林筱拿气势汹汹的王璐彤压根儿没办法，她有缠到底的主动，又能精准踏在底线内。譬如她发现林筱不喜欢和人肢体接触，聊天聊得再亲近也不勾肩搭背，这大概是人际交往里的天分，林筱学不来。

“是有正事。”

“你说你多爽快一个人，怎么承认对人家帅哥有好感这么扭捏？什么叫正事，喜欢一个人，连他早上喝绿豆粥还是白米稀饭都是正事好吗？”

林筱压低了声音，很平静地认了：“我没否认对他有好感啊。”

她答得太直接，调侃的王璐彤倒没反应过来，过了好几秒才抱着自己来送的文件，捂着嘴直跺脚，杏眼瞪得溜圆：“你再说一遍?!”

林筱笑笑：“我说，我不否认对他有好感，但没到谈恋爱那步。”

王璐彤对着她比出一个快翘上天的拇指：“你牛！帅！”

“他找我确实有正事，张志放出来了。”

“谁？哦……那个变态呀！”璐彤想起视频里猫的惨状脸色就发白，“你们千万注意安全，那种垃圾说不清会做什么的！”

林筱看了一眼明显竖起耳朵在听的左邻右舍：“知道啦！你赶紧去软装送文件吧。”

王璐彤抱着文件袋走了，很快又跑了回来，往她桌上放了一个Q版的小小熊猫挂件：“防狼神器，可以挂手机上，带爆闪和120分贝警报那种，双击熊猫鼻子能定位发信息，记得添加紧急联络人，有备无患。”

林筱才张口，她又接着说了下去：“我自己还有一个，不用谢，可以请我吃中饭。”

被她把话堵得死死的林筱最后只能扬了扬熊猫：“谢啦，中午一起。”

王璐彤笑眯眯冲她挤了挤眼：“以后方帅哥来送件的时候，我通知你啊！”

林筱苦笑：“不用那么刻意。”

因为维星大厦的件归方彦，他俩常会碰见，再加上周末她还跟足两天，林筱觉得许多上班族情侣可能都没他们见面多。

“这哪是刻意？喜欢当然会想见呀！你不用害羞啦！”

王璐彤小声说完，跑回前台去了，看她走前挤眉弄眼的样子，显然中午准备“大刑逼供”了。

林筱笑得无奈，她承认对方彦有好感，可她没准备好谈恋爱，毕竟之前的恋爱经历都不太成功。

她这样的人丁是丁卯是卯，画图尺寸精确到毫米，线稿能细致到一个钉帽，好像天生没有浪漫因子，也不会撒娇黏人。说白了当朋友不讨喜，做女朋友更不讨喜，一个人反而过得更好。

何况，已经多了一只猫，有伴啦——

赶在宠物医院关门前，加完班的林筱和方彦去接了黑糖回嘉洲花园。猫咪包放在方彦的三轮里，戴着伊丽莎白圈的黑糖戒备地蜷成一团，只剩半截的尾巴夹得紧紧的，目光里全是警惕。

方彦取下车顶的推车，把包裹和医院送的两袋猫粮垒好，林筱提着猫咪包先一步按好了电梯。

拉着推车进了电梯，方彦指了指最大号那个包裹：“要我帮你把爬架装了吗？”

“不用，我喜欢装这些小东西。”

方彦点点头，听见身后一声轻笑：“你什么时候都体贴得管上门安装了？”

两人回头，看到舒南穿了条复古的黑色波点裙，戴着同色系发箍，两颗极简的珍珠耳钉画龙点睛，笑得活色生香。

她看方彦眯了眯眼，目光不善，立刻见好就收，进电梯按了关门，才冲林筱道谢：“下午阿姨过来，给淘淘带了自家做的小饼干，全是他喜欢的乔治和恐龙，有心了。”

林筱要想一下才明白“阿姨”是指她妈，皱起了眉头，她妈怎么玩起“突击检查”了？这就麻烦了——

“怎么了？”

方彦察觉到了她的为难，林筱叹了口气：“我妈对动物毛发过敏，所以我家里没养过宠物。”

她本来想着妈妈每回来只待个一两天就走，也不住她家，她只需要提前寄养黑糖，搞一下卫生就行，可现在宠物医院都关门了……

电梯“叮”的一声，显示已经到了六楼，林筱提着猫一时进退两难。舒南打开门：“要不要先到我家商量一下？”

林筱只犹豫了两秒钟，就跟着进了门，舒南在外头看着精致，家里却小乱，不过林筱感觉只是小乱的程度，里头大概有刘姐的功劳。

闻声而来的淘淘像小炮弹一样扑进了她怀里：“林阿姨，你怎么来了？快来看奶奶送我的小饼干！”

他想去拉林筱的手，却看到了黑糖，高兴地跳了起来：“熊叔叔没骗我，黑糖真的要来你家呀！咦，方叔叔，你又和林阿姨一起呀。”

舒南“扑哧”笑了，觉得儿子的“又”用得很灵性。淘淘看到贴着笼底缩成一团的黑糖，忍不住想伸手去摸，胡萝卜般的小胖手指还没伸进去，黑糖已经挥着爪子抓了过来，还好林筱眼疾手快拦住了淘淘。

“黑糖现在戒心重，你等它适应了新环境再和它玩。”

“它是被坏蛋吓到了吗？”

“对。”

“那我请它吃小饼干！”

淘淘献宝般捧来林母送的饼干，一看就是专为他做的，装了满满一玻璃罐，上面还绑着淘淘喜欢的蓝色绸带。

“林阿姨，奶奶还给你带了好多好吃的，满满两大箱！”

林筱看他张开双臂比画着，刮了刮他小鼻子：“是吗？奶奶像不像运输大队长？”

舒南把精致的小提包往沙发上一扔，听着儿子的话，娇笑着撞了撞顺手替她把鞋踢正的方彦：“看看，同样是妈，我才被缠得送钱送东西回来。”

她声音虽然不大，但林筱还是听到了，立刻收了口，以免给人炫耀的感觉，方彦倒是小怼了她一句：“你可以不惯着你妈。”

“我要是拿不出来当然算了，还在接受范围内，就当花钱买个清净，多少是我底线她心里有数得很。”

舒南接过刘姐倒来的水，一口气喝了大半，瘫进沙发里伸展被尖头鞋挤得发胀的脚趾。

大概是被林筱看过两次笑话了，舒南也没了“家丑不能外扬”的意思，大大方方和方彦聊着：“我妈半辈子过得不体面，好不容易我嫁个有钱人家，她觉得长了脸，又被我一手打碎，如今也只能拿钱满足一下她，总比催我复婚或者相亲好。”

她红唇一翘，笑里全是自嘲，扫了一眼进门至今还站在林筱身后的方彦，才真笑开了。

“说起来，林筱，阿姨今天还和我打听有没有男人上你家，”她一双美目在方彦身上转了三个来回，才慢悠悠地说，“还说你天天就围着公司打转，认识不了几个人，我看她那急切的样子，你离相亲也不远了。”

这一点，天下的妈倒是都像，无论女儿二十五还是三十，无论家庭背景，单身在家长们眼里可能都有原罪。

林筱云淡风轻地说："我已经相过两次了。"

舒南捧着玻璃杯，笑得花枝乱颤，她这位邻居看起来酷，却很有点冷幽默，有些话被她清清淡淡说出来就自带笑点。

林筱还在应付叽叽喳喳的淘淘，舒南指着方彦推车上的快递说："包裹先放我家吧，猫要不……"

她眼珠转着，促狭地笑了笑："要不让方彦帮你养两天吧。"

舒南原本是句玩笑话，没想到方彦考虑了一下，应了："放个一两天问题不大。"

林筱没想到方彦会答应，她已经模糊感觉到这人骨子里是个冷情的人，与平时挂在脸上那点和善截然不同，而且她不喜欢麻烦人，方彦好心陪她接猫，她却给人添了大麻烦。

大概能猜到她在想什么的方彦干脆比了比手指："只帮你养两天。"

林筱手指隔空在他口罩上比画了一下，示意他的鼻炎："你的……"

方彦眼中溢出柔软的笑意："毛发还好。"

舒南此刻游离在两人之间的目光真的意味深长，满含探究，她反而什么调侃都不说，换了话题："林筱，你怎么买的幼猫猫粮？"

"宠物医院的李医生说黑糖身体亏损大，幼猫猫粮营养更好，先吃一阵子。"

"这个牌子好吗？"

"两袋都是李医生送的，他说成分好，是他们自用的，让我以后可以照着品牌买，但要记得刷牙。"

舒南掏出手机拍了张猫粮的照片，冲着方彦说："卓雄告诉我安姐也收养了一只猫崽，上次淘淘住院她帮忙打了招呼，要不我买一袋送过去？林筱你用着其他猫猫的东西好用了，也推荐给我一下。"

林筱听他们又聊了两句，才意识到安姐是她在宠物医院遇见的安怡涵，没想到她也领养了黑糖的猫崽："你先拿一袋吧，反正我有两袋。"

"那谢谢啦。"

方彦看她跷着脚给安医生发着微信，问："你什么时候和安医生这么熟了？她很少把私人号给人，你倒是姐都喊上了。"

不过想想，舒南存心要和谁混熟做不到？

果然，她卷了一缕鬓发，边玩边笑眯眯地说："讨人喜欢，没办法呀——"

舒南拉长点尾音，犹有婉转之意，连女人听着都觉得撩人，方彦懒得和她打言语官司，卸下快递就离开了。倒是跟着他离开的林筱想起手机里安怡涵主动加的微信，奇怪了一下方彦关于"很少给私人号"的说法。

因为熟了，舒南靠在沙发里，也没有起身送客。过了一会儿她听见下楼送人的林筱折返，开门后响起林母隐隐的招呼声，然后随着关门声一切归于安静。

淘淘在旁一边玩玩具一边念叨着黑糖，舒南躺在沙发里，有了点朦胧的睡意，脑子还是转的。

像她和方彦这样从小一点点熬过来的人，要么像她一样，活成了人精，要么像方彦那样，看多了人心和离别，不愿再建立情感关系，无论是人还是小动物。

方彦那间位于南四顶楼的小出租房，鲜少向他人开放，现在却松口接纳黑糖，看来林筱对他来说有点特别呀，也不知道方彦自己意识到了没——

她扭着腰伸了个大懒腰，才笑出了声，不管怎么样，对于孑然一身的方彦来说，这都是好事，值得为他高兴！

楼道里漆黑一片，接连两层楼的灯坏了很久都没人修理，方彦提着猫咪包只能大喊了一声，喊亮了上面楼层。黑糖在包中惊得猛震了一下，他安抚地将包抱在胸前，借着漏下的微光慢慢爬到了楼顶。

刚进门，方彦的手机就响了，这个点会打来的一般都是找件，他疲倦地掏出手机，见是林筱就笑了。

"方彦，我才想起只给你拿了吃的，其他笼子和喝水的用品我给你送过来。"

"我找两个碗给它用就行。"

"我买了大笼子和定时喂水喂粮的装备，你养起来比较容易，而且等从你家回来，生活用品一样，黑糖也能快点适应……我过来了。"

她话说着，已经有车辆发动的声音，一如既往的行动派，直接到强硬。

方彦挂掉电话后丢了包泡面进小锅，简易的锅盖很快随着沸腾的水哐当跳动起来，他揭开盖用筷子随意搅动了几下，等两分钟就关了火。

房间里只有一张矮桌子，摆着猫咪包，方彦把包稍微往旁边推一点，搬了张小凳坐下来吃面，黑糖依然缩在包的一角，一双瞪大的眼在夜色里发着莹绿的光。

他挑了半天，才从面里翻出块半个指甲盖大小的牛肉，用筷子尖递了进去，黑糖往后缩，却退无可退，警惕地、屏气凝神地盯着他的筷子。

"别怕，请你吃。"

过于安静的屋子里，连他刻意放柔的声音都很突兀，舒南其实劝过他好几次，建议他养个小东西，否则屋子里死气沉沉的。

黑糖的喉间发出含混的"呜呜"低吼，方彦抽回筷子，又从林筱给的那袋吃的里面摸出两条鸡肉干，撕开了塞进去，低头自顾自吃起面来。

房间里只有他吸面条的声音，过了好一会儿，他余光扫到黑糖用爪子飞快一拨，将肉干拨到了身下。

他偷笑了一声，看着被面条热气模糊了的玻璃窗，发现上面溅上了些小水滴，下雨了？

林筱凭记忆将车停在之前把方彦放下过的地方，就看到方彦撑了把伞，懒洋洋地站在路边。

街灯昏黄，树影婆娑，潮湿的雨雾里，他那张工作时总被口罩遮挡的脸被身后理发店旋转的灯牌映照着，忽明忽暗，宛如欧洲老电影里午夜的浪子，用半把伞的空缺就能把人勾回家。

“你大晚上跑来南四干什么？”

“我不是提前给你打电话了吗？”

打开后盖，林筱飞快地冲到了车尾，方彦半把伞都来不及分她，就看到了后备厢里名副其实的“大”笼子，折叠着也铺满了车厢。

“你有没有想过，我家里可能放不下大笼子？”

方彦忍不住调侃了一句，林筱瞪大了眼看过来，眼里的尴尬是真的，她光想着有设备养起来更省事，却没考虑收入普通的方彦可能只租了间仅容落脚的小蜗居。

“走吧。”

方彦笑着摇头，把伞塞到她手里，双手抱起了笼子和小爬架，林筱这才知道自己被隐晦地笑话了，提起旁边分装好的喂食器和垫子，跟上去想帮方彦分担一点，被拒绝了。

“这比我平时搬货轻松多了。”

林筱心气高、工作认真，还多少给同事留下了点高不可攀的印象，平时留给人帮手的余地很少，倒是在方彦这里备受照顾。很多时候，方彦有种老派的绅士风度，对女士和孩子尤为细致，而且不是大包大揽，是让人舒服的爱护。

走进楼道，林筱拍了两下手掌，见灯不亮，就打开了手电照到方彦脚下。习惯了半摸黑上楼的方彦看着被映亮的台阶，听见她跟在身后不急不缓的脚步声，忽然想起这是一年以来屋里头回有客人。他家里少有人来，上次还是半夜被打得肿了半张脸的舒南抱着淘淘身无分文地跑来这里，也只待了两个小时。

上到顶楼，林筱先扫了眼一半杂物一半枝繁叶茂绿植的天台，再看了看方彦租下的加盖小套间，心里咯噔一下。房子从外头看的确不大，难道方彦那句话竟不是玩笑？那为什么还要辛辛苦苦把笼子搬上来？

她迟疑了片刻，从小学的安全防范都说，不能单独跟一个不熟悉的人去他家……

可她之前完全没想过这个问题，大概是因为对方彦确实有好感。

“怎么了？”

方彦放下笼子开了锁，见林筱站在天台门边不动，奇怪地问。

没想到林筱答得很诚实：“我在犹豫，好像不该随便进单身男士的家门。”

看着她毫不遮掩的矛盾眼神，方彦想笑，他过来接她手中的东西：“那就送到这里吧，要看一眼黑糖吗？我提它出来。”

他从门边走开，林筱一眼就看清了屋内，愣住了。

不是单身汉常见的脏乱，也不是出乎意料的整洁，而是空荡荡——

二十平方米左右的屋子里只有一床一桌一柜和最老款的冰箱，看上去都是房东原本的配置，后添的大概只有桌上的烧水壶、电磁炉和一个小锅，还有靠柜子的行李箱，方彦常用的水杯放在桌边的方便面箱上。

因为东西太少，摆下黑糖的笼子不成问题，可林筱觉得这个屋子都不能称之为家，反而像间简单的旅馆，唯一带着生活气息的可能是枕边那两本贴了图书馆标签的书，看得出他正在读，里头还夹了支笔。

“不好意思，家徒四壁。”

方彦开着玩笑，林筱却皱紧了眉，这哪里是家徒四壁，而是极简到随时可以拎包走人，一个人在家里待得像个过客……

而她居然在心痛，她在为这么点简直可算矫情的认知而心痛！

那是不是代表她对方彦的好感，比她以为的还要多一点——不，多很多！所以才会看到他住在空空洞洞的屋子里觉得难受？这样情绪被别人牵着走的感觉，真是让人心悸又不适应啊。

她低头，和自己凌乱的内心较着劲，想起回家和妈妈交代准备养猫，结果妈妈听说她把猫寄养在朋友家后，对这个“朋友”产生的极大热忱，在她提出要送东西后，二话不说将她送出了门。

“快去，快去，正是‘交朋友’的大好年纪，你也该谈个恋爱了……”

林母送她出门的样子，活像清仓甩卖的店家，可她要是知道女儿喜欢上了一个可能一无所有的快递员，还会是现在这副抛售的模样吗？她发觉自己已经偏了题，因好奇妈妈知道后的表情，而顺理成章地接受了很喜欢方彦的事实。

她从来就是个快刀斩乱麻的性格，懒得和自己过不去，喜欢不就该是这样吗？无迹可寻，没理可讲，跨过所有的逻辑和因果，只有一颗怦然跳动的心。

是很莫名，不是没见过比方彦帅的，也多得是比他条件好的，也许是因为他的皮囊、性格都对她味？正如家人所说，她在最适合恋爱的大好年纪，管那么多干吗！

林筱猛地抬眼，看向因为她的沉默而困惑着的方彦，眼中燃起熊熊斗志。其他的先丢一边，最先要解决的，是把单恋变成两情相悦，俗称——把人追到手！

林筱垂着眼帘不知在纠结着什么，忽然就自顾自地笑了，她抬起了一双亮得惊人的眼，眼中居然闪着狠劲，然后粲然一笑，那一闪而过的狠劲被明亮的笑容掩过去了。

“走啊，给黑糖装笼子。”

方彦察觉到她笑容里有股志在必得的劲头，更迷惑了，从犹豫着要不要进他家，到抬脚进去装笼子，需要使这么大的劲吗？

不过林筱买的“笼子”还真不简单，她大概担心张志的铁笼给黑糖留下了阴影，居然给黑糖定制了一个三门的多层板房款猫笼，落地的高透亚克力门，带吊床、旋转梯和爬架，还有餐台和厕所。

“你今天不是到了个猫别墅吗？”

方彦把屋里唯一的凳子给了她，靠在门边看她拆得想咋舌，好不容易把“放两天不用搞这么大阵仗”的话咽了下去，免得她误会自己是嫌麻烦。

“那个是开放的，等黑糖熟悉环境后住，我同事告诉我前期还是要防止它逃跑和搞破坏，而且限制在一定的活动空间里反而能帮助它更快适应。”

方彦“呵呵”笑了两声，打量了一下装起来应该会占半面墙的等人高大笼子，这“一定的活动空间”也够大了。

“我特意买的榫卯结构，拆装都不麻烦，平时我就喜欢组装东西，你休息吧，我很快搞定。”

林筱说完，觉得自己是不是太“硬”了，要不要学着柔弱点求助一下，两人合作着把笼子装了？那样做实在不符合她的性子，而且……她看了看明显很累的方彦，还有小桌上没吃完的面，麻利地开工了。

方彦今晚是第二次听林筱说喜欢装东西了，她做事很有条理，拆箱后先对着说明书清点了零件，又仔细阅读了安装顺序才开始。

在装两块最大的背板时林筱都没有求助，方彦能理解她的用意，是觉得已经给他添了麻烦，不想再劳驾他，只问了一句要不要帮手，被再次拒绝后就推门去外面浇花了。

房间里唯一的光源是房东外接了明线装的十瓦的 LED 灯，把林筱的身影投在了发潮的墙上，墙上有许多斑驳的印记，不是脏，而是房子慢慢旧了，就像老烟枪指缝里积攒的黄渍，再怎么清理都去不掉。

方彦打理完花草坐回桌边，旁边有半碗已经凉了不想再吃的面，还有只不时咬一口鸡肉条的猫，听着“丁零咣当”的响动，他不知不觉看着林筱投在墙上的、被放大数倍的侧影发起了呆。

林筱头发偏硬，侧影里几撮乱发支棱着，随着她的头上下左右晃动，有和她平日形象不符的可爱。方彦看得出来林筱是真心喜欢组装东西，全神贯注，有条不紊，连不时拧起的眉头都写着认真，她已经迅速搭起了笼屋的大致框架。

“很熟练呀！”

林筱不无得意：“我在外头读书的时候，柜子、桌子、床全是我自己装的。”

“嗯，够独立。”

林筱从鼻腔哼出一声不甚赞同的气：“住着爸妈置办好的房子，开着他们给的车子，所谓的存款也是这些年家里给的余下的，我有自知之明，可不敢谈独立。”

她用的平铺直叙的语气，不是抱怨也不是反讽，就是陈述了一个事实，别人看得到，她也门儿清的事实。

“我能做的不过就是努力工作、愉快生活，不要变成一无是处的米虫。”

方彦最欣赏的，就是林筱活得够明白，是知道自己有什么，要什么，该往哪里走的人。

如果说一开始她提出跟班，方彦内心是拒绝的，几个月下来，他开始习惯周末身边多一个人，会主动把休息时间调到周中，就连去维星收送件都会下意识多看几眼。

他见过林筱随身带的速写本，也看过她抓紧时间涂画草图，除了第一个周末她像个无头苍蝇般跟着，第二周她就画下了所有要去小区的平面简图，尤其需要爬楼的C类区，栋号都标得清清楚楚，再没乱过。

林筱不是热情外放的女生，但她身上有种做什么事都努力到底的热忱，无论是工作还是生活，甚至养猫，她都特别努力，是和他的得过且过截然不同的努力。

两人有一搭没一搭地聊着天，林筱井然有序地将笼子搭完了，她颇有成就感地拍了拍灰扑扑的手，看到方彦从户外收了晾干的衣服进来，放进了行李箱，林筱也不可避免地看到行李箱里简单到每季只有两三身衣服，从冬到夏。

看来方彦的衣物都在里面了，那……林筱看一眼简易的双门柜，她都想不到生活简陋成这样的方彦还有什么东西需要收在柜子里。正想着，她眼尖地扫到柜门边上好像沾了些颜色，暗红发黑，像是……一大摊干涸的血迹？在屋内并不明亮的灯光下骤然看去，很有惊悚片风范。

不过林筱学美术多年，很快就看出那更像一摊深色颜料，忽然想起头一回在电梯里留意方彦，除了他优于常人的身材，就是被他手上沾的颜料吸引了目光。

方彦会画画？好像没有听他提过，看他单调的生活节奏和屋内陈设，也不像是有这项爱好的样子。

林筱也只想到这里为止了，哪怕她眼下对这个人颇有些心动，刺探他人的私下生活也不是她的风格，她头一次上方彦家，这样探看已经很不礼貌。

方彦将已经装好水、粮，设置好的喂食器放进去，戴着脖圈的黑糖虚张声势地用四肢空挠了几下，被顺利地请进了新家。

“你乖，后天我就来带你回家。”

林筱蹲在那里，哄猫的声音倒比对着淘淘更像哄小孩，她又在旁边观察了一下，黑糖窝在宠物医院里睡惯的垫子上，一动不动，一副视豪华笼屋如粪土的模样。

“这么有范啊？那你晚上不要吵，让方彦好好休息啊。”

林筱看一眼腕上的表，指针已经走到十点过了，起身告辞。

方彦也跟着起身：“我送你。”

“不用了，今天已经够麻烦你，我车就停在楼下。”

她自己也忙了一天，到这会儿都不见疲态，说起话来脆生生的，一再摆手不让方彦送，自己大步下了楼。

待到了楼下，林筱才稳住了其实在方彦全程注视里乱哄哄的心，又忍不住抬头看了一眼，就看见用目光“骚扰”了自己整晚的人在顶楼探头张望着，还冲她扬了扬手。

“晚安。”

夜里她没有大声喊，只是轻轻地动了动嘴，倒像是说给自己听，没想到手机里“叮”的一声，方彦也发来一句“晚安，到家给我发个信息”。

她抬头，抓着手机又挥了挥，在忍不住的笑意露出来前，飞快地钻进了车里。

第七章

一碗热汤

“你说什么？”

王璐彤差点被一口汤呛死，震惊地瞪着慢条斯理吃着饭的人。

“我说，我准备追方彦。”

林筱看着她瞪大的眼，轻飘飘地又说了一遍，她再矜持都只有二十来岁，头一回下定决心去追人，被缠问几句还是忍不住说了，毕竟王璐彤既知情又与两人亲朋毫无关联。

“你不是才说，有好感，但没到谈恋爱那步吗？”

“我昨天去了趟他家，改变主意了。”

林筱把头天夜旦的事简单说了说，听得王璐彤直咋舌：“你都上他家啦？进展神速啊！这算不算是因怜生爱啊？”

林筱眼睛转了转，很认真地思索了一下，摇头：“不，主要还是看脸看身材。”

王璐彤笑到差点喷饭：“要不要这么诚实，显得我们多肤浅？”

林筱耸肩：“没办法，就这么肤浅。”

就像王璐彤说过的，她这样的幸运儿，生活富足，事业起步，可以专心致志喜爱皮相，肤浅就肤浅。

“你说得这么理直气壮，我都不好意思笑你了。”

林筱抬眉：“有什么好笑的？”

“你能不能别每次都这样一本正经地宣布爆炸性消息，我的小心脏多可怜！”璐彤捧着心，装了会儿柔弱都给墙壁看了，只能收起戏剧化表演，撑着下巴问，“那你准备怎么追？”

“不知道，以前都是别人追我，我没追过人，等我研究一下。”

王璐彤也是个追逐者众的小美女，要是别人这么说，她一早把白眼翻上了天，可是林筱这样说着，她完全不觉得有什么，还忍不住感叹，人嘛还是要处一处，才知道是心高气傲很难搞，还是较真到呆萌。

她两眼亮晶晶的，往前凑：“我帮你参谋参谋。”

林筱整个人都往后撤，全身肢体语言都写满拒绝：“不要，我怕你越帮越忙。”

王璐彤没好气地翻了个白眼，好吧，她收回刚才的感慨，这家伙就是很难搞！

林筱说没想好，是真的没想好，她的确没追人的经验，觉得第一步还是得多刷刷存在感，快下班时正准备打着探望黑糖的旗号，看能不能和方彦约个晚饭，没想到周卓雄门神一样杵在了寰宇门口。

通知她过来的王璐彤揶揄道：“最近桃花运不错呀。”

林筱懒得回答，看着笑容可掬的周卓雄，问：“你怎么来了？”

“我和方彦最近会轮流接送你上下班，今早上……我没想到你走那么早，明天我会起早一点。”

“我不用——”

拒绝的话说到一半，林筱被王璐彤用力扯了一下衣袖，她回眸，王璐彤一双眼眨得快抽筋，用口型说着“轮流啊”！

林筱恍然大悟，对啊，轮流呢！她想见方彦，周卓雄也可以“顺便”去去舒南家，方便他人也方便自己，何乐而不为？

周卓雄猜想她会拒绝才直接上门堵人，还琢磨了一堆说辞准备软磨硬泡，没承想林筱变脸般微笑着应了：“那就辛苦你们了。”

他倒呆头鹅一样愣了半天，到林筱收拾完东西出来才回过神，两人结伴往下走，到了车库林筱才像是随口问了句：“你们怎么会想到要接送我的？”

她语调很平淡，周卓雄完全没防备，实话实说：“昨天给方彦打了个电话，我俩都觉得张志不是个东西，怕他对你不利。”

“张志一出来你们就防得这么厉害，他做了什么？”

周卓雄在林筱忽然犀利的语气里摸了摸头，后知后觉：“你在套我话呀？”

林筱不置可否，盯着他要一个答案，周卓雄明明人高马大，对上林筱精光湛湛的目光却节节败退，含混又小声地说：“方彦说……不用让你知道……”

“他被投诉了，对不对？”林筱见周卓雄笑得更牵强，面沉如墨，“而且你俩都被投诉了，你们才担心他下一个目标是我。”

她用的是肯定句，根本不容周卓雄再想理由，周卓雄连忙补充：“我们没关系，事情是怎么样的大家都很清楚，我就是交个材料说明一下，方彦说他最多被罚点钱，倒是你出入要小心。”

“是他小人龌龊，凭什么要我们防范，他只要敢动手，我就再送他进去！”

林筱气势如虹地甩着包去骑车了，周卓雄摸了摸鼻子，从停得满满的车库过道开出自己硬挤停的SUV，追上电摩后探头说道：“你这个月就别骑车了，我们包接包送。”

“你们？方彦哪有车？”

周卓雄以为她这样说是不愿意让人跟，没想到她转头说道：“我可以开车。”

在周卓雄的印象里，林筱客气却有距离感，应该是主意拿得很定，不会轻易屈服的人，这样良好的配合态度，他都觉得不像她了！而且回家途中因为堵车，林筱的电摩比他的车要快，她居然还挺有耐心地在路口等了他两次，搞得他明明是来保护人姑娘的，反而有种拖后腿的感觉。

到达目的地后，他很是郁闷地停了车，在送林筱上楼时看了看时间，这个点……舒南应该在家。

“你正在追舒南？”

周卓雄没想到林筱会主动聊天，还聊得这么直接，一张黑脸涨红了，支支吾吾半天，缩着头跟小媳妇似的点了下头。

“喜欢她漂亮？”

“不不不，”周卓雄先忙着摆手，一想不对，又连忙点头，“我是喜欢看她，但她不只是好看，人也好，做饭也好吃，什么都好。”

怕她不信，周卓雄还掏出手机，给她分享自己偷偷拍的图片，舒南长相艳丽，却有手好厨艺，时常会下厨给淘淘做些好吃的，也录一些美食视频增加人气。周卓雄图片里的吃食精致清爽，有两张他拉着淘淘一起入镜，笑得一脸傻相又幸福感爆棚的样子。

林筱掂了掂手中的头盔，若有所思，看来男人都很屈从于胃呀。

赵清毓自从昨天到C市，发现女儿准备养猫，还有了一个她愿意寄养猫的“朋友”后，就高度兴奋起来。白天和老朋友喝了个下午茶，踩着林筱下班的点去蹲守，居然真碰上个大黑个在等女儿下班。

虽然两人一个开车一个骑车怪怪的，但冲林筱愿意几次三番停下来等人，最后还一起进车库，赵清毓就觉得有猫腻。

等他俩进了电梯，林母还在楼下待了一会儿，自家的孩子自己懂，林筱虽然不至于背着家里谈地下恋，但不到谈婚论嫁那一步，怕也不会带来见家长。万一两人才刚开始，她贸然“撞见”坏了事，岂不是得不偿失？可女儿明知道她和老周在家呀，还把人往回领，难道就是要见家长的意思？

可怜赵女士一颗心好奇又忐忑，坐在车里纠结了半天，才一拍腿。横竖老周都在家做饭呢，没理由老周见得她这当妈的见不得，这才整理了一下仪容，踩着高跟鞋上了楼。

没想到一进门，家里安安静静的，林筱正盘腿坐在沙发上喝着老周泡的养生茶，划拉着手机里的消息，嘴角噙笑。

“回来啦？周姨说你逛街去了。”

赵清毓应了一声，满腹疑窦地进了厨房，跟接头似的，压低声音问炒菜的老周：“人呢？”

老周四平八稳地关了火，才疑惑地反问：“什么人？”

开放式的厨房根本藏不住话，老周声音大一点，林筱就听见了，凉凉地说：“去对面了。”

赵清毓捋了捋鬓发，很优雅地转身在女儿身边坐了下来，才要开口，林筱手一抬：“第一，普通朋友，不喜欢。第二，他也不喜欢我。第三，我看到你车子了。”

虽然是新买的车，赵女士一早也给女儿炫过两次，她大剌剌地停在维星的车库，又一路跟在后头，林筱才被告知要提高警惕，怎么会没留意到？就是怕她开快车，林筱才特意放慢了速度，还逢路口停下来等一等。

“普通朋友为什么去接你下班？”

林筱并不想让母亲知道张志的事，随口搪塞：“有事问我，顺便找个理由去隔壁。”

“什么事让‘普通’朋友要去你公司等下班？”

林筱早料到会被追问到底，她当然不会把周卓雄他们的担忧告诉妈妈，上回几个流传开的视频让林家都翻了天，这要是知道后续有麻烦还得了？她怕父母会连人带保镖住过来，那她也不用上班了。

“他奶奶也住在我们小区，腿脚不方便，他想咨询一下无障碍改装的问题，当然这些都是借口，他主要还是为了对面的美女。”

赵清毓想想淘淘他妈那张明艳的脸，没好气地“哼”了两声，改口道：“牛高马大的，也没什么好。”

那酸溜溜的口气逗笑了林筱，赵清毓说归说，知道女儿藏得住事，也没全信，见她一直笑着在看手机里不知谁发来的猫咪图片，一副心情上佳的模样，就继续进攻：“你的猫到底养在谁家？”

“朋友家。”

“什么朋友？”

“普通朋友。”

又是普通朋友！赵清毓要不是维持自己的姿态，就快吼出来了，深呼吸几口，才挤出无比和善的笑容：“什么普通朋友啊？”

林筱好笑地把手机往赵女士眼前一推：“要不要把我通讯录全拷下来，挨个研究？”

赵清毓狠狠在她背上拍了两掌，站了起来：“死孩子，越大越不可爱了！”

“好啦好啦，吃饭了。”

老周端着汤出来打断了母女的你来我往，她在林家做了快二十年，林筱算是她看着长大的，自然也关心她的感情状况，只是表达得更委婉一点。

“林筱啊，这次要不要给你多备几份煲汤的材料？”

她的话也不怎么高明，林筱明知是陷阱，想想周卓雄拍饭桌那满足的傻相，还有方彦没有一点烟火气的家，却自愿钻了套：“好啊，周姨，那辛苦你备点养胃的吧。”

两人一块儿送件的时候，她看到过很多次方彦揉着腹部吐长气，以他的饮食习惯，肠胃会好才有鬼！

“我今天炖的就是温补肠胃的，快来喝。”

老周和赵清毓飞快地交换了一下眼神，林筱的身体她们从小顾到大，而且半年一体检，消化系统一点问题都没有，她这句话很值得深思了。

自动进套的林筱倒也坦然，只是似笑非笑地看着早早操心上她婚恋大事的二位，慢吞吞地说了句：“适可而止吧。”

熟知女儿脾性的赵清毓立刻端足仪态坐回桌前，理了理从未乱过的鬓发，端起碗示意开餐，心里默念，过犹不及，过犹不及！

林筱看妈妈强自按捺的模样，不禁又想到，要是她知道自己喜欢的是个快递员，还能这样故作从容吗？生活嘛，不是浮夸的偶像剧，哪有全不在乎门第、发展前景的父母，何况她远没到愁嫁的年纪，方彦的事家里还是先不知道的好。

她用她足够理智的大脑分析着，却在看到桌上的淮山猪肚汤时卡壳了两秒，回头看了一眼还温在灶上的半锅汤，决定晚些去探望一下黑糖，“顺便”给方彦带份汤。

在尊重女儿隐私一事上，赵清毓面上还是做得不错的，每次过来都是带足吃的用的，帮她填充一下厨房、客厅，绝不动房间，当然心里琢磨啥就另当别论了。

林筱的大三居，主卧除了主卫、衣帽间，还带了小功能室，林筱把隔壁房直接打通，连成了一间超敞亮的书房，八门的落地书柜，带升降透光板的大工作台，与卧室只用推拉门隔开。

客房也是带卫生间的小套间，除了周姨跟来照顾那四个月，再没人住过，她已经准备拿来搭黑糖的豪华版别墅，赵清毓每回来都是拉女儿逛逛街、吃个饭，自己住酒店。

一起用完晚饭，老周正和林筱交代冰箱和橱柜里堆囤的东西，就听见门铃响，还有淘淘奶声奶气的喊门声。

赵清毓过五十大寿时还被插着的“18”的蜡烛逗得开怀大笑，也控制不了自己看到奶娃娃日益慈爱的心，笑眯眯去迎人，却见到去接女儿的黑大个端了份摆盘堪比餐厅的水果跟在后面，应该是对门的谢礼。

她悄然打量了一下女儿眼都不抬的模样，也吃不准两人是不是真没什么，就将人客客气气迎了进来，先“关怀”一番再说，至于能帮忙养猫那位，也要列入重点关注表里。

在赵清毓亲切不失套路的谈话里，周卓雄别说自己，连祖上三代都交代得清清楚楚。最后是林筱听不下去了，恭请意犹未尽的赵清毓回酒店，周卓雄才逃回了对面。

“妈妈，奶奶说你切的水果好漂亮！我还告诉她都是我挑的！”

淘淘进门就表功，歪在沙发里眯了一小会儿的舒南懒洋洋地应了一声，看见周卓雄擦了擦一额头的汗，闷头换鞋。

“你怎么了？”

“赵阿姨太能聊了。”

“那是喜欢你。”

舒南抿着嘴笑，周卓雄不算帅，但是高大端正，家境好，工作稳定，又踏实诚恳，正是大部分家长会满意的女婿人选。

“以后送东西还是你自己去吧，我也不知道该和阿姨说什么。”

舒南横他一眼：“你在社区这么久，和婆婆妈妈们打交道最有经验了，怎么会不知道说什么？”

周卓雄笑得有点尴尬，就是因为和阿姨们交流得多，他才能看得出林母的意思，当然要避嫌！他不敢和舒南表白，怕被拒了再不能打着陪淘淘的旗号上门，可他的心意就是傻子都能看得明明白白，舒南还一副看好戏的样子，好脾气如他也有点气了。

“反正我不想去！”

他直来直去的性子，有脾气也不掩饰，舒南当然听得出来，她抱着已经扑上身的儿子，笑着说：“有些家长不喜欢自家人和我这样的打交道……”

话说到一半，舒南自己收了口，挥挥手哂然一笑：“这样子说话，真的很绿茶——”

她打着哈哈，笑得玉面生辉，唯独眼底是凉的，那凉意看得周卓雄心软又心酸。

“妈妈，绿茶是什么呀？”

淘淘仰着天真的小脸，在舒南身上揉着，舒南摸着他茸茸的脑袋只是笑，周卓雄蹲到了沙发边，把在她身上折腾的淘淘单手抱了下来。他另一只手伸到一半，到底没敢挨上她被淘淘揉乱了的发，又捏着拳缩了回来，低头说道："什么这样那样的，你就是你，你挺好的。"

他只说这么句话，自己就窘得耳热面红，一双手都不知该往哪儿放，举着淘淘就走，用长出来的胡楂扎得小家伙嘎嘎乱笑着躲。

舒南有些出神地看着闹开的一大一小，她当然知道周卓雄喜欢她，也知道他这几个月跑得勤，已经生了不少闲话。而且那些闲话说得没错，她看周卓雄人好，够老实，家里条件也好，就不点破也不拒绝，拿人当接盘的备胎呢。

她就是这么肤浅又世俗的人呀！打着小盘算长到大，人际交往对她而言早就是一笔笔的账，支出多少收益多少，划算还是不划算。

当初看上郑浩然有钱，想尽法子过五关斩六将嫁了进去，钱是有了，苦头没少吃。现在看开了，手头也宽裕了，想找个会心疼人的，周卓雄不是她身边浮动利率最高的，却是低风险保本型，她就不远不近地吊着人再说。

可这傻大个太实诚了，实诚到她偶尔也会替他想上一秒，这个傻子明明可以找个简简单单的好姑娘，吊在她这里可能还没结果，不划算啊——

林筱发动车子，才给方彦打的电话，方彦一听她又独自出门来南四，脸一沉，抓了钥匙就下楼。

"卓雄没和你说，让你最近尽量别独自行动吗？"

"说了，可我觉得哪有千日防贼的道理，我不怕他。"

林筱听着手机里方彦立刻关门的声响和因为下楼变重的呼吸，心里甜滋滋的，这代表他至少是关心自己的吧？

"我也不算单独行动，周卓雄和我一起下的楼，上车就给你打电话了。"

"他怎么没陪你一起？"

"他要来，被我拒绝了，我保证会立刻联系你。"

两人有一句没一句聊着，林筱的车就到了，方彦还是在老地方等着她。没有雨夜的滤镜，他静静地站在那里，见到车来了眉梢不满地挑了挑，林筱觉得"情人眼里出西施"这句话说得精辟，她的心好像都跟着他的眉尖多跳了两下。

好在她向来七情不上脸，貌似平静地提着保温桶下了车，进楼道前已经提前按亮了手机稍稍往后照去。这一次她走在前面，方彦跟在后头，拉长的光圈落在两人脚下，随着轻轻的足音曲折晃动着。

已经熟悉了一天新家的黑糖依然坐在它熟悉的垫子上，林筱一靠近大猫笼它就呈警惕状。

“我来和你培养一下感情。”

林筱晃了晃手机里方彦贴心发来的照片，和它说了几句话，黑糖爱搭不理，只是盯了她一会儿后渐渐放松窝了回去，林筱还不习惯对着猫自言自语，就站了起来。

“我还带了好吃的。”

她扬了扬手中的双层保温餐盒，用眼神征得方彦同意以后，在小方桌边坐了下来，她先捞出一些肉送去给黑糖，然后望向靠在床边涂涂写写的方彦。

“你介不介意帮我喝点汤？”

方彦愣了一下，看到林筱已经把两份汤一左一右放好了。凑到餐台嗅了几下的黑糖小心翼翼开吃，热汤的香气也在屋里散开，林筱把餐盒配的筷子工整地摆在对面，自己转着勺柄，期待地望着他。

此情此景，方彦就算觉得有点怪异也不好拒绝，拖过行李箱当凳坐了下来，林筱长舒一口气。

“周卓雄和我说最近别跑步了，那我晚上如果自己喝这么多汤，三天就会胖出救生圈，倒了又可惜，有人分享太好了！”

她说得大大方方，方彦猜想，汤可能是林母留下的硬性任务，怪不得她会带汤上门。

猪肚汤熬得稠白，点缀着几颗透红的枸杞，肚条入口即烂，淮山软糯，连着鲜美温热的汤一齐下肚，方彦晚餐被一条面包敷衍的胃得到了极大满足。

林筱已经吃过了，慢条斯理喝着小半份汤，看方彦吃得干干净净，嘴角微微上翘，一丝笑意让眉目全舒展开来。

“怎么样？周姨煲汤可是一绝。”

不仅每次过来老妈会给她送上足足的汤料，隔个十天半个月，还会有食材走冷链寄到她家，她煲半成品已经很熟练了，但也比不上周姨每回过来现炖的鲜美。

“很好喝，谢谢。”

“那明后天你再帮帮我，我妈要多待两天。”她双手合十，恳切地请求，还飞快地补了一句，“我正好来看看黑糖，等我妈回了我立刻接它回家。”

因为林筱平时形象立得太稳，语气又太自然，方彦只当她是扛不过家人的爱心汤，也想还帮忙养猫的人情，就没多想。

于是连续三晚，方彦喝着汤，看林筱不太熟练地和毫无热情的黑糖联络感情，总是冷冷清清的屋子难得有了点烟火气。待两人吃完了，南四离嘉洲花园步行也就二十分钟，他借口消食将人送回家，再走回来，就差不多该上床睡觉了。

难得有一次，林筱在赵清毓离开时有几分不舍，毕竟妈妈一走，她就立刻接了黑糖回家，不能再打着看猫的旗号带汤上门了。

淘淘闻风而动，拉着刘姐也来凑热闹，小拖鞋在林家踩得“啪啪”响，有时和缩在猫包里的黑糖说说话，有时屋里屋外穿梭。

多了个闹腾的小捣蛋，搭笼子时方彦帮忙林筱就没推却，两人动手速度快很多，在入夏的室内也热出了汗。林筱看了一眼进进出出的淘淘，取了个无叶风扇过来，却没开空调。

方彦知道她在迁就自己，他鼻腔敏感，除了粉尘多会不适，进出空调房冷热交替也会鼻痒鼻塞，工作时才口罩不离身，林筱应该是跟他送快递时发现了。

被人这样不动声色地体贴，方彦心里是有暖意的，就像这几晚温热的汤，落到肚里也是暖的：“谢谢。”

林筱疑惑地一歪头，像不知他为何而谢，方彦笑着指了指上方的出风口，林筱“啊”了一声：“今年还没开过，要先叫人来清理。”

而且小家伙把大门、房门全敞着跑来跑去，空调效果也不好，想到这里林筱又想叹气，什么时候她跟对门成了能敞开门相处的关系了？不知道的还以为关系多好。她头痛地扶着额，想把刚回家换了隔汗巾又蹦蹦跳跳跑回来的淘淘也丢进笼子。

“方叔叔，林阿姨，妈妈让我问，你们晚上要不要一起吃饭？”

方彦想着林筱应该不会去，还是让女士先回绝，没想到她抬眼问道：“你一会儿有事吗？”

方彦愣了一下，淘淘已经很给力地接上话了：“方叔叔，妈妈说你今天休……休假，没什么事吧？我妈妈会做很多好吃的，你来嘛。”

小家伙平时口齿还算伶俐，说得这样磕磕绊绊，显然是在家被教着硬记下的理由，他讲半句想一想再蹦几个字，倒像是软软的撒娇，方彦看着他胖乎乎的小脸鼓得像个小包子，答应了。

他偶尔会帮舒南照看一下孩子，也会在她家蹭个饭，既然林筱不介意，他也没所谓。

“耶！我就说我做得到！”

淘淘捏着小拳头，大喊着“妈妈”又跑回去了，过了不到一分钟又“噔噔”跑回来：“林阿姨，妈妈问你有什么爱吃和不爱吃的？”

他都不等林筱答，仰着小脑袋自己说了下去：“你一定不喜欢胡萝卜对不对？还有豆角，还有……”

他努力想着自己不喜欢的食物，那小模样把林筱逗笑了，她用力按紧最后一根木条，使坏地说：“可是我好喜欢吃胡萝卜，怎么办？”

淘淘的脸一下子苦得打褶，很认真地纠结了半天，小大人般叹了口气：“你是客人，你最重要。”

哪怕对小孩容忍居多喜爱有限的林筱也觉得，淘淘这个样子过分可爱了，赶紧找补了句：“我中午才吃了萝卜，晚上不太想吃。”

小家伙的脸立马放光了：“那你想吃什么？”

“都可以，我不挑食。”

方彦嘴角也悄悄扬起，在淘淘看过来时，加了句：“不用问我，我也不挑食。”

淘淘抬头，看着两人明明不苟言笑的脸，总觉得哪里被笑话了，又说不出来，跺了跺脚，还是很开心地回去和妈妈报告林阿姨“不想”吃胡萝卜这件事了。

或许是寄居在方彦家的三天熟悉了大猫笼，林筱本来将整间客房都腾给了黑糖，结果猫笼搭好，它从包里一出来就自动钻了进去，并且在方彦伸手去揉它下巴的时候凝气片刻，继而放松地团了起来，半眯的眼还显得挺惬意，喉间发出了小小的呼噜声。

林筱看着他俩融洽的关系，有些吃味，都说不上吃猫的还是吃方彦的。她人看上去酷酷的，在养宠物这件事上流露出几分罕见的孩子气，黑糖越不搭理她，她越是锲而不舍，蹲在笼子前尬聊开了。

方彦想起她前几天还认为对着猫自言自语有点傻，着实有点反差萌，就闷头笑着替她把食物投喂器和水壶都调整好了。

去而复返的淘淘和林筱蹲在猫笼前逗了半天黑糖，坐在一旁的方彦放下手机：“淘淘，和妈妈说一声，一会儿周叔叔也过来吃饭，他在加班，稍微晚一点开餐。”

“熊叔叔也来吗？”

淘淘“噌”地站了起来，又“啪嗒啪嗒”跑回家了，过了一会儿人没进门，大喇叭嗓门先到了：“方叔叔，妈妈让你过去帮忙。”

方彦慢吞吞起身往外走，林筱一想这么多人吃饭，自己是不是也该去帮个手，连忙也站了起来。方彦猜到她的想法，干脆点破：“你坐一会儿，她应该是有事和我说。”

林筱恍然大悟，尴尬地撩了撩头发，做了个请便的手势，走去岛台给自己和淘淘倒喝的。

她也不是存心偷听，实在是两家门都敞着，方彦一进对门她就听见舒南那娇得出水的声音：“你什么意思呀？”

因为声音太绵软，明明是质问的话从舒南嘴里出来平添几分娇嗔，像是有小手指在人心上挠痒痒。林筱到现在都没摸清舒南和方彦的关系，就听她这么一句，都觉得舒南若是假想敌，两人怕是没在一个段位。

不过听淘淘说的，两人都认识很多年了，这么多年都没在一起，不怕的！

给自己打完气，林筱才听到方彦闲闲地说着："你请我和林筱吃饭是什么意思，我就是同一个意思。"

"我可是有心牵线的意思。"

方彦沉默了一会儿，没有接她的话，反而认真说道："周卓雄人还不错，你要是有心就别吊着他，不要耍那些花里胡哨的手段，他和你以前看上的人不一样。"

有一瞬林筱以为他们把门关上了，空气里静到只有倒水的声音，然后才听见了舒南一声笑，很轻，又好像压了很重的东西。

"我也不一样了，我心里有数。"

舒南说完这句，语气又轻快起来，还带着揶揄："哎，方彦，我说真的，我是有心做媒，我邻居挺不错的……"

她声音低了下去，林筱也不好支着耳朵听，端着水杯回了客房。方彦和舒南的相处在旁人眼里多少有点暧昧，可是她记得医院走廊里方彦手臂都没抬，对舒南淡声安慰那一幕，感觉两人之间并没有来电的磁场，那有心牵线的舒南自然被划分到了可团结的助力里。

第八章

交心

周卓雄满头大汗跑过来时，舒南已经做出了一大桌菜，林筱觉得空手上门不好，把周姨留下的半成品鸡肉和羊肚菌丢进高压锅炖了，端过来看到桌子正中大炖盅里的花胶鸡汤。

舒南系着黑色围裙，素着一张脸，草率地在后脑勺绕了个蓬乱的丸子头，额头、鼻尖全是汗，都不掩丽色。

“快进来坐！我正说我炖的汤只适合女人喝，你就端汤来，小朋友吃羊肚菌最养身体，你太贴心了！”

明知道她是客气，林筱还是得承认被这样的话迎进门很熨帖，论待人接物她身边真的高手如云，且有的学。

周卓雄已经熟门熟路地拿了碗筷摆好，在被舒南扯了一把后，才招呼方彦在林筱身边坐下了。他给淘淘装了饭菜系好围兜，抱在自己身边，刘姐都没了用武之地。

舒南取了瓶红酒出来，笑着问：“要不要来点？”

她说什么，周卓雄都是赞同的，林筱也没所谓，方彦的意见从一开始就不重要，因为舒南压根儿就没给他取杯子。

“他胃不好，不能喝酒。”

她说完担心太自己人的语气听来惹人疑心，可心大如周卓雄，敞亮如林筱都没觉得有什么，她赶紧取了两个汤碗来：“方彦喝汤吧，羊肚菌养胃，哇！淘淘快试试林阿姨的手艺，闻起来就好香！”

林筱被她夸得都不好意思了：“我只是拿半成品乱炖一锅，跟你这大厨手艺比起来哪够看。”

方彦刚巧接过舒南递来的汤碗喝了一口，淡淡说了句："我觉得够看。"

他说话是一贯的温柔，被碗中腾腾热气半掩的面孔带了点笑意，也很温柔。林筱在舒南霎时玩味的目光里摸了摸热辣辣的耳朵，大大方方笑了："看来我这几天汤没白分享。"

舒南的手指在两人之间晃了晃，冲周卓雄叹了口气："有什么是我不知道的吗？"

接收了信号却没理解的周卓雄大咧咧问着："什么？啊！汤呀，对啊，我这几天接林筱下班，从你家回的时候顺便陪她到车库，她要去方彦家看黑糖，还带了汤。"

哪怕舒南完全不在意闲言闲语，但周卓雄每天守礼地只待到八点，淘淘准备洗澡入睡就会离开。他边说边帮淘淘将石斑鱼里的主刺都挑了出来，也难为他拈着几根粗手指干这样的细活，运边把净鱼肉放进淘淘的勺里。

周卓雄替淘淘拈下嘴角一粒米饭，又叮嘱着："吃鱼就别吃饭，我怕刺没挑干净。"

"这么大的事你都不告诉我？"舒南在他肩头拧了一下，偏偏手下一团硬肉，拧都拧不动，没好气地又在他额边戳了一下，"白长个，不长心！"

平时周卓雄过来舒南也不拦着，却没有过亲昵的举动，现下这般他一下就呆住了，也不明白看猫送汤算什么大事，但晒得黑棕的脸跟煮熟了似的，一路红到了耳朵根。他只望着张罗的舒南傻笑，笑到舒南都不自在了，按着他脑袋硬转向了淘淘的方向，连少话的刘姐都被逗笑了。

酒醇菜香，有活跃气氛的高手舒南和会聊天的方彦，还有淘淘不时天真又惊人的话语点缀，大家都吃得很开心，尤其是追爱路有了进展的周卓雄。

他心情格外舒畅地频频举杯，林筱觉得他家是北方的一定能喝，就来者不拒。方彦初时还看两眼，发现林筱哪怕被周卓雄拉着干杯，眉头都不皱一下，知道以她的性格不会在别人家喝醉耍酒疯，一定是酒量好。

倒是舒南酒量虽然不错，但一喝酒就话多，方彦怕她拉着林筱乱说话，就去拦她："你少喝点。"

舒南瞪他一眼："你是要我少喝点，还是想我少说话？再说了，我又不归你管。"

说完，她斜眼飞向周卓雄，问了句："对吧？"

本来就晕乎乎的周卓雄就跟被灌了迷魂汤似的，只晓得点头，豪爽地把手抖倒下的快满杯的红酒一口干了。

舒南见他这样牛饮，嘴角抽了抽，看在林筱的面子上，把"我酒不便宜"的话咽了下去，还又取了瓶出来。

没想到周卓雄几杯下肚，很快舌头发直，连说话都囫囵，方彦诧异地看一眼舒南。

舒南无辜地摊手："我也不知道他不能喝，不过，再傻的事在他身上也不奇怪。"

周卓雄酒量不怎么样，酒品还可以，喝多了也不闹，就望着舒南傻乐，活像讨到了糖吃的小孩，那样憨气的笑脸放在大块头上也不违和，还看得舒南好笑又心软。

“喝不了下次就少喝点。”

他被管得乐呵呵的，被吃饱了饭的淘淘戳着手臂玩也不介意，还拿滚烫的脸去贴小家伙，贴得淘淘直叫唤：“我不和你玩了，方叔叔，你带我去画画吧！”

舒南怎么能容儿子把人从林筱身边弄走，一拍周卓雄：“你陪淘淘去画。”

淘淘大叫：“不要！熊叔叔画画丑，我要方叔叔，或者林阿姨！”

舒扬小朋友心里门儿清，这两个叔叔各有所长，熊叔叔会像别的小朋友爸爸一样，把他扛在肩头骑大马，会举高高坐飞机，但是画画还是得方叔叔来，熊叔叔手太笨了。

舒南被要坏事的儿子气死，干脆把周卓雄推了出去：“你熊叔叔喝醉了，你先陪他去沙发那边玩一下醒酒。”

要是机灵的人，听舒南这样说肯定趁机留下来了，说不定晚点还能争取过个夜，周卓雄却实诚地摇了摇头：“我要去了沙发那儿就起不来了，在你家过夜对你不好，我，我一会儿自己回去……”

他脑袋乱得像团糨糊，知道自己醉了，怕酒后失态。他知道舒南前夫的事，也清楚郑浩然有喝醉家暴的记录，觉得舒南肯定讨厌醉鬼，撑着椅背想站起来去洗把脸，起身就踉跄得站不住，又生怕压到淘淘，猛地往另一侧转身，连人带椅子翻倒在地。

“轰”的一声响，几人都站了起来，周卓雄摔了第一件事也没顾着自己疼不疼，先扶着发涨的脑袋去看吓到孩子没，见淘淘哈哈大笑，才摸着屁股站了两次都没站得起来。

舒南要去扶，他居然拒绝了：“我，我重。”

在自己已经有所表示的情形下，他还这样庄重自持，舒南都不知道是笑他笨还是叹他君子，不过能被人这样尊重和喜爱着，她也开心啊。

方彦虽然不喜欢和人触碰，也只能和刘姐一起把周卓雄扶了起来。他真不往沙发上去，反而靠着方彦往门口走，亏得方彦日常送件练出来的臂力，硬生生撑住了他的大个子。

“我回去，不留在这里给你们添……添麻烦，舒南，我平时，平时几乎不喝酒的，我就是今天……今天太高兴了！你要是不喜欢喝、喝酒的人，我以后都……都不喝。”

他抠着门框，努力把舌头捋直了说完话，还记得和淘淘再见，才笨拙地抬起穿反了鞋的脚转身。

舒南哭笑不得地看向方彦，方彦示意她放心：“我会把他送到家。”

她撑着额头叹一口气，看着踉踉跄跄的周卓雄被瘦削的方彦衬得格外厚实的背影，好像真的能撑得起一片天。

待门关上了，刘姐把看热闹看够了的淘淘哄回房间洗澡，舒南才看向明显带着探究目光的林筱，举了举杯："不好意思，兵荒马乱。"

"没事。"

舒南又开了瓶酒，替林筱和自己倒上了："别听那傻子的，我没有不喜欢喝酒，只是哪有人像他那么喝红酒的……"

她捏着杯脚晃了晃，殷红的波光流连过她素面朝天依旧浓艳的脸庞，她自嘲地笑了："唉，那么多悔不当初的晚上，我不喝点闷酒哄哄我自己，怎么熬得过去？"

女人们拉近距离最快的方法就是吐槽、聊心事，舒南不知道这招对林筱管不管用。

"你如果不想喝闷酒，下次可以找我。"

舒南没想到林筱接下了，还主动邀约，目光闪烁地咬着杯沿笑："你可不像热情交友的人，这是有所图呀……"

她说话喜欢把尾音拉得长长的，好像话里都藏了话，偏不说尽，林筱不懂那些虚招，也不知应对，就低头喝酒。

舒南眼波流转，按住了她的杯口，慢悠悠说着："小妹妹，我眼睛利着呢，你对方彦有意思。"

她用的是肯定句，不容林筱有异议，林筱不喜欢小妹妹这个称呼，却没想反驳她的观点，反而认了："是。"

"爽快！"

舒南借着几分醉意，灿笑着把手搭在了她肩头。林筱深吸了口气，忍下了这个仿佛相交甚密的动作。

"你放心，我对方彦，方彦对我，一点意思都没有！从来没有过！"舒南把话说得斩钉截铁，唯恐林筱想多，"我和他几岁当童模时就认识了，把彼此最糟糕的样子、最小人的心思都看尽了，生不出私情，只是革命战友！"

她说完，还举起杯子碰了碰方彦留下的汤碗，又肯定地说了一遍："只是战友。"

心思多的人，听舒南这番话可能会敏感，觉得反而像示威，可林筱看着她微醺着边碰碗边肯定自己的说法，突然觉得这位艳光照人的芳邻也很有趣。

"你是个好姑娘，方彦只要别人对他好，他就是个好人，不像我从头到脚都长着心眼……"

舒南诚心盼着方彦好，知道林筱虽然什么都没说，心里对她和方彦的关系未必不存疑，只能把自己剖开了给人看，喝多几口酒，倒真摆出谈心的架势了。

“我这个人虚荣、贪钱、怕吃苦，方彦从一开始就不是我的菜。我当年千挑万选，到处勾搭，耍尽手段才缠上了郑浩然。那个浑蛋一开始对我多大方，帮我妈装修房子，给我妹找学校，我以为我的脸好歹撑得起门面，又靠着肚子进了门，一心一意想当个好老婆的，结果孩子还没生，他在外头就有人了，反过来怪我肚子大顾不了他。”

舒南一开始只是想博点同情分拉近距离，往事说多了，倒真生出还未散去的怨气。林筱不是善解人意的谈心者，却是个专注的倾听者，被她沉静的目光注视着，小醉的舒南话像车轱辘似的往外滚。

“都是那一套，家里说男人都那样，你忍忍就过去了。他妈还嫌我没本事，自己留不住人，男人在外面逢场作戏一下算什么？是我蠢，以为他对我多少有点真心，没想到闹起来他会动手，打完了又给钱又买东西地哄，我居然也被好处迷了眼，哄好一次又一次。”

她转着杯，眼中有倏忽而过的水光，很快又成了嘴角些微嘲讽的笑：“没人心疼我，我自己都不心疼我自己，因为我活该！”

林筱的手机亮了一下，她扫了一眼，是方彦的信息：“少让她喝酒，她喝多了全是话！”

方彦这样的性格在句尾打出惊叹号，隔着屏幕林筱都感受到他告诫的口气，她和舒南说了句“不好意思”，低头回了条信息：“已经开话闸了。”

发完她想起王璐彤告诉她追人要善用表情和表情包，以免语气太生硬，就又点了个笑脸。

方彦刚把和他倾诉了一路对舒南爱意的周卓雄送到家门口，看到林筱破天荒还带了个表情，觉得她大概被化身话痨的舒南骚扰得很无奈了，飞快地回了句：“我尽快回来。”

林筱看着他简简单单一句话，就像那天听到那句“你等我”一样，有种淡淡的亲昵感，眼睛不由得弯了弯，清冽的眼眸被笑意软化。

人精如舒南自然猜到对面是谁，越看越觉得两人有戏，当然要把自己和方彦的关系撇清，话说得越发诚恳：“我们这样熬大的人，有时候对自己都很厌弃，我呢不甘心，还是想找个人好好疼我爱惜我，方彦从来就不是我的菜。”

林筱抬眸看了看舒南，看她轻声说着“熬”，知道她今晚的话有目的，也是真心话。

“方彦像团棉花，看起来软和，其实把自己裹得严严实实，还丧丧的呀！我怕闷，想想和他相处都没意思。”

她为了撇关系吐槽了几句，想起自己是来推销的，又赶紧改口：“但是你们合适呀，你外刚内柔，活得敞亮，和他还合拍，我可没见过方彦和哪个女孩子能每个周末都待一起……”

林筱想说点什么，舒南手一抬，直接堵住了她的话头：“我知道是为了工作，为了工作也没有过。你别看方彦像好打交道，他其实‘独’得很，居然连家门都给你开了！他那小破屋什么都没有，但没几个人进去过，更别说天天去，还帮你养猫。”

她摸出手机搜了一会儿，往桌上一放，笑得有点坏：“再说了，他长得不错呀，身材更好，绝对原装。”

图片里是很青春的方彦，五官没变，比现在略青涩，人更单薄、白净，修长的手指随意地搭在高鼻梁上，眼底对万事的唾弃还没修炼成漠不关心，懒懒扣了两粒扣的衣服只扎了一侧衣摆，露出另一侧漂亮的腹肌和拉低的裤头下若隐若现的人鱼线，像幅技巧满分的画，精美却无感情。

“我知道淘淘那个大嘴巴告诉过你了，方彦以前是干什么的。”

舒南随便划拉着图片，方彦无论是做童模还是后来当模特都算小有名气，林筱有心的话，互联网上处处留有痕迹，舒南没想瞒她，反而想趁机看看她的反应。

结果只能说不是一家人不进一家门，方彦要是团裹得严严实实的棉花，林筱就是池波澜不惊的深水，除了纯欣赏，舒南在她那双平静的眼眸里什么都看不出来。

“他先天条件好，镜头感足，要是沿这个路子走下去，说不定能闯出来。不过没什么可惜的，不要说他，我现在靠摄像头吃饭呢，有时候看着镜头都恶心！不过话说回来，他从小就上镜，酷有酷的味道，笑起来更没几个人扛得住。”

照片里的方彦像有百十张脸孔，青春阳光的，脆弱忧郁的，冷漠犀利的，做过妆发的五官、处理后的身材格外抓人，一双手都漂亮得像是艺术品，很难和如今闷头做事、满指薄茧的快递员联系起来，林筱扫一眼网页上带的名字——“初彦”，艺名？或是曾用名？

“方彦一个人过太久了，把自己套在那个小蜗牛壳里，过得可有可无，其实一塌糊涂，这几个月倒是……”

舒南正说着，门口忽然传来了动静，门锁被人用指纹打开了。她将手机一收，看着撑住门框的方彦跑出汗来，冲他一举杯，笑容却是对着林筱：“瞧瞧！他有指纹有密码，今天却是第一次不按门铃自己开门！这么着急，绝不是因为我！”

方彦理都没理她得意的笑脸，连人带椅子把林筱拉开了，害得搭在她肩上的舒南差点歪倒。他确认距离足够远，才在林筱旁边坐下，摆上桌的手臂还下意识拦在了前面：“你别啰里啰唆难为人。”

“哎哟哟，二十几年的交情，我就得个‘啰里啰唆’？你哪只眼睛看到我为难她了？你再看看她，像是能被为难到的人吗？”

舒南笑得不知多揶揄，林筱被她笑得脸也有些热，她的确不善交际，但她的原则是不好相处不处就是了，也没被谁难倒过。可方彦这样态度明确地护着她，她心里就像有许多小气泡，在咕嘟咕嘟地翻滚着。

林筱心里一面翻腾，一面觉得不划算，先动心的人就是比较亏，一点动静都能开心成这样，还是要抓紧追人的步伐！

而已经被她默默划为助力方的舒南很给力地在添柴加火：“方彦，我可没见过你这样护人，听说上次在别人家动手了，现在每天拉着卓雄管接管送啊？”

方彦也被她一针见血的问话问得愣住了，他护着林筱了吗？什么时候的事？

觉得一个坐办公室的姑娘能坚持跟送快递不容易，难免想多做一点，少让她动点手的时候？想起她为了不熟的邻居家孩子跑上跑下，在医院累出满头大汗，交代清楚了二话不说就走的时候？看到她再辛苦也没有一句抱怨，到夏天还记得给做作业的田田买去冰奶茶，并且顺手教作业的时候？

又或是明明冷言少语却为了黑糖大动肝火，敲着桌子要张志好看，总不情不愿却还算耐心地哄着一再上门的淘淘，觉得有点丢脸却执拗地和黑糖聊天攀交情的时候？

他自己都没意识到，就把从未流露过需要庇护的林筱护到了身后？或者说，他怎么会对一个坚韧、独立、物质和精神都很充裕的姑娘有了保护欲？哪怕不去想喜不喜欢，方彦也得承认，对她终归是和别人不一样了。

在他异常的沉默里，舒南笑得眼都不见，她喝下杯中最后一口酒，做了个送客的手势，药嘛一开始不能下重了，见好就得收。

“唉，我也不惹人嫌了，看不惯我就赶紧回吧——”

舒南仍然拉着长音，娇声娇气，林筱却悄悄给她比了赞，她捂嘴笑得肩膀都在抖，过去以为隔壁的大小姐是高冷，没想到熟了这么好玩！

她眨眨眼，抬手回了个“加油”，林筱又比了个“OK”，兀自沉吟的方彦没留意到两个女人的小动作，也不知道老友和林筱在那一瞬间正式站在了统一战线上。

待方彦和林筱告辞了，舒南软着腰肢趴在门边，听见告别后的林筱在询问方彦，要不要和黑糖告个别。

舒南在心里替主动出击的林筱又点了个赞，歪回靠背椅中，任由过往走马灯般在脑子里飞转着，然后像才笑话过的周卓雄那样，给自己倒了一大杯酒，一饮而尽。

她乌黑的眼望着赭红色大门，像是想了很多，又好似什么都没想，良久，才轻笑一声，回房洗漱了。

她没撒谎，对方彦她毫无私情，毕竟两人认识时方彦才是个几岁的萝卜头，她更像是长姐的心态，想想这二十余年两人各自走过的路，一时颇为感叹罢了。

上床躺下了，舒南才看到在充电的手机里十余条消息，一长溜点开，全是周卓雄含含混混的大舌头留言。

我到家了。

明天是我接林筱，我能再来蹭个晚饭吗？

我没喝醉，我今天很开心。

周末我……我们带淘淘去看恐龙展好不好？

你也少喝点吧。

你想喝就喝，我不是要管你，我也没……哎呀……

他的话越到后面越含糊，最后只能囫囵听出几个音，也不知道说了什么，舒南的手指在屏幕上敲打了两下，骂了句“蠢材”，笑着合眼就睡下了。

新换了屋子的黑糖缩在猫笼最底层的垫子里，见人进来就奓着毛躲到了爬架后面，方彦蹲下柔声和它告别，它才探头出来。

方彦伸手进笼子，挠了挠它的下巴，它也没躲，又收获了林筱羡慕的目光，他笑着顺口问：“你俩刚才聊了些什么？好像聊得不错。”

林筱耸耸肩：“舒南只是和我说，你不是她的菜。”

她说这话的时候特别轻松，以至于方彦听不出来有没有别的深意。他不知道舒南明摆着牵线搭桥的行为会不会带给她困扰，但此刻再提只怕让人尴尬，干脆换话题，和她交代了两句这几天养黑糖的心得，然后说：“明早上我送你上班。”

“你们别太把张忘当回事，我有自保的能力。”

“他没底线的，你小心为上，不要嫌麻烦。”

“好。”喜欢的人管接管送，林筱高兴还来不及，“我是觉得总辛苦你和周卓雄。”

“他求之不得，正好去隔壁蹭饭，我反正也没别的事，你要记得别单独行动。”

林筱暗自舒了口气，求之不得的可不止周卓雄，她只是藏得比较好，甚至考虑过要不要借口发胖，拉方彦陪着夜跑，怕太累人才作罢。

方彦像前几晚一样，慢慢散着步回家，夏夜的暑气贴着汗湿的脊背，偶尔有热风懒散吹过，街口乐莎招摇的灯牌在闪烁着，方彦沉默地站在路边看了一会儿。

夜航的飞机混迹在城市上空几点模糊的星光里，有小孩乐此不疲地高喊着：“飞机！”

他跟着那欣喜的声音仰头看了几眼，才好笑地垂下头，看到自己被路灯拉长的影子。

方彦自乐莎门口错身而过，连续几个晚上林筱都带着汤上门看猫。他这周还没去过乐莎，而且……他最近晚上心情不错，就不去找不痛快了。

回到家，方彦在露台那把吱呀的木椅子里坐了一会儿。南四本身环境不怎么样，四周全是大楼，他这个贫乏的小屋顶却有着不错的夜景。高新区林立的摩天楼灯效千姿百态，高楼缝隙夹杂着几片低矮密集的灯火，是和南四一样的安置小区或者拆不动的棚屋区，在飞速发展的城市里不合时宜又必然地掺和着。

透过敞开的家门，正好看到摆放黑糖猫笼的那一侧墙，因为时日太短，没留下一丝痕迹。

对于只养了三天的黑猫，方彦谈不上有感情，他当年心灰意懒后选择了纯体力的活计，慢慢适应了累得回家不再想任何事的劳动强度，一做就是六七年。

现在习惯了，他依然觉得简单又辛苦地过着也好，多只猫只是回家多了个活物，来来去去并不会多打乱他的生活节奏。

他这样的人，在哪里都是过客，这个城市一千八百万人口，有的是人一直在和自己的孤独和平共处。

关上门，一切又恢复了死水般的宁静。

林筱是不愿意欠人情的，最近辛苦周卓雄接送，两人各有所图，某日晚饭后淘淘来拉她去楼下玩，还说要陪杨奶奶散步时，她就跟着去了。

路上周卓雄大概说了一下，他外婆六年前中风后不良于行，上年冬天又摔了一跤住了一个多月院。现在经过复健和按摩，外婆扶着把手其实能勉强走几步，但是老人家觉得迟早都会动不了，不太愿意做练习，每天要哄着来。

林筱之前陪方彦送快递去过杨奶奶家一次，只在门口看两眼也知道杨家的装修是下了功夫的，她想还周卓雄人情，就过来看看还有没有什么是她能做的。

坐在轮椅上的杨奶奶一看周卓雄除了淘淘，还带了个年轻姑娘上门，哪里肯下楼，借口天色太晚懒得动，示意护工小黄把人迎进来，眉开眼笑地招呼做事的小赵泡茶切水果。

“小林啊，你今年多大啦？”

杨奶奶耳朵不是太好使，戴了助听器也总是不由自主说话很大声，林筱就配合着也大声一点：“二十五了。”

“比我们卓雄小一岁呀。”

对于杨奶奶颇有含义的话，林筱也没有刻意解释，老人家问什么她就答什么，无非也就是年龄、家庭、工作的情况。

周卓雄对舒南的意思都摆在明面上了，林筱不信杨奶奶没听到过风声，看她家里还备了不少小娃娃能吃的零食，而淘淘进门也是熟门熟路的样子，就知道老人态度还算开明。当然开明是一回事，希望有别的人选，又是另一回事了。

“太姥，林阿姨可厉害了，去国外读过书，是大设计师呢！”

“这么厉害啊！”

杨奶奶捧场地答道，她常听淘淘把林阿姨挂在嘴边，知道她就住在淘淘隔壁，在小朋友急病时帮了忙。她打量着林筱不是那种热情开朗的女孩子，却能主动救急，而且言行举止大方沉稳，没一点浮躁气，越看越喜欢。

周卓雄倒没看出来外婆的意图，反而在旁边接口：“我和林筱说了，家里是大哥当初专门找人设计的，她做这行的，也可以看看。”

“随便看，随便看，让卓雄带你去屋里也转转！拍照什么都可以，你随便点，当自己家。”

杨奶奶的屋子当年是专业团队做的，并针对她的病情做了预设，从各方面照顾到行动不便的老年人，还有部分设备是从日本和欧洲定制过来的。嘉洲花园不缺有钱人，杨奶奶在小区里聊天时说起，不少老人上门来参考过，现在听说林筱是学设计的，更是热情。

“你要有兴趣，我让卓雄他哥把那个什么，设计图对吧？设计图也发给你，你们懂。”

林筱在征得同意后，才抬眼四处看起来，从吊轨推拉门到无高差地面，按动线设计的不同款扶手，数个和轮椅平齐的呼叫器，助厕扶手、助浴设施以及简便的练习设施，屋内处处可见细节。

杨奶奶在嘉洲花园已经住了好几年，屋子是六年前装修的，别看有些设备现在订购渠道多，六年前能装成这样，是花了大力气和大价钱的。

林筱记得舒南提过，周卓雄家境不错，现在看来是相当不错。贴身跟着杨奶奶的护工周到细致，家里的阿姨做事有条不紊，而且八栋这个带超大阳台的户型本身就是嘉洲花园的王牌大户型，林筱妈妈当初也看中了，可惜没有合适楼层转手，林筱也坚持房子不要这么大，赵女士才退而求其次选了六栋的三居室。

“你喜欢花？”

杨奶奶见林筱多看了几眼阳台，就带着几人过去了，她左侧身体不太灵活，右手操控电动轮椅倒顺畅，还把一盆小花递给了蹦蹦跳跳跟来的淘淘玩。

林筱看得出来她喜欢花草，顺势应道：“喜欢，不过种不好。”

三十几平方米的“L”形超长阳台，朝西一侧是摆放洗衣机的生活区，朝南这侧种满了花，林筱作为连天堂鸟都能种死的人，望着生机盎然的花叹为观止，也换来了杨奶奶开怀的笑容："种花和养孩子似的，习性不一样，养法就不一样。"

林筱想起方彦家露台上的花，虽然和杨奶奶这些精心打理的名贵品种不一样，但看得出也是费了心思的。林筱想着追人得多点共同语言，就仔细听杨奶奶讲起了养花经。

杨奶奶看她是真的有兴趣，就自小木几上取了眼镜戴上。木几上头还放着收音机、茶杯，还有个 iPad，显然这是她最常活动的区域。

她挪到可移动的工作台边，台上摆着些轻便的园艺工具，护工见老人往那边伸手，眼明手快地帮忙灌上了洒水壶，杨奶奶笑着接了过来："从我又摔了一跤后，她们恨不得我做个饭来张口、衣来伸手的地主婆。"

"太姥，什么叫地主婆？"

淘淘天真地发问，大家都笑了。杨奶奶给林筱简单介绍了几种花，点到即止，除了嗓门大，不会啰唆得招人嫌，还顺手剪了十几枝花送给她。

"拿回去插着玩，开败了我让卓雄再给你拿，我这花都修剪不过来。"

林筱对老人的大嗓门没有表现出一丝不耐烦，还难得地捧了一把："是您种得好！"

话少的人夸一句比能说会道的夸上十句更有效，杨奶奶喜笑颜开，淘淘在一旁戳含羞草也戳得很开心，看到旁边还没开花的香雪兰，仰头问道："林阿姨，这是猫草吗？黑糖的猫草都黄了，要不从太姥这里带点回去吧？"

杨奶奶这才想起，楼下流浪猫引发的事故后，淘淘说过那只黑猫也被他隔壁林阿姨收养了，越发觉得林筱是个外冷内热的善良姑娘。

"这是花，不是猫草，不过太姥可以种一些。"老人戴着眼镜熟练地滑开了 iPad，淘宝搜索出猫草，选销量最高的下单，"卓雄，付钱！嗯……帮我再加多两份种子。"

周卓雄应了一声，掏出手机代付，林筱很不好意思地推拒着："不用麻烦，我再去买就好。"

"你不是说自己花花草草老是养不好吗？我这里地方够大，帮你多种几盆，隔一阵让卓雄带去你家换就行了，你那儿有养得不好的花拿过来我帮你养一段也行，我告诉你个秘密啊……"

老人家自以为小声地凑到林筱耳边："前面二栋楼下有片积叶看到了吗？拨开叶子下头的土黑黑的，还很松软，养花特别好，我经常让小黄、小赵偷偷帮我挖点回来，再倒些土还一点回去让落叶养着……"

林筱听着老人大声的"悄悄话"，还有老顽童般的笑容，配合地点头："我记住啦，晚点我也去‘借’一点。”

淘淘想起他在隔壁看到的蔫蔫的绿植，小大人般叹口气：“林阿姨，我觉得猫草你还是交给太姥吧，好不容易黑糖在你家有个喜欢的……”

帮腔的淘淘拆台拆得不遗余力，林筱本来种猫草三盆才成了一盆，黑糖偏偏还很爱吃，这几天靠着猫草，从不主动亲近人的小家伙还能给点好脸色了，可惜长势不咋好的草也快被吃秃了。

老人爽朗地笑着：“当初猫还是我让卓雄去找的，拖累你差点出事，快给我点弥补的机会，再说，也给我这个老废物找点事做做呀。”

话说到这个份上了，林筱再没有拒绝的道理，只能应下来，杨奶奶还挺得意地炫耀了一下自己的购物车。

“别看我耳朵不好，眼睛还可以，要买什么了就自己下单，不过他们信不过我，都不给我开网银自己付钱，只给我开亲情号他们那边付。”

周卓雄被嫌弃得在旁边摸头直傻笑。

第九章

十苦微甜

好不容易等到杨奶奶放人，林筱抱着花出了门，才和扛着淘淘骑大马的周卓雄说起正事。

“杨奶奶家里是一直请了护工和保姆的吗？”

“一直有啊，黄姐、赵姐她们做了好几年了。”

“负责吗？”

周卓雄人虽然老实，也听出来林筱有弦外之音，奇怪地看向她：“怎么了？”

“我记得头一回见方彦来的时候，他是先打灯，杨奶奶在阳台上看到了，应的门。”

淘淘到了一楼大厅，就跑去休息区坐沙发上玩去了，周卓雄追着他扯出了湿透的汗巾，和林筱接着聊：“你也看到了，外婆学会网购以后沉迷得厉害，包裹一到小区就着急去取，她出门每次只肯让一个人跟，还非要自己抱包裹，过年那一跤就是晚上去取包裹的时候，被纸箱顶到轮椅操控台摔的。”

林筱没想到杨奶奶七十来岁还网购成瘾，还会迫不及待地拆包裹，倒是有点可爱。

周卓雄简单和林筱提了一下，外婆除了为方彦帮过腔，某次黄姐推着她在小区会所前散步，遇上急雨等赵姐送伞来，正巧碰到方彦收了件往三轮车停放处跑，杨奶奶看他浑身湿透了，就硬塞了把伞给他。林筱见识过杨奶奶的热情了，估计方彦也是推辞不过，事后他上门还伞就记住了房号，那以后方彦大件都会送上门。

“从去年摔了以后，方彦如果来得晚了，都会给她直接送到家，免得晚上她还非要出门取快递。”

周卓雄喊了还在沙发处爬上爬下的小顽皮一声：“淘淘，走了，太姥肯定还在楼上等着呢。”

淘淘应了一声跑了过来，走出楼栋，他和周卓雄很有默契地齐齐抬头，杨奶奶果然在二楼探头等着，大声和三人告别：“小筱下次还来啊！”

“好的。”

林筱也挥了挥手，周卓雄明知道隔着挑高层外婆听不见，还是压低了声说：“老人家嘛，脾气和小孩似的，有时候说道理也说不通，她要怎么样我们平时都顺着她，你多担待。”

“老小老小，杨奶奶脾气算很好了。”

林筱做义工时见过不少瘫痪后性情刁钻的老人，杨奶奶还能这么开朗，是性格好，也是照顾得周到，没吃什么苦。

“外婆是想做点事，黄姐她们偏偏什么都抢着做，尤其过年那一跤摔的，都不敢让她再伸手。方彦多善解人意，过来先用灯和她打个招呼当叫门，外婆每次都亲自给他开门，开心得很。”

林筱听了周卓雄关于方彦的形容，恍了几秒神，才回归正题：“杨奶奶被照顾得太细致，难免会觉得自己没用，其实让她做点力所能及的事，还可以锻炼她左侧肢体。”

“这件事我们家里也商量过，外婆不愿意和我爸……我们住一起，医院正规的复健做了几个月没成效也不肯去了。家里的器械她懒得用，黄姐她们肯定安全第一，宁愿让她少动。”

林筱又抬头看了一眼宽敞的大阳台：“杨奶奶活动范围在阳台居多吧？我们公司有特殊需求客户的定制渠道，像我们组上个月还帮人定做了低位的晾衣架，可以电动控制降到和轮椅平齐，方便晒收。我看杨奶奶好像不用烘干机，衣服也柔软，适合老人家动手，黄姐用又可以升正常高度，你看行不行？”

“行，当然行，我外婆就是老一套，觉得衣物要见了阳光才算晒好了。”

淘淘在周卓雄肩头也拍起了手掌：“上次太姥要帮忙晒衣服，黄阿姨就没让，我在家要晒被子，刘阿姨也不让。”

“那一会儿回家熊叔叔顶着你晒，好不好？”

“耶！”

林筱等他俩聊完了，才继续说：“杨奶奶放园艺工具的操作台，当时应该是按她称手的高度装的吧，我建议换成升降的，老人的身躯会逐渐佝偻，现在其实已经偏高两三厘米了。”

林筱很少和周卓雄说这么多话，解释得也直白，他只有点头的份。

“门铃可以加联一个可视带快速闪光的信号灯到阳台，让杨奶奶也可以操控。都很简单，你同意我就找人上门把这些都装好，先说好，不用给钱。”

“那怎么行！”

“不许给，你要是算钱……”

林筱指了指淘淘，又指了指上面的“612”，威胁得很明显，周卓雄脸一垮，被人捏住了要害。

他把淘淘送回舒南家，将林筱的意思一五一十说了，舒南听罢直乐：“我就说她今天怎么这么闲，她和方彦太像了，生怕欠人情，你随她吧。”

“那我给她把插的鲜花和猫草包了吧。”

舒南卷着一缕头发绕着玩，看周卓雄这傻子是真没看出来外婆的撮合之意。老人家算盘打得不错，送花这种事和猫草放一块儿，意图就没那么明显，往后没事让周卓雄跑对门送点东西，一来二去多自然就培养了感情。

“唉，这年头找个家境好一点的经济适用男，都层层关卡呀……”她不爽地嘀咕了一句。

已经和淘淘堆上乐高的周卓雄转身问：“什么？”

“没什么，你们玩。”

那么大个的男人蹲在几十厘米高的乐高桌前，抱着淘淘，捏着还没他半个指甲盖大小的零件，耐心地搭起已经奋战了几日的潜艇。

他看起来是真心喜欢孩子，就像舒南没有怀疑过他是先喜欢上自己的皮囊一样，不过她觉得她这副好皮相再维持个十几年都不成问题，也不介意周卓雄耽于美色。

有耐心，脾气好，目前来看还算有责任心，其实值得争取。

舒南把玩着手机，开始想林筱在方彦心里到底有多大分量，该不该让方彦知道杨奶奶的主意，刺激一下他那摊死水——

一墙之隔，林筱正在阳台修剪着发黄的猫草。黑糖早已踏出猫笼，拥有了广阔的空间后，它就不再回笼，尤其喜欢客厅另搭的大猫架，不时亢奋地狂抓几把，再跃至高处俯瞰“两脚兽”，刚才还踏足主卧巡视了一圈。

林筱边看黑糖试探地开拓领地，边想方彦。泛泛之交的周卓雄说他善解人意，和他相熟二十几年的舒南说他独、丧，好像都是他，又好像都不是他。

这个人认识越久越像个谜，那晚在舒南家看过照片后，她回去搜过“初彦”的资料，原来他都不是她曾以为的名不见经传的十八线野模，当年还算小有名气，以林筱对行业的估价，他拍两天平面的收入肯定都会比现在月薪高。

如果说模特是吃青春饭的行业，不能长久，那方彦在快递这行也没有任何想换岗、升职的意思。他住在简陋的屋子里，吃最简单的餐，做机械的工作，换个人她都会觉得神经兮兮。

可她跟着方彦数个月快递送下来，知道他会给老人送快递上门，会容忍地送还是陌生人的她回家，却有一双把他自己排挤在世界之外的眼睛。

林筱想着舒南轻飘飘说着“他不是我的菜”，笑了，方彦是她的菜啊！还有越来越长在她审美上的脸和身材——

就像这样的夜晚，她一想到明天又是周末，可以和他朝夕相处两天，哪怕要东奔西跑，嘴角都会不由自主弯起来。

把发黄的猫草都修理了，林筱想起杨奶奶和方彦养的那些鲜活的花花草草，再看看自己养得萎靡不振的绿植，见楼下路灯还算亮堂，不时有散步的人经过，决定听从杨奶奶的建议，也去二栋楼下换点土回来。

临出门了，她记着方彦他们再三的叮咛，把王璐彤给她的警报熊猫也带上了。

没想到才靠近二栋，就听见有老人在训斥着谁，林筱觉得眼下情形不大适合过去，就抱着花盆在旁边坐着等一等。

借着灯光，林筱看清了不远处起争执的三人，其中被年长男士在推搡的人她居然认识，是安医生。

上回在宠物医院两人加了好友，小区里还遇见过几回，接黑糖出院后，安医生问过黑糖的适应情况，并给她分享了一些养猫的文章。

林筱的印象里，安医生人亲切，又能把交流控制在恰当的度内，是知性又温和的。此刻她却异常冷淡，用家乡话大声说了两句什么，那位大叔竟然抬手就抽了她一耳光，还想抬脚去踢人。

“你干什么？”林筱完全是本能地放下花盆站了起来，大声喝道。

“我管我女儿，关你屁事！”

老人摆明了家务事的态度，林筱迟疑了一秒，倒不是怕掺和别人家事，而是担心安医生并不愿意被人看到现在的狼狈。

可她已经站了起来，想假装经过也来不及了，而且老人也并没有收手的意思，举手要再打，安医生也没有忍让的意思，直接抓住了父亲的胳膊：“你再动手，我就报警了。”

安母在旁边弱弱地劝了两句，也不管用，安父常年做体力活的，六十几岁体格不差，被女儿钳住手甩不掉，又想踢人，林筱已经冲了过来。

她一米七几的高个，学过点防身术，面色森冷地挡在安怡涵身前，气势上很有压迫感，安父吃不准她的来头，奋力甩开了手。

“安医生，你没事吧？”

林筱不知道这种情况下能说什么，只能替她挡着人。

安怡涵没开口，安父先开腔了："还是认识的？那好，你评评理，她家里有猫狗睡觉的地方，却没有亲爹亲妈休息的床，我还打不得了？"

"哎哟，你们父女都消消气……"

"你闭嘴！"

刚劝了几个字的安母被丈夫骂退到一边，嘴里却念叨着："你这孩子也是，拿养猫狗的钱来养个孩子不好吗……"

安怡涵冷笑了一声："我自己赚的钱，想怎么花不用你们管。"

"放屁，你的钱就是老子的钱……"

安父说着，手又举了起来，安怡涵一步没让，还拉住了挡在她身前的林筱，用一种平静却很冰冷的目光看着亲生父亲。

"刚才没反应过来，让你打了一下，"她语速越来越慢，每一个字都冷得不带感情，"安祥明，你这一巴掌再敢落下来，今年别想从我这里拿到一分钱。"

"你敢！"

安父虽然吼得很大声，手却僵在了那里，只能看着女儿笑得满是嘲弄。

"你可以试试看。"

林筱看安医生控制住了场子，感觉自己冲过来多余又尴尬，果然还是脑子发热了，没想到下一刻就被安怡涵抓着手臂靠住了，她才知道看上去很镇定的安医生在微微发抖。

一直怯懦站在旁边的安母低声说话了，因为怯声怯气，倒显得无助又无辜："怡涵呀，我们也不是想和你吵，你说你这么大的房子，怎么爹妈都不给进门，让我们去住旅店呢？"

"因为你们前科太多，到了我家，"安怡涵把"我家"两个字说得重重的，简直像咬牙切齿，"都恨不得把家给抄了，还丢我的猫和狗！"

"呸，你多出来一间房，不给爹妈住，给畜生住，任谁来评理你都说不过去。"

安父看着林筱，林筱才意识到她就是那个要评理的人，于是她很心平气和地问道："请问是谁买的房子，户主是谁？"

她明明是就事论事的态度，却不知戳中了安怡涵哪里，让原本在压制怒火的她一下子松了绷紧的弦，还有点想笑。

"谁的房子就该谁说了算吧？"林筱长了张理智的脸，还是理所当然的语气，越是这样就越是气人，她也不觉得，反而拿自己举例子，"我也住小区里，房子还是爸妈出的钱，不过他们每次过来都住酒店，说和我作息、习惯都不一致，懒得互相迁就。"

“呸，我女儿的家，当爹的还住不得了？”

安怡涵冷冷一笑，嘲讽的意味更重了：“您家里可没有我和大姐的床，小孙子倒是有书房。”

“那是只有三间房……”

安怡涵根本不容母亲再念叨，更强势地说道：“我每年给你们的数，在你们厂绝对算多的了，再多你们也别想要！”

安父眼看又要骂，被安怡涵直接地把话堵了回去：“你敢多要多少，我就敢减多少，你可以试试看！还有，如果你去医院闹事，我大不了像以前那样换工作，本事长在我身上，我换城市都没问题，不过你就休想再从我这里拿到一分钱！”

她说完，扯着林筱就抬头挺胸地往回走了，到进了楼，进了电梯，门关上那一霎，她才缓缓蹲下。

她什么都没说，很轻地叹了口气，垂下的黑发遮住了脸上的红痕。那声叹息里没有平日的温柔，也没有方才的尖锐，就只是一声长长的、轻飘飘的，却又沉重得仿佛脊背都被压垮的叹息。

在电梯抵达十二楼时，安怡涵站了起来，她又成了林筱熟悉的安医生，她道了歉致了谢，并邀请林筱以后有空可以来家中做客，笑容宁静又无懈可击。

周末，林筱和方彦照常碰面，这天的进度特别快，正好送到南四附近，两人提了吃的，干脆回网点休息。

近来温度攀升，主管赵兴却总在强调，前后大门都敞着的网点开了空调，清凉也有限，不如用风扇。反正不到高温天赵兴总有理由不开空调，哪怕开了也唯恐有人把度数调太低耗电，时刻盯着。

所以网点的凉意更多是靠树荫和通风，还有吴大姐嫌热自己在座位边加的空调扇。对于吴大姐每天在冰柜里放一排冰晶盒，赵兴倒没说什么，冰柜都开着，冻多冻少没太大区别。

所以到正午，田田会默默移到回家休息的吴大姐桌子附近，蹭一点凉意，而林筱只要买喝的，都给小姑娘带一杯，理由都不换，奶茶店积分兑的。

没想到今天田田接过新款的水果茶前，先从凳子下掏出一筐鸡蛋来，有几十个，擦得干干净净，码得整整齐齐。

“阿姨，爸爸说你总请我喝东西，还教我做作业，我们要礼尚往来。”她把鸡蛋推给林筱，“这些都是妈妈在家养的鸡生的。”

老何对田田有也自己朴素却三观极正的教育，林筱没有推拒这份回礼，方彦还帮腔："这是有钱都买不到的好东西，正适合林阿姨做早餐。"

林筱接收了他铺好的路，接着说道："明早上我吐司就配这个鸡蛋煎，肯定香。"

田田开心地笑了，抱着少冰的水果茶大口喝起来，林筱也坐在她旁边蹭空调扇，顺便帮她把作业看了，还教了两道题。

"阿姨，我长大以后要是有你这么厉害就好了，什么都会。"

田田仰着脸，全是憧憬，林筱难得地说了句假话："我小时候作业才错得多。"

方彦在旁边差点笑出声，别说他不信，田田都没被她哄住："林阿姨骗人。"

长了张学霸脸的林筱也不解释了，毕竟解释就是掩饰。方彦正查看着下午要去收的寄件，忽然看到汗流浃背的老何骑着三轮回来了。

田田惊得站了起来，她虽然才四年级，已经知道爸爸的手机如果半夜响起，或者正常上班时间忽然回来，基本上是老家有突发情况。要么是妈妈又不舒服，要么是爷爷奶奶生病了，可是爸爸周中轮休不是才回去了一天，说家里好好的吗？

直到看到爸爸进门后笑着的脸，田田才松了口气，赶紧捧着才喝了两口的水果茶跑了过去。

"快看，田田，爸爸给你带了好东西！"

天气闷热，方彦每天都会把制服扣子解开几颗散热，其他小年轻基本穿不住，都是里面搭个背心，短袖要么绑在腰间，要么进空调楼和回来的时候才披一下。只有老何穿着洗到发白的制服，哪怕背后湿透，都永远穿戴整齐，今天他却把制服团成一小坨，收进了背包里。

他糙黑的大手抹着快淌到眼里的汗珠子，喝了一大口田田举起的水果茶，边小心翼翼地打开制服，边和林筱方彦打招呼，还问田田鸡蛋给了没。

"林筱，我家也没什么好东西，你别嫌弃。"

老何说着抱歉，林筱却知道这些大老远带过来的鸡蛋，原本都是要给田田补身体的，亏得方彦刚才给了现成的说辞，林筱赶紧把煎鸡蛋吐司又说了一遍，平时不说应酬话的人也有好处，她一说就显得很真诚，老何笑呵呵地点头。

"你放心，都是自己养的鸡生的，炒起来香着呢，比外面买的好。"

他说着，终于解开了自己用衣袖打的两层结，露出一个小小的圆盒来，献宝般递给女儿："田田，这是不是就是你上次说的哈什么斯？"

田田很是惊喜，手都伸到半空，却没有接："爸爸，我上次就是念两句街边的广告，不是想吃！这个太贵了，你拿去退了吧！"

"不是买的，"老何笑得眼角全是深纹，"我刚才去送一个熟客的单，那个阿姨家好像在办生日会，她顺手拿给我的。"

老何又看了看上面的字："我记得广告上就是这个牌子，赶紧给你送回来了，应该还没化，你赶快吃。"

"这么好啊！"

田田这才开心地接过了冰激凌，小手摸着又闻了闻，"咦"了一声，被老何揉了揉头："爸爸衣服太臭了？"

"没关系，里面都封好的。"

田田笑得像花一样，老何催她快吃，她摇摇头："我先放冰柜里冰一下，不然里面化了，没那么好吃。"

"好，你记得一会儿吃掉啊！"

老何也很开心地把衣服再穿上了，被冰激凌沁得凉凉的地方让他舒服地伸展了一下手臂，又去饮水机边灌了一大杯水，方彦也站了起来。

"我们也该走了，一起吧。"

方彦经过和自己小三轮并排的老何的车，随便扫了一眼，看快到两点了老何还剩余的派件，就把最外头那一蛇皮袋包裹取到了自己车上。

"我今天送得快，这些我帮你送了吧。"

"哎！别！"老何伸手来拦，"他们那儿有两家不准放驿站的，每次都要送上楼，电梯还经常坏。"

他说完，就想起那个小区前年是分给方彦的，方彦怎么会不知道，他看着方彦把包裹锁进了车厢，连忙拱了拱手。

"谢谢啊。"

"林筱才收了你那么多鸡蛋，一会儿让她多跑两趟腿。"

躺枪的林筱突然发现，方彦如果帮人做点啥，都会找到一个无比自然的理由，有时都不知道他是在说服别人，还是在说服自己。

两人依然是小三轮加小电驴骑出去，没到第一个红绿灯，方彦就发现帽子忘拿了，虽然他们日常都嘲那个小红帽像旅行团，毕竟也是制服之一。

"刚才脱了扇会儿风，放在饮水机边上了，老何的好像也在那儿。"

方彦把车把一扭，准备骑回去，被林筱喊住了："我的车轻便，我去拿吧。"

方彦都没来得及说什么，她已经掉转头走了，方彦只能跟了上去，平时他都和周卓雄负责接送了，怎么会让她单独行动？

两人还没到网点，就看见老何站在门边，大概也是回来拿帽子，却没有进去。林筱下意识捏住了刹车，停在他不远处，方彦也跟着停住了。

田田正趴在冰柜边上，小脚一翘一翘地看着她的冰激凌，和刚回来的吴大姐聊着天。可能是太高兴，平时细声细气的小姑娘今天嗓门格外亮，更别提本来就赛广播的吴大姐。

“这一小盒要三四十吧？你爸爸怎么舍得买这么贵的冰激凌？今天你生日？”

田田“嘻嘻”笑着：“才不是我过生日，是爸爸送快递遇到别人过生日，给爸爸的，他就送回来给我了。”

“那你还不吃？”

“我要等爸爸下班回来一起吃啊！”田田的小手隔着玻璃画圆圈，笑得幸福洋溢，又感叹地说道，“吴阿姨，那个人得多有钱啊，过生日哈根达斯随便吃吗？”

吴大姐酸不溜丢地说着：“不就是个冰激凌吗，还能吃出黄金来？”

“等我长大了，有钱了，也给我爸爸妈妈办生日派对，摆满冰激凌和蛋糕，随便你们吃。”

吴大姐被她说的话逗笑了：“那你要好好读书，以后赚很多钱，请我们吃很多好吃的。”

“嗯！”田田又看了两眼冰激凌，依依不舍地回到作业前，“吴阿姨，你也帮我看着啊，别让猴子哥哥他们偷偷吃了！”

吴大姐故意逗她：“你要不要打开先尝一点？”

田田好像生怕受到引诱，赶紧低下头开始写作业，声音却是带着笑的，又脆又响：“我等爸爸！”

说完又惋惜地叹了口气：“要是妈妈也在就好了，她也没吃过这么好的冰激凌。”

林筱看着老何站在那里，早就驼了的背弯得更厉害了。虽然大家都“老何老何”地喊，老何年纪其实不大，比赵兴还小两岁，他自己总说是长得太着急，可谁都知道他担子太重压力太大。

过了好一会儿，最讲规矩的老何也没走进去，他没拿他的帽子，而是朝前走了，也没能走太远，就在树荫下的路沿坐了下来。他的手有些抖，像是不知所措地搓了两把头发，好像在笑，笑着笑着就捂着脸哭了。

林筱没看过一个大男人哭成那样，哭得整个人都在抖，可是他只哭了很短几声，就把手塞进了嘴里，咬着牙止住了哭声，眼里蓄满了泪，嘴角又有笑。

看老何胡乱抹了两把眼泪站了起来，方彦伸手拉住林筱，闪进了旁边的拐角，林筱顺从地躲了进去。

方彦过去调侃林筱喊“大小姐”时，她很不以为然，自觉不是不知疾苦的娇小姐。她读书时去过很多国家的贫民窟，参与过希望小学援建项目，她睡过大通铺，也时常和工地上的农民工打交道，听他们的艰辛，也懂他们的应付。

可她有衣食无忧、应有尽有的童年，她随意挑剔着哈根达斯口味不行，还拿来做过营销成功案例分析。而在田田的憧憬和忍耐里，在老何咬牙憋回的哭泣里，她再次直观地感受着生活给予有些人，十分苦才一点微甜。

方彦把手掌搭在了她肩上，轻轻捏了捏，而在他们身后，老何已经发动他的小三轮，“突突”地开走了。

“我不是说同情，我只是……”就像老何的又哭又笑一样，林筱半天也没找出一个词，能准确说出此刻的感受，“我只是觉得，生活对有些人未免太艰难了……不过，老何他有个再喜欢都等着他一起回来分享的女儿。”

方彦笑着点了点头：“田田也有一个哪怕高烧都从不请假，却愿意为了给她送冰激凌翘班回来的爸爸。”

所以生活啊，十分苦是真的苦，那一点点甜也是甜到心里去的。

暮色浓重，网点的人陆陆续续回来了，林筱在等方彦充电，吴大姐在收拾桌子，朱宏边扫下午的收件边抱怨最近件越来越少了，田田和老何分享着哈根达斯。

就像田田知道，爸爸说不爱吃甜的是在撒谎，老何也知道他问女儿好吃吗，下个月过生日再给你买一个的时候，田田说还没有可爱多好吃，也是一句谎言。不过这不妨碍他们说说笑笑分享完了小小一盒冰激凌，忽然，外头传来吴大姐一声怪叫。

“猴子，你兜个什么东西！”

猴子压根儿没有理吴大姐，冲里头喊：“田田，快！给哥哥拿个纸箱来。”

全网点只有猴子非得让田田喊哥哥，连自矮辈分都不介意，田田熟练地取了个小箱子折叠好，一拿出去，就看到孙白用制服兜了只毛茸茸的小家伙。

“要死了！有跳蚤怎么办？”

吴大姐还在叫唤，田田已经跳着跑过去了，孙白掀开衣服一角，里面是只两三个月的黑白花小狗，咿呀叫唤着。

田田伸出手指头，猴子一缩：“小心，别被咬了。”

“孙哥哥，你在哪儿找到的它啊？”

“刚收快递在前头停车场里捡的，不知道谁放那儿的，一个大纸箱里放了两只，我和人各分了一只，喜欢吗？”

田田拼命点头。

“我和我妹以前在老家也养过一只狗，和它特别像。”

“那它现在多大了呀？”

猴子面色变了变：“它后来没了。”

田田声音低了下去："是生病了吗？"

猴子没说，因为那只狗被偷狗贼偷走了，听说最后卖去了狗肉馆。

也许是田田指尖还留着冰激凌的味道，纸箱里的狗狗向她的手拱过来，田田忍不住伸出手指去摸了摸它，被它用粉嫩的小舌头舔得两眼晶晶亮。

猴子笑着压低声音说："我们养在这里吧，你就可以天天玩了。"

他是和别人合租的房子，房东明令禁止养宠物，所以只能打网点的主意。

"可以吗？"

田田天真地问着，听了吴大姐抱怨而出来的赵兴在猴子背后敲了一下："当然不可以！"

猴子不以为然："我不养店里，养外头都不行吗？"

"它如果进里头把包裹咬破了，谁负责？"

"我负责！"

"你负个屁责，你负责！你先保证自己一个月不出错再来说别的。"

"我明天就带它去打疫苗，买笼子和绳子来，拴在外面，长大了还可以看门。"

猴子这样一说，赵兴倒有点意动，吴大姐嚷得更大声了："养什么？又脏又臭！田田你快离远一点，万一有跳蚤、虱子怎么办？到夏天一屋子的味，你们都出去了，我可是天天在这里的，而且别人来寄件、取件，万一被咬了更加不得了。"

猴子就像没听见一样，打着自己的小算盘，叫住了林筱："林美女，你之前养猫不是买了好几个笼子吗？有没有淘汰下来的呀？"

只要别人问，林筱一定是有一说一的："是有个大猫笼用不上了，但是我记得狗要满三个月才能打疫苗。"

"那就三个月再去打嘛。"猴子满眼的精光，"你家还有别的能用的吗？"

林筱并非不知道猴子的算盘，她只是看田田着实喜欢："我回去找找看，链子肯定没有，你要是养它，天天关在笼子里也不……"

猴子很不以为然地打断了林筱的话："哎哟，你们有钱人不懂，我养它它好歹还能活，不然留在车库，没两天就死掉了。"

林筱皱了皱眉，也不和他争辩，她虽然不喜欢孙白干活挑东嫌西，还总酸方彦拿了好位置，但应承过的事就会做。第二天一大早，她开车把黑糖淘汰了的三门大猫笼运了过来，还拿了饭盆、水盆，一罐宠物奶粉和体外驱虫滴剂。

"驱虫一月一次，沐浴露猫狗不能通用，它这么小最好吃幼犬狗粮，可以用奶粉泡软了吃。"

"吃什么狗粮，每天大家吃饭剩点给它一拌就行，我们乡里狗都这么养，哪有你们城里人养那么娇贵。”

孙白嘴里说着感谢，都酸酸地带出一大串，然后又念叨有钱人的笼子都这么豪气。林筱看田田围着笼子喜不自禁的模样，懒得搭理他，带田田一起组装起笼子来。

方彦用眼神示意猴子消停点，然后看着林筱蹲在那里搭装的背影，这是他第三次看她搭这个笼子了，一时颇有点感叹。

林筱一看就是怕热的人，才在外头做了一会儿，背上就沁出了汗，高马尾微曲的发尾扫过脖子，都润湿了。方彦想想她已经跟着送了这么久快递，好像没听她喊过一声苦，而且她平时工作强度看上去也不小，相当于每星期都无休了。

生来就站在罗马的人，还这么拼着自己的大路，林筱多少刷新了方彦对富二代的认知。

到下午两人回到网点，田田已经把写作业的凳子挪到了笼子边，而小花狗正埋头苦吃，林筱发现饭盆里装的居然是小粒的幼犬狗粮，还照她说的拌了些奶泡着。

田田把手搭在嘴边，小声地和方彦“告密”：“孙哥哥中午买回来的，一直在喊贵，不过我看他买了一大袋呢！还买了沐浴露，然后……”她声音更小了，“吴阿姨下午就给芝麻洗了澡，我问会不会感冒，吴阿姨还给它吹干了……”

方彦笑着蹲了下来，问：“它叫芝麻呀？”

“嗯，我和孙哥哥中午给它起的，它额头上那些小黑点是不是很像芝麻粒？好听吗？”

“好听。”

“芝麻可聪明了！爸爸说这个年纪的小狗正是磨牙期，可是下午吴阿姨给它洗澡，它一动不动，洗完了也乖乖坐在盆子里让我擦，那么多包裹堆在旁边，它都没碰。”

“这么聪明啊。”

“嗯！”

田田美滋滋地又去逗忙着吃大餐的小奶狗了，而最晚回来的朱宏经过笼子前也蹲了下来，举着手机拍了好几张照，发给了女朋友。

夜色下的南四像往常一般，忙碌又凌乱，可是伴随着芝麻“嗷呜嗷呜”吃得头都不抬的干饭声，好像多了些别样的温柔。

第十章

喜欢就是喜欢

下一个周末，林筱早早收拾了一箱芝麻可能会喜欢的玩具和零食，准备带到南四去，结果方彦自相识以来头一回放了她的鸽子。

因为张志的关系，方彦和她约着是在网点分完件，再过来接她，然而快九点还不见人，林筱又等了片刻才发了信息过去询问，稍后收到了信息，他说要处理点事情，请假了。

林筱直接拨了电话过去，铃响了十几声才接起来，方彦那头很嘈杂，声音听起来疲惫不堪。

“需要帮忙吗？”林筱问。

忙了半宿的方彦正拖着发胀的腿送检验标本去护士站，听到林筱清爽的声音，她不问发生了什么事，只问需不需要帮忙。

“还好，应付得来。”

“那你先忙。”

方彦将试管插进护士台的器皿里，站在那里理了理润湿的口罩，匆忙走过的护士恰好冲屋里大声喊了一句：“陈姐，帮我给24号床换个药。”

方彦知道她听见了，解释道：“不是我病了，送……别人来医院。”

“要紧吗？”

“老毛病了，要住院。”

虽然方彦没说是谁，可他两句话里的疏离和熟稔前后矛盾着，林筱脑海自然浮现出乐莎老板娘的脸。

她觉得自己应该猜着了，不过没求证，而是改口问：“你明天也不上班了吧？”

方彦已经走回了病房，乱糟糟的三人间里，最靠里的帘子拉到一半，方乐婷贴着监护的仪器只能平躺，脸却固执地朝里，散开的长发稀薄地散在枕头上。

带着医院特有气味的空气像有了实质的重量，一层层压下来，方彦深吸了口气，才徐徐说："应该上不了，不好意思……"

林筱"扑哧"笑了："有什么不好意思的？是我赖着跟你做事，你都没嫌我麻烦。"

她不是爱笑的人，但每回一笑眼睛又清又亮，方彦仿佛看见了她笑起来会发光的面孔。

"你没添过麻烦。"他声音里有了丝很淡的笑意，隔着过道重重声浪，都听见那头黑糖小声的"喵呜"，他转出房间靠着墙，骤然松懈了紧绷的肩膀，眉头也舒展开，问，"和黑糖处得怎么样了？"

能聊两句闲话，看来病情不严重，林筱去揉已经敢跳上床来"巡查"的黑糖的下巴，被黑糖屈尊舔了舔手背。她还没来得及高兴，去摸背的手再次被黑糖一跃闪避开，她不满地哼出口冷气。

"还在被嫌弃，而且昨晚它溜进了我卧室的衣柜里，黑不溜秋也不应我，害我找了一个小时。"

她吐槽了两句就适可而止，倒是方彦记着叮嘱她："你这两天要出门，最好找朋友陪着。"

"知道啦。"

张志已经放出来这些天了，方彦和周卓雄一直在轮流接送，她觉得他们过于紧张。不过能被方彦挂念着啰唆几句，她又很开心，总要有点在意她才会再三叮嘱吧？

"还有什么事吗？"

方彦察觉到了林筱有话想说，她也不是个懂含糊其词技巧的人，就主动问出了口："钱……够用吗？"

如果是旧友如舒南问这个，方彦只会笑笑，当然舒南那样精乖的人，轻易不会涉及财务问题，要拿钱她会拐着弯想出你不能拒绝的理由，不会像林筱这样直愣愣地问。

才认识几个月的——朋友，对彼此的了解都极其有限，这个问题当然越界了！正因为越界了，因为她明知这样问不好还是说出口了，在轻微的冒犯感背后，方彦感觉到了浓浓的关心。

"我只出力，不用出钱，医生护士都很熟悉，没问题的。"

林筱听他说起医生，就想起安医生说她是方彦亲人的主治医生，她想着那晚在楼下遇见的事："安医生她……"

她只开了个头，还是觉得无论安怡涵后来对她态度多自然，她见到的到底是私事，就把后面的话都咽了回去。

“安医生怎么了？”

“没什么，我只是之前看黑糖的时候遇见过她，她说是你亲属的主治医生。”

“安医生是在负责我小姨。”

“那个，我刚才提钱的事……”

“你和我说话不用这么谨慎，我知道你是好意。”

林筱觉得贴着手机的耳朵又开始发烫，方彦的话仿佛是变相的“我懂你”，哪怕这种懂只是源自于他的善解人意。可一个人你宁可和他多聊两句闲话，都不舍得挂断，他还能理解你的不够圆滑、不善言辞，是件多叫人欣喜的事，尤其在她初出茅庐，人际交往中屡屡碰壁后。

林筱叹息，感觉自己越来越喜欢一个人，真是件痛并快乐着的事情。

方彦又和她聊了几句，看到过来查房的安医生身影了才收了线。安怡涵在交接班时就看到了熟悉的名字，方乐婷是她进三医院时就开始经手的病人，彼时方彦还是个刚成年的大男孩，这么多年下来，她也知道方彦不容易。

“找到护工了吗？”

“上午应该能到。”

“其他等检查结果出来，我再和你谈。”

方彦随她和几个护士进了房间，方乐婷并没有睡着，见医生来了也只抬了一下眼，问情况都冻着一张脸，安医生知道她的性格，转头直接问方彦。

方彦是很细致的人，又送方乐婷住过很多次院，简单的问询如睡得如何，喝了几次水，吃了什么，咳嗽有无痰声，都说得清清楚楚。

等他把安医生和护士送出去，方乐婷连身都没转：“辛苦你连这些小事都记得。”

她阴阳怪气地说着，方彦知道她平时只是不爱搭理人，不舒服了嘴就刁得像刀子，非得别人也不安生，她好像才能好受一点。方彦安静地在床尾小凳坐下了，任方乐婷话说得多阴阳怪气，他戴着口罩也遮去了所有的表情，像木雕般盯着监护仪器上的数据。

“没办法，一直死不掉，你只能接着受累。”

“你不用苦大仇深的样子，我拖不了多久了，你总能解脱的。”

“你也别指望我死了能留什么给你。”

半歪着头的方彦已经自动隔绝了她的声音，靠着床尾的挡板养神，听见隔壁床的呻吟、护工的不耐烦。靠门那床的儿子来送饭了，问候得很好听，走得也飞快。

等要做的检查都开了单过来，他就推着方乐婷楼上楼下跑了两趟，再回到病房，护工朱姐就到了。方乐婷是医院的常客，家政公司和方彦都熟，知道病人难伺候，但愿意付钱，只管挑了缺钱肯吃苦的来。方彦把该交代的都交代了，就下楼去透气。

走出冷气充足的住院部，热浪扑面而来，方彦站在大太阳下才觉得一身的血液活泛过来。他摘下口罩连打了几个喷嚏，打开手机看到舒南的信息，刚回了一句话，舒南就打过来了。

“她又进医院了？”

“嗯。”

“我说大周末的，林筱怎么会在家，没和你一起，猜就是那个女人在搞事情。请好人没？”

“请了。”

“请了把钱给她存够就回来，别白受气，白累到自己！”

方彦对于跑医院早就熟练得不知道累了，倒是出来缓了缓，才发觉胃里空空，已经饿得抽痛，就朝门外的早餐店走去。

“她不值得我生气。”

“那就好，你别怪我自作主张啊，我弄点吃的，让林筱给你送过来，放心，周卓雄会把她送到再走。”

要说给方彦牵红线这种事，舒南是做得不厌其烦，想也知道还是送的三医院。平时方彦不喜欢别人插手那个女人的事，她一般也不过问，但是淘淘发现林筱在家后，那就是另一码事了，她做了红娘怕被说，讲完立刻把电话挂了。

“喂！”方彦骤然提高的声音，只对上了“嘟嘟”的忙音，他又拨了林筱的电话，也没人接，只能看了一眼外头冒着腾腾热气的包子铺，还是回了住院部。

慢吞吞走到病房门口，他就听见方乐婷凉飕飕的声音：“一秒都多待不下去，你不用勉强自己回来。”

她有双枯井般的眼，阴鸷地看过来，发病后越发蜡黄的脸没有上妆，有灰败的暮气，盖去了曾有过的美丽，也看不出她不过人到中年。

她冷眼看着方彦藏在口罩后，应该比她更淡漠的脸，转头挑剔起护工替她倒的水，话没几句，却字字尖刻。护工朱姐是个老实人，看在比平常陪护多一百的价格上，闷头受了。

方乐婷看着眼前两人，一个漠然一个呆，心气越发不顺，血压就往上飙了。方彦神色颇淡地伸手按了铃，才低声和朱姐说了声：“辛苦了。”

“生病了心情都不好。”

朱姐压低声音回了，去换水，方彦居高临下看着病床上除了一张嘴并没有其他攻击力的人。他小时候曾经觉得方乐婷和母亲有几分像的，如今在这张脸上，他已经找不到什么痕迹。

方乐婷冷笑："每次看到我落魄的样子，是不是特别解气？"

"只是你以为，我不会。"

方彦说完就走出了病房，走廊外处处是有关"静"的标语，可是间间病房都嘈杂混乱——换药的铃声，不耐烦去护士站找人的家属，交谈的护工，病痛的呻吟，不满的叫骂，各种声音潮水般卷过来，像要将人裹进密不透气的深海里去。

他按住了作怪的胃，靠着走廊的把手，闭目吐着长气。待抽痛稍缓，他睁眼就看到了林筱，提着他眼熟的保温桶，风风火火地穿过走廊。

她走得很热，额头上全是大颗的汗珠，脸色微红，唇色鲜艳，见到他就笑了，就像一道光，劈开了他眼前令人窒息的死气沉沉。

林筱在病房门口的牌子上果然看见了安怡涵的名字，照片里的安怡涵微笑着，没有医生常有的距离感。

她记得安医生面对家人时的冷淡，也记得电梯里那声叹息，既然安医生到家前就恢复了平静，那她最好的态度就是假装什么都没看到，所以在方彦面前她也什么都没说，提着保温桶进了病房。

方乐婷的眼睛打她进门就恶狠狠地看过来，碰都不肯碰她带过来的餐。方彦过着多寡淡的日子方乐婷再清楚不过，他身边的异性除了快递站同事，只有个舒南算朋友，什么时候多了这号人物？

林筱见方彦待方乐婷态度并不见多恭敬，更似不得已而为之，他肉眼可见的辛苦，方乐婷也没个好脸色，她自然心疼方彦，只维持了对长辈最基本的礼貌，方乐婷不肯吃也半点不勉强。

她把熬得稠润的小米粥递给方彦，心里又默记了一遍舒南告知的方彦的喜好——清淡、简单，不挑食，但不吃水饺。

为什么不吃水饺，舒南说她也不知道，只知道方彦不碰。

"这些都是舒南家现成的，粥按淘淘的口味放了糖，你要喝不习惯她还煮了红豆粥。"

如果方彦细究其实能发现，林筱和他说话有多细致，早不是一开始简单明了的风格，不然舒南也不会轻易看出猫腻。

"她是乱来，非让你跑一趟。"

话是这样说，不过方彦跑了这么多年医院，除了自己无非护工，鲜少被人照顾，香软的粥喝下去，暖得不只是舒缓了疼痛的肠胃。

“我在家，开车来也快。”

舒南做事向来周到，知道方彦会请护工，就多备了一份吃的，朱姐能省下一餐饭钱，连忙朝林筱道谢。

“饭是我邻居做的，我只是司机。”林筱不居功，想起周卓雄把自己送到住院部门口，一副我都懂的样子掉头就走，有心事频频被人看破的尴尬，但她不会追人，有人帮手再好不过，那些小羞涩就随它去吧。

朱姐去外头坐着吃饭，林筱问隔壁床借了凳子坐下，和方彦说：“你们先吃，有什么要做的我来。”

方乐婷一直冷眼听着、看着，这女孩虽然不像舒南那样光彩照人、能说会道，却长了双清澈稳重的眼睛，透着刺眼的干净与朝气。

她紧抿着嘴唇，扫了一眼林筱手腕上的表和衣着，看来还是个小富婆，却甘心跑来医院送餐饭。

她喷方彦喷得毫不留情：“你倒像你爹，什么女人都能笼络得甘心围着转，和舒南不干不净就算了，你又是哪里冒出来的？”

她前面的话是冲着方彦说的，最后那句却是问的林筱。林筱听她言语刻薄也没忍气吞声，直接顶了回来：“阿姨，话不用说得这么难听。”

“谁是你阿姨？”方乐婷把鄙夷都写在了脸上，“什么乱七八糟的女人都来拉关系。”

方彦皱眉才要开口，林筱扫一眼她床头的卡片，很配合地再组织了一次语言：“方女士，话不用说得太难听。”

她完全不受激，倒把方乐婷气得眉都倒挑了，她回完了话，眼睛没离开监护仪器，却从包里掏出耳机戴上，戴之前还礼貌地交代了一句：“方女士，您‘真’有需要的时候，劳烦跺一下床叫我，哦，我姓林，林筱。”

她不痛不痒也不欲理睬的态度让方乐婷的刀子全掉进了水里，泡都冒不出一个，方彦喝下最后一口粥，侧过身去，嘴角不由自主地勾了起来。

方乐婷“喂”了几声，声音根本穿不过降噪耳机，只能跺了一下床，林筱果然立刻摘下一侧耳塞。

“你留下来是听歌的？那要你在这儿做什么？”方乐婷愤愤地问。

林筱微笑着指了指：“我是陪他。”

方彦笑容再也藏不住，方乐婷被她的直接噎得胸口抽痛，手往门口一指：“我招待不起你，别在这里碍我的眼！”

林筱见朱姐饭已经吃完，在卫生间清洗碗筷，就颔首致意：“那我去外面了。”

她二话不说出了门，挑的是方彦能看见却不会“碍”到方乐婷的座椅，塞回耳机，从包中掏出了速写本涂涂画画起来。

方彦这才意识到她并不是在等着带回碗筷，而是真的要陪自己，连忙走了出来，待林筱停下音乐了才问：“你不回吗？”

“我回去也没事，在这里随便画点小东西。”

她嘴里说着，手下也没停。方彦去杨奶奶家送过很多次快递，自然认出来她画的正是杨家的客厅，林筱见他看到了图，就翻到前一页的阳台，指着准备装定制晾衣架的地方说给他听。

“最近都是你和周卓雄在管接管送，我总得做点什么吧？除了衣架，是不是还可以在花架旁边也加一排扶手，杨奶奶喜欢养花，看花的时候可以顺便扶着走两步，而且这个位置站起来，正好能看见院子里的儿童游乐区，小孩子活泼，看得人心情也好。”

林筱一聊起设计相关，话就会变多，路过的护士看两人坐在这里凑头聊天，都多看了几眼，她也不在意，解释完了才猛然收口，问道：“我贸然去改装别人家阳台，周卓雄他们会不会……是不好意思拒绝？”

方彦看着她眼中的怀疑，笑了：“你如果担心，我可以侧面问问，不过这么贴心的小改装，他们不会拒绝的。”

“那你先忙，我再画个草图。”

她见方彦皱着眉不动，就将人往里推了推：“平时周末都是你带着我做事，给我个机会回报一下，有什么要跑腿的尽管开口。”

她说得好似心平气和，其实藏在素描本下的手指都因为紧张蜷了起来，也不知道舒南教她的一番说辞管不管用，只能把眼神放到最无辜，叫人看不出一点企图。

良久，方彦看看速写本上的图，又看了看她有所期待的目光，只能当她和待周卓雄一样，是想还人情，轻轻叹了口气：“晚点我送你回去。”

“好。”

林筱垂下头接着画图，等方彦进去了才露出大大的笑容，还是舒南手段高明，把给周卓雄做的一起摆出来，她留都留得冠冕堂皇。

方彦回到病房，看到门外护士推着小车经过，玻璃瓶在金属篮筐里“乒零乓啷”碰撞，有人在林筱旁边落座、起身，有人打着电话匆忙跑去，隔壁房不知怎的传来了大吼和哭声……而林筱就安安静静坐在那里，用包垫在膝盖上当桌板涂涂写写，几缕头发落了下来，她用笔撩到了耳后，不知想到什么，还咬着笔头笑了笑。

他懒懒地站着看了一会儿，病床上方乐婷再多的冷言冷语都进不了耳，而那些尤胜于身体疲累的心累，好似都被外头那道身影抚平了。

方彦陪方乐婷把该做的大项检查都做完，去办公室同安医生沟通了一下治疗方案，林筱开车陪他去方家和乐莎取了些东西，天色就晚了，方彦催她回去吃饭。

“一起吃吧。”她掏出手机准备点外卖，把速写本推给了方彦，“帮我看看？”

“我又不懂。”方彦虽然这样说了，还是挨着她坐下，把本子接了过来。

这个速写本是林筱随身携带的，他没少看到，还问过做设计不该是电脑绘图吗？林筱解释是自己的习惯，有时等人送寄件的间隙还见她画几笔，或是用包中的卷尺量个物什尺寸记下来。

杨奶奶家方彦去得很熟，发现电视旁边的书柜林筱只画了一半，大概是忘记款式了，就顺手取了她插在扉页的笔想替她补上。

画了几笔后，方彦才想起不该随便动别人的图，拿着铅笔的手顿住了，他为下意识的行为感到窘迫，更诧异自己怎么会对林筱这么没边界感？

林筱也是格外安静，却不是因为他擅自动笔，而是作为多年的美术生，她一看方彦提笔的手势就知道，他是有功底的人，这一次终于印证了她曾经有过的猜测。

“你会画画？”

她话问出了口才觉得这样说无礼，抬头见方彦露在口罩上方的一双笑眼，想起他才说过的“你和我说话不用那么谨慎”，就也笑了。

“以前学过一点。”

“画得很好。”

林筱不是说花哨话的人，她觉得好就是真的好，方彦只简单几笔就勾出了书柜框架，颇见功底，她眼睛都亮了：“你介不介意画个小稿给我看看？”

方彦看她惊奇得夸张，笑着问：“画什么？”

“随便。”

她只是好奇，方彦所谓的学过一点到底是多少。

方彦迟疑了片刻，林筱正要说为难就算了，他就提笔画起了黑糖，只见他笔触干净、线条流畅，抓住了那只黑猫又㞞又乖觉的特质，不过几分钟，就搞定了只惟妙惟肖的黑糖。

“厉害呀！”

林筱低头专注地看着画，连自己快凑到方彦身上都没发觉，有温热的鼻息喷在方彦穿着短袖的手臂上，他居然也没有抗拒这样的亲近。

他的童年与少年，大部分时间都被压榨在镜头前，书读得一塌糊涂。后来喜欢涂鸦几笔，就去学过一阵，一开始因为钱，后来因为时间，没能系统地学下去。

他就这样默默地喜欢过，又默默地放弃了，数年后又捡起来随便涂抹过，但没人慎重地看待过他微不足道的一个爱好。

“你学过几年？”

“断断续续四五年吧。”

“太打击人了，我从小学起的！”林筱嘴里说得好似不服气，眼中的欣赏和惊奇却毫不掩饰，“我从小就喜欢画画，家里说反正不指着我赚钱，喜欢就去学……”

她自己说着觉得语气太欠，不好意思地摸了摸鼻子：“不过他们，包括我自己后来都知道，我天分有限，用老话来说，就是缺乏创作的灵性。再后来我觉得能把自己画出来的东西严丝合缝地变成现实也不错，慢慢就喜欢上了设计。”

林筱说起自己喜欢的东西，眼中是有星星的，而她眼中的星辰此时也在为方彦而闪耀：“我画画中规中矩，但我眼光可不差，方彦，你比我强多了！”

灵气这个东西，说上一千遍也很虚无缥缈，但同样的画摆一起，高下能立见。

林筱往前翻自己的速写本，她有意识地跳过了几页，找到了自己画的黑糖，用手指夹着中间的页面，左右翻看：“我不是哄你，你自己看！”

她画的黑糖纤毫毕现，技巧完美，却没有方彦那股跃然纸上的活灵活现：“你真的很厉害！”

方彦隔着口罩，不自在地揉了揉鼻子：“就涂了几笔，哪有你说得那么夸张。”

林筱叹气：“正因为是随手涂的，才更打击人。”

“好啦，不是要吃饭吗？”

方彦把笔递回来给她，她伸手去接，两人的手指握到了一起，不过一瞬，林筱的目光却直直落在他立刻抽回的手上。

她记得第一次留意到方彦，就是他伸手去按电梯键，指节带着薄茧，是双修长好看的、做事的手，没想到这双手曾经在镜头前会摆出各种姿势，还能画出栩栩如生的画。

“想什么呢？”方彦问，奇怪她为什么会盯着他的手出神。

林筱眨了眨眼，她眼睛锐利又明亮，现在却充满了疑惑，愣愣的，在他含着笑意就会显得特别柔软的目光里，情不自禁地说了出来：“在想——你像个谜。”

哪怕方彦没对林筱和自己的相处有过任何揣测，也觉得这句话里有别意。他低头避开了她的眼眸，那么巧走廊有人急匆匆跑过，带起了一阵风，放在背包上的速写本被缓缓吹动。

他看到几页结构剖析，看到黑糖，还看到了方才翻页时被她刻意跳过的页面里有张熟悉的面孔，或垂眸沉思，或戴着口罩，或侧颜，被丝丝入扣地画了下来。

那是他的脸。

林筱自然也看到了，在方彦过于震惊不由得望过来时，落落大方看了回去。

她不用他猜，如果他发现了，她可以明明白白地把自己的感情都摆给他看，喜欢就是喜欢，没什么好遮掩的。

"被发现了呀！"

林筱语气还是一贯的平静，好像在说一件最普通不过的事情，可她毕竟年轻，晶亮的眼睛里有藏不住的柔情，还有点点俏皮，像拂柳的风，软软地在方彦心尖拉扯了一下。

方彦万万没想到，自己就在乱哄哄的医院过道里，窥探到了这样的心事，他脑中一时全是空白，什么被发现了？发现了什么？他已经猜到了，却不敢相信的是什么？

"喂！你也不用一脸见鬼了的表情吧？我好歹是个女的。"

林筱爽朗地笑着，来掩饰心底的羞意和失落，她知道方彦对她不错，她也知道方彦的好还无关情爱，不过没关系，万里长征才开始，她不言败的。

林筱飞快地收拾了情绪，把本往包里塞："你不用为难，我没想过要你回应，如果你觉得尴尬，我可以回避。"

她站了起来，进病房取了洗净的保温桶，同跌着脸的"方女士"和朱姐告别完，看方彦还愣在那里。

"我先走了，抱歉，吓到你了。"

她转身，吐出一口长气，拍了拍自己其实一直在"扑通"乱跳着的心，快步向电梯走去。

正值饭点，电梯前排着队，她沉默地等了一会儿，心里还是泛起点酸，又被身后排队的人推搡了几下，肩头的包几次三番被挤落下来，打在保温桶上。

有人接过她的背包，站在了她身侧。

"我送你回去。"

林筱抬头，看见方彦已经恢复了冷静，一张藏在口罩下看不出心事的脸，即便是这样，她依然开心地笑了。

医院永远是停车难的，林筱的车停得很远，两人一路都没有说话。走到车边，林筱开门后伸长手把东西都放在了副驾驶，明显没有准备让他送回家。

"就到这儿吧，不然太尴尬了。"

她坐了进去，方彦的手指搭在她车窗边，想说什么，却被抢先一步。

"方彦，既然你看到了，我觉得我还是得正式告诉你一声，我喜欢你。"

盛夏的风轻轻吹着，天边有余晖，一抹抹的红，就像林筱平心静气说完，还是开始染红的脸。

“我喜欢你，挺喜欢的。”

她仰头望着他，微红着脸，又说了一遍。

性情坚毅的女生这样柔软又直白地诉说着自己的心意，即使是方彦凉了太久，久得几乎都不再有温度的心，也会觉得被一股温柔的暖流，一点点自她眼中浸到了他心底。

可是，方彦的回答只有拒绝：“我——不想谈恋爱。”

“那就不谈。”林筱答得特别干脆，“没人规定被喜欢了就要回应，我喜欢我的，你过你的。”

她这样不按牌理出牌，方彦思索了一路的委婉说辞都用不上了，林筱甚至还伸手安抚地在他手臂上拍了拍，把他纷乱的心拍得更加乱如麻。

“告诉你我喜欢，是因为你值得喜欢，不是要你为难。”

方彦站在那里，他不是第一次被女生表白，却是第一次被表白完，一句话都接不了，最后眼睁睁看人潇洒离开。

不过他站在暮色里心慌意乱了半晌，才拿起手机通知应该还在舒南家的周卓雄记得去车库接人，并不知道林筱把车稳稳当当开出了两个路口，一脚急刹停在了路边，还不忘按了手刹，才用力拍了拍自己一路越来越红的脸。

“疯了！疯了！我是疯了吗！”

她在车内把自己头发抓成了一蓬乱草，一头栽在方向盘上，突兀按响的喇叭惊得旁边路过的狗蹿出数米远。

第十一章

泥沼

林筱说了不让方彦为难，就真的没让他难做，她人回去了，发了跑腿单将晚餐送去了医院，周日也一样，吃的准时到，人没出现。

黑糖寄养的时候，方彦喝过林筱炖的汤，他记得她家汤的味道，猜想送来的汤都是她炖的。现在想来，她的汤，她没有拒绝的接送，那些不符她性格的意外，都是蛛丝马迹，是他大意了。

方乐婷吃着让护工订的餐，看着方彦满眼的纠结，手指在键盘上按来按去，最后没能打出一个字，仿佛看到了秦晖的影子。

坦白说，方彦和他剑眉星目的父亲长得并不像，她少女时第一次见到随姐姐回家的秦晖，那一瞬间小鹿乱撞，隔着起尘的漫长岁月也历历在目。单以相貌来说，方彦没有他父亲夺目的英俊，他只继承了些许轮廓，眉眼更多随了母亲的温淡，被时光添了些漫不经心的懒散。

方乐婷盯着他依然打不出字的手指，说：“你这优柔寡断的样子，真是和秦晖如出一辙。”

方彦看都没看她，目光里有着嘲意：“我是慎重，而他，是贪心。”

仗着一副好皮囊，要了温柔似水，又爱上烈火玫瑰，最后贪图了富贵荣华，样样都求，欲壑难平，伤透人心。

被刺痛的方乐婷把筷子往桌上一砸：“滚出去。”

方彦想起昨日林筱被逐时的淡定，笑了笑，见方乐婷面色阴沉，居然饶有兴致地加了把火：“至少我不会随意糟蹋别人的心。”

方乐婷将筷子掷了出来，扎在方彦转身的脊背上，不痛不痒，他早已长大，方乐婷再无力伤害他。

方彦在走廊长凳上坐下，抓着垂下的刘海往后捋，才擦洗过的走廊整齐洁净，早不复童年记忆里的脏兮兮，可是再干净的医院都弥漫着一股消毒水的味道，熟悉得贯穿了他目前为止的大半人生。

方彦记得，母亲的病是在他四岁生日前夕查出来的，高额的医药费迅速拖垮了原本还算小康的家庭。秦晖要赚钱，或者也在忙着别的，家里家外反而是大学才毕业的方乐婷顾得多。

他被人相中，推荐去做童模时，是方乐婷应了下来，陪着他四处跑。他那时还懵懵懂懂，只知道拍完照就有钱能够救妈妈，再累都没有一句怨言。

每次母亲住院，也是方乐婷在忙前忙后，方彦没有外公外婆，方乐婷被母亲长姐如母般拉扯大，她对这位长姐当然有感情，但也藏着对秦晖的企图。

如果不是方乐婷，家里早乱套了，可也是她，让母亲看出了妹妹和丈夫之间的猫腻，而素来宽厚的母亲自知时日无多，把一切都埋在了心底。

搞卫生的大姐提着拖把自方彦身边过，那气味对方彦的鼻腔很不友好，隔着口罩他也连打了几个大喷嚏。打完了，胸口也舒畅了，他想起刚才怼方乐婷的行为才觉得幼稚，也意外地爽。

“滚远一点！”病房内的方乐婷喘着粗气，还在扬声骂，朱姐在劝，也被她喷了一脸。

临床的老人见方彦这两日跑前跑后，从来没得过方乐婷好脸色，一言不合还赶人出门，倒替小伙子不平起来，病房里其他人都来做和事佬，人人都说方彦好。

方乐婷扶着床栏，指节掐到发白，也不和一屋子局外人辩，只朝着门外看不见身影的人吼：“方彦，我知道你想甩脱我！可是你记着，除了那个烂人，你只剩下我一个血亲，我死了，你就真成了孤家寡人！”

她半生挣扎在泥沼，为了胸口从未纾解的那口气，把方彦双脚死死拖在烂泥里。她有多不甘，心意就有多难平，她死在污沼，他也休想抽身！

休想！

方彦靠在门口，看她奋力骂完这么几句话，就已经脱力地倒回了床上，苍白的脸上泛起不寻常的潮红，朱姐替她抚着胸口顺气，又被她一掌打开。

他想说不是，他没有想甩脱她。

因为他始终记得方乐婷照顾了母亲六年，从热情如火的少女一点点被磋磨成了锱铢必较的妇人，而秦晖的眼睛却开始看向别处。

少年时的方彦不懂，他以为秦晖待他更好，毕竟逼着他赶场拍摄的是方乐婷，说着心疼还会带他偷溜的是秦晖；闹得家无宁日、争吵不休的是方乐婷，再被骂被凶也笑眯眯哄着人，哄不住了就带他逃出门去楼下吃冰激凌的是秦晖。

要再大一些，方彦慢慢才懂了，当年的秦晖是个过得去的父亲，却是个不及格的丈夫。他一直被女人爱着，无论是母亲如妻如姐、无微不至的关爱，还是方乐婷得到后无比失望，又硬扛下去的顽强。再后来秦晖跟着那个姓邹的有钱女人走了，留下已经查出病但什么都不肯说的方乐婷，还有即将高考的他，从此相互嫌弃，又相依为命。

加完班的安怡涵从办公室走出来，就听见了方乐婷的骂声，她轻微地皱了下眉，看见方彦靠在病房外，喜怒全藏在了常年不摘的口罩后面，只留下一双风平浪静的眼睛，比她三十来岁的人还要沧桑。

"又被骂了？"

"安医生。"

方彦站直了身体，他对安怡涵是尊重的，方乐婷刚病倒入院的时候，安怡涵才到三医院上班不久，后来也陆陆续续听到过方家的往事，这么多年过去，他们算是老熟人了。

"她脾气也改不了，你还是忍得。"

"也没太忍，周日有些检查做不了没办法，等周一搞完我就不过来了，让护工管吧，有什么新情况你通知我一声。"

安怡涵见两个小护士从旁边经过，还偷瞄了方彦两眼，倒想起从昨天到今天小护士们传得最凶的一个八卦。

"听说你有女朋友了？"

方彦一年跑几趟消化科，这么多年下来，只要不是新来的大都认得他，还有几个年长的护士长是和安医生一样，看着他从青涩秀气的少年慢慢长大，后来才把一张脸藏在了保护鼻腔的口罩之后。

他脾气好，身材好，一双笑眼都能招桃花，不是没有小护士心动过。不过方彦对异性从来保持安全距离，不给任何幻想空间，渐渐心动的少了，行动的更没了。

没想到昨天开始，都在传方彦来了个高挑漂亮的女朋友，管送饭管陪，他还亲自送人下楼，据说到停车场都依依不舍靠着车又聊了半天。

方彦身边女孩子很少，还高挑漂亮，安怡涵自然想到了林筱，也想起那个女孩激动地挡在她身前，却在送她回家时没有多问一句话，给了她足够的安静和尊重。

方彦愣了一下，反应过来是在说林筱，苦笑着摇头："她不是。"

他否认得很肯定，可是那皱紧的眉，带着苦笑的语气，都在告诉安怡涵，那个女生是不同的。

除了有大件快递方彦会专程替她送上门，安医生日常和方彦交流大多局限在方乐婷的病情上。但她听不少小护士私底下说，方彦就是块油盐不进的木头，好像没有心，什么时候见他为女生发过愁？

“我见过林筱几次，她很不错。”

方彦笑得更无奈了：“安医生，连你都来八卦？”

安医生笑了：“我坐办公室里都听小姑娘们说了多少回，八卦嘛，女人的天性，我难道不是女人？”

作为方乐婷的主治医生，方彦这些年怎么过来的她是知道的，她眼看着一个发光发亮的孩子把自己藏了起来，不想被看到，不愿意善待自己，被方乐婷死死拖在深渊，见不到光。

她自己艰难地从原生家庭里挣扎了出来，还不时被人往回拉扯，只是年长了、强大了，慢慢穿上了铠甲，防得住万箭穿心。所以她希望方彦能挣脱枷锁，何况面冷心热的林筱确实是个好姑娘。

“你才多大，就该找个女朋友，谈场痛痛快快的恋爱，把日子过得有滋味点！”

安怡涵今年三十五了，因为父母的缘故，对婚姻没有向往，是个坚定不移的不婚主义者。她有恋爱就好好享受，结婚绝对免谈，只要家人不来骚扰，日子过得有声有色，看不来小年轻灰灰丧丧，错过好时光。

“安医生，她真的不是我女朋友，挺好的女孩子，不能乱说。”

“哟！这是还没确定关系？”安怡涵的眉头都挑起来了，“难得见你夸人，听语气，还有点维护的意思啊！你可别婆婆妈妈错过了。”

安怡涵老大姐似的劝了两句，也不啰唆，转身走了，留下方彦站在原地，再次为林筱的事发起了愁。

他相貌身材都过得去，模特工作在外人眼里光鲜又新奇，读书时抽屉里常会收书信，也有胆大的女生直接拦着告白，以前当然谈过恋爱。因为母亲过于温柔，凡事都爱放在心底，他自少年时就更欣赏那些直率爽朗的女孩，而他听过所有的告白里，最心动的恰恰是林筱昨天那一句，你值得喜欢。

他有太久太久，没觉得自己有什么值得人喜欢的了。

因为过得无趣，无聊到了极致，见不到一丝光。

过去还会问，为什么是我？后来就不问了，生活就是这样，好也罢，赖也罢，都要过下去。身体每况愈下的方乐婷说得其实没错，她走了，他就真正孤家寡人一个。

可那个女孩就那样仰着头，眼中燃着两簇蓬勃的火，说她喜欢，说他值得喜欢，怎么可能不心动？

“方彦，你是聋了还是死了？”

病房里方乐婷又在骂，打断了方彦的迷思，她没什么中气的声音徒显虚张声势，方彦知道她必定是又痛了。

不发病的时候，方乐婷会硬撑起她的体面，对他至多是冷漠，到了病中就会有加倍的戾气，那些戾气也只有他受着。

她从来不肯相信，他早就不恨她了，更多是怜悯。不过对于曾经心高气傲的方乐婷来说，怜悯比恨还要可怕吧。

周卓雄大哥的电话是在周中的晚上打来的，林筱办事雷厉风行，量了尺寸过几日就有人上门将晾衣架、联线门铃和扶手一一装好，同时在网上定制的升降工作台也送到了杨奶奶家。

“林小姐你好，我是周淳，卓雄的大哥。”

林筱正趴在工作台上画图，按的免提：“哦，你好。”

“我们家的事你费心了，方便给我个邮箱吗，外婆让我把设计图纸发你。”

对方说话很客气，但久居上位的口吻是藏不住的，只是说起外婆有特别的温柔，倒不显得居高临下。

杨奶奶提过图纸的事，林筱当然不介意看设计图：“谢谢，我马上发你。”

“花费你也给我个账号，我打过来。”

林筱鼠标一顿：“不用了，这只是朋友间的谢礼。”

她想了一下，又补充了一句：“也纯粹是朋友。”

装设备的时候林筱又去了两次，杨奶奶拉郎配的态度很明显，她当然看出来了，话还是说清楚的好，听说周卓雄大哥有钱还管事，她得避免不必要的误会。

“老人家总是热衷于做媒，林小姐别放在心上。”

林筱觉得手机那头的人露出了丝笑意，她也笑了笑：“没事。”

“听黄姐说，外婆这几天心情不错，还主动扶着阳台的把杆多走了几遍路，我们都很感谢你。”

林筱想了想，放下了鼠标：“周先生，我是外人，你的家事本来不该插嘴，不过我觉得老人家都是希望自己还有用的，很怕被当成废人。”

她说完，觉得逾越了，又诚恳地道了声歉，手机那头倒是沉默了几秒，周淳语气更和气几分：“多谢你。”

林筱以为这是要挂电话的意思了，没想到周淳转而问道：“林小姐，你认识舒南舒小姐吗？”

林筱眉心一跳："她是我邻居。"

周淳打电话来之前，已经在外婆和弟弟的夸赞里了解过林筱的情况，他知道两人住隔壁，询问只是为了引出更多的话题。

"林小姐觉得她为人怎么样？"

"挺好的。"

没想到林筱答得言简意赅。

"挺好是指……"

周淳话故意只说一半，林筱等了几秒他的下文，才忍着不耐烦说："我不习惯在背后对人评头论足。"

对方明显是被她这句话堵住了，半晌才问："那林小姐和她熟吗？"

"你有问题可以直截了当问，我如果知道，也能说的话，就会告诉你。"

"那么，哪些问题属于能说的范畴？"

林筱默默做了个深呼吸，这个人是听不懂直截了当的意思吗？她真的不喜欢所谓的话术，在她眼里就是一个大老爷们说话还要拐弯抹角，不过冲着周卓雄和杨奶奶的面子，她忍了。

"不好意思，我手头还有活……"

她转得很生硬，还学着他把话也留半截，周淳当然懂她的意思，很快识趣地挂掉了电话。

林筱的图没多久就画完了，关掉 CAD，邮箱里正好跳出周淳发来的邮件。她鼠标在对方邮件名那里晃了晃，想到他询问舒南的问题，就按姓名和邮箱顺手搜了一下。

作为精英人士，周淳的资料很好找，明亚文化传播公司的副总，公司规模多大林筱懒得查，不过那老派的成功人士拍照姿势和一口腔调，同她爹有的一拼。

林筱吐槽完，又拉着别的论坛里的照片看了几眼，人长得还算端正，有点小钱，大概是城中黄金单身汉之一，小道消息不少，像是情场浪子，怎么好意思插手弟弟正儿八经的恋情？林筱心中的印象分迅速跌至谷底，只粗略扫了几眼八卦，发现有好事者挖出了周家的陈年旧事。

林筱之前就奇怪，周卓雄挺孝顺的人，天天往杨奶奶家去，杨奶奶也不像脾气古怪不肯和孙辈同住，为什么要分住两个小区？

原来上一辈是个富家女喜欢上做警察的穷小子，为爱私奔的故事。之后两个孩子出生，杨家长辈态度也软了，岳父母和女婿关系刚见缓和，周母却因意外去世了，离开的时候周父有任务甚至没赶回来，自此又翻了脸。

"所以周卓雄是大哥有钱，外婆家也有钱啊，不对，他哥应该是继承。"

林筱不想说得太现实，但舒南和一个家里有钱的老实人在一起，一定会比和普通老实人在一起要难，只怕周卓雄身边的人都会怀疑她是奔着钱去的，就像已经在防范的周淳。

一直在书房转悠，却始终不肯到林筱脚边的黑糖听她自言自语，扬着只剩半截的尾巴，有气无力地“喵”了一声像是回应，就端坐在书桌的一角当雕塑了。

林筱单手托着下巴，翻开速写本里方彦画的猫，手指流连在那些灵动的笔触上。她已经四天没联系过方彦了，连他来维星大厦送快递的时段她都刻意避开，为此还被王璐彤狠狠笑话过，可是，她真的有点想他。

周淳发完邮件，手指在桌面上有一搭没一搭地敲着，他已经很久没被人这样直来直去地堵过了，一来还算小有身份，二来在社会上随便打过两圈滚的人，多少懂得修饰一下自己的言辞。

他听林筱说话，不像莽撞的愣头青，反而透着少言慎行的稳重，能这样噎人应该是性格直率使然，再想想外婆把她夸得跟朵花似的，就抬手搜了搜。

卓雄提过林筱是在业内首屈一指的寰宇上班，周淳打开公司网站，在一溜的正装照片里很快就找到了正主，长得可以，简历拉出来也算漂亮。

本科在国内首屈一指的美院，硕士读的 SVA 设计专业，在校期间拿过纽约室内设计展新锐奖，和同学组队作品获得北美空间艺术设计大赛创新奖，被录入 *Design* 杂志年度优秀毕业设计，这在卧虎藏龙的寰宇不算最出色的履历，但是优秀的。

周卓雄进书房的时候，周淳正在看网络上搜到的，林筱作为毕业生代表的演讲。

镜头里的女生语言精练，逻辑清晰，周淳看过许多刚自校园走出的优等生，个个意气风发，却难得像林筱能给人靠谱的感觉，包括她稍显冷淡的颜也不是恃才傲物的“独”，而是利落又内敛。

他抬眼看了看比林筱还大一岁的弟弟，那么大个站在桌边讷讷难言的样子，在心里叹了声气。

周卓雄英语虽然一般般，但听电脑里的声音熟悉，探头一看，惊呆了：“哥，你怎么在看……看林筱啊？”

周淳盖上电脑：“你最近天天在接送林小姐？”

早些年周淳就买了公司附近的房子单住，不过他把家人看得重，每周都会回来陪父亲或是外婆吃餐饭，住一两晚。像今天就是听说外婆家改装了些小东西，回来查看，然后被外婆灌了一耳朵关于林筱的事。

“嗯，那个虐猫的家伙放出来了，我们担心他找麻烦。”

“你是担心她，还是想看别的人？”

周卓雄脸一下子就苦了：“哥，你别一提舒南就阴阳怪气的。”

周淳一听他提起离了婚的小主播，气就不打一处来：“是我阴阳怪气，还是你脑子不好使，被个捞女骗得团团转？”

他早去打探过舒南的情况，这两天甚至还在某个场合见过她那不成器的前夫，那种女人也只有他没脑子的弟弟会五迷三道地栽进去。

周卓雄比周淳足足小了十岁，算是被大哥半兄半父带大的，他日常在周淳面前是㞞的，不过那㞞是阳奉阴违的假㞞。

譬如让他学金融，他一口应下，回头却偷偷报了公共管理。

譬如让他进公司，他私下参加了公考，没考上最后还去了社区。

但他从不跟周淳顶嘴，因为知道大哥为这个家付出良多，这是头一次他用凶巴巴的语气说道：“你把那两个字收回去！”

周淳寒着脸，盯着被“捞女”激怒，用目光和自己较劲的弟弟，半晌才放缓了语气：“我不和你争，别有用心的女人我这些年看得多了，她装得了一时，装不了一世，我懒得为个外人和你翻脸。”

“哥，你也说装是装不了一世的，你慢慢会知道，她不是你想象的那样。”

周淳不置可否地笑了一声，这种女人目光放得远，如今都走温婉贤淑、岁月静好的路子了。舒南离了婚还有孩子，要找个像样的下家不容易，曲线救国来诓弟弟这种二愣子，才能一骗一个准。

周卓雄知道哥哥看不上舒南，但他嘴笨，不知道该怎么替心上人说话，这些日子他好不容易觉察到舒南态度软化，初见曙光，更急于替她正名。

“哥，舒南是个好女人，而且她也没答应我在一起，是我觉得在她那儿很舒服，特别开心。”

周淳看着弟弟沉浸在爱情里的脸，感觉他被人欲擒故纵套得牢牢的，干脆连心里的嗤之以鼻都按捺下了，打蛇打七寸，他才不在这里做口舌之争，伤兄弟感情。

陷在温柔乡的傻小子哪里会懂，舒适顺心有时不过是刻意为之的迎合。那些女人如果奔着下半辈子富贵去的，你喜欢温柔居家，她就能下得了厨房插得了花；你乐意阳春白雪，她也能学半桶水的艺术，恶补几分文学修养，陪你娓娓而谈，甚至还能写写小文章涂几笔画……这就跟打工一样，需要磨炼技能，投入这么多，自然也不是几个包一点小钱能打发得了的。

“你还年轻，有些话和你说不通，真好假好，迟早会见真章。”

周淳见弟弟近来明显陷得更深，心中盘算着要尽快把问题解决掉，面上却只淡淡地提点了一句，就不动声色地转移了话题："你明天还是要去接送林小姐吗？"

"对呀，不过哥，林筱其实不喜欢别人喊她林小姐，说像是在喊姐姐。"

周淳思绪在"林小姐"和"林筱姐"上打了个转，笑出了声："你这个朋友挺有趣的。"

周卓雄人是实在，也知道自家大哥在男女情事上玩性重，再一想周淳刚才居然在看林筱的视频，警惕地问道："你不会看上林筱了吧？"

他感激方彦替自己说话，也知道舒南有意撮合方林二人，要是被亲哥横插一脚，周卓雄觉得自己会死得很难看！关键林筱跟大哥也不是一路人！

"她有喜欢的人，也是我朋友，你别乱来！"

周淳冷哼了一声，根本不答他，扬手赶弟弟出去。周卓雄回自己房间越想越觉得不对，"噌"地坐起来，赶紧跟舒南报备去了。

"我跟你说，周卓雄他哥就是个花心萝卜，他们文化圈的人最会装模作样，哄起女孩子来一套一套的！"

方彦下班后去了趟医院，骑车回家的路上接到了舒南的电话。周淳在周卓雄的口里不过是"疑似"对林筱有意，被舒南转手一加工，大帽子就扣得死死的，好似明天林筱就要被人追走了。

"嗯。"方彦骑得满头大汗，答得心不在焉。

"嗯什么嗯！"舒南简直恨铁不成钢，"我又不是瞎子，你别说你对我邻居一点感觉都没有，你骗别人还行，骗不过我。"

"我这种人谈什么恋爱？"

"你什么人？你怎么了？怎么就谈不得恋爱了？"

舒南一把软嗓子平时娇滴滴的，一发急拔高了又尖又细，方彦皱着眉头简直想把耳机拿远，忽然看到林筱那辆红色的揽胜就停在路边。

他呼吸都停顿了两秒，下意识按掉了电话，把单车停到了暗处的树影里。待眼睛适应了光线后，方彦看清林筱熄了火，落下车窗，趴在方向盘上专注地往前看着。方彦顺着她的视线看过去，远远能看到南四小区，还有自己住的小天台。

那一霎，方彦的心脏被狠狠撞了一下，林筱在他眼里虽然不张扬，却是骄傲扎在骨子里的人，他没想到她会做出这种事来。这条街离南四还有点距离，而且过往的人少，她停这么远，明显是不想被他发现。

那句"告诉你我喜欢，是因为你值得喜欢，不是要你为难"又一次响在耳边，她是真的没有打扰他，也没想他为难半点。

路灯晕如黄昏，夏蝉喧哗，闷热到仿佛消滞的空气像老棉纱，将人裹得透不过气，连枝头绿到肥厚的叶子都耷头耷耳地在等一丝风，林筱就那样趴着、看着，汗涔涔的面孔上有着云清风凉的安宁。

被挂了电话的舒南愤而再打，长串的铃声惊醒了方彦，他叹气，接通了电话："不好意思，是我不小心按掉的。"

舒南听着他温和的解释也发不出脾气，只能语重心长地说："方彦，好姑娘不常遇到，你要是错过了，有你后悔的！"

"我知道。"

"你知道个屁！"

舒大小姐伸展着四肢开始在瑜伽垫上做拉伸，一句脏话骂得软绵绵，她知道这块朽木难雕，无奈地挂了电话。

方彦在树下又看了半晌，见林筱还没有要走的意思，收拾了心情，才走到车边敲了敲门。

被抓了包的林筱惊得瞳孔都收缩了一下，方彦立刻想起受惊的黑糖也是这样，一声都不吭地瞪着人，忍不住就笑了。

"我……如果说是正好从附近过，停下来休息一下，你会信吗？"

林筱话没底气得连自己都不好意思说，方彦慢条斯理摘下自医院戴出的口罩，倒是有点凶："不是告诉你，不要单独行动吗？"

"啊？"

林筱抬头，看到他故意板着的脸，眉梢眼底却露出一点笑意。

"开门。"

"嗯？"

方彦绕到了副驾驶，又说了一遍："开门，送你回去。"

"哦。"

林筱伸手开了锁，方彦坐了进来，她怕被闻到身上的汗味，见方彦也是一头汗，赶紧打火关窗开空调一条龙。

"你一个人跑出来，停在这种路上，还大敞着窗，叮嘱你的话都白说了？"

"停车开空调不环保，啊呀……没事啦……"

林筱说着，被方彦又瞪了一眼，说来也奇怪，他对外人脾气从来不错，对着她冷冷瞥过来，却眼眸带刀锋，瞥得林筱反驳的话都没说得下去。

倒是方彦自己被空调一激，连打了几个喷嚏，气场散光，林筱知道他这毛病，抽了几张纸递过去。

"你鼻炎要不要去看看？我妈不是毛发过敏吗，她朋友给她介绍了一个老医生，看呼吸道特别厉害，好多人的老毛病都在那个医生手里治好了。”

方彦擤着鼻子，随口应了：“再说吧，一点小毛病，我口罩也戴习惯了，别浪费钱。”

林筱才挂了档，准备发车的手又停住了，在心里想过很多次的话滑到了嘴边。她知道那话不中听，努力想咽下去，可她不是憋着的性子，最后还是挂回P档，转头看向方彦。

她问：“你是担心花了钱还看不好，还是习惯把自己藏在各种壳里？”

方彦倏地看向她，一双眼里有晦暗难明的乌沉，林筱既然说了，就硬着脖子顶着他这双眼说了下去：“你不想被看到，不想被关注，也不想有任何自我改变，我觉得你好像时刻在和自己瞎较劲！”

一间什么都没有的小屋，一份得过且过的工作，不交朋友，没有交际。林筱虽然也不热衷于交友，但她从小到大都是存在感很强的人，不像方彦，好似强行要把自己湮没在人海里。

往常两人如果把天聊死了，方彦会轻松接过话题，破掉冷场。可这次方彦陷入了长久的沉默，沉默得林筱都担心他会甩门而去，然而他还是一言不发地坐在那里，木然得没有一点表情。

她绞尽脑汁，也只能自己救场，故作轻松地耸耸肩：“我就是随便说说，你别往心上去，一万个人有一万种活法……”

她说到这里，又正色了，一双亮得惊人的眼探照灯般转过来：“方彦，我只是希望我喜欢的人……他不会钻牛角尖，不和自己过不去，我想他开心。”

她不说“你”，而说着“他”，好像后面的话都是说给另一个人听的，可是每一个字都带着烫人的热度，一下一下砸在方彦的耳中、心头。

过了许久，被她这一通连削带打、绵里藏刀的话砸蒙了的方彦才吐出一口长气：“走吧，送你回家。”

难言的沉默继续维持着，路旁的光钻进飞驰的车内，又倾泻而去，打在方彦好似疲倦过度靠玻璃窗支撑的侧颜上，忽明忽暗，沉寂又虚渺。

林筱清了清喉咙：“那个……”

方彦笑了：“你不用刻意找话题，我没事，也没生气。”

他一笑，车内凝滞的空气都流动起来，林筱暗自舒了口气，又觉得共处的时间珍贵了。

她想开慢一点，可惜一路畅通无阻，路程又短，几分钟就到了目的地，方彦一直把她送到家门口，说了句晚安准备离开。

“哎——”

方彦站定，看到她抓着手机，难得有点扭捏。

“我们……还能像之前那样吗？我是说，周末一起送送快递，偶尔聊两句天，放心，我不会死缠烂打的。”

方彦看她面上稳如泰山，偷偷泛红的耳垂却泄露了天机，那一小点软肉藏在她垂下的黑发里，渐渐成了玛瑙色，仿佛玲珑红豆，可爱得紧。

他想，明明不是走软萌风格的大女生，在他眼里也开始处处可爱，那必然是加了喜欢这层滤镜。

林筱却误会了他的沉默，挫败地垂下了肩，话说得还算潇洒：“我懂了，晚安。”

她说完就按开了门，方彦听见屋内黑糖一声叫唤，林筱喊它的口吻软得倒像委屈了：“小坏蛋，你又蹿那么高干什么？”

方彦觉得她总是很精神的马尾都耷拉了下来，摸了摸鼻子，扬声说道：“我周六还是七点半上班，点好件九点左右。”

林筱在带门的手卡住了，转过头已经是张飞扬的笑脸，仿佛刚才那一瞬的蔫是方彦的错觉：“那我准时到！”

方彦看着她容光焕发的脸，都来不及懊恼自己的心软，就被那过于灿烂的笑容打败。

第十二章

奖励

在林筱以退为进后，两人的日常“邦交”恢复了正常，还小有进展。

除了周末的共处，在明为周卓雄实则舒南的提议下，早上送林筱上班这一任务正式分给了方彦，而周卓雄只负责下午接人。

林筱有时会在方彦到维星送件的时候出来聊两句，知道他学过绘画，看到喜欢的画作也开始分享给他，每天还会给他发一段黑糖几分钟的小视频。整体来说，她的信息频次不高，一天两三次，基本是在晚上。

这么克制不是林筱在耍手腕，而是她今年为了把周末的时间都空出来，工作日一直都很忙碌，晚上加班也是常态。

方彦发现，这是方乐婷多年生病住院以来，他精神最放松的一次。过去他虽然也交给护工，但每天下班后去看一眼，也足够方乐婷把重重怨气全压在他身上。

这回他却习惯了从医院回去的路上，打开林筱晚间发来的视频，看她和黑糖日益和睦或鸡飞狗跳的互动，有时会聊上两句废话，还有躺到床上后，林筱差不多定点的“晚安”。

王璐彤眼看着林筱一提起方彦又精神抖擞了，当两人事成了，在方彦又一次来送完件走后，抓着林筱一问，傻了眼。

“你说你告白了，还被拒了？所以之前有几天我电你说他人来了，你没空，其实是在躲人？”

“不是躲，是不想他难做。”

王璐彤漂亮的杏眼差点没翻出个大白眼来：“现在只是恢复联系了，你就高兴成这样？”

“有吗？”

林筱其实不是喜形于色的人，但是此刻眉头微挑，眼角都漾着碎光的模样，看得王璐彤一脸不可思议：“你过去是没谈过恋爱吗？”

她问归问，但想也知道答案。

“谈过呀。”

“那怎么还这么没出息？”

林筱叹气：“没主动追过呀。”

王璐彤被酸得直摇头，手上开始分起方彦送过来的件：“小筱，你酷酷的人设还是端好吧，这个样子我不习惯。”

林筱“哼”一声：“别叫我小筱，还有，我没人设。”

“咦，有你的包裹。”王璐彤递给林筱一个大信封，“看看，人方帅哥多贴心还给你放在最上头，怎么刚才不直接给你？”

王璐彤都受不了两人耍的花腔，明明每次看到方彦来就通知了林筱，她有空也会出来，结果两人只是问个好，天都没聊起来人就走了。

“他送件忙得很，我也忙啊。”

可是百忙之中能看一眼，林筱也很开心，她想起才做了三页的软装修改方案，拿着信封快步往里走去，边走边拆件，打开后脚步却顿住了。

王璐彤察觉到了异常，探头一看，眼尖地看到里面用透明塑封袋装了一沓照片：“怎么了？”

她走近了两步，林筱正把照片往外取，都是她日常生活的照片，上下班的、停车场的、超市购物的，就像有双眼睛一直藏在暗处盯着她的生活点滴。

“天啦！”

王璐彤捂住了嘴，林筱还算镇定，看了一眼封面寄件人的信息，猜想对方敢写大概也不怕查，于是掏出手机准备报警。

王璐彤看照片大多是在公共场合：“警察会管吗？”

“未经我允许擅自拍摄，而且，这是跟踪尾随吧。”

王璐彤越看照片越心惊：“会不会就是张志啊？你请假我陪你去你家旁边那个派出所吧，他们可能会更重视。”

林筱想了想，觉得王璐彤说得也有道理：“下班我自己去，周卓雄也会来的，我现在手头事没忙完。”

“哎呀，我都怕死了，你还拖。”

林筱笑：“不是拖，而是不值得为人渣影响我正常生活。”

她把照片往信封里一扔，走了几步，又坚定地和忧心忡忡跟上来的王璐彤说："做坏事的是他，该担惊受怕的是他，不是我！"

结果下午林筱也没能踏踏实实做手头的方案，而是和别墅现场施工方扯起了皮。因为施工人员在弹线复核后，开槽时擅自将卧室一处电底盒位置左移了十厘米，并谎称口头和她做过沟通。这原本是很小的事情，却因为项目经理吕工的偏袒变成了麻烦。

当初别墅定下了组长徐阳的方案，对接工作却全权交给了林筱，吕工欺负她新手，明里暗里都是小年轻不懂实操，动不动就一句不好做，让她到现场来实勘，还倚老卖老说她态度欠佳。

林筱并不吃他这一套，她向来公事公办，做事也细致，吃过两次暗亏，哪怕通话之后，沟通的内容也会发在聊天群内，记录清晰，条理分明，没再留给人钻空子的余地。

只是她下午说话太直，拒绝为对方的低级小错误买单，这句话冲撞了同在群内的吕工，吕工对她积怨已久，杠了两句之后直接找徐阳要求换人。

林筱对于应付这种非自己错误的职场官司格外疲倦，筋疲力尽走到门口，没想到等她的人是方彦，那一刻，被抽打到焦躁的心缓和下来，露出了下午第一个笑容。

"你怎么来了？"

"我听你们前台小姑娘说，你下午收了个问题快递，要去报警。"

王璐彤虽然加不上帅哥的微信，号码还是有的，此番帮两人推波助澜了一把，林筱这才看到王璐彤下班前给自己留了条信息："看你被吕工闹得那么惨，送你个惊喜，不用谢。"

"你件都送完了吗？"

"送完了。"

方彦语气轻松得好像只是顺便来一趟，没说自己为了赶时间，到现在连口水都没喝。倒是林筱看了他一眼，就在门边饮水机接了杯温水递给他。

"我查了你的同城件，赵兴帮忙问了一声对方网点，件是从照相馆直接寄出的，老板说洗照片的人提前留了地址，给了钱。"

"他敢寄就不怕查的。"

方彦很快发现林筱情绪有些低落，以为她受照片困扰，却见她在电梯里一条接一条回着工作微信，眉头越夹越紧，到了车库连自己车都差点走错，方彦拦住了人，问："需要我开车吗？"

林筱这才察觉自己把工作上的情绪带了出来，手机一扣："不好意思，遇到小麻烦。"

“说说？”

林筱轻微地纠结了一下，她不是个乐于抱怨的人，除非倾诉的对象能解决问题，可是——学着分享情绪，应该也是向喜欢的人走近的方式之一吧？

就像比起坐车她其实更愿意自己开车，可她还是把车钥匙递了出去，并且很快发现方彦的车开得还不错，她就坐在平缓行驶的车里，试着将下午的事简单说了一遍。

“如果不是我为了软装部分和他确认尺寸，他开了视频，我不去现场都发现不了他擅自挪位了，他却一口咬定和我口头沟通过。”

真说出来了，林筱还是憋屈的，事实上她已经憋屈了一个下午，要是个暴脾气早气炸了。

“我是外行，听起来，只要再开槽就能解决吧？”

“对，就这么简单，师傅却说，电视买大一个尺寸就不会有电源盒外露的问题，吕工竟然帮腔说客户反正不差钱。”

林筱的脾气也是在这之后起来的：“我知道他们是和我抬杠，明明是施工上的小问题，为什么要把解决方法往客户头上推？这么小的事情闹到项目经理出面，出面了也不解决争端，还无原则偏袒，就为了和我置气，图个口头上的输赢？”

方彦想，如果对方面对的不是林筱这样公司尽知的富二代，而且还是个为人处世不太懂给人留转圜余地的新人，或许根本不会出现这样的对话，偏偏林筱又较真了，他几乎能猜到后面发生了什么。

“墙面距离适合多大尺寸电视，或者挂架左移是否影响整体美观，吕工会不知道？他们纯粹就是为了堵我。”

林筱说这些的时候并不是愤怒，而是感觉无力。她以前觉得人际交往难，她做不到就不去努力了，只要她足够强，日常的琐碎就影响不到她。

可参加工作以来，她身边高手如云，自己又因为性格问题处处受掣肘。好不容易和四组的人相处融洽些了，今天又成了被项目经理闹到要换人的第一个新人，而在姚总监出面安抚后，所有人全是“看，有人保就是可以肆无忌惮”的心态。

她入职一年多，其实不是新人了，为件小事最后闹到组长甚至总监那里，她觉得丢脸极了，太挫败了。

方彦记得林筱追上来要搭他顺风车回家那天，也是在公司门口被总监训得垂头丧气，她平日里总是多坚强的模样，偶尔丧气一回，又被他撞见了，他都觉得这样委屈巴巴的林筱很难得。

那些关于同事相处的技巧、劝解，方彦觉得她都懂，只是置着气还没转过弯来。

他什么都没说，而是在等红绿灯时腾出了一只手，在林筱微垂的头上揉了一把，用很温柔的、好像哄小孩的语气说了句："好啦，不是你的错，我们林小姐受委屈了，报完警带你去吃大餐吧。"

林筱从小就不喜欢别人用哄孩子的语气来和自己说话，也不喜欢朋友叫自己林小姐，遑论被人摸头顶。

可是方彦伸手这么一揉，一整个下午和吕工力争、被组长训话甚至被姚总监教育都没红的眼眶，忽然就热了起来。那些受的气在一句"不是你的错"里烟消云散，心中还开始为"我们林小姐"这样奇异的称呼泛起了甜。

"本来就不是我的错。"

她小声又嘴硬地嘀咕了一句，方彦假装没看到她的兔子眼，聚精会神地开起了车。

方彦说是吃大餐，等两人从派出所出来，他把车开到了附近一家名头很响的西餐厅前，林筱还是惊讶地看了他一眼。

"幸亏还能订到位，怎么样？请你吃这个算有诚意了吧？"

方彦把钥匙递给了门口的侍应生，很绅士地绕到另一侧，开门略躬身冲林筱做了个"请"的姿势，林筱却毫无浪漫细胞，把钥匙一把抢了回来，将人推上了副驾驶。

"我在国外吃西餐吃到要吐了，一点兴趣都没有。"

方彦知道她是担心自己的荷包，可是能把拒绝的话说得这么难听，他只能打心眼里感叹一句，这姑娘的恋爱商真是零呀！

"我是真的想吃烧烤，想喝冰啤酒！"林筱说完才想起方彦胃不好，上次舒南都不让他碰酒，没想到方彦二话不说应了下来。

烟熏火燎的夜市刚刚拉开序幕，锅铲在大铁锅里翻飞着，锵锵作响，背心卷到胸口的老板被爆炒的火光映得脸通红，简单的折叠桌上铺着数层一次性桌布，质量普通的塑料靠背椅被壮汉坐得吱呀作响，到处推杯换盏，还有人撸着袖子划拳。

林筱居然熟门熟路地找到了一家生意颇好的烧烤摊，方彦没想到她会对高新区最大的夜宵场子这么熟悉，就像林筱不知道他会清楚附近的高档餐厅并迅速订到位置，他们忽然又探知到对方的一片盲区，并且心中都有些惊奇。

林筱稀里哗啦勾了一堆串，才把菜单往方彦那儿一推："你看还要加什么？"

方彦虽然对吃的不上心，日常只图管饱，但也不代表他口味完全没偏好。他喜欢素一些的，比如菌类、豆制品，菜单上这一类林筱没少勾，还在后头写了微辣。

他看了她一眼，林筱认得倒也大方："方女士住院的时候给你们送饭，舒南有和我说一些你的喜好，我记下了。"

每次听她一本正经地称"方女士"，方彦都会想笑，林筱是个飒爽的女孩子，却总有些小细节能戳到他的萌点，这也让方彦一再正视起自己待她的不一样来。

“多谢。”

林筱一想，吃饭的地方自己选的，菜也是自己点的，会不会过于强势？

“我是不是太自作主张了？”

方彦连忙摇头：“比起去哪儿吃‘随便’，吃什么‘随便’，结果却有一堆意见的人，你简直是优秀！”

他甚至还给比出了拇指，以示自己夸奖的诚心，林筱知道他是在逗自己高兴，还是有开心到。

烧烤摊的老板是西北人，冒明火的长炭炉上粗犷扎实的大肉串烤得嗞嗞作响，撒上一把辣椒、孜然，上桌时还冒着油汪汪的小泡，入口焦香酥嫩，加上冰爽的扎啤，很能治愈心情。

方彦慢慢喝着林筱特意点的砂锅粥，吃着面前那一盘素菜串，看林筱吃得大汗淋漓，再灌一大口冰啤酒，眯起大眼吸口气，活像只满足的猫，他忍不住想笑。

林筱的酒量很好，酒品也不错，吃得多说得少，两大杯扎啤下去，杯子都没重放一下，要方彦带着把天聊起来，她才少少抱怨了一句：“每个人都和我说，说话做事要有分寸，不要让别人难堪，可怎么才算有分寸？”

她眼中全是困惑，看方彦贴心地把吃空的餐盘叠起来，请老板娘收走的三两句话工夫，还把忙得晕头转向的老板娘说笑了，他讲句“辛苦了”，老板娘人走远，还回了句“不辛苦，应该的”。

“有时候我觉得，我为什么要改变自己去迁就别人？有时候我又会羡慕一些人，好像天生就知道怎么和人相处。”

方彦知道，这个“一些人”里包括了他，他又替林筱满上一杯酒，看着那些气泡争先恐后地在杯中沉浮，轻声说：“最多有人性格外向些，哪有人天生知道怎么和人相处？”

他只是过早在人情世事里掌握了处世的分寸，怎么掌握的？

靠只有四五岁的眼睛看到拍照不够配合会被嫌弃，爱笑嘴甜就会有更多人喜欢。靠八九岁的眼睛明明发现小姨和秦晖不对劲，却知道家里、医院都离不开小姨，学会了保持沉默，在妈妈面前还能笑容灿烂，说我会赚很多钱，你会好起来。

靠十岁的眼睛在医生护士眼里看得见同情，在妈妈眼里看到了不舍，却学会把眼泪往肚子里咽，然后说妈妈你放心，我可以照顾我自己，我会过得很好。

还有十五岁、十八岁，那一天天，一年年，慢慢琢磨出来的分寸感，也慢慢磨平了所有的锐气和棱角。

林筱把下巴搁在高高的啤酒杯上，看着方彦说完那句话以后长时间的沉默，苦笑着问："我是不是又说错话了？"

"没有，我只是在想，该怎么说你才会信，我其实更羡慕你。"

方彦看着她因为歪头而倾泻在肩头的黑发，被头顶简易的吊灯映得像一匹上好的缎子，他想去揉一把，最终只是给自己也倒了半杯啤酒，和她的酒杯轻轻一碰："敬你过去不用懂分寸的幸运。"

他笑得特别温柔，温柔到林筱只是看着，都会有点心酸，他拂开了她来挡酒杯的手，一饮而尽。

"也敬二十五岁终于要去学相处、学分寸的小姑娘。"

他冲她摇了摇空酒杯，带着调侃的笑意，眼睛弯如月，林筱有一瞬想把头埋进冰凉的酒杯里，才不会让自己的脸在"小姑娘"三个字里噗噗红到冒烟。

真的太犯规了！

如果别人这么喊她，她说不定要转过身去翻上一打白眼，可现在她恨不得学鸵鸟把头埋进沙子里去，那沙堆大概还能煎个蛋。

"走了走了，不喝了，再喝我就要醉了！"

她突兀地站了起来，大声地喊老板买单打包，就火烧火燎地走了，等方彦付完钱，她都走出夜宵摊了。

"你的车！我帮你喊代驾！"方彦在身后说。

"喝多了，不想坐车，明天来取。"林筱脚下生风，走得飞快，可夜风是热的，沿途的烧烤摊也经营得热火朝天，她一张脸就跟喝醉了似的，越来越烫，烫得她不想见人了。

没出息！要不要这么没出息！是没谈过恋爱还是没见过男人？她在心里狠狠吐槽着自己，努力调整呼吸，方彦好不容易追了上来。

"下午才收了照片，你还一个人闷头冲！"

"我哪有冲，不是你在吗？"林筱死鸭子嘴硬，越走越快，"摄入那么多热量，不快走怎么消耗得掉？"

方彦不和她争，两个大长腿自然走得快，倒不像是饭后消食的散步，活像竞走比赛，不知不觉就到了嘉洲花园。

把人送到家门口，方彦又叮嘱了一遍，让林筱近期一定不要单独行动，然后往她手里塞了个咧嘴笑的布偶牛："买单的时候没要发票，老板顺手送的。"

布偶牛的材质很简陋，五官画得更是粗糙，后背还印有"××啤酒"四个字，一看就是促销附赠品，林筱皱眉看着笑得一脸蠢相的牛："好丑。"

方彦笑着说："第一课，这个时候应该说谢谢，而不是丑。"

林筱倔强得脸都皱成一团："可它真的很丑。"

她说完，自己就哈哈大笑起来，眼底早不见之前的阴霾，冲方彦晃了晃那头蠢笑着的牛："谢啦！我本来觉得今天糟透了，生活遇到麻烦，工作是非难以分辩，谢谢你陪我报警，又请我吃夜宵，还有礼物，我被安慰到了。"

"那就好。"

方彦站在电梯边，按了向下的键，嘉洲花园电梯周边贴的都是Reynaers的镜面，光可鉴人，林筱今晚不大敢直视他，偏头看着镜面里方彦和自己错身一步站立的身影，忽然发现了新大陆，方彦的脸居然比她的还要小！

怪不得能当模特，这头身比实在优秀，就像他的肩虽然瘦却很宽，看上去好似很好依靠。

林筱觉得自己是走急了，酒气真有点上头，以至于鬼使神差地开了口："我可不可以再要一个安慰奖？"

方彦疑惑地转身，林筱走近了一步，垂下的长睫颤动着，在酡红的脸颊上投下一片密影，那影也微微颤动着。

她没有醉，他知道，她也知道他知道，两人近在咫尺，她借着吐息间一点氤氲酒气凑了过去，靠住了方彦。

身高够，恰好能把发烫的脸挨在他的肩头，林筱察觉到他一瞬的僵硬，她却固执地把头完全靠了上去，心底暗自叹息，果然像看上去那么好靠啊——

方彦呆住了，身体却先一步恢复了知觉，感受到她贴过来的柔软身体下，那如擂的心跳有多猛烈，喷在颈窝边细碎的呼吸有多火热，就有多小心翼翼。

这让他推拒的手停在了半空，还来不及做什么，林筱已经自己站直后撤了，她的笑容是羞涩的，一双黑眸却雪亮又坦荡："现在我觉得今天太棒了，晚安！"

她一把取过方彦手里提着的打包肉串，差不多是把门甩上的。听到外头电梯到达"叮"的一声，又忍不住凑到猫眼前，看到方彦还愣在那里，任电梯门打开又关上，半晌，才如梦初醒般再次按开了电梯，快步走了进去。

林筱把头贴在了门上，感觉血液在鼓噪、奔腾，心跳快得不可思议。

她二十五，又不是十五，这种连拥抱都不算，却心动过初吻的感觉是怎么回事？

每一次靠近，都发现自己比以为的要喜欢得更多一点，又是怎么回事？

矜持地立在鞋柜上观察了半晌的黑猫闻到肉香，甩着半条尾巴凑了过来，被林筱一把捞进怀里："黑糖，我好像越来越喜欢他了，怎么办！"

她想把还在发烫的脸埋进已经被养得柔软滑亮的猫毛里，黑糖嫌弃地撑爪拒绝，高高跃起逃走了，完全是想离疯女人远一点的姿态。

临睡之际，林筱还担心过，自己的“突袭”会不会吓跑方彦，没想到第二天方彦到得比平时还早。林筱刚榨了橙汁，指了指吐司机刚烤好的面包问他要不要一起吃，他犹豫了一下，也没拒绝。

林筱就手脚麻利地又给他榨了杯果汁，回头看到黑糖已经蹭到方彦附近，有那么点想靠近又忐忑的意思。

方彦慢慢蹲了下来，掰了一小块吐司，缓缓沿着地面推了过去，轻言细语地说：“请你吃呀。”

那语气温柔得让林筱有种昨晚是否也被他当成了猫猫狗狗的猜测，她把喝的递到他手里：“给，苹果石榴汁，抗氧化还养肠胃。”

她叼着吐司去换外套了，方彦看着手中的果汁，能感觉到她不动声色的关怀。一旁的黑糖慢慢蹭到了吐司边，竟然伸爪子扒拉了两下，只是叼走了夹在中间的小块培根，看来已经被宠得会挑食了。

“黑糖！不能吃太咸的！”林筱人没到，声音先飞了过来，养肥了一圈的黑猫都不正眼看她，叼着肉飞快地跳上了柜子。

“怪我，掰的时候不小心带了一点。”

“李医生说它血尿素氮还是偏高，要定期复查，你别惯着它。”林筱吃味黑糖对她疏远却主动亲近方彦，没好气地控诉了两句，说完又觉得口吻像两人在带孩子，严母慈父。

两人进到电梯里，里面推着婴儿车的妈妈往后让了两步，见是林筱就主动打起了招呼：“美女，早啊。”

“早。”

林筱平时电梯里遇见人大多是点头致意，这个年轻妈妈就住八楼，两人从来没打过交道，看对方神情像是有聊两句的意思，她不禁扫了一眼电梯，哎，今天好像走得格外慢啊。

“我听周干事说，楼下的坡是你弄的，谢谢啦！”

周干事？坡？

方彦看林筱一脸茫然，用口型说了个“周卓雄”。

林筱露出了然的神色，周卓雄啊，还真是谁都认识他。

“我家小宝最喜欢往长廊去，以前每次推车都得踩着后轮提一下，下来还得退着下，虽然也只多一两步，但有你加的小缓坡方便多了。”

林筱这才听明白她说的是什么，之前她帮杨奶奶家做改装，听黄姐随口抱怨了两句，说四月分推老人下楼去散步，在紫藤长廊差点又摔一次。

嘉洲花园其实规划得很好，各个区域都有无障碍通道，不过春季时紫藤花垂成锦绣一片，老人孩子都喜欢往铺着木栈道的风雨廊去。而风雨长廊是两侧打混凝土地基，中空做下水渠，铺的防腐木和旁边的路面有近二十厘米的高差。和那个妈妈说得一样，杨奶奶上长廊需要翘抬椅轮，那日上栈道时旁边恰好冲过来两个孩子，黄姐手下打滑就差点出了事。

林筱听后，就托周卓雄出面和物业沟通，能否在长廊前后加铺两个小斜坡，物业却担心添置的设备与周边风格不符，影响美观，被一些业主挑事。

林筱手头的项目恰好在搭防腐木凉亭，她下厂看材料时，比对着栈道木材的色号选了纹理相似的铺板，自画图自掏腰包，找人按图筑了两个坡度比 1 ： 12 的缓坡，并做了割槽下水和复古色金属钉防滑，最后的成品和栈道浑然天成，目前加设了几日没人提出异议。

“哦，那个呀，小事。”

林筱这回是真的笑了，再小的设计有人欣赏对她来说是件开心的事。

“我们好多妈妈都在说，别人可能都注意不到，但我们推车便利多了。听周干事说，社区会照你做的，给外头几个风光带的长廊都加上呢。”

说话间，电梯也到一楼了，那位年轻妈妈推着车出去，在门合上前还弯腰拉着宝宝冲林筱招手：“和阿姨再见，谢谢阿姨。”

还在滴口水的宝宝刚长出两颗小牙，粉白的小脸笑得无比天真，把林筱和方彦都逗笑了。

车开出小区后，林筱并没有和平常一样右转，而是绕到了小区后门外的公共景观区，把车停在路边，拿着车上常备的卷尺跳了下去。

“怎么了？”

方彦按下车窗，看她正弯腰在拍马路牙子。

“刚才那个美女不是说，社区会给外头的风光带加平坡吗？正好这个地方我惦记很久了，你看，缘石坡道比路面高了……”她很严谨地拍下了测量画面，“高了将近六厘米，推车推轮椅都会颠一下，按标准，缘石坡道高差是不能大于一厘米的，只是这么小的事要修改也得和路政打交道，交给周卓雄，争取一起改了。”

她嘴里没停，手下字也打得飞快，很快连文带图给周卓雄发送过去了。

方彦看着林筱在晨光中熠熠生辉的面孔，她骨相大气，言行举止绝大部分时间也冷静自持，偶尔却会冒出孩子气的执拗和天真来，还有着鲜活的、生机勃勃的热血，像个矛盾的发光体，有时会让人挪不开眼。

林筱发完信息，一看时间"嗖"地蹿上了车，把油门轰得直响。

方彦看了一眼时间："还早，不会迟到。"

"我想去楼下给人买个谢礼。"

王璐彤看林筱和方彦并肩出的电梯，就笑得不见眼。方彦和她问了声好就离开了，王璐彤这才在林筱手臂上戳了一下。

"有人昨天蔫成那样，一晚上就满血复活了？怎么样，我给力吧？"

被看穿了的林筱也不尴尬，把咖啡又往前推了推："所以给你买了谢礼。"

王璐彤美滋滋地收下了"贿赂"，才小声问了句："你没事了吧？"

"没事。"

哪有不受委屈的工作？林筱知道自己也有错，睡了一觉，余下那点愤愤不平也散了，问题是拿来解决的，没必要堆在心里添堵。

"照片的事怎么说？"

"已经报警了，"林筱掏出手机，吊在下头的熊猫摇晃着，"你给我的警报器也随身带着呢。"

"你和方帅哥这是又有进展了？"

林筱点点头，在她主动出击后，方彦没提昨晚的事，但也没拒绝一起吃早餐，哪怕只是简易三明治加果汁，在她看来就是巨大进步，所以眼里的笑意藏都藏不住，看得王璐彤想伸手打人。

"恋爱的酸臭味。"

第十三章

男朋友

快下班的时候，姚桓回了趟公司，进办公室前特意绕去林筱座位看了一眼，只见昨天还垂头丧气的人正双目炯亮地在和电话里项目部的人沟通，语气一派平和，只有搭在桌上打着轮指的手在透露着她的不耐烦。

姚桓在林筱桌上敲了两下，无声和她说了句“来我办公室”，就大步走了，边走边感叹，年轻就是好，打碎了骨头休养一夜，又可以精神抖擞起来再战！

林筱以为是昨天的骂还没挨完，进到总监办公室就解释，徐组长已经出面做了和事佬，她和吕工握手言和，也和工地那边沟通好了。

没想到姚桓摆摆手，居然卸下了总监的身份，拿出叔叔的派头来问私事：“听说明亚的周副总约了你两次，你都推了，人家找上门来说想咨询私宅装修，你都没给好脸色？”

林筱绷紧的神经立刻松了下来：“总监，您都来八卦，多掉价。”

她最近被那个突然冒出来的周淳弄得不胜其烦，两人第一次见面是在杨奶奶家，杨奶奶约着她去取猫草、搬花，说那个无线门铃还有问题想问她，结果上门才发现杨奶奶是牵她和周卓雄的线没成功，又把主意打到了大外孙身上。

她本来以为周淳也是推不过老人的意思，应付一下加个微信，没想到第二天他就主动约饭，之后送礼物、约看展一样不落，真摆出了追人的架势，哪怕她明推暗拒说了好几回，一点用都没有。

“所以是真的吗？”

“算吧，不过我对他没想法。”

姚桓很清楚林筱的脾气，知道她不喜欢被人窥探私事，没想到她还能答两句，看来心情不错。

“那你是有别的情况。”

他用的是肯定句，林筱眉峰一挑：“我八字还没一撇的事，如果告诉你，回头赵女士就能杀过来看人。”

姚桓被她夸张的语气逗笑了：“你妈见天儿抱怨我，把你圈在公司里累死累活，都接触不到好男人。”

“我现阶段最爱工作。”

姚桓敏感地抓到了关键词，现阶段？看来确实是有情况了。

“周总都托人找到我这里来了，说新房的装修想让你提个方案。”

周淳花名在外，姚桓稍微打听一下就知道，老友把女儿放在自己手下，他还是要多操点心，这才把人叫进来问一声，不过看林筱嫌弃的态度，周淳不是正主。

“总监，我不会公私不分，他如果真有业务当然有的谈，但是公司也有专门负责的人，而且越过组长点名找我，本来就不合规矩。”

“没考虑过发展一下？”

“才不要！最讨厌自以为风流的老男人。”

姚桓确定她无意，心里石头也落了地，这才把手里的东西推给她：“说正事，有一整个民宿的活，你敢不敢接？”

“我接？”

林筱这下是真惊讶了，姚桓叹口气：“我也有朋友找来的人情活，夫妻俩都喜欢猫，钱赚够了，在市郊山清水秀的地方有套老宅子，想带着猫去开民宿，我记得你也养猫了吧？”

“养了，不过才养不久。”

“公司要先出几个概念方案，二组、三组和你们组各出一个，你试试看？”

朋友都知道一般小活姚桓不会亲自动手，最多是给个创意，下头的人做了他略做修改，但挂上他名头也能显得高端一点。这一单姚桓本来不想应，想到林筱，就问了句给他小徒弟做行不行，没想到对方爽快地答应了。

以林筱的能力，在寰宇不至于一年多过去，一个项目都没独立接手过，是姚桓有心打磨她，林筱也争气，越挫越勇，他觉得可以让她单练了。

“我一个人出？”

“是你们组的你一个人出，你还有两组竞争对手。”

“我马上去电脑上收资料！”

林筱还不知道自己已经顶着“姚桓小弟子”的光环闪闪出道了，唯恐他后悔，转身就往外走，又不想太兴奋显得沉不住气，刻意放实的步子看得姚桓边笑边摇头：“这丫头，到底还是年轻。”

林筱人到了门外，又探了个头进来：“总监，我算不算是走后门了？”

她一脸正气，看得姚桓乐开了：“你可以拒绝。”

“才不要！”当姚桓和颜悦色时，林筱还是放松的，抿嘴一笑，“反正个个都说我投胎走了捷径，我不介意多走一次。”

林筱不会为了赌口气，喊着只靠自己，就把好端端的机会都推走。

姚桓看着她甩着发尾大步离开，心里生出点唏嘘，又有些欣慰，姑娘长大啦，不再钻牛角尖，知道乘风而起了。

林筱埋头看完邮箱里的资料和图纸，才发现已经快八点了。周卓雄下午的时候给她发过一条信息，说有急事暂时不能过来，她还回复了自己正好要加班，按理他至少会再约个时间，居然就没下文了，这不合常理。

她心头跳了跳，给周卓雄打了过去，电话那头闹哄哄的，她还什么都没说，周卓雄扯着嗓子差不多是用喊的：“林筱，我晚点联系你，你不要自己走。”

林筱狐疑地挂掉了电话，过了不到两分钟，方彦给她打了过来，也是嘈杂一片。

“加完班了吗？”

“算吧。”

“办公室还有人吗？”

林筱看了看还在挑灯夜战的二组和六组：“还有不少。”

“那你叫个外卖，等我一下，我争取一个小时内赶过来，不要自己走。”

林筱又看了一眼时间，这个点方彦应该下班了，却和周卓雄同样抽不开身，能同时把这两人都绊住的……

“是舒南出事了吗？”

方彦语气颇有点无奈：“不知道该不该夸你聪明。”

“怎么了？”

“舒南只是小伤，我陪她在医院，淘淘吓到了。”

“她前夫？”

方彦都佩服她的敏锐，也没空在手机里和她详细说：“反正我尽快，你不许自己回家。”

林筱觉得自己滤镜真的太重了，连方彦说“不许”，她居然都不嫌霸道。她也没说有什么能帮得上忙的废话，只让方彦不用急，就挂掉了电话，去茶水间拿了盒泡面当晚餐。

等面熟的空隙，林筱顺便翻了翻手机，小区群里居然就有人在聊舒南的事，她大致了解了一下事情经过。

喝醉酒的前夫上门闹事，还带了几个同样喝多了的朋友，要抢孩子，舒南打电话叫了物业，保安却碍于是家务事不好插手，拉扯间舒南被推倒在地上，撞伤了胳膊，淘淘被及时赶来的周卓雄护住了。

群里有人夸周干事善良热心，也有人语焉不详地暗示另有隐情，林筱懒得看那些阴阳怪气，就把微信关了。

窗外已然华灯初上，不知什么时候还下起了急雨，斜飞来的大颗水珠一串串甩在落地大玻璃上，晕开了冲破雨幕的霓虹，像一片被打碎的海市蜃楼。

林筱打下“带伞了吗”几个字，想了想，又删掉了，看着窗外的雨体会着自少女期后久违的，一点小事也患得患失的心情。

方彦在九点前准时到了，他送快递虽然是体力活，平时也把自己收拾得整整齐齐，林筱是头一次看到他这么狼狈的样子，脸和头发大致整理过，但有两粒衣扣被扯掉了，裤子也沾了尘土，还擦破了一处。

“你动手了？”

在林筱印象里，方彦至多是懒得搭理人，而且上次在张志家他看上去会点拳脚功夫，怎么会把自己弄成这样？

方彦哭笑不得：“不是我，是周卓雄打人了，我属于劝架被殃及。”

“周卓雄？打人？”

哪怕在群里看到舒南被推倒，林筱也没想到周卓雄会动手。

“何止打了，还打伤了，否则不会闹到派出所去，现在还没扯清楚。”

林筱下到车库，都没消化掉这个消息。周卓雄长得牛高马大，却是个典型的好好先生，骂人都少有，居然会把人打伤，简直难以想象！

她翻出车上的毛巾，示意方彦擦擦被雨淋湿的头发，才听他详细说了下午的事。

郑浩然中午和狐朋狗友约饭喝了点酒，下午唱K又多灌了几杯黄汤，被唆使着找上门来的时候，淘淘正好被刘姐带出去玩了。舒南知道前夫醉酒后喜欢动手，立刻通知刘姐带淘淘去附近的社区办公楼找周卓雄，还找了物业，没想到还是被郑浩然几人把孩子堵在了小门，要把淘淘拖上车带走。

舒南见形势不对，立刻报了警，又找了方彦，和他们拉扯间周卓雄先赶到了，本来他好声好气在劝架，奈何对方一群人喝了酒，手上没轻重不说，嘴里越说越脏。方彦赶到的时候正看到郑浩然把舒南一把推在了地上，说别以为他不知道舒南和那个窝囊废不干不净，夙货正好配婊子，然后郑浩然就被周卓雄一拳打翻在地，还补了两下。

“帅！”林筱要不是手里握着方向盘，简直想鼓掌。

她第一次和舒南打交道，就是郑浩然深夜上门闹事，堵得加完班筋疲力尽的林筱进不了屋，还非得让她评理，说自己每月付着赡养费，儿子却不能想见就见。

而舒南当时就在屋内和他对骂，却坚持不开门，最后还是她叫来的保安，导致她一度对这个邻居印象非常不好。现在她当然已经知道，舒南那时不开门，是担心郑浩然酒后动手。

“舒南没事吧？”

“我陪她在派出所开了验伤单才去的医院，左手骨折了，其他几处是小擦伤。”

林筱没想到这么严重，眉头都锁了起来：“你过来了，留她一个人？”

“安医生在陪着她，周卓雄那边家里人也快到了，淘淘受了惊吓，刘姐在家陪着，舒南让我们回去看他。”

“安医生也去啦？没想到她和舒南还挺投缘。”

有片刻的沉默，林筱猜想到其中有别的原因，而方彦是不说人是非的，她准备把话岔开，没想到方彦模糊地回了一句：“大概是物伤其类吧。”

林筱想起那一晚和安医生起争执的家人，还有在外人面前向来亲切的安医生冷淡的语气，感觉到了这四个字背后沉甸甸的故事。

不过涉及隐私，方彦显然也只点到为止，她就看了眼时间，提议去还没关门的玩具店给淘淘买套神奇飞侠，转移了话题。

派出所的大堂里或站或坐或瘫了数号人，除了周卓雄这一群，还有附近小区住户失窃来报警，雨天湿漉漉带着泥的脚印把大厅地面踩得乱七八糟，立式的大空调风速调到最大，也吹不散闷湿的空气里弥漫的酒精味。

郑老太太赶到的时候，酒没完全醒的郑浩然还大着舌头在闹。周卓雄是社区的干事，和附近派出所的干警多少打过交道，他人怎么样大家都清楚，不过正因为认识，反而被郑浩然咬住说派出所有心偏袒，胡搅蛮缠上了。

“就姓舒的会验伤吗？我也要去，看见我脸上瘀青了吧？还有胳膊上……”

郑浩然不依不饶地吵嚷着，展示自己被打出来的所谓无数个伤口。值班小辅警阿华才工作不久，藏不住心事，看不惯他有家暴史还有脸反咬一口，小声同师父杨振国嘀咕了一句：“他那点擦伤再不去验都要愈合了。”

阿华说完，觉得端坐如钟的老太太好像瞄了自己一眼，瞄得他有点虚，又被师父瞪了一眼，立刻缩着脖子闭嘴了。

郑老太年轻的时候是有名的美人，如今老了依然气场十足，一直在闹腾的酒鬼们在她来后开始消停。

“清醒没？你能不在那个女人的事上闹了吗？”

老太太说话慢慢悠悠，外人多还带了点场面上的微笑，郑浩然身边那几个狐朋狗友却被她看得头都不敢抬。

“妈——”

郑浩然揉着还在作痛的头，放低了声音。作为家里最小的儿子，家业早有年长的哥姐顶着，他人没什么用倒也有废柴的自知之明，安生做个享乐的纨绔，把母亲哄得开心，钱上头也没比家里其他人短，所以他在外头闹得再天翻地覆，母亲跟前不太造次。

他人生目前最大的一次反抗，大概就是娶舒南进门。当初感情是真的，但本质花心也是真的，他以为钱给够了舒南不会介意，没想到舒南性子那么硬，到最后闹得太难看，面子里子全掉光。

“我就是去看看儿子，她不给看才闹起来的。”

郑老太太知道小儿子是什么德行，没信他的话：“你什么心思我不知道？”

她不觉得儿子对舒南有多意难平，舒南是漂亮，但浩然也会腻，何况他身边从不缺年轻漂亮的。只是离婚是舒南的一意孤行，儿子觉得掉价罢了，最近连她都听到风声，说舒南身边有人了，浩然肯定是被撺掇得去闹事的。

“回去再揭你的皮！”

郑老太太嘴里说着儿子，但看他一身狼狈，目光还是锁住了在配合警察做调查按手印的大个子。周卓雄人高马大，除了衣服被扯乱了，脸上身上没什么伤，郑浩然比他矮大半个头，被一拳打翻在地，脸上、手臂都挂了彩，看上去弱势多了。

“他打的？”儿子不成器是一回事，被人欺负是另一码事。

“是他，淘淘还护他！”

郑浩然想起看见他直躲的儿子一见周卓雄就跑过去求抱，气还是不打一处来，当时被酒精烧迷糊的脑袋直接就炸了，口不择言还动起手来。

郑老太挑剔地打量着周卓雄，除了身高，什么都普普通通，看衣着言行也不像什么富贵人家，不像是舒南会选的人。

“你那点出息！一伙人上门，还让人给揍了。”

郑老太太象征性批了儿子两句，看他脸上的红肿还是心疼，没打算放过周卓雄。

舒南处理完伤，只比郑老太太晚一刻钟到派出所，老人家刚表达了不和解的意图，她说话乍听上去算通情达理，话里话外却处处压人一头，带来的律师也搞得警察都焦头烂额。

“儿子不争气，我自己会管教，也不能叫外人欺负了。”

杨振国心里直摇头：“你看你儿子那边五六号人呢，怎么能算欺负？监控我们也调了，是他们先动的手，女方也受伤了。”

“这件事本来只是家务事，没外人插手，根本不会发展到动手。”

律师得到郑老太太的授意也站了出来：“郑先生对舒扬是有探视权的，在遭到舒女士拒绝之后，双方才起了一点小摩擦，发生误伤。但那位周先生却是主动攻击，构成故意伤害，性质不一样。”

郑浩然的朋友收到了眼神示意，也七嘴八舌将周卓雄打人细节无限放大。他们本来就人多势众，周卓雄担心舒南的情况而心不在焉，大哥在电话里也交代了他尽量保持沉默，以至于出现了一面倒被围攻的局面。

舒南本来还带点讥笑站在门外听着，看周卓雄嘴都不还，立刻走上前把验伤报告往桌上一拍：“老太太，您老这杆秤从来都偏得这么厉害，兴你儿子满口喷人挥拳头，不许别人还手？而且婚我都离了，算什么家务事？”

她转身，笑盈盈看着律师：“吴律师，我们也是熟人了，婚内家暴都算违法，怎么在老太太口里，离婚了动手反而成家务事了？”

郑老太太有一段时间没见过舒南了，她从来看不上这个媳妇，就连孙子她也觉得浩然迟早会再生，只是到底算郑家骨肉，当初浩然理亏又被舒南拿捏着把柄，她钱上懒得为难。

而舒南看在离婚拿走那笔钱的份上，平时对她也客客气气，这样强势地顶回来，除了闹离婚那段时间，还是头一回。

周卓雄一见舒南，赶紧跑了过来：“怎么样了？痛吗？”

“没事，安姐给我吃了止痛的。”

周卓雄这才看到陪着舒南过来的安医生，赶紧向她致谢。

安医生微笑着帮了句腔：“左手骨折，头皮血肿，颈部、双上肢软组织损伤，在我的专业认知范畴里，这不算‘小摩擦’。”

她面相亲切，说话温言细语，内容却很有杀伤力。

周卓雄一听就急了：“这么严重？”他大黑脸上满是懊恼和沮丧，居然让舒南在他眼前给人伤了，他想给自己两巴掌。

舒南摇摇头：“没大事。”

她明知道郑浩然酒后手下没有轻重，一时情急没保护好自己，也是倒霉，摔倒时又磕在了栏杆上，才会严重到骨折。

周卓雄虚托着她打了石膏的手臂，当易碎品似的碰都不敢碰，舒南看他那小心翼翼又后悔莫及的憨相，笑了笑，左手在他背上拍了拍："我说了没事就没事。"

"法律对轻伤有严格的判定，像……"

吴律师才要开口，日常不知参与过多少家庭矛盾调解的周卓雄已经愤而堵了他的话："那他郑浩然连轻微伤都不算！"

郑浩然看着前妻进门把自己撂一边，还当着几个朋友的面和傻大个亲近，火气又上来了："姓周的，你就是个社区小干事，要不是有私心，上门来劝解怎么还跟我动上手了？你这干事想不想当了……"

他想起儿子向着外人、舒南也向着外人就横生恶气，浑然忘了是"前妻"，阴阳怪气地点明周卓雄的工作，明摆着要搞事的态度。

"干事怎么了？"舒南柳眉一竖，没受伤的手拉住了周卓雄，"干事就不能交女朋友，女朋友被人欺负了就不能还手？"

周卓雄整个人都呆住了，他天天往舒南家跑归跑，名分是没有的，现在被从天而降的"女朋友"三个字和递到掌心柔软的手给砸晕了。

"警察同志，我刚忘说了，他们一伙人还是开车来的，我申请调监控，我怀疑他们酒驾，不，醉驾！"舒南清楚地补充。

郑浩然离婚后女朋友早交了一打，舒南对他来说算是明日黄花，可再黄花那也是他孩子的妈，他看两人相握的手碍眼得厉害，又被舒南抓到了尾巴，怒起来："你拿了老子的钱，还敢搞我！老子今天绝不和解！我还要找媒体曝光你们公务人员！"

郑老太太看舒南来后儿子又闹了起来，并没有第一时间阻止，照她的意思舒南拿了她家的钱，就该安分看着孩子，不过舒南在她眼里就不是个安分的人，现在又害浩然受了气还挨了打，她不会让两人好过，也跟了一句："当然不和解！"

"不和解的是我们！"

周淳大步走了进来，他比周卓雄矮一点，但长相斯文许多，看起来不像生意人，倒有艺术家的矜贵气，只是一双眼精干外露，声音坚定果决，气势十足。

因为是从工作场合直接赶过来的，周淳一身正装显得很气派，他都没看郑家人，先打量起方才出声护住弟弟的舒南。

这是周卓雄的心上人，还离异有娃，他自然把舒南查得清清楚楚，本人倒是第一次见。哪怕舒南素颜又受了伤，他也承认是个货真价实的美女，不过就凭她把向来遵纪守法的卓雄牵扯进了派出所，他对这个女人的好感度也是负数。

"伤到没？"他语气凶归凶，开口先问周卓雄的情况。

“我没事，是舒南……”

周淳懒得听他说别人，回头看向坐在人群后却镇着场子的老人家，客气地上前问了声好，还给她和吴律师都递上了名片，简单自我介绍了两句，做派挺官方，嘴里的话就不是那么回事了：“早听闻郑老太太护短，巧了，我家里人也护短得很，出门前父亲还叮嘱了，我弟弟人老实，容易被欺负，让我多看着点。”

郑老太也很少被人当面直怼，但是看他来势汹汹，又扫了一眼名片上的头衔，弄不清来路也没有当场发作，只是说：“护短还是占理，自然是由专业人士说了算。”

周淳看一眼吴律师，笑得挺从容：“当然，专业的事就该让专业人士来解决，我的律师和助理马上就到，警察同志也辛苦了，大家坐下来，慢慢谈。”

他说是交给专业人士慢慢谈，就真的慢慢谈了，助理来时还带了饮料、醒酒药和夜宵，别说自己人，连对方和加班的警察都照顾到了。

虽然派出所的干警按规矩没有拿他带来的吃吃喝喝，可人家带着律师在调解室谈事，助理连大堂地面都帮忙清干净了。这么知情识趣的人，把闹了两个小时事的郑浩然等人比得没眼看，郑老太太看周淳的架势，也知道今晚找不回场子了。

后续周卓雄和舒南只负责签字按手印，问什么就答什么，针锋相对的事交给别人来处理。本来是出于担心才跟来的安医生提前回家了，走时也和舒南赞了一句，周卓雄这位大哥靠谱。

出警察局时，郑浩然蔫蔫的。在派出所又磨了两个小时，够他循着名片查清楚周家的底气，不算顶富贵，但也不比郑家差。

他先扶着母亲上了车，看周卓雄扶着舒南下楼梯，还是往回走了两步，酸不溜秋地开腔：“我说呢，一个长得跟熊似的社区小干事你也看得上，到底还是家里有钱嘛。”

郑浩然长得可以，五官得了郑老太年轻时七分颜色，正因为他打小生得最像母亲，郑老太才格外偏疼他。如今他身体被酒色掏得半虚，颇像郑老太的凤眼生在他脸上反而阴沉沉的，被他阴鸷地盯着，舒南被他拳脚相加的记忆回笼，下意识缩了一下。她只往后退了半步，就被周卓雄稳稳地托住了：“当心，地上滑。”

周卓雄的大掌很暖和，守礼地托在她背后，就像他山一样的身躯般，让人很踏实，很有安全感。

郑浩然朝旁边啐了声：“一个只知道躲在哥哥背后的窝囊废！呸！”

周卓雄人虽然实在，也不是不知道还手的棉花性子，没要舒南帮腔，自己就呛了回去：“你三十几岁还靠妈出头的人，有什么好得意的？”

他呛声的话都说得一本正经，越是这样，越有羞辱性。郑浩然伸手又要打，他高塔似的挡在舒南跟前，光靠身高就把人压制得死死的。

“你等着，我回头叫你好看！”

“你记着，你以后敢动舒南一个手指头，我叫你好看！”

周卓雄隔着几步，黑着脸冲他挥了挥碗大的拳头，舒南在他背后“扑哧”一声笑了。

郑老太太降下车窗下令：“行了，赶紧上车！别在外头丢人了！”

郑浩然愤愤地绕上了车，舒南这才探身出来，笑眯眯地冲车行了个礼：“您慢走。”她软软的腔调说着“您”字，姿态十分谦和，郑老太却被她的装模作样气得脸都黑了，“唰”地升上了窗户。

周淳站在台阶上头，一直冷眼看着，等人都走了才下来。他身材皮肤都严格管理，看起来像三十出头，其实比周卓雄大了十岁。周父当年是警察，一年到头忙得不着家，周卓雄算是外婆和哥哥管大的，所以犯了错对上大哥难免胆怯，小声问：“外婆、外婆不知道吧？”

“你还怕她担心？”周淳冷冷地扫了舒南一眼，对看不上的人眼尾都带着并不掩饰的倨傲，周卓雄不满地皱起眉，想说什么，被舒南拉住了。

“后续的事情律师会和你联系。”

“今天多谢周先生了。”舒南知道他瞧不起自己，态度不卑不亢，谢却是谢得很诚恳。

“我不是帮你。”

“哥——”

“你闭嘴！”

周卓雄壮硕的身形老母鸡般护在舒南前面：“你都肯赶来帮手了，怎么……”

“我帮你，是因为我辛辛苦苦赚钱，就是为了让家里人能过得舒坦，没有人可以越过我踩在我家人头上，但不代表我认可外人——还是拖累你的外人。”

他把“我家人”和“外人”咬得很重，舒南却眉都没跳一下，还是一张笑脸，推了周卓雄一把，阻止他跳脚：“无论周先生是因为什么，今天还是帮了我，很感谢。”

她示意累了半日的周卓雄跟大哥回家。周卓雄这半天情绪大起大落，现在哪里肯走，被大哥削了一眼：“你回不回？”

“不行，我得把她送回家，她手还伤着呢，淘淘也不知道……”

“淘淘没事，方彦和林筱陪着他，已经玩累了，睡了。”

周淳一听林筱的名字，不动声色地转了转心思，招助理开来了车子：“走吧，我送你们回去。”

周卓雄脸上一喜，被大哥直言不讳打击道：“不是接受她，是为别的事。”

周卓雄人憨厚，有时却会有灵光一现的机灵，见大哥忽然间转变态度，问道：“你是为了林筱？”

舒南决定要和周卓雄在一起了，自然是想和他家人拉近关系的，但听周卓雄这么一说，准备上车的脚步就停了下来，周淳对林筱有意这件事周卓雄当然和她说过。

周淳不置可否，反而拉开了车门，料定舒南不会拒绝，没想到舒南退了一步：“我自己回去。”

周淳眼眸一眯：“舒小姐是想在我面前装义气，让我高看一眼？”

哪怕是泥人，被人这样一再贬低，也有气性了，可是舒南不一样，她从小看人脸色长大，再难咽下的漠视、藐视，对她来说，只要回报够，都不是问题。只是她也有自己的底线，所以没有恼羞也没有生气，很平和地说了一句：“我有我的原则。”

人生有很多少次困境，方彦都是站在她身边的人，哪怕帮不了太多忙，可他们带着对彼此的理解，站在了一条线上。就像此刻，方彦还和林筱在陪淘淘，她再有心拉近距离，也不能带着别人去撬方彦的墙脚。

她向周淳道别，准备离开，周淳扯着一边嘴角假笑了下，自己上了车。

周卓雄弯腰替大哥把车门一关，快跑着追上舒南，大狗般黏了上来，还小心翼翼地拉了拉她的衣袖：“你别生气，我哥那人一言堂惯了，觉得自己说什么就是什么。”

“你哪只眼睛看到我生气了？我只是刚拒绝了一个对自己有益的提议，既觉得惋惜，又觉得我竟然还能有骨气，虚荣心满足着呢。”

舒南话说得坦诚，歪着头笑起来的样子简直是带着顽皮的俏丽，周淳开着窗的车正从两人身边开过，听到舒南如是说着，那样笑着，摇着头叹了口气。

这女人道行比他想的还深，怪不得把周卓雄迷得跟中了蛊似的。

周卓雄目送着大哥的车远去，才扶着舒南慢慢往回走。舒南看他一副恨不得把自己供起来的样子，没好气地踩了他一脚：“我又不是老佛爷！”

没想到周卓雄很委屈地小声嘀咕道：“我也没想当大太监啊。”

舒南被他逗得又笑出了声：“你……神经！”

“舒南，我问你件事。”

周卓雄忽然很严肃地停了下来，扶着舒南的肩，又唯恐压到了她的伤处，改扶一边右肩。

舒南一米六的个头只到他领口，他膀大腰粗又一脸严肃，以至于画面一时竟像他要行凶将人扭倒在地，开口却特别弱：“你刚才说，说我是你男朋友，是当真的吗？还是气他们？”

舒南抬起右手就想在他头上拍一掌，看到他脸上拉扯间被划伤的红痕，手最后落在他硬茬茬的黑发上：“他们可不值得我拿感情的事去撒谎。”

周卓雄的脸一下子就涨红了："那，那你的意思是……是我……我是你男朋友了？"

舒南柳眉一竖："你不愿意？"

"当然愿意，当然，我就是——"周卓雄先是一脸的狂喜，忽然又跟被人一瞬抽干了水分似的，蔫了下来，"我就是对自己很失望。"

他看着舒南的伤手，挠了挠头："今天你在我跟前呢，我都没保护好你和淘淘，我觉得我做得不好……"

舒南到底没忍住，踮着脚气呼呼想一掌拍在他头上："笨死了！"

她左手打着石膏，一只手去够他的头顶，姿势难受得厉害，皱着眉下令："你弯低一点！"

周卓雄听话地弯下了腰，还把头凑低了，一副任她打的样子。没想到舒南看了一眼四周，也配合他低头的角度偏了偏头，他只觉得唇上一暖。

很柔软，带着馨香，一瞬间包围了所有的知觉，让周卓雄的心都麻痹了，人还没反应过来，舒南已经甩开手往前走了。

"傻不傻，看着对方六七个人还敢动手，平时的好脾气都喂狗了？"

舒南边慢慢走着，边训人，训了半天，回头看那人还站在原地维持着一个僵硬到可笑的姿势，脸红得不只是像呆头鹅，还像只烤焦了的烧鹅，黑里透着红。

哪怕她有一百种勾人的技巧，现在也只想用手盖住眼睛，笨！真的笨死了！

第十四章

我在盯着你

自从舒南的手受伤，刚刚晋升男友的周卓雄恨不得二十四小时贴身照顾，到周末，周卓雄一大早又赶到嘉洲花园，在车库遇见了昨晚睡在外婆家的周淳。

“哥，这么巧。”

坐在车里已经等了一会儿的周淳“哼”了一声：“不是巧，是我在等你。”

“等我？”

“看你还分不分得清轻重。”

周淳见弟弟还知道先往外婆的八栋走，而不是直奔六栋而去，心里稍微舒服一点。

“你都说了担心有人跟外婆说闲话，昨晚陪她吃完饭特意睡在这边，我肯定先去看外婆，让她知道我没事啊。”

何止没事，一点点擦伤藏在衣服下面，脸上的红痕也没了，整个人看起来容光焕发，一副恋爱中的蠢相。

周淳嫌弃地打量完弟弟，才不怎么甘愿地开了口：“郑家那个败家子吵着要找记者曝光的事你不用理，我托朋友和他大姐、二哥都联系过了。”

郑家管事的其实是郑浩然的大姐和二哥，两人也烦老太太惯小儿子，都知道弟弟是什么德行，主动表示动手的事就此揭过，会回去和老太太沟通好。

“我又害你欠人情了吧……”

周卓雄讷讷的，被周淳在肩头打了一拳：“什么废话，你是我弟，什么害不害的？他郑浩然无非仗着有俩破钱，他的钱是家里的，我的钱可在自己手上，他敢拿钱压你，我拿钱压死他！”

在自家人面前，周淳的高傲、嚣张从不遮掩，周卓雄知道大哥对他历来是嘴硬心软，呵呵笑着说："哥，谢谢你。"

"免了，赵姐出去买菜，外婆跟着去透气了，你中午再去看外婆吧。还有，你给那个女人说清楚，我不让家里人受闲气，但是别人也休想从我家里掏好处。"

周淳少年丧母，把家人看得尤为重要，属于典型的帮亲不帮理，对外人防备心也很重。舒南在他眼里就是个贪慕虚荣的女人，周卓雄说一万句好话他都当弟弟被灌了迷汤，所以周卓雄没有拼命去解释，他还是相信日久见人心。

听大哥说外婆出门了，周卓雄就转去了六栋，正看到林筱和方彦并肩走了出来。

"又一起去送快递啊？"

"嗯，周六嘛。"

周卓雄摸摸头："你们都听到了？"

方彦笑："不是故意偷听的。"

林筱听完兄弟俩的对话，对周淳倒有些改观："你哥对你不错。"

周淳最近摆出一副要追她的姿态，还不是砸钱砸花那种俗气的追法，连她喜爱的建筑师盖·奥伦蒂的手稿册都送上了门。亏得林筱也不是没见过世面，直接把他归类到了花招百出的海王，连个好脸色都没给过。

舒家出事那天，她晚上就听舒南说了周淳出面的事，觉得周淳对家人倒是不错，今早又实地观摩了一回，不得不承认，这人有可取之处。

周卓雄记得前几天舒南拿大哥打趣林筱，她还是一副烦不胜烦的样子，现在语气忽然松动，他赶紧瞄了一眼方彦："你可别被我哥拐跑了，舒南会杀了我。"

"不可能。"林筱最近被舒南和王璐彤频频教育追人就要脸皮够厚，进步显著，笑着瞥了一眼方彦，慢悠悠说，"我心有所属的。"

方彦眼观鼻鼻观心，只当自己什么都没听见，林筱就闲闲地又加了句："再说了，我也不觉得你哥哪儿好。"

周卓雄哈哈大笑起来，连舒南听说他哥在追林筱都担心不已，毕竟从世俗眼光来看，周淳方方面面碾压方彦，颜值差距也不大，周卓雄还是头一回见大哥被嫌弃成这样，不禁问："我哥到底哪儿让你看不上了？"

林筱看了一眼始终保持沉默的方彦，依然是那双平稳得仿佛没有情绪的眼睛，她几不可闻地轻叹了一声，也不想老土地用别的追求者来刺激方彦，就毫不留情地说道："我嫌他老行吗？你哥比我大了一轮，我都担心他过两年要秃头了。"

周卓雄现在信林筱对大哥没一点意思了，以她的性格，为了撇清关系，能把话说到这个份上，也是够狠了。

车快开出库的周淳远远就看到了林筱在和弟弟说话，他之前请外婆搭线想认识林筱，杨奶奶嫌他花名在外还勉为其难。见面后，林筱给周淳的感觉很好，眉眼有锋芒却沉得住气，说起养的猫时笑容又温暖，他就开始试着约饭。

没想到林筱所有邀约都拒绝得落落大方又干净利落，人嘛多少有点劣根性，他本来只有些许好感，一而再被拒，反而生出了攻克的斗志。

于是看到林筱后，周淳立马折了回来，刚开窗想打个招呼，正好听见林筱的回答，他下意识摸了摸努力养护还是悄然后移的发际线，大清早的觉得有点心梗。

“林筱，早啊。”

他维持了翩翩风度，探身问好，眼睛却往已经换了制服的方彦身上转了一圈。周卓雄早和他说过，林筱喜欢一个快递员，看来就是这位了，有身高有身材，不过戴个口罩藏头护尾，故作神秘，他没想到林筱会看上这一款。

“吃早饭了吗？请你喝杯咖啡。”

“不了，”林筱指了指方彦，抿嘴笑了一下，“我要跟他去上班。”

林筱平时在周淳跟前，是客气却冷淡的，没留任何幻想空间，周淳没想到她只是抬眼看了看那个快递员，都藏了点小女生般的羞涩。

他压下了心中的诧异，问：“上次我说房子要装修的事，你考虑得怎么样？”

“如果您真需要装修的话，我们公司有业务员负责接洽的。”

周淳发现涉及工作后，林筱甚至连客套的“您”都用上了，他见招拆招，反而笑得更为亲切：“我能不能指定设计师？”

“可以的，不过我手头还有两个项目，最近忙不过来，我许多同事都比我优秀，您可以慢慢挑选合意的。”

林筱的回答把周淳卡得死死的，周淳觉得自己无论从哪方面看，都算是有个人魅力的成功人士，可在林筱这里，他总有处处都使不上力的感觉。

周卓雄向来被大哥在面上吃得死死的，只敢暗搓搓地反抗，头一回见他被人堵得滴水不漏，他几乎想给林筱鼓掌了，心里暗爽得一塌糊涂，待大哥车开走了他还用口型对方彦说了句“还是你厉害”。

近来因为安全问题，林筱上下班都是开自己的车，接送她的两人自行过来或回去，她就把新买的小电驴停在了方彦网点旁，周末专用。

方彦坐她车出门时，看着停在摩托车区曾经很拉风的 C-evolution 快要落灰，想起两人头一回打交道时，林筱长腿一跨离开的背影，明明才几个月，却有相识良久的错觉。

周末的早晨，空气里还没有填满欲燃的热浪，街边冷冷清清的，只开了几个早餐铺子，晨练的人匆匆跑过，早起买菜的大爷大妈们慢慢悠悠往回走着。绕经小区后侧的景观带时，林筱看到自己和周卓雄提过的缘石坡道已经挖开，旁边还垒了几块待铺的石板。

“周卓雄速度可以啊。”

方彦并没有搭话，林筱等红灯时看向他，才发现方彦靠着副驾的玻璃窗在走神。

他有隔着口罩也极具线条感的侧颜，高额，挺鼻，两扇睫毛密密的，但不翘，贴着深且细长的双眼皮，像直直伸出的羽翼，眼眸在日光下呈浅茶色，里面安静而平和。

可林筱总觉得很多时候，方彦的平和更像是对万事万物被动地接受着，仅仅是接受，他并不在意。

“怎么了？”

方彦看过来，林筱才发现变灯了，赶紧踩下了油门：“没什么，看你不怎么说话，以为你不高兴。”

往常去快递点的路上，方彦都会给她说一下当天大概情况，谁休假，哪里积压了件需要优先派送等。

“哦，我想别的事去了。”

林筱手扣着方向盘，用了些力气，忽然问道：“我能理解为，你有点不爽吗？”

她偷偷看了一眼方彦，又迅速把注意力拉回了路况，方彦揉了揉被空调吹得发痒的鼻子：“啊？”

“我刚认识你的时候，觉得你是很会说话的人，现在反而是我话多，你会不会嫌我烦？”

“怎么会！”方彦反驳得迅速又坚决，林筱的嘴角就翘了起来，方彦好像越来越愿意把真实的情绪暴露在她面前，她慢慢也能猜到一点他的心思了。

倒是被揪到的方彦有些小尴尬，他不想承认，但他心里确实不爽，听周卓雄和舒南说是一回事，他亲眼看到又是另一回事。

周淳的出现再次提醒方彦，在林筱身边就是有很多精英人士，也许比周淳专一，也许更年轻英俊，也许和林筱一样敢拼又够优秀。

他不会妄自菲薄，也不能昧着良心说他比那些人要好，他就是个浑浑噩噩过着日子的小快递员，不知怎的入了林筱的眼，而他自己也越来越习惯无论早晚、周末都多了份牵挂，多了点恰到好处的热闹，不会吵吵嚷嚷，也不会一个人。

两人一到网点，已经长大许多的芝麻摇着尾巴就迎了上来。这个小家伙就像知道自己能在南四待下来不容易，居然没在店内拉过一次尿，没咬过一次包裹，见人就摇头晃尾特别亲昵，所以对于孙白和田田把它放出笼子的时间越来越长，赵兴渐渐睁只眼闭只眼了。

吴大姐经过它身边还是爱搭不理，却说了句：“这狗是怕被丢掉吗？我喊猴子给它洗澡，没喊两次他就不耐烦了，狗居然也不怎么臭。”

正在帮爸爸装箱的田田和老何相视一笑，林筱就懂是谁在偷偷做事了，吴大姐八卦的目标很快也换人了：“老何，听说你老婆又病了？”

“老毛病，最近雨水多，她身上就不舒服，接了绣活又不舍得推，就严重了。”

“她年纪轻轻风湿这么严重，你还是要给她好好治的，不然以后怎么办哟，而且风湿怎么还做绣活，那对关节多不好！”

老何在女儿面前并不想谈这些，只能问起吴大姐儿子考研的事，吴大姐一夸起儿子读书立刻滔滔不绝，老何只在最后应和两句。

“对对对，还是要多读书。”

吴大姐家庭条件一般，但日常多有本地人的优越感：“你把田田接出来是对的，乡下地方教学质量不行，现在本科都不好找工作，所以我儿子才一定要考研。”

“只要田田考得上，读什么我都供。”

吴大姐可能也觉得自己夸儿子太久了，敷衍地也表扬了一下田田：“你姑娘也争气，数学上回还考了第一吧。”

“她就是英语差点，你们城里孩子幼儿园就开始学了，田田到三年级才接触，确实差了一大截，问我我也不懂。”

吴大姐扯了扯田田，指指林筱：“你林阿姨不是经常帮你看作业，还给你打印过复习资料吗？有不会的问她啊！”

田田不好意思地揉着衣角，她知道，周末才会来网点的林筱，和爸爸、孙哥哥他们是不一样的，而且林阿姨虽然人好，看起来却有距离感，让她加联系方式问功课她自然会怯。

吴大姐恨铁不成钢地又掐了她一把，故意大声又说了一遍：“作业不会你可以问林阿姨啊，对吗，小林？你国外待了那么久，说英语不跟我们说汉语一样？”

这回林筱听见了吴大姐的话，对方理所应当的语气让她有不适感，但那是吴大姐的问题，就事论事，像田田这样乖巧不多事的小孩她接受度是很高的。

而且她私下和方彦说过，田田转学过来才一年，就能从迅速跟上到开始拔尖，而且是在没上课外班，放学放假都待在乱糟糟的网点学习的基础上，读书非常有天赋了。

“方彦你把老何微信推给我吧，田田有不会的可以给我留言，我如果没有回复，肯定在做事，看到以后会回的。”

老何赶紧掏出了自己屏都碎了好几处的旧手机，等着加人。他鲜少做强人所难的事，也知道吴大姐得寸进尺了，但女儿的学习对他来说是头等大事，他自己不懂，只能厚着脸皮加林筱，这让他黑瘦的脸都涨红了，一直弯腰说谢谢。

“我、我不会让田田多打扰你的，她实在不会了才问一下，你有空了再回。”

方彦看着被频频鞠躬道谢得都开始尴尬的林筱，伸手就拉了个三人的群：“哎呀，我好歹也过了四级的，小学英语还是会的，不懂也可以问我啊，可别嫌弃。”

“不嫌弃，哪能嫌弃。”

只是田田在网点做了这么久作业，方彦也没开过口，所以老何也就默认他不怎么会或者不想教。

林筱却一本正经说道：“英语初学阶段发音很重要，我只要看到了都会答的。”

言下之意非常直白，她觉得，方彦口语不行。

只是想给大家的尴尬解个围的方彦边笑边摇头，真是完全不知道场面话三个字怎么写的林大小姐啊！

温度一日高过一日后，要搬动的活方彦就不让林筱干了，正午高温两人要么回网点，要么找个凉快的店子坐下来吃个饭，打会儿盹。林筱说她一年到头没少跑工地，哪个不是夏天热冬天冷的，方彦不反驳，但中午还是坚持休息。

“我后天准备去原宿，你不用送我上班了。”

原宿就是姚桓交给林筱的那家民宿，方彦已经陪她勘过一次，她这几天想了几个方案，想再去实地看看。

“一个人？”

“有同事会和我一起。”

“男的女的……我的意思是，有男的安全一点，原宿在市郊山边，地偏人少。”

“两个师兄，甲方也有人在，方彦，你们真不用这么紧张的。”

方彦一脸的不赞同：“你都收到照片了，还不提高警惕！”

“那我也不能正常的生活都不过了呀，何况我准备很充分的。”

林筱拍了拍背包，除了时刻不离身的手机上挂了警报器，她包里还有防狼手电、喷雾。她为了别太麻烦方彦和周卓雄，已经非常小心，连一直坚持的健身房和夜跑都停了，改在家中做运动。刚才看别人拿冰激凌，她摸着肚子上变软的肉都忍住没买，她实在不希望生活和工作受到更多的影响。

“对了，我问你个事，如果是你选民宿，尤其是精品民宿，你觉得会看重哪些地方？”

方彦沉吟片刻，才说道：“我没住过几个民宿，装修风格、硬件设施这些我提供不

"喵——"
"方彦，你也太会哄人了。">_<
"林筱，我做的事，都是心甘情愿。"\(^_^)
"你这样的表情，还戴着猫耳，和我说心甘情愿……太犯规了！"

了意见。但我以前做模特时，他们会借民宿拍照，摄影师更喜欢那些在周边环境都能出片的。我看有些店家也会请网红去拍照写软文推广，讲白了，拍照越好看的，发朋友圈越能吸睛的，越吸引人去。”

林筱没想到自己随口问问，却得到了一个明确的思路，小而美、细致精巧、宾至如归这些基本理念她了然于心，但没人给第一次做民宿设计的林筱说这么简单粗暴的原则。

但仔细一想，可不是吗！

拼硬件，拼设施，民宿投入再大也比不过连锁大酒店，能吸睛的最快方法可不就是拍照好看？最好是屋里屋外、院里院外处处是景，九宫格放出来就能炸翻朋友圈那种！

她收集信息时，甲方夫妻除了爱猫，还是一对美食家，有了美片的前提，再加上美味精致的餐食，怎么会不吸客？

林筱几乎是立刻就掏出了自己的速写本边记录边涂画起来，待她回过神来，发现方彦已经等得靠着椅子在打盹了，额头上热出了密密的小汗珠，口鼻处的口罩都润湿了一小块，可他一句催促的话都没说过。

那一刻，林筱的心好像都跟着化了。

“方彦……”

她轻轻推了推他，他一瞬间睁开了眼睛，汗淌得更凶了，抬手一抹。

“好了吗？”

刚醒的声音带着嘶哑，蹿进林筱耳中，她想起他车厢里的包裹量，催促道：“赶紧开工吧，你也不叫我。”

方彦不在意地说：“能随时随地专注地做一件事多好，为什么催你？”

两人起身了，林筱才想起自己还有一个任务，问道：“舒南说晚上一起吃饭，和你讲了吗？”

“说了。”

“你会去吗？”

林筱期待地看着他，其实舒南和她说的是，就算用硬拉的也要把人拉去，也只有她能拉得动。

“看情况。”

林筱一口喝光了手中已经没有凉气的饮料，方彦走在后面，看到她背后被汗渍浸出盐白色。

“下周发高温预警了，你要不要停两个周末？”

林筱不大高兴地皱眉转身：“你觉得你天天都在做的事，我做不了吗？”

她如今鲜少有这么严肃和他说话的样子，有时候方彦都忘了，刚认识林筱时她有多执拗又要强。她从来是企图心和目的性很强的女生，只是能力和努力也匹配得上，而且，方彦喜欢看她醉心工作的模样。

他笑着一拱手：“是我错了，赔你个冰激凌。”

方彦从路边小超市里拿了方才林筱视线跟了半晌的冰激凌，直接拆了包装往她手里一塞，林筱愣了愣，舔了一口，笑了。

她笑起来眼睛特别亮，里面盛满了碎光，方彦觉得能被一个冰激凌就逗开怀的人，很多的担忧在她眼里都是庸人自扰吧？

林筱咬了两口冰激凌，看方彦半张脸闷在口罩里，叹口气：“你鼻炎真的不去看？这么热的天还要戴口罩，多难受！我妈听说我养猫了，还特意告诉我，她找的那个医生挺厉害的，她毛发过敏症状都减轻了。”

“有空再说。”

热不热都戴了这么多年，习惯得像半层皮肤，方彦应得敷衍，林筱却追问：“那你什么时候算有空？”

方彦嘴里敷衍着，心里却想起林筱上次的逼问，你是怕看不好，还是习惯了把自己藏在各种壳里？他如今越来越难招架林筱的步步紧逼，哪怕有些言行过去在他眼里会是严重过界。

为了防止车座被晒得太烫，林筱之前把电动车停在了拐角的阴凉处，开锁的时候她迟疑了一下。

“怎么了？”

“我觉得车子好像被挪动过……”

她向来记性好，刚才又特意拣了树荫最深处停的，没理由车子外移了这么多。

方彦把三轮车停好，仔细绕着车看了两圈，过于谨慎的目光让林筱想笑。

“可能是别人把车停我里头，又骑走了？”

“不是。”

方彦指着车座侧面很浅的两道压痕：“车子碰倒过？”

“怪不得，所以扶起来后移位了。”

她开了锁，抬脚准备上，却被方彦拦住了。他半蹲下来，戴着手套轻轻地一寸一寸按过坐垫，最后停在一处极小的凹陷，用手指挤压着，里头竟然冒出了一根锋利的细针，针头还沾着红色不明物质。

即便胆大如林筱，在酷热的晌午也觉得背后冒出了冷汗，手上还算镇定地立马拍照录像留存，又环顾起四周有没有摄像头。

“我以前有看过共享单车被扎‘艾滋针’的辟谣，说暴露在空气中的针头即使带有病毒也不会被感染，病原体会灭活，而且病毒数目也远远不足以造成威胁。”

林筱的声音有故作的轻松，知道理论是一回事，亲眼看到差点跨上去的坐垫里藏着针是另一回事，她不认为一个针头能害她染上什么病，这个行为却成功恶心到了她。

与此同时，林筱的手机响了一声，她扫了一眼，脸色微变。

那是一条看号码就类似诈骗服务器的彩信，对方发来了一幅画，画上是只邪气森森的眼睛，就像那些寄到公司的照片一样，不声不响地传达着同一个信息——我在盯着你！

林筱把背挺得笔直，信息来的时间卡得这样好，对方一定躲在某处看着她。她不想露出任何惶恐取悦到那个人，所以，哪怕她的手在微微发抖，她还是狠狠地高举起右手，对着空气比出了一个中指。

她小声地骂了一句什么，方彦过了几秒才反应过来，她在骂脏话。这好像是方彦自认识她以来，头一次听到她骂脏话。骂完以后她自己也挺惊讶，偏过头看了方彦一眼。

她眼眸乌黑，闪耀着倔强的光，那光芒充满了斗志，已经将她眼底的慌乱迅速盖了过去，也让他忍不住伸出手，包住了她紧紧捏着手机的手指。

方彦的手掌大且厚，指间有做事留下的薄茧，滑过她保养得宜的手背，轻微的刺感，还有很真实的热度。

林筱的心头骤然松懈下来，笑着又骂了一遍，就像把周身的浊气都骂了出去，方彦才松开了手，仿佛刚才的安抚之举没有发生过。

“你也不怕把人激怒。”

方彦语气里没什么责怪的意思，林筱甩甩头发，“哼”了一声：“做了这么龌龊的事，说不定躲在哪个角落里偷窥着呢，绝不能让他如意，谁怕谁！”

她低头又看了一眼那根冒着寒光的针：“走吧，又得去打扰警察叔叔了。”

她有些无奈，又带了点皮，和平时冷冷淡淡的风格很不一致，把皱着眉头的方彦也逗笑了。

“走，反正熟门熟路了。”

他也跟着调侃了一句，之前那一瞬间收紧的严肃气氛荡然无存。

杨振国自虐猫案后，就记住了林筱，之后也有跟进她的情况，所以林筱一来报案，同事就喊他出来接手了。

“附近的监控我们会去调，不过那边是老街道，很多摄像头都不好使了，你现在还是一个人住吗？”接二连三地遭到威胁，杨振国也觉得她独居太危险了，“能不能找个朋友或者家人陪你住一段时间？”

林筱摇头，她一个人自在惯了，并不想让出领地，更不想让家里知道这件事，不然她恐怕C市都没得待，会被直接拉回家，只能承诺一句：“我会注意的。”

杨振国看了看每次林筱来派出所都作陪的方彦，理所当然把他视为男友，他记得前几天那群醉鬼在嘉洲闹事，方彦好像也在，虽然只是拉架，看视频也有点本事，否则也不能在混乱里全身而退。

“女朋友这么漂亮，可要保护好。”

“你误会了……”

方彦想解释，林筱“唰唰”签完字，把指印一按递了回来：“谢谢杨警官。”

因为陪林筱去了趟派出所，两人当天送件送到很晚。方彦提前和赵兴说了，结果回到网点还有别的人没下班，吴大姐和田田关心了一下林筱白天的事，朱宏一脸丧气地坐在门口揉着芝麻的头。

“怎么了？”方彦充好小三轮的电，问道。

“这小子下午去旁边安置区送货，快递柜满了，客户不在家，让他摆在门口，结果客户回来说丢件了，还不认是自己让放的。”

这种事其实在他们身上是常事，像老何、方彦他们做久了，尤其是安置区的件，都会多长个心眼，最好是发信息询问，留下记录，并且放好快递也会拍照留存几天。倒不是说安置区住户鱼龙混杂，只是相比成熟小区楼栋、电梯监控多，安置区能够为他们提供帮助的摄像头太少了。

而朱宏他们这些小年轻，做的时间短，甚至一年都不到，刁钻事遇得少，经常图快图省事，真摊上麻烦一点办法都没有。

“赵兴查监控去了？”

“老何陪他一起去了。”吴大姐不放心田田，才留了下来，“不然怎么办？对方直接投诉，打电话不接，发信息不回，这个月你那单投诉虽然明显是被搞，但还没撤销，新来的小白送件不及时有时效罚单，猴子上周一单，朱宏要是再来一单，赵兴得疯。”

“明明是他自己跟我说的，让我放门口，怎么不认呢？”

朱宏正发着牢骚，看到女朋友的来电，赶紧收拾了一下情绪：“喂，亲爱的，嗯，加班，对……好，我下班给你带。”

挂掉电话，朱宏脸更苦了，吴大姐拍了拍他的肩：“吃一堑长一智，下回可别偷懒了。”

田田蹲在他脚边，和芝麻练习握手玩，闻言也点点头："去年我爸爸丢了一个件，照价赔了，后来件找到了，那人钱都不愿意退给我们。"

方彦也记得这件事，小声和林筱说了一下，老何那一单照对方发来的购物单赔了快七百。两天后件找到了，是老何带着女儿一起送过去的，还有确定时间地点的聊天记录，可对方就是不认，说没拿到，赔的钱也不退。

老何当时委屈得不行，是赵兴找到了街边超市的监控，确认老何送过去了，那人又称迟送耽误了他使用，还有别的损失没让赔呢。

赵兴这么怕投诉的人都气到了，说包裹确实晚到了两天，但一个锅能耽误出多大损失？赵兴又跟他解释了老何家困难，包裹送晚了适当赔一两百可以，希望能退几百块给老何，结果对方还挺懂门道，说再找他就投诉到邮政去，到时候网点都得罚。

林筱听着，对这种行径叹为观止："后来呢？"

方彦把她拉远了几步，压低声音说："后来赵兴把那人骂了一顿，自己拿了五百块钱给老何。"

林筱都震惊了，赵兴？空调开低一度会念两天的赵兴？

方彦笑着点头："没想到吧？赵兴挺好的，你去看看别的网点人员流动有多大，就知道南四不容易了。而且大伙儿特意把这事跟周边所有快递公司的都说了，现在那人只要不在家，所有人都把包裹直接带回网点，他要么上门取，要么等第二天，短信留存，电话录音，把那人磨得也没脾气了。"

方彦再无所谓的性格，能在一个快递点一待数年，主要还是南四整体工作氛围不错，才会让人做熟了就懒得挪地。

"我们这行就是这样，谁都吃过哑巴亏，但大多也怪自己不谨慎。还有猴子那种，知道他这个月的投诉怎么吃的吗？接寄件说忙不过来让人送到小区门口，收的晒干的山货，他没箱子了，就应承客户回网点会好好包装，结果一个黑胶袋给人寄过去了，到那边压得粉碎。"

林筱转念一想："那你呢？你吃过什么哑巴亏？"

方彦是担心张志的事让她心情不好，和她随便说点别的，没想到林筱的关注却在自己身上。

"还好，我没遇见过几回。"

方彦其实前期吃过不少亏，只是他不大放在心上，一时也想不起来。

"怎么没有了？那个故意寄破损件让赔的不奇葩吗？"

吴大姐一说，方彦才记起来，有一回他派送时听见里面有零件碰撞声，打给别人说没关系，最后又以包裹破损要赔偿，还录了开箱视频。当面对质那人说得理直气壮，说就是奔着破损赔偿才寄的，应该是一开始收件的就没留意，直接寄的坏的。

“怪不得当初我的绿植破洞了，你要我当面验货。”

想起刚认识那会儿发生的事，林筱轻轻笑了一下，不过数月时间，有点沧海桑田。

方彦听她说起早先的事，也笑了：“我们这行，经验都是吃亏吃出来的。”

“听着确实不容易。”

吴大姐也笑了，话却是说给朱宏听的：“你觉得委屈，觉得苦，赵兴喊你去查监控你都不动，在这里抱脑袋。你想想三百六十行，哪行钱好赚？我老公天天摆摊到一两点，凌晨进货，中午起来做当天新鲜的。赵兴他老婆，嗯，现在是前妻了，自己当幼儿园老师，管着三十几个孩子，小的丢在家里让老人带……”

也是说曹操曹操到，赵兴的电话恰好打了进来，朱宏忙不迭接了。

“你小子命大，摄像头在路对面看不清，但楼下有家装了监控猫眼，我请他们看了，能看到你拿了包裹上去，空着手下来的，好在他是个大包裹，身上也藏不住。”

朱宏听得为之一振：“那是不是代表我没事了？”

“怎么没事！这只能代表你送到楼上了，但是上面还有三层楼，人家咬死你送错楼层呢？”

这起起落落的，朱宏最后还是没撑住，抱着脑袋红了眼睛：“我明明送了！肯定送了的！就是四楼！”

田田抱着芝麻小心地凑到他跟前：“朱叔叔，没事的，至少我们先证明没骗人，是送了，对吧？”

她小大人般安慰着朱宏，朱宏接过芝麻，挤了点苦笑出来。

林筱白天到底跑累了，站着靠在门边眼皮都开始发沉，方彦轻轻推了推她：“走吧，送你回家。”

“朱宏这边呢？”

“我现在帮不上什么忙，看赵兴他们晚点怎么说吧。”

说完他和几人打了声招呼，就带着林筱离开了。

外头的夜色已经很浓了，或许因为白天张志的威胁，方彦始终保持在她身后一两步的距离，林筱看着他被路灯拉长的影子，在脚下忽前忽后，难以捉摸。

就像方彦这个人。

他会给杨奶奶她们送货上门，能接受差不多是陌生人的她一起送快递这样匪夷所思的要求，肯收留暂时不能回家的黑糖，但是同一个网点这么久，他没看过田田作业，朱宏的件出事他也没有要帮忙的意思，反而在这里给自己说故事。

林筱再想想方彦发现自己心动之后，那一段的疏远，或许对他而言，越熟悉的人，会越不愿意建立太多联系吧？

“想什么呢，想得这么出神？”

方彦的手挡在了林筱额前，防止她撞上路边低垂的招牌。林筱偏头笑了一下，心里话不方便说，就随便找了个理由搪塞。

“听了你们那么多事，觉得谁还没个难处，所以张志这种小人不值得为他烦。”

“什么叫不值得？”方彦的音调都上扬了，“你不能掉以轻心，你看我们送个快递，都能看尽百态，这世上啊什么样的人都有！”

林筱看他脸色不好，干脆打着哈欠往前走，至少方彦对她，比对朱宏还是关心多了吧？只是她追人的漫漫长路，还需要很多的努力啊！

第十五章

物伤其类

舒南是在第二天才听说林筱被跟踪的事，直接在群里下了硬性邀请，要请大家吃饭。

林筱下午在方彦来接的时候听说朱宏的件搞清楚了，可能是清扫楼道的人挪动了位置，隔壁女主人当自己家的件收回去了也没拆。晚上赵兴敲门的时候，她带着孩子上课去了，家里人搞不清楚就说没有，她早上听楼下邻居说了，回家一翻就翻了出来。

林筱听了心情不错，就答应了舒南的饭局，和方彦一进612，就见厨房里忙得热火朝天，舒南自己手伤着下不了厨，把周卓雄使唤得团团转，刘姐反而成了打下手的人。

“他会做饭吗？”

林筱疑惑地问，周卓雄看起来有些手忙脚乱，并不精通厨艺。

“会，手艺一般，不过都是买的半成品，他搞得定。”舒南伸出一根修得美美的指头，指了指已经被淘淘拉去画画的方彦，“你家那位做饭才厉害。”

林筱叹气：“现在既不是我家的，我也没吃到过。”

“他是懒得做，我看他还懒得吃，有时候……”舒南笑着，声音轻得像在叹气，“我都担心他懒得活。”

这些年方彦一直在意兴阑珊地过着，舒南觉得，是林筱的出现渐渐打破了那潭死水。这个女生有着没被生活磋磨过的明朗，良好家教培养出来的涵养，不拘小节，不见骄纵，在所有故事、剧里都能成为被喜爱的主角。

舒南想到这里难免自嘲地笑了笑，不像她，一看就是个心机女配。

所以哪怕舒南觉得他们两人很难走到最后，也积极地撮合。像她和方彦这样很少被真正爱过的家伙，太难抗拒在爱里温暖、从容长大的人，就像周卓雄之于她，就不要纠结于有没有结果了。

“不说啦，免得像我在替方彦装可怜。”舒南甩了甩手，看一眼手机，召唤起厨房里手忙脚乱的人，“卓雄，安姐下班了，正往这边来，你先给我们调点喝的，冰箱里有苏打水、荔枝、杨梅和柠檬，你去……”

周卓雄探了个头出来：“去阳台摘几片薄荷，对吧？我再给淘淘榨杯西瓜汁。”

舒南白了他一眼：“就你聪明。”

她说是这样说，还是被他的默契和细心逗笑了，这个男人有时候是婆妈，对她和淘淘还是用心。

画画的方彦抬头问：“你连安医生都请动了？”

“吃餐便饭嘛，人现在也是我闺蜜。”

方彦表示惊叹，冲她比了个拇指。

据他所知，安怡涵除了工作需要，其实过得很宅，除了美食，几乎都是泡在家里撸猫猫狗狗。舒南居然能把她约到家里来吃所谓便饭，还敢让周卓雄这种半桶水晃荡的水平下厨，果然是厉害。

只有淘淘一听说医生，立刻紧张得脖子都僵了，扯了扯方彦的衣袖，细声细气问：“医生来我家做什么？”

方彦摸摸他的小脑袋：“妈妈请安阿姨吃个饭，感谢她那天陪妈妈看手。”

淘淘凑得更近，小小声道：“那我也要谢谢她吧？”

“是的。”

淘淘更小声了：“谢完她不会拉我去打针吧？”

“当然不会。”

小朋友长舒一口气，声音又亮堂起来：“吓死我了！”

“不用怕呀，医生是帮助人的，可不是吓人的。”

方彦耐心地和淘淘讨论起医生这个职业，还带他画了一堆穿着白大褂的小人和佩奇，终于让淘淘彻底放松下来。等安怡涵上门的时候，得到了舒扬小朋友热情的拥抱和献吻，都有些吃不消了。

“安姐，快坐，”舒南亲热地招呼着，“你看，我说都是熟人，林筱、卓雄，还有我们家最劳苦功高的刘姐。”

安怡涵和大家问过好，才问林筱：“听说你电动车被动手脚了？”

林筱叹气，消息传得真快呀，她看了一眼舒南和周卓雄，两人齐齐摆手，指向方彦，果然是默契十足。

“我担心针头不干净，问了安医生。”

“不用担心，理论上来说，这种手段传播疾病的可能性微乎其微。”

方彦笑了：“安医生真是严谨，都不肯说可能性为零，给她点心理安慰。”

安怡涵看看气闲神定的林筱：“她哪像需要安慰的样子？不过对方这么纠缠不休，你一个人还是不安全，幸好舒南就住隔壁。”

舒南眼珠子飞快地转了一圈：“我有什么用？我自己还靠你们帮忙。方彦，我听说最近到处在拆违建，南四还有专人在管，你那个加盖的小套房是不是也要拆掉？”

“好像有人来看过，不过房东说现在不强拆，让我安心住着，她会想办法。”

“你要不要换个地？你看哈，警察和医生都觉得林筱一个人住不安全，你叮嘱我们多留意，不如租她一间房啊！我们这个户型次卧也是小套间，同一个屋檐下都不会太互扰，你每天就不用来回接送了。”

舒南感觉自己拿块手帕，贴颗痣就能当媒婆了，能把鼓吹人同居说得这么清新脱俗，她都佩服自己。

林筱其实很注重个人空间，可她并不抗拒舒南的提议，心里甚至还有点小雀跃，就看了方彦一眼。

方彦不好把拒绝的话说得太直白，随便找了个借口：“我的单间也有独立卫生间，外头带露台一个月才八百，这个价格在嘉洲都不够租厕所，你别闹了。”

舒南从林筱的眼里就能看出来，她不排斥这个提议，于是冲安医生眨了眨眼：“我是说假如嘛，假如你那里拆了，可以考虑在林筱家过渡两个月，对吧？”

“如果林筱不介意的话，我觉得这是个好主意，你在隔壁住一段时间，连舒南母子也不用担心郑浩然闹事了，我看他那晚也不像会善罢甘休的样子，周干事晚上又不在。”

周卓雄恰好端了喝的出来，连连帮腔：“对对对，你晚上要是在隔壁，我就踏实了。”

连淘淘都拍着桌子呼喊：“方叔叔要住过来吗？好耶！”

大家都笑了，舒南也不容方彦再说，堵住了他的话：“我只是假设，反正你现在房子又没被拆，留个备用方案嘛。”

她从周卓雄端出来的冰饮里挑了杯柠檬苏打：“安姐还是要无糖的吧？”

安怡涵接了过来，顺便摸摸最近又长了半圈的腰围：“我不像你们身材好，到三十几岁新陈代谢变慢真是不可抗力，我不舍得为了身材牺牲美食的快乐，又不想胖得没法看，只能喝点无糖的自我安慰一下。”

舒南故意压低声说：“我为了每年夏天能挤得进那些小裙子，都没怎么喝过饮料。”

林筱手一摊："我也要控制，尤其秋冬，好像喝水都长膘。"

"唉，只有我最管不住嘴，持续性空喊口号，间歇性减减肥，徒劳无功。"

女人们在减肥这个话题上，永远是能找到共同语言的，三言两语就把距离又拉近了。林筱看着面面俱到的舒南和一团和气的安怡涵，觉得自己大概永远做不到像她们这样，轻松和人打成一片，相处真是门学问。

有安怡涵和舒南在，饭桌上果然是笑语晏晏、其乐融融。周卓雄在询问过安医生，确定骨折过了初期可以少量饮用红酒后，答应了舒南开酒的提议，然后才抱着淘淘开心地宣布自己"名分已定"。

"我说你今天这么积极，原来是谢媒酒。"安怡涵指指自己、林筱，还有方彦，果然这一桌人包括淘淘和刘姐，个个都给他助了攻。

"我酒量不好，上回和舒南说过了，我不再乱喝酒，今天只能意思一下。"

安怡涵就看着舒南："你看你怎么个意思？"

舒南干脆地把手一挥："只要他把你们陪好的意思。"

女朋友都发话了，周卓雄又人逢喜事，都不用起哄他就不出所料地把自己喝高了，那么大的个子靠着舒南的椅背，只把头轻轻挨在她肩上，嘟嘟囔囔着喊晕。

"没酒量还喝得这么老实。"

舒南戳着他的额头，他就像个巨型不倒翁般跟着她的手指在晃："高兴嘛。"

"你是高兴了，一会儿又得麻烦方彦。"

作为和淘淘同等待遇喝果汁的人，方彦毫无异议："你们随便喝，我会负责收尾，还是说卓雄不用我送了，他可以留宿？"

喝得满脸通红的周卓雄忽地直了起来，眼睛瞪得像两颗铜铃："我可以吗？"

他都不等舒南答，自己又瘫了下去："我不可以，现在还早了点，等我把人娶……娶回家，我就，我就，那也不叫留宿了嘿嘿……"

周卓雄傻笑着抱住舒南的椅子扶手，又嘟囔了几句，居然就这样歪着犯起了迷糊。

舒南目光复杂地看了他半晌，指尖在他淌着汗的额头上戳了一下："蠢材。"

她虽然在骂，一双盈盈的眼却柔得能滴出水来，把杯中的酒一饮而尽。

刘姐看他们还要喝，就哄着淘淘进去洗漱，小家伙哪里肯去睡，最后还是方彦陪着将人哄了进去，半晌都出不来。

桌上就剩了三个女人，舒南用手机连了音响，随手点了首老歌。醇厚沧桑的声音，恬淡却又充满了力量，仿佛把人拉进了夜色深处的小酒馆，娓娓道来一个老故事。

"我日子过得花枝招展，真算朋友的也没几个，请你们吃饭，是想谢谢那天帮忙，也是正式和你们说一声，我和这个傻子在一起了。"

舒南摸着手上的绷带，低头笑了笑："同样是家里有底子，前头又有能干的哥姐，怎么有人混吃等死当废物，有人踏踏实实做着自己的小工作？人和人就是不一样，只怪我自己眼皮浅，有钱的里面遇见个稍微能看，出手也还大方的，就当宝了。"

林筱想起上回方彦说的，舒南一喝酒话就会多，所以今晚又是谈心大会吗？她读书时和同学围坐讨论作业常有，工作后整组同事熬夜加班也是常态，但这种女生间喝着小酒的夜谈她很少参加，参加了也是沉默全场。

安怡涵倒微笑着听得很认真，舒南举杯，她就轻轻碰一下，喝得也节制。

"一开始舍不得郑家钱多，给得也大方，宁可在家里吃点苦，只求外头风风光光。他吃准了我的虚荣心，抛不下那点面子，下手越来越没轻重，我回了一次手，他差点连刀子都动了，结果我还是被一辆车给哄回去了。"

舒南想想当初的忍让都觉得犯蠢又犯贱，家暴只有零次和无数次，这句话谁都知道说，真落到自己头上，就难免抱有侥幸心理，想相信那个痛哭忏悔的人能改，相信他对自己还有心。

"后来才熬不住了，觉得自己还不如他养的狗，高兴了逗一逗，不高兴了拳打脚踢，我再贪钱，也得有命花呀！"

舒南摸了摸已经睡过去的周卓雄乱支起的头发，她在家没化什么妆，可天生浓颜加上酒意熏染，一点点温柔都分外动人。

"我认识他一年多了，长这么大的个子，第一次在我面前动手，是为了保护我和淘淘，他哥说，那是他小学之后，头一次和人打架，以前只在拉架的时候吃过拳头。"

"周干事感觉挺靠得住的。"

"是吗？"舒南摸着杯子只是笑，"希望我这次命好一点。"

林筱伸手替她添了一点酒："你总说我命好，那把我的好运分你。"

舒南笑着把她的"好运"一饮而尽："你当然是我们这些人里命最好的，命好，心也好。"

从上次喝酒到这一次，舒南再怎么抱怨过去，她从没听林筱说过那句她都听吐了的——他打人你为什么还留下来？

她为什么留下？自然是贱，舍不得钱，何苦要说破？

安怡涵颇为认同地举起了杯子："这一屋人，必须是林筱最好命。"

"方彦不说了，卓雄单亲长大，安姐……"舒南和安怡涵碰了碰杯，两人相视一笑。舒南不说下去，安怡涵自己倒没觉得有什么需要回避的，她被林筱遇见过和家人的对峙，父母也不知上门闹过几次，家里那点破事在小区和医院早不是什么秘密。

"我家姐弟三个，夹在中间的最不受重视，当爸的喜欢动手打人，当妈的没用还偏疼小儿子，偏偏最后只有我走出来了。他们当我在大城市赚着金山银海，只知道伸手要钱，过去怎么对我的，好像都失忆了。”

安怡涵说得轻飘飘的，大概是那些拳脚相加的往事离她远了，远到连难受都不值得了，只配在喝酒时拿出来聊上两句。

舒南倒是姐俩好地凑了过来，在安怡涵肩上一搭：“我俩啊难姐难妹，都得给钱养家里人，不过我好一点，拿钱我妈就乐意，你呀给多给少还都是错。”

“可不是，我收入还可以，一个人也用不了太多，我大姐条件差一点，又生了两个娃，负担重。每回最烦逢年过节，给少了父母闹，给多点他们转头去骂大姐没用，把我夹在中间里外不是人，倒没人觉得二十八九的儿子还养在家里有多碍眼。”

安怡涵当普通谈资般说起了些狗血往事，二十来岁，因为不肯拿钱给弟弟买房，被逼得恨不能和父母同归于尽，三十岁好不容易攒出来个落脚地，母亲居然以死相逼，让她把房子转给弟弟做婚房。

过去会脸红心伤的小姑娘变得越来越强大，大姐知道惹恼了她，她过年可以孩子的大红包都不发；父亲发现她给的钱如果真被儿子花光，她连母亲做手术都狠得下心不掏一分钱；如果敢去她工作单位闹事，她就敢叫保安和报警，她甚至敢辞职走人。

到最后父母人来甚至进不了她家门，只会在外面给开一晚快捷酒店吃餐饭，打发个路费钱，屈服的渐渐成了他们。百炼成钢的安医生学会了威胁恐吓，也靠着日益增长的经济实力，狠狠掐住了家人命门。

可一年年磨下来，对家庭的向往也消磨殆尽。安怡涵如今过得很好，已经在最舒适、最自在的状态，她绝不再为难自己，在那方关上门就完全属于自己的小天地里，她不愿意迁就任何人了。

方彦哄了淘淘出来，正听见安怡涵在说话，看她那架势和舒南是真熟了，都能在饭桌上把家事拿来调侃，看到他出来还都指过来：“看，这里还有一个被拖在医院，出钱会被骂，出力也会被骂的！”

舒南哂笑，安医生接棒：“这样说起来，我好歹离得远，一般能花钱买清净。舒南我和你说，钱一定要按月定时定量寄，家里就不敢大闹，找我麻烦我就停钱，谁都不会跟钱过不去。”

“可不是，我就和家里离太近，隔三岔五被气一回。”

她们两个都在笑，可林筱就是想起了方彦那天说的四个字——物伤其类，她垂下了头，不知道该怎么应对这样的话题。好在方彦已经坐下了，还替女士们把酒都添上了，玩笑着问她：“今晚上是诉苦大会吗？”

林筱皱了皱脸：“我只有点工作上的小困难，同事间的小排挤，感觉都不够格拿出来抱怨。”

方彦看着她的苦脸，忽然就笑了，不仅笑了，还越界地伸手揉了揉她的头发：“傻姑娘，你才最有资格抱怨。”

林筱很久没被人用哄人的口吻说傻，还摸头了，一时愣住，酒精都没冲红的脸一下子烧了起来。

舒南感慨地把话接了下去：“就是呀，被宠爱的人才有资格抱怨。”

安医生深以为然：“你喊累才有人心疼，喊哭有人恨不得帮手，做错了有人指路，失败了……”

林筱自己叹了口气，把话接了下去：“失败了还可以回去继承家产。”

桌上几人笑成一团，就连安怡涵都伸手在林筱背上拍了两下，又和舒南联手灌了她两杯酒。林筱和她们聊着喝着，听点八卦，不时还被拎出来笑话两句，不知不觉夜就深了。

舒南是先撤的，桌上有医生在，说了小喝就只给小喝，毕竟手臂还有伤；安怡涵在外面从不会把自己喝迷糊；林筱的酒量是真好，来者不拒喝得最多，却面不改色、目清神明。方彦依然不放心，住对门也要把人送回家，安怡涵挥手示意他去，说等他回来开她的车，送已经完全趴下的周卓雄。

客厅里忽然静了下来，舒南眯着眼靠在周卓雄的肩头，本来睡着了的大个子还迷迷糊糊伸手扶了扶她的手臂。

隔着微敞的门，安怡涵听见方彦将人送进了屋，又问猫去哪儿了，喂了没。林筱说了句什么，两人往里去了。

安怡涵靠着椅背，抿着杯中残留的一点酒，笑了。

都说女孩像花一样，可有人奋力开到荼蘼，赶上花期的未必是惜花人，有人从泥沼挣扎而出，宁可独自开放凋零，还好有幸运儿生来就在温暖花房，有人悉心呵护，有人静候花开。

唉……无论怎样，花好月圆都是美好期盼。

安怡涵轻声叹了口气，果然和小年轻在一起，会比较想谈恋爱啊……

舒南在说林筱可以分租一间房的时候，只是句玩笑话，方彦怎么也没想到她嘴灵成那样，两天后他正上着班，房东苏姐突然打电话过来，通知他当天就得搬家。

“小方啊，我也没办法，不知道哪个王八蛋给我投诉了，你知道我儿子才考上公务员，居然找他来劝我，说一定得把违建给拆了，我能怎么办？”

方彦租那小房子已经好几年了，租金从不拖欠，收拾得干净简洁，连露台上的花草都帮忙照顾好，和房东关系向来不错，苏姐也是连连道歉。

“明天就过来砸墙了，只能辛苦你今天搬。好在你东西简单，这两个月的水电我都不收你的了，退押金的时候再多退你半个月租金。你如果行李没地方放，可以先存在我家，你看行不行？”

苏姐说成这样，方彦也不好拒绝，他这几个月都找人代过班或请假，早上还因为要送林筱，每次第一个分完件点了就走，赵兴已经有微词，不方便再请假，就和房东说他下了班马上回去收拾。

“方哥最近有点背啊！”

朱宏听到通话内容，替他叹了口气，网点大多是租房人，太知道租房的各种心酸，旁边的人都跟着附和，方彦也叹了口气，有点头疼。被不依不饶找麻烦的人其实不止林筱，他昨天已经收到了这个月的第二单投诉，又是件抵达后对方表示少货。

都知道是张志找朋友在搞鬼，所以方彦近来非老主顾寄件，都会当面拍照封存，还在封口签下标记，回网点扫件也确保在摄像头最清晰的位置，每回投诉勉强有理可循。

可投诉肯定会影响网点绩效，而且每次都一路排查，明知道有人搞鬼，流程还是得走完。大家看他是老员工，又确实被冤枉，暂时没说什么，长此以往也很麻烦，赵兴也算难得地忍耐了。

因为马上要出民宿的概念方案，林筱这周每天都在加班。周卓雄晚上照顾手伤的舒南，接人就都交给了方彦。方彦算算时间，下班后要收拾行李，还得找住处，只能打电话给周卓雄说晚上同事有聚餐，让他去接一下林筱。

说是收拾，方彦的行李再简单不过，他下班后花了不到二十分钟就差不多收完了，他最后才拉开衣柜，从林筱曾悄悄留意的衣柜里掉出了一些极为简易的画具，和几张半成品的画作。

那些画和方彦随手画给林筱的那只小黑糖风格完全不一样，几乎只有黑灰色调的深海、旷野、丛林，寥寥几笔勾勒出的怪鱼、巨兽、废墟雕塑，庞大得仿佛要吞噬掉画面，每一张看上去都晦涩而压抑，仿佛要将人拉入走不出的迷雾或是无尽深渊。

这些全是方彦休息时画着打发时间的，几乎没人看过，画完就扔了。这几张没画完他也没法带走，画具往包里一塞，画他扯了扔进了垃圾桶，准备走的时候带下楼去。

方彦给露台上的花草浇最后一次水，等房东来验收。他在这个简单的小单间里住了近五年，虽然冬冷夏热，偶尔渗水，但胜在清静，八百块独住一层，还带个只是堆了些杂物的露台。

最开始六楼的四川大哥做饭，烟道就会有辣味冲出来，后来他老婆怀孕生娃，菜越炒越清淡，却常在夜里听见压低的争执、苦恼。去年一家子搬走了，换成了两个合租的姑娘，有时会到露台来摘几片紫苏回去煮鱼，花开了会问房东能不能剪一两枝回去插。

他刚搬来那年，住在二楼的房东还请他吃过儿子考上大学的喜糖，现在刚工作的男生回家，劝母亲同意拆掉加盖的小间。

露台种的花都换了两三拨，越发陈旧的老房子伴着他，玻璃窗上的磨砂贴纸慢慢变黄、卷边，他入住前房东刷过的墙面也早已斑驳。远处大楼的霓虹灯从缤纷炫目到缺边少角，最后被巨型广告牌取代。他从网点不时犯错的新人变成了还在被投诉的老人，寡淡的、公式化的日子还在日复一日。

现在他也要走了，和来的时候一样，一个背包一个行李箱，在生活了二十七年的城市，他依然是个流浪的过客。

“小方啊，交了这么漂亮的女朋友不和我说哟！”

拿着手机照明上楼的苏姐嗓门一如既往的嘹亮，方彦出门看到房东身后高出半个头的林筱冲他摆了摆手。

“害你搬得这么急，实在不好意思，我也不知道招谁惹谁了，哪个浑蛋给我投诉……啊呀，还给我浇了花呀，明天都要拆了，花也没地儿放……”

林筱上到露台就静静站在一边，方彦想说什么，看她淡定却坚决的神色，到底没开得了口。

房东随便看了两眼屋里，就把退方彦的钱都转给了他，对着那些花叹了口气：“这几年辛苦你帮我照看了，明天露台的棚子也要拆，花可惜了。”

林筱就站在花草边，见石竹缤纷，太阳花怒放，一株绿绣球开得尤其好，玉雪玲珑，花团锦簇。

方彦轻微地皱了一下眉头：“搬去阳台可以养的。”

“我老公说你走了也没人管花，那几盆紫苏、葱蒜搬回家就行了。”苏姐比画了两下，“天台以后也不给搭棚，花不经晒，他准备再做遍防水，找人砌几个方坛，我们自己种菜。”

方彦的目光在那些开得繁茂却不值钱的花上停留了片刻，就拿起了行李箱，没想到站在一旁的林筱开口问道：“苏姐，这些花你如果不要的话，能转给……卖给我吗？”

“哟！你要是喜欢就都搬走，我正可惜呢！尤其那盆绣球，是别人种败了丢在楼下，小方捡回来好不容易给养活了的。”

苏姐说着，手机又响了，她示意林筱随便搬，就去旁边接电话了。

方彦望着林筱："你要花干吗？"

"养呀！"

"都是些撒把种子，能野生野长一大片的花。"

接电话的苏姐也搭了把腔："对，我这里除了那盆绣球，没什么好花。"

"不重要啊，"林筱抱起了一盆绽放满盆的重瓣太阳花，莞尔一笑，"它们开得这么美！"

她一笑起来，比花还要鲜亮，只是立刻又心虚到鼻头起皱："我只担心全给种死了。"

方彦想起刚认识时，她偷梁换柱的天堂鸟，笑着摇摇头，忽然意识到被她转移了注意力，压低了声音问："你怎么来了？"

"方彦，你是对我有意见吗？"她佯怒地挑起眉，瞪了他一眼，"我要花，你问我要花干吗，我来找你，你问我怎么来了，我有那么招人嫌吗？"

她刚摆出气势，方彦就问道："你是一个人来的？"

林筱瞬间明白了他的重点，干笑了两声认尿，没回答。

她不是第一天认识方彦，几乎没见他和同事聚餐，应该说她怀疑方彦就没好好吃过饭，最多是下班后同事间互相请个喝的。她听周卓雄说是聚餐就起了疑心，想了想还是拨了网点的电话。

负责录入的吴大姐早拿林筱当方彦女朋友看，就把方彦突然被退租的事全说了，还顺便把他被接连投诉的情况都透露完了，林筱在公司哪还坐得住，直接开了车就跑过来了。

"我保证，下不为例。"单独行动的她先认错，而后才不爽地"哼"了一声，"我就是憋气，为什么张志可以到处钻漏洞，我们反而防不胜防？"

"也没什么大不了的。"

"我一定会揪住他的尾巴。"

林筱淡淡地说着，但每一个字都透着冷意，方彦觉得她真没被威胁到，反而被激得逆反了。

苏姐陪两人多跑了几趟，把花都搬了下去。八九盆花簇拥着方彦，害他连打了几个大喷嚏，赶紧把口罩又戴上了，林筱叹了口气："鼻炎还不去看吗？"

她自己说完，叹了口更大的气："唉，我都嫌自己啰唆了。"

方彦笑得很是无奈，对她渐渐没有招架之力，倒是苏姐看到林筱拉开的车夸张地"哟"了一声，看方彦的眼神立马变了。

待苏姐进了楼道，方彦才懒懒地靠着车后厢，说："明天附近应该都知道，我吃上软饭了。”

林筱听他口气不像生气，眼眸还闪闪地带着笑，就在心里预演接下来的话应该怎么开口。她手里还提着带下来的垃圾袋，貌似镇定，往旁边垃圾桶走了几步，居然一个趔趄。

方彦伸手扶住了她，垃圾袋却掉在了地上，里头的东西撒了出来，林筱惊诧地将最上面几张碎画捡了起来，只扫了一眼，就疾步走到灯下，借着光在前车盖上把画拼了出来。

空气一时像是凝滞了，林筱嘴角紧抿，她没什么多余表情的侧脸显得严肃，明明站在暖融融的灯下，却像难以靠近。

方彦想起许久以前，方乐婷嫌弃地把他的画丢给秦晖看，说你儿子每天在画些什么东西，阴森森吓死人，怕是有病。

他想起舒南无意看到他的画，试探着问，方彦，你要不要去看看心理医生？别憋坏了。

方彦从来不觉得自己的画有什么问题，但他也很清楚，这些画绝不会让人舒适、愉快，不过是他脑子里一些外人看来或许古怪甚至诡异的世界，自娱自乐地画了出来，无须人在意，连他自己都没怎么放在心上。

可当他站在车尾背光处，看着林筱神色凝重地拼凑着他残破的画，有猝不及防被打破的不适。

那种不适感伴随着两人之间漫长的沉默越来越重，重得他攒出想豁出去的狠劲，想说，看吧！这才是我！没有温暖底色，没有温柔本性，那些貌似的温和都是假的，这些阴沉可怖的怪物，死寂扭曲的空洞，才是真的。

林筱缓缓抬起了头，她看不清隐在车尾的方彦的脸，可她目光中的谴责却很清晰。

她质问道：“这么好的画，为什么要撕了？”

方彦静默的张牙舞爪戛然而止，头一次傻气地愣住了。

“哪有人这么糟蹋东西的！”

林筱很凶地伸手去车里扯了纸巾，劲大得好似纸巾都和她有仇，可是当她擦拭着纸张上的污渍，手势却轻柔得一塌糊涂。她边擦边不满地又瞪了方彦好几眼，方彦想说什么，再次被她凶狠的眼神瞪安静了。

“你先别和我说话，我在生气！”

方彦只能做举手投降状，好似示意知错了。

林筱这才放软了眸光，借着路灯又细细看了会儿画，她用一种不夸张却极为感叹的语气说道：“方彦，你怎么可以把灰色用得这么漂亮？让我觉得自己学了十几年美术，学了个寂寞，真叫人嫉妒。”

她嘴里说着嫉妒，目光却全是欣赏，纯粹的、简直令人心动的欣赏，她小心翼翼地将纸片收拢了。

“你反正都不要了，给我吧。”

她没有请求，而像是下达指令。

方彦被她一通凶，又一通夸，也不知能说什么了，底气颇为不足地含混吐出几个字：“都撕掉了……”

“你下次不要都给我，不准撕！”

她带着不容置喙的命令语气，又瞪了过来，瞪得方彦颈后凉飕飕的，差点又举手做投降状，她才伸长腿踢了踢路牙子上的花盆，好似随口问着：“先放行李还是花？”

安置区敷衍的绿化只有一长溜参差不齐的樟树，笼着亮度低得跟在比赛省电似的路灯，也遮住了林筱凶巴巴下的忐忑。

方彦难得没搞懂她的意思，拉了一下箱子：“前面有家庭旅社，我走过去就行了，不用坐车。”

林筱觉得嘴唇有些干涩，她抿了好几下，深吸一口气，朝他走近了一步：“方彦，你听不出来我在邀请你……接受舒南那天的提议吗？”

她说得够直接了，方彦懒散的站姿都僵住了，好半晌才机械地转了转脖子，要拒绝，林筱已经不给他开口的机会了。

“我居家时间很短，主卧和书房连通了，我基本只在东头这两间房活动，客房隔着客厅在西侧，也是带卫生间的小套间，你可以把它视为一个几乎独立的空间。”

最难开的口都开了，舒南在微信里一句句教的，她看的时候嫌酸却背得滚瓜烂熟的话，开始一鼓作气地往外蹦：“杨警官那天说，跟踪我的人小动作不断，建议我找朋友同住一段时间，舒南也担心郑浩然再闹事，我觉得你在，我们会安心很多。”

她到底不习惯示弱，话说得硬邦邦的，没有舒南教的时候五分之一的效果，连舒南叮嘱了半天，说女孩子适当害羞、懂装弱也是有力武器的话都忘了，一双大眼因为刚生完气，凶劲都没收敛，狠狠地盯着方彦。

“不让你白住，一千块一个月，公共区域的卫生和黑糖……还有花都归你管。你如果不同意，我以后也不用你和周卓雄接送了，你没拿我当朋友，我凭什么要费你那么多时间和精力？”她话说到最后，已经是半威胁的强硬了，先把碎画塞进了自己包里，然后伸手就夺过了方彦的行李箱，往后备厢一丢，盖上了。

方彦向来很懂得拒绝人，今夜却屡屡被林筱打得措手不及。就像眼下，他只需要把行李箱取出来，说句不合适就可以了，可林筱这么硬的性子，会说到做到，以后都拒绝接送。

只是认识了半年的朋友而已，不管就不管——方彦想这样说服自己，却看着林筱用怒气遮掩的期盼和不安，去拿行李箱的手没抬得起来。

林筱“噼里啪啦”一通说，脑子突然闪现舒南的教导，最后半垂着长睫，轻声说道：“方彦，我一个女生拉下脸来，请你去家里暂住，你再拒绝我真的很难看。”

她说完，咬了咬下唇，差不多是硬梗着脖子，迟疑地伸出了两根手指，别扭又固执地扯了方彦的衣角一下：“喂！”

隔着半条街，周卓雄脸都快贴到玻璃窗上去了，被舒南用手指头勾着后衣领拽了回来，他转身焦急地看着女友：“我们不用去帮忙吗？林筱哪像会劝人的样子？”

舒南看了看那边的情形：“你急什么？”

“我当然希望方彦住过去，他在隔壁我就不担心郑浩然晚上来闹事了。”

舒南横了他一眼，忽然起了兴致，调笑着问：“你对我俩够放心啊，我和方彦关系还不错的。”

“说什么呢，你既然答应和我在一起了，怎么会看别的人？”

周卓雄说得那么理所当然，倒把舒南搞得有些感动了。

长相是天生的，气质多少归后天修炼，郑老太太当年总说她从里到外都透着不安分，一看就不是什么好女人，郑浩然婚后更是连她裙子穿短了都要管，但是周卓雄从没在她着装和交友上多说过一句话。

“你和方彦之前都坦坦荡荡的，我连你们都怀疑，不是和自己过不去吗？”

周卓雄大狗般凑到她跟前来，被舒南戳着额头推开了，也挡住了她眼中的感慨万千。

“别挡着我看戏。”

“真不用去帮忙吗？”

舒南泰然自若地摇了摇头：“我跟你说，谈恋爱这种事，就是一物降一物，林筱可以的。”

她正说着，周卓雄看到方彦真的被林筱半推着坐进了副驾驶，转身心悦诚服地冲她比了大拇指，被舒南又推了一把。

“傻子，快开车啊，等他们一会儿经过被发现吗？”

周卓雄飞快地在她脸上亲了一下：“你最厉害了！”

然后迅速发动了车子，舒南哭笑不得地摸了摸被他啄了一大口的脸，过了一会儿，偏过脸去看着车窗，默默笑了。

第十六章 同居生涯

方彦如今是林筱家的常客，也没想过有朝一日自己会住进来。他到了车库都没缓过来，自己是怎么心软，又是怎么赶鸭子上架似的被林筱推上了车。林筱反而比他大方，下车就抢了他的行李箱，一副你敢后悔试试看的样子。

进到电梯，林筱抱了盆花还拉着行李箱，习惯性站到按键旁边，跟在她身后的方彦也抱了两大盆，越过她用胳膊肘按下了六楼，或许是身体侧得太低，花盆里有小块散土掉了出来，弄脏了林筱的手背。

“对不起。”

“没事。”

那一霎，林筱回忆起自己头一回注意到方彦，也是在电梯里——因为他按键那双手上的颜料，还有优越的头身比。当时她绝想不到，那个绊住电梯还弄脏了她早餐的快递员，有朝一日会成为心上人。

她总觉得方彦有很多张面孔，还藏在重雾之后，很偶尔她才能掀开迷雾窥到一丝缝隙。可是今晚她无意捡到的画好像再次掀开了浓雾，让她离方彦又近了一步。

而且……他画得那么好啊，天分这个东西说一千道一万，只有一笔一画递到眼前，才看得最清晰，那是她靠努力也达不到的，却被他那样随意地丢弃了！

光是想想，林筱觉得自己又要生气了，她想着好歹是“同居”第一夜，想着舒南一遍遍强调，女孩子还是要一点温柔，好不容易将气又理顺了。

电梯门开，两人也不知一起回过多少次 611 了，今晚因为多了一个行李箱，好像变得格外不同，林筱开门后不自在地挪了挪步子。

“黑糖早从客卧里搬出来了，不过我还没仔细打扫过，你的鼻子……”

“没关系。”

她在密码锁上按了几下，示意方彦把手指放上去录指纹。

“林筱，我觉得……”

不等方彦说完，她不耐烦地“啧”了一声，抓着方彦的食指就按了上去。两人的手都很修长，只是方彦的指骨分明，林筱的更为纤直，叠在一处还有着鲜明的色差。

三声音符，指纹录好了，她头也不回地说道：“密码是717397。”

林筱拉开了门，黑糖扬着它断了半截的尾巴，淡定了看了他们一眼。它如今被林筱养得皮光毛亮，俨然已经把整个屋子当成了自家地盘，优雅地跳上了一旁的猫架，高高在上地俯视着两人。

或许是被伤害的记忆太深，黑糖很少主动亲近人，可林筱每日回来，它几乎都用很不似迎接的姿态在等着她。

“黑糖，我们回家啦！”

林筱把花盆放在玄关，伸手去勾它的下巴。黑糖一跃跳到了别处，日益丰腴的身体团起来，一身黑毛圆蓬蓬的，仰瘫在它最近宠爱的猫爪窝里，面无表情地“喵”了一声。

方彦始终在迟疑的心骤然软乎下来，他太久没有听到有人把他和“回家”两个字放在一块儿了，连黑糖微微耸动的毛茸茸耳尖，都给了他一种类似风雨夜里裹着热被窝般的心安。

林筱“出租”的客房就是当初两人给黑糖拼猫笼的房间，黑糖的活动范围早扩大到了全屋，尤其喜欢客厅和林筱的大书房，豪华爬架也搭在了客厅，客卧又空了下来。

屋内陈设很简单，极简风的木桌、衣柜，床上方开放高柜的摆件已经挤到一处，空出大片区域应该是让渡给了黑糖，还有个干湿分离的小卫生间，关上房门确实是个独立的空间。

她抱出折叠床垫和两床被褥：“床单被套要吗？”

“我箱子里有。”

“我用的杯子、碗筷你认识吧？”

“镶边的六角杯，碗筷是招财猫那套？”他回答快到不用思考。

林筱侧过头，抿掉浮到嘴角的笑意：“还有一套水墨的是我家里人用的，佩奇的是淘淘的，其他客厅、厨房所有东西你都随意。你喜欢看书，客厅摆的都可以看，我需要用的专业书籍都在书房，而且都有便利贴做了标记。”

她只说这么多了，打扫也是用扫地机器人转了一圈，经过厨房多交代了一句，砂锅里有熬好的粥，要喝的话需要加盐，就回书房去了。

这样并不热情且界限分明的招待，方彦反而自在一点。毕竟林家他天天都来，公共区域已经相当熟悉。黑糖倒是好奇地绕着他的行李箱转了几圈，跳上了窗台看他收拾。

方彦和端坐的黑糖对看了半晌，决定过两天找到合适的屋子就搬出去，除了洗漱用品，其他东西都没取出来，花几分钟铺完床没事可做了，就踱步到了厨房。

砂锅里熬好的薏仁鸭肉粥冒着咕嘟咕嘟的小泡，半室米香，方彦空荡荡的肠胃应景地叫了两声，隐隐作痛。他才想起自己又忘吃晚饭了，转身看了看书房，只有门下泻出一缝淡悠悠的光，淌在过道灰色的地砖上。

不知道她吃过没，也不知道她要那些碎画干什么，还有没有在生气，到底是气什么。

方彦和林筱周末吃过很多次午饭了，又喝过不少她家的汤，大概知道她的口味，迟疑了一会儿，见书房里始终没有动静，就去厨房给粥落了盐。

调味料旁整齐地摆了几个小玻璃坛，里头腌着数种泡菜，颜色清爽得像是替厨房增色的摆设品。上头贴着简易标签，不算漂亮却很工整的字迹注明了品种和日期，有一坛上还写了句“小筱，今年小米椒偏辣，爱吃也不要贪多”，后面画了个大到夸张的惊叹号。

这个字迹和冰箱里那些按份码得整整齐齐的汤料、粥料，显然出自同一人之手。林筱说过，家里人不仅来时会给她备足吃的，隔三岔五还会走冷链给她寄各种半成品食材，她拿到手只需要丢进砂锅或者蒸上就能吃。

真是细微处都看得到，是被妥帖照料着的人呀，方彦盛出一碗粥，撕了两条熬到绵化的鸭肉，分给矜持立在岛台边的黑糖。软软乎乎的稠粥落了胃，混乱的夜晚好似都被抚慰了。

林筱是丢下手头的工作跑回来的，资料图纸只能在公司内网使用，好在平面布局已经做完，她打开电脑找了一阵意向风格的图片，抬头已经十点半了。

她摸了摸空荡荡的肚子，出门见次卧房门已关，方彦应该已经睡下了。厨房留了盏柜底灯，多出了一盘盛在鱼形味碟里的泡菜丁，细碎整齐颇见刀工，用玻璃碗遮了，台面和水槽都清理得干干净净。

岛台上一直空着的小瓷瓶里插了几枝搬运时撞折的重瓣太阳花，团团簇拥着，热闹了那一角。

自出租房搬回的花都被安置到了阳台，连带她原本的绿植一起，摆放得井然有序，枯叶和杂枝都修剪了，枝叶上挂着水珠，叶面最为宽大的天堂鸟每一片都被擦拭过了，在灯下油绿肥厚，焕若新生。

林筱确定她把这些花要回来，方彦是开心的，他其实很惋惜自己走了以后，这些花被舍弃吧？

她坐下来就着腌菜喝了碗粥，喝出了身薄汗，看着阳台上的花，想着那个人就住在一墙之隔，开心到轻笑出了声。

那是明明有着足够的理智，依然情不自禁将一部分喜忧寄放到了另一个人身上，和年少懵懂时的怦然心动截然不同的，更平缓却更笃定的欢喜。

第二日，方彦醒得比平时要晚，适应幽暗的光线后，抬眼不见熟悉的旧木板，才想起昨晚睡在了林筱家。

他以为会失眠，就像早已习惯了的无数个难眠之夜，荒芜的思绪与疲惫的肉体拉锯着，什么都没想，只是睡不着。

结果他睡了许久都没有过的安稳觉，以至于花了很长时间才将陷入深度睡眠的肢体唤醒，坐起身还有倦怠过重的昏沉感。但这种昏沉和他习以为常的失眠后的疲惫不同，四肢百骸都是松弛的、舒适的。

他伸了很大一个懒腰，起身先揉了揉发痒的鼻子，拉开门听见榨汁机轰轰响着，林筱用苹果在逗猫，黑糖耳朵更为敏锐，躬身回头。

一人一猫，两双炯炯发亮的大眼看过来，方彦忽然觉得这个早晨心情很不错。

“醒啦？榨汁机声音吵到你了吗？”

“你怀疑自己家的隔音效果吗？”方彦眉目原就生得散漫，嗓音还沙哑着，打趣的话慢悠悠说起来，勾得人心发痒。

好在林筱脸硬皮厚，会泄露心事的只有藏在头发里的耳根，她飞快转移了视线，去挠黑糖的脖子，被黑糖转过头虚咬了一口，然后前爪一推躲开了。

“睡得好吗？”

“很好，对自己生物钟太自信，都睡过头了。”

好在今天不用从南四赶到嘉洲接人，他已经拜托老何帮忙把件先分到一边。

“那就好！”

林筱灿笑着，胜过手旁太阳花上的一弧晨光。

接下来林筱也没有多说多做什么，除了方彦要洗漱，其他都和之前的早晨没有分别，昨晚那几张画的小插曲也没人再提及，整件事就这样悄无声息又顺滑地过去了。

林筱几大口解决果汁、面包，同黑糖告别，开车到维星楼下，方彦再骑共享单车回到网点，倒是吴大姐和方彦打了声招呼。

“来啦，找到住的地方了吗？昨天林筱打电话来找你，我就把你被临时退租的事和她说了，别怪我多事啊！”

她嗓门大，声音响彻网点，方彦边打卡边叹了口气，吴大姐就是过于热心。

“先找地方住下了，还要找房子，你要是有合适的房源也告诉我一声。”

同住南四的吴大姐哈哈笑着：“我听说是个漂亮姑娘开车来接的你，就是林筱吧？”

方彦再次无声地叹了口气，南四八卦的速度果然传得快。

“要我说人家姑娘对你真没的讲，一听说你又被投诉又没地住了，平时多稳重的人啊，急哄哄挂了电话就过来了吧？”

方彦一愣：“投诉的事你也告诉她了？”

吴大姐见他脸色变了，笑容一滞：“我说错话了？”

“我没和她说过。”

“哎呀，那我可做错事了！其实我就嘀咕了一句你最近倒霉事多，也没想到你们关系那么好，投诉的事你没讲啊！对不起啊，我多嘴了。”

方彦皱了皱眉，也没多说，吴大姐自己倒有些尴尬地找补了两句：“要我说那些投诉分明就是被你们抓的那个虐猫的在搞鬼，你也是因为林筱才摊上的无赖，吃了亏没必要对她藏着掖着。”

“和她没关系的。”

方彦一直不讲，就是不想林筱愧疚，没想到还是被吴大姐戳破了。幸亏昨晚关于投诉一事她只字未提，不然他更尴尬，还是得赶紧找到房子搬出去。

不同于方彦的发愁，林筱简直是踌躇满志地踏进了公司，不见一点加班狗的疲态，迅速投入工作后连吃饭都忘记了。眼看午休时间要过了，才叫的外卖送上楼，在茶水间被王璐彤逮住了。

“概念方案还没做完，跟踪威胁没解除，你这么春风得意，方帅哥那边有大进展了？”

“算吧。”

“什么叫算吧，是不是朋友？是朋友就展开说说！”

林筱边挑饭盒里不爱吃的配菜边摇头：“不想满足你的八卦欲。”

“小筱！你学坏了！”王璐彤嘟着嘴伸筷子就打，“还是方帅哥厉害，你以前就像个高强度的工作机器，现在有人情味多了，你这样的人就得谈恋爱，才勾得出七情六欲。”

林筱简直想叹气，她之前只是除了工作往来不知该怎么和同事相处罢了，到现在都在学习，哪里到机器的程度了。

正想着，手机里“嘀嘀”连响了几声，她掏出来一看，居然是舒南拉了个小群，有她和安怡涵，下面连打了三行字：十万火急！江湖救急！

林筱第一反应是她要借钱，没想到是舒南陪淘淘去楼下游乐场玩，遇见了杨奶奶，被邀请了晚上一起吃饭，舒南请她们参考该穿什么衣服。

“别和我提我那些穿搭达人的人设，我身边会走大家闺秀或者知识分子路线，能合老人家眼缘的，我首先想到你们了。”

舒南边自嘲边刷屏般发出了数套衣服。安怡涵大概在忙或是休息了，没回信息，林筱只会回一句“你按平时穿就好”。

“你能不能认真点？我见家长呢！”

舒南嗔骂道，林筱叹了口气，倒是王璐彤听见了，见她边大口吃饭，边飞快地刷着服饰图片，就问了一声。林筱想想没什么不能说的，把舒南要和男朋友家人吃饭的事简单讲了。

“是你那个大美女邻居吗？”

周卓雄有一回来接人的时候，舒南陪着来了，王璐彤自认也是从小漂亮到大的人，在舒南这样艳光四射的大美人面前也甘拜下风，之后对她念念不忘，爱看美人的何止男生，女生更懂欣赏美女。

“她穿什么不好看？怎么如临大敌？”

林筱只是陈述事实，王璐彤却很不赞同地连连摆手：“哎呀，一看你就是从小自信心爆棚的人，哪能和你比？而且这和自信没关系，喜欢一个人越多，就会越重视，越重视就越不安，我记得我第一次约会的时候，全宿舍帮我挑裙子挑了一晚上呢！”

林筱皱了皱鼻子，她第一次约会……去的图书馆，穿的应该就是日常着装，没有这样兴师动众挑衣拣裳的经验。但她想想璐彤说的，再想想昨晚自己去拦方彦时的忐忑，倒是能理解舒南的发怵了，就低头认真挑选起衣服来。

“你也帮忙看看吧。”

王璐彤挨了过来，边看嘴里边念叨：“这件不好，太鲜亮了，哇！舒大美女穿改良旗袍真的绝了，可惜场合不合适。这条裙收腰收得太紧，别穿太显身材的吧？还不如那条一字领的连衣裙，显得端庄……”

因为舒南前头嫌弃她不认真，林筱就照着王璐彤的评语，一五一十逐条打了上去。安医生大概也空了，发了语音过来，明显带着笑：“林筱今天转性子了，这么热心？”

“安姐，你也笑话我？”

在舒南的坚持下，林筱如今也改口了，不过说起来只是换个称呼，但是喊了安姐，就是比安医生感觉要亲近多了。

舒南那头还在翻箱倒柜，示意两人继续，说选不出来就出门再买两身。

林筱话没王璐彤多，审美还是在线的，手指停在了一件针织衫上，王璐彤眼睛一亮："这件不错呀，针织衫比 T 恤正式，波浪纹飘带带点休闲风，打个松松的蝴蝶结，柔和又减龄。"

林筱把评语再次复制了上去，得到了安怡涵的赞同："确实不错，深蓝色大方又显白，配大摆百褶裙或者牛仔裤都好看。"

过了一会儿，舒南又发来两个小视频，按安怡涵说的搭配了，在镜子前走了几步还转了两个圈，看得王璐彤啧啧称奇："我要是有舒南的身材，真是披块布都好看！"

她家境好，工作清闲，日常最爱做的事就是买买买，给人挑衣服比林筱还要积极，选了直筒牛仔裤那套，还继续出谋划策。

"鬈发可以扎起来，舒大美女这么漂亮的脖子，半高马尾或者鱼骨辫加复古款大蝴蝶结，效果一流。"

林筱索性把手机推给她打字，安怡涵看罢，也点了个赞。

得到一致认可，王璐彤开心地说："我可是公司的门面，每天都在职业装和休闲风之间努力找平衡，还要保证我爸妈不对我的穿着指手画脚，家长心态我最懂了！"

她拿着手机正嘚瑟着，无意看到了舒南发来的新消息，眼睛差点掉出来，上面写着："多谢！方彦明天轮休，我一定把他给你绊住了，不让他出去找房子影响你们的同居大业。"

群里面安怡涵打出三个大大的惊叹号，王璐彤直接"嗷"的一声喊了出来："同居！"

她见外头格子间都有人被引得往里看了，跟特务接头似的，一刹把声音压低成喉音："林筱，你居然同居了！"

林筱无奈地看了她一眼："不是你想的那样，他突然被退租了，暂时在我那儿住几天。"

"那也不得了啊！住一起啊！"璐彤兴奋地搓起了小手手，"快说说，怎么样了？"

"也没什么，他住西边，我住东边，各有各的空间，早上提前十分钟打照面而已。"

王璐彤冲她翻了个夸张的白眼："大姐，你怎么可以把一件暧昧的事说得这么索然无味？"

林筱赶紧扒完了最后一口饭，转过筷子头在她头上敲了一下："因为我只是想让他先有个落脚处，没什么暧昧的想法。"

"你怕是块木头吧！都住一起了，难道还让他搬？"

"不是我让他搬，是以方彦的性格来说，他不会长住的。"

何况她妈隔段时间也会来 C 市看她，难道每次过来还让方彦把东西收拾了，出去避一避？除非……是名正言顺的男朋友，那就是另一码事了。

林筱在打开电脑前，纵容自己先走神五分钟，畅想了一下该怎么努力把方彦变成男朋友，然后精神百倍地再次投入了工作。

舒南晚上去赴宴的时候，果然穿了全票通过的深蓝针织衫加直筒牛仔裤，还按王璐彤的建议编了鱼骨辫，同色系的绒布大蝴蝶结系在下方，发尾一点小卷的弧度，知性又优雅，还不失温柔。

淘淘穿着大翻领海军衫，格纹背带裤，坐在周卓雄的肩头，可爱又天真。周卓雄为了打配合，硬选了件蓝T恤，他皮肤黝黑，穿着更黑了三个度，好在人高大撑得起衣服，三人站一块儿，和谐如一家。

黄姐开门都想喝个彩，舒南母子真是连带着周卓雄的颜值都拉升了："快进来，外婆一直等着呢！"

"黄阿姨好。"在杨家轻车熟路的淘淘从周卓雄肩头"刺溜"滑了下来，"太姥，我们给你做了小蛋糕，可香了！"

他跑到一半，看见坐在单人沙发里的周淳，西装革履，神肃面冷，从孩子仰望的角度望过去，他微抬的下颌都冒着冷气。

淘淘蹭到了周卓雄身后，抓着他的衣角探出了一个小脑袋："伯伯好。"

那副软萌的模样，看得杨奶奶心一下子就软了，先拍了拍大外孙的手背："你别吓到娃娃！"

最会在上房揭瓦和识时务中横跳的淘淘回头，偷偷冲妈妈比了个"耶"，周卓雄摸摸他头顶，才把手中一看就是私家出品的纸杯蛋糕放上了桌："哥，你也在。"

周淳放下手中的茶杯："我不能在？"

淘淘又往后缩了缩，杨奶奶示意大外孙收敛点，又看看舒南还打着绷带的手腕，瞪了周卓雄一眼："手还伤着呢，还让人给我做什么蛋糕？"

舒南也没想到周淳会在，不过她也不是怯场的人，微笑着打了招呼，才说道："揉面、打泡都是有帮手的，我就是倒个模，看看火，白担了虚名，平时淘淘总来打扰，连吃带拿，我哪好意思空手来。"

"太姥，你尝尝，我妈妈裱花可厉害了！"

淘淘夸起妈妈来是尽心竭力，周淳一看两人就是想用孩子攻势，外婆偏偏还喜欢这个小男孩，忙伸手把蛋糕拦了过去："外婆，注意血糖。"

周淳瞪了弟弟一眼，外婆是爱吃蛋糕、点心，只是血糖高了以后被管得严了，周卓雄这是让女友投其所好，顺便秀一秀他不知炫过多少次的厨艺吧。

舒南倒是大大方方，说："我用的代糖，水果也选的新鲜低糖的，适量吃应该没问题。”

舒南的手艺没的说，杨奶奶挑了自己喜爱的造型，吃了大半个，还交代把剩下的放冰箱，这个面子当然是冲着周卓雄给的。

舒南刚搬到嘉洲来，周卓雄就对人有意思，常常笨拙地在外婆面前提上几句，还自以为不露痕迹。老人一开始见她长得娇又是离婚带着孩子，比卓雄还大三岁，心里很排斥，中间试图牵过不少别的线，包括林筱，可小外孙就跟着了魔似的，一副眼里看不见别人的架势，还把淘淘慢慢带成了家里的熟客。

老人家最喜欢的，其实不是那些知书达理、规规矩矩的乖孩子，淘淘每次来都热热闹闹，够活泼顽皮，但该讲的礼貌都有。杨奶奶觉得舒南一个人能把孩子教成这样不容易，又听周卓雄说了不少她吃过的苦，再想想自己当年阻拦女儿嫁人，最后人没拦住还早逝了，也不想再多为难晚辈。

如今两人在一起了，周卓雄是肉眼可见的开心，每天都眉飞色舞的，杨奶奶就松了口，让他带人上门来看看。没想到周淳听到保姆赵姐的报信，也颠颠地跑来了，倒像是他们家在给舒南下马威，她自然又格外和气一点。

“手腕好些了吗？”

杨奶奶摸着舒南另一只手，发现她手指在盛夏都有些凉，掌心微微有汗，才知道看起来大大方方的舒南是紧张的。也因为舒南藏起来的紧张，老人反而踏实了，不管怎样，她是盼着卓雄找的人对他上心，待他好的。

“已经不用吊着了，再过两星期就可以拆绷带了。”

杨奶奶知道她是因为家暴离的婚，还离得比较干脆，没在钱上面多纠缠。同样身为女人，她对家暴受害者当然有恻隐之心，虽然小外孙因为她前夫的事进了趟派出所，周淳说搞定了的事应该是真的搞定了。

“你放心，我们家卓雄长得像头壮牛，绝对不会对女人动手，以后会好好保护你们娘俩的。”

她话说得这样明白，舒南都惊呆了，抬头看向旁边嘴已经快咧到耳后的周卓雄。

周卓雄一把熊抱住了外婆：“外婆……”

“哎哟，大夏天热死了，快松开！”

“你要是同意了，我爸和我哥就不敢拦了。”

提起周父，杨奶奶就没好气了：“我只代表我个人意见，可做不了你家的主。”

“那你也是最好的外婆！”

杨奶奶被周卓雄摇得直乐呵，淘淘不太懂发生了什么，就跟在旁边凑热闹欢呼。

周淳干咳了一声，舒南也扒了下周卓雄的手臂，他才笑得像个傻子般松开了手。

“熊叔叔，我想喝水。”

淘淘看完了热闹，拉了拉周卓雄的衣服，周卓雄就带他去厨房了。杨奶奶摸着舒南的手，将人上下打量了一番，漂亮是真漂亮，看打扮也用了心。

“我以前在小区里常见你，坦白说，一开始有偏见的，连你有些穿着我都不喜欢，可我一想我自己七老八十，还不许你们年轻人漂亮了？那我看不惯，应该是我来适应，对你俩的感情也是一样。”

舒南本来是做好了准备打硬仗，想着杨奶奶或许是笑里藏刀，或是要给她难堪，她冲着老人对淘淘好也先忍着，没想到这样轻松就过了关。她看老人家笑得慈祥，连眼尾的皱纹都带着温柔，眼眶忽然就红了，她自幼就对着镜头摆得出千张面孔，又惯会装柔弱，一时都说不清自己是觉得情绪该到了，还是真感动居多。

“这孩子，怎么还红眼睛了呢？叫卓雄和淘淘看到，还以为我欺负你了！下回来也不用做东西，手还痛着吧？伤筋动骨一百天，不要仗着年轻就……”

杨奶奶絮絮叨叨地交代着，她耳朵不好使，嗓门就特别大，舒南听着却不觉得烦。她鲜少感受过来自长辈的关怀，那些很常见的问候，冷不冷？饿不饿？她只在追求者口中听过些花哨话，母亲口中没得到，嫁人后婆婆那里更没有，如今却是才见面的外婆，一字一句交代着，她喉中是真的哽咽了。

“我，我能抱抱您吗？”她试着，伸出了右手，可姿势是怯的，眼神也是怯的，然后就被杨奶奶笑着抱进了怀里：“你们年轻人现在都兴这样搂搂抱抱的吗？”

舒南摇着头，一句话不说，唯恐自己真丢脸得哭出来。倒是淘淘喝了水出来，好奇地站到旁边，伸出小胖手指刮起了自己肉乎乎的脸蛋：“妈妈羞羞脸，哭脸脸。”

周淳在旁边冷眼看着，他从不当外婆的面违逆她的意思，把脸朝向了一边，哼出口气，这女人段位还真是高！

一家之主都点头认可了，晚餐自然是吃得宾主尽欢，只有周淳相对沉默。吃完饭杨奶奶叫上淘淘陪她去阳台上剪花，让舒南带回家去插，周淳指使弟弟去陪着。

“自家阳台我陪什么？”周卓雄知道大哥是想支开自己，唯恐舒南受气。

他顶着周淳越挑越高的眉头想坐下来，却被舒南推了一把，她在他耳边低语：“去吧，你哥不会对我怎么样。”

“你不知道，他训起人来刻薄得很！”周卓雄卖哥卖得不遗余力，把舒南给逗笑了：“走啦，对我有点信心好不好？”

“我是对他没信心……”两人声音渐大，听得周淳额头的青筋都绷出来几根：“周卓雄，你是真觉得自己能翻天了？”

说来也好笑，周卓雄牛高马大，比大哥还高半个头，被训起来只有缩脖子的份，却紧紧抓住了舒南的手，摆出寸步不让的架势。

舒南当初最看不来郑浩然在他大哥大姐面前唯唯诺诺的样子，可是周家两兄弟的交锋却让她觉得好笑，也不觉得周卓雄懦弱，她直接将人推了起来："帮我管着淘淘，别让他把外婆的花糟蹋了，你总不能永远不让我和你大哥单独说话吧？"

周卓雄最终还是屈服了，他人一走，周淳就不客气了，负手坐下，讥笑道："靠着上一段婚姻把自己卖了个好价钱，现在是打定主意要抓着我弟弟上岸了？"

舒南见他没有请自己坐下的意思，就自己走到单人沙发处坐好了，微笑着说："您把话说得再刻薄，也赶不走我的，比这恶毒十倍的话我都从小听。"

冷言酸语的杀伤力对舒南来说，极其有限，而且她已经深谙怎么以退为进。周淳被她这样一说，也知道甩脸、撂狠话通通没用，不过他还是冷淡地说道："有件事希望你先搞清楚，我的钱是我自己的，不会成为卓雄的，我弟弟不给外人欺负，但是别人也休想从我家薅到羊毛。"

舒南静静地看了一会儿周淳，她有双又媚又软的眼，笑起来闪着盈盈波光，周淳只当她要借机勾搭自己，倒不妨引她上钩叫卓雄看清她真面目，没想到舒南掩着嘴笑了。

"周先生，有件事您可能不清楚，我现在的收入非常好，在钱财方面我不需要再仰仗任何人，就可以把日子过得很舒坦。"

舒南并不是吹牛，她自去年起，就已经是公司旗下直播带货量稳居前三的主播。

离开郑家那一刻起，她彻底放弃了对于自己以外所有人的幻想，至于脸皮这种东西，跟挣钱比起来更可以丢一边。她利用过气的那点小名声，入驻平台后，果断拿出积蓄找了营销团队，用豪门弃妇做噱头先黑红引量，再拿单亲妈妈身份适度卖惨，顶着张浓颜连整容都认，无所不用其极引了流，之后就看真功夫了。

她花了大量时间，对各家头部主播的特点做归纳总结，摘取适合自己的学以致用，任何上架单品她都倒背如流，做好搭配推荐，连妆发都会顺带讲解。

舒南从电商起步就在做童模，什么是好东西，什么适合薄利多销，哪些能季度流行，哪些可做口碑百搭单品，她的敏锐度已经近乎本能。何况老天爷赏了她上镜的美貌，她半点没浪费，除了卖货，还同步推进了美妆、美食的小视频，如今在短视频平台的其他类别点击也非常可观。

周淳终于听了出来，对着外婆都称呼"你"的舒南，嗓音虽然娇滴滴的，在面对他时那声"您"是藏着嘲意的。

"你也知道是现在，谁能保你一直能赚？"

"即便是您，也保证不了自己永远站在财富这边吧？我只能说这么多年，我就算走过弯路，但是日子是越过越好的，我有信心不走下坡路。”

她以前跟着小姐妹乱投钱吃过亏，现在自认没文化，也不懂投资别的，命好碰上直播行情好，地产又低谷的年份，赚到钱就全款去买小门面和写字楼。就算过几年平台式微，她攒下这点家底不说大富大贵，保生活无忧问题不大。

“你哪来的底气？”

“周先生，我生来是在底层，谁都不想穷嘛，我努力往上爬了，使过手段，姿态难免难看，不过我已经知道过去的路走错了，与其走所谓的捷径，不如靠自己，所以我选卓雄不是拿他当下家，底气我自己给我自己。”

别的孩子还在花钱的时候，舒南已经挣钱养全家，在郑浩然身上栽过那么大一个跟头，她要还看不透钱远不如能力重要，她真是白活了！

周淳却是扯了扯嘴角：“你觉得我会信？”

“我今天不是低声下气来恳求您同意的，是因为外婆平时对淘淘很照顾，也因为我看重卓雄对我的情意，我没打过你们家钱的主意，您尽可以放心。”

“情意？漂亮女人我见得多了，总有更年轻更漂亮的，当初郑浩然对你的情意维持了多久？卓雄和你恋爱是一回事，结不结婚就是另一回事了。”

周淳绝没有想到，舒南身娇体软，却端出了这么高的姿态，一时火气上来，话里话外倒更像质疑自家弟弟的人品。舒南要不是向来会做人，真要笑出声来。而且周淳咄咄相逼，那她也不介意把话说得更狠。

她看了一眼抱着淘淘在闻花香的周卓雄，像是感受到她的注视，周卓雄回头还给了个憨憨的笑容，她甜笑着冲一大一小摆了摆手，转而说：“周先生，您也算是文化界的商人，真没想到今天和我说来说去，都是老一套，我才是吃过亏的人，没那么想上婚姻的套。”

“那你找卓雄，不是耍着他玩吗！”周淳气得都站了起来。

舒南看男友脸色一变，抱着淘淘就往里走来，好似无奈地叹了口气，看向周淳的目光简直像在容忍。

“说情意不长久的人是您，我说现在不想结婚，生气的也是您，要不您告诉我，我怎么答您才能满意？”她说完，就去迎周卓雄去了，笑盈盈说周淳并没为难她，很快又将人哄了出去，自己站到杨奶奶轮椅边，接过老人给的花，笑得人比花娇。

周淳不得不承认这个女人厉害，绵里藏的全是刀，是他看错了她的盘算，被打得措手不及。不过周淳迅速调节了自己的情绪，首次交锋受挫不怕，摸清了敌人意图和路数，下一回他就能对症下药！

第十七章

馈赠

为了在周五赶出方案，林筱连续加班到半夜，周四干脆睡在了公司。

小半年间，她跟着方彦去过上千户人家，其中涵盖一个别墅区，六个中高档小区，以及高新区最大的两片安置区。

住户收入有高有低，房屋有找专业人士设计，有游击队拼凑，独居、合租、新婚、三口之家和几代同堂皆有，她对居家生活有了更为直观、真实的感受。

譬如小户型从二人婚房直接过渡到三代共住的比例比置换房产多太多，譬如五年内入住的七成以上家庭都选择了低饱和度的主色调，包括他们调研数据中更偏爱深色系的老年家庭，等等。

林筱与甲方细致沟通过，对方是一对海归中年夫妻，丈夫以前做外贸，提前退休后，决定把少时旧宅改造成小而精的民宿。交谈中林筱感受到甲方对老屋感情深厚，而且夫妻俩养了三只品种不同的猫，届时都会带去一起生活，妻子还是美食博主。

旧宅位于半山腰，占地八百平，面朝凤尾竹林，侧依山溪，两层建筑带阁楼共六个大套间，西侧平房计划做主人独立空间。

相较于二组同事标新立异的超现代工业风，和三组搭配星空竹海主题的轻奢风，林筱的方案一眼看去简单多了，她的区域规划尽量保留了现有格局，设计理念更侧重屋景相融。

外立面意向图林筱保留了老宅原有的浅土色，以竹制游步道过渡色调，二楼拟建悬挑露台的空中花园呼应，实现远、中、近三景的柔性连接。中庭由六个风格各异的套房合围，再以转角露台、落地玻璃墙面增加住客与自然的互动感，楼顶平台与小阁楼改造成半露天小酒吧，俯瞰整片竹林。

大堂加装三面观景窗，软装意向选择下沉式圆弧或半弧软椅满足亲子游需求的嬉戏区，并与休闲区隔离，用流线灯带或干枝造型在垂直空间为猫打造大量空间，并利用龙骨等隐蔽工程形成贯穿前院和主人房的猫跑道。

除了能同时接待二十人左右的观景餐厅，林筱在庭院增设了一间功能上更能满足女主人精细需求的阳光小厨房，并将两扇半幅大窗留在了庭院造景最美的一角，女主人录制美食视频时，背景画面会更为雅致。

“我认为现在的民宿不仅是强调小而美，宾至如归，还该留好足够多打卡拍照的角度，有大量能出片的室内外造景，毕竟哪怕近郊休闲两日游，大家也想有惊艳朋友圈的九宫格。”

林筱话音刚落，在座的年轻人都笑了，向来有距离感且不发朋友圈的林大小姐忽然接了地气，让人想给她比个“你懂我”的手势。

概念方案在内部能一次通过，林筱自己都没想到，她在公司表现得泰然自若，被姚总监叫去讨论细节时，也很从容，直到下午方彦来接人。

“方案过了？”

方彦已经颇能感知林筱的情绪，见她满脸倦色却心情上佳，就把这两天投诉带来的后续烦恼先丢开了。

“这么明显？”

“累了吧？我来开车？”

林筱毫不犹豫地把车钥匙递了出去，她坐进副驾驶，连甩包的动作都是放松的状态，捏了捏发僵的脖子：“我以为至少会毙个两回，没想到总监直接拍板过了，下午甲方就来了，也从提案里选了我的。”

虽然还只是概念方案，至少迈出了成功的第一步，在喜欢的人面前，林筱流露出了几分雀跃，忍不住和他又分享了几个细节，然后说道：“姚总监说，我没再把设计当个人创作，能将甲方和住户的需求放在核心基础上，他很少夸人，能这么说我就当他表扬我了。”

理解和尊重居住者需求这句话，书本里、课堂上都反复出现过，可落到工作实践中来，和个人意识、资金、施工等各项因素的磨合有漫长的路要走，大部分人被带偏了，少数人找到了均衡，进而形成自有的风格。

方彦很喜欢看林筱每次说起工作就滔滔不绝的样子，遇见她之后，他才感受到，一个人做着自己喜欢的工作，真的会闪闪发光。

他发动了车子，准备开回家，林筱却报了别的地址：“晚上我请你吃大餐，感谢你！”

“为什么？”

林筱翻出了手机里的图片，方彦接手照顾黑糖后，她把猫咪的日常需求都写在了猫架旁的白板上，方彦也会记下它当天进食、大小便的情况，还顺手在角落添了只简单的盘尾黑猫。

“我顺手做了五款logo，有一款借鉴了你画的，甲方家最受宠的就是只孟买猫，他一眼就相中了你这张，我加进提案里去了。”

方彦看到自己随手画的猫咪被修饰成了一笔画logo，出现在大门灯牌、墙面和抱枕上，有种奇异的感觉。

这几日虽然住在一个屋檐下，正如林筱所说，她居家时间短，活动空间几乎都在主卧、书房，昨晚甚至都没回家。倒是方彦负责了卫生、植物和猫，在公共区域待得还多一些，他没想到林筱会留意白板角上一个小小的涂鸦，还放进了自己的设计里。

见他沉默，林筱不自在地摩挲了两下背包，故意说道：“我有把你的原画发给他们，说了是朋友画的，到时候正式做logo，还会把你名字加上去。本来昨晚该跟你说的，一忙给忘记了，你不会觉得是抄袭吧？”

方彦这才反应过来，赶紧摇头：“这算什么抄袭？”

“严格来说，原创意在你这里，我应该得到你允许后再做修改的，所以酬劳是一定要付的，先请你吃大餐！”她说完静了几秒，忽然正色说，“方彦，你真的有天赋。”

方彦在少年时反复体会过命运的无常，自此养了一颗静如枯水的心，来面对一再被轻忽、放弃的人生。可是眼前这个几乎不会说柔软情话的姑娘，把他日常生活里最微末的一点痕迹，如此郑重地提炼了出来，他要说不感动是骗人的。

“甲方两口子都是一眼就相中了用你的图，我做了简化嘛，女主人还说要照你的原图做几个抱枕，方彦……”林筱短暂地停顿了一下，抿了抿嘴唇，坚定地说道，“你有没有考虑过把画画正式捡起来？我是说，不是那种偶尔画两张，而是系统地、完整地去学习，也可以尝试转数绘，以后画商插。”

方彦笑了起来：“我都二十七了。”

“二十七怎么了？”林筱手机的锁屏海报恰巧是悉尼歌剧院，她扬了扬，“约翰·乌松就是半路出家，澳大利亚政府征集设计作品时，他交的是张涂鸦草图，第一轮筛选还被淘汰掉了，最终悉尼歌剧院成为第八大奇景。”

“然后因为开支严重超预算，你说的这位设计师建到一半被逼辞去了总设计师的职位，发誓从此不再踏上澳大利亚的土地，毕生都没有亲眼见过自己的杰作。”

林筱难得灌个鸡汤，却被噎住了："你还挺懂嘛……"

她一口气哽在喉咙，脑子却想到了别处，这家伙真看了不少书，聊什么都能接得下话。

她半晌才回了句："不说设计师，高更二十七岁才开始学画，齐白石过去还是个木匠，你二十七怎么了？"

方彦只当她说着玩，也没有接话，反而方向盘一转，又往嘉洲开了："你如果是要请我吃饭，改天吧，今天太累了，早点回去睡觉。"

"辛苦这么多天，要去吃点好的。"

"回去休息吧，我给你做。"

林筱本来是诚心请大餐，一听他后半句话就闭嘴了，而方彦自己说完怔忡了两秒，他几乎不做饭，不是因为不会做，而是小时候做够了。

在老房子窄仄的厨房里，聊胜于无的抽风机，少有清理沾满油渍的灶具，他从踩板凳给自己热份隔夜的剩饭，到慢慢学会做饭炒菜，到被方乐婷骂完还要准备两人的餐，对吃的欲望渐渐降到了最低。

离开那个家以后，无论进多漂亮的厨房，下厨对他而言都是件厌烦的事，牛奶、面包、泡面、简餐，只要能把肚子填饱就好。

可林筱家不一样，她的厨房功能性和装饰性自然能叫人眼前一亮，最让人动心的是，她的厨房处处可见满满的爱。

冰箱里码得整齐划一的半成品食材上的小贴士，阴凉处按她口味腌制的泡菜，橱柜里罐装食品特意用红笔标出来的保质期，处处都彰显着家人对她的用心和疼爱。

他只住了几天，在这个厨房里已经很自然地给林筱煲的粥添过盐，给她切过泡菜，在她早餐榨汁的时候，帮忙烤过面包，昨晚从冰箱取牛奶的时候，没抵抗住黑糖渴望的小眼神，还用鸡胸肉、蛋黄和宠物奶给它做了一份猫饭。

既然猫都投喂过了，投喂一次终于通过方案的猫主人也不算什么吧？方彦在内心替自己的转变找了一个理由。

从方彦住进来林筱就说过，冰箱内东西任取，方彦去乐莎照旧被塞了一袋面包、牛奶，挤满了林筱特意给他空出来的一整格冷藏区，每天开开合合，加上还给黑糖做过饭，冰箱里有什么食材方彦很清楚，他询问林筱有什么想吃的，看是否需要手机再下单一些原料和佐料。

林筱属于平常过得挺健康，偶尔吃顿大餐又会放肆地把保持身材暂抛脑后，按真实喜好往重口味走的人。

她听舒南说过方彦会做饭，但不知道他的会做到底是什么级别，于是点的都很家常，红烧排骨、辣椒炒肉，还有娃娃菜，家中有现成的材料，连辣椒都是上回从南四搬家的时候，苏姐嫌那一盆结出来的太辣，让她一并搬走的。

回到家，方彦直接去了厨房，林筱冲了个凉再出来，看到黑糖比她还积极，居然守在了岛台边缘，小脑袋随着方彦的身影左右转，难得卖萌。

“怎么忽然对你这么亲热？”

方彦系了条麻色围裙，掐出窄瘦的腰，林筱的视线忍不住在他腰腹和臀线上溜了一圈，身材果然不是盖的。

“我昨晚上给它做了饭，放心，按食谱来的，很健康。”

“看来它很满意。”

林筱伸手去挠黑糖的下巴，专心等吃的猫居然敷衍地伸舌头舔了舔她手背，方彦递了一罐肉松给她：“你上回说给它烘的肉干它不爱吃，我加了点无盐海苔打成肉松，它还挺喜欢的。”

果然，林筱才揭开盖子，黑糖就凑了过来，在林筱用肉松给它拌猫粮时还勉为其难地低头让她揉搓了两下，还埋了把头。

“你可以啊，”林筱压低声音，边揉黑糖的背边吐槽它的没节操，“为了五斗米折腰啊！我照顾你几个月，还比不上他来几天。”

吐槽归吐槽，看到方彦对照顾黑糖这么上心，林筱还是很开心的，她洗完手去书房翻出了一大堆东西，外头已经喊开饭了。

林筱出来见两菜一汤真的上桌了，酱色均匀的红烧排骨浓香扑鼻，红翠相间的辣椒炒肉咸香不呛，加入火腿、皮蛋调味的上汤娃娃菜汤色奶白，看卖相就知道是高手，连黑糖都得了一块鳕鱼肉蒸胡萝卜碎丁，和蛋黄一并切碎了，拌着猫粮吃得头都不抬。

“你做饭好快啊，都没听见什么声音，居然就出菜了。”

林筱自己只会煲点半成品的汤粥，当初把中式厨房和西式岛台连了起来，做成半开放的厨房，周姨每回过来必嫌弃，纯中式的爆炒煎炸齐上阵，再高级的抽油烟机，不要说厨房，整个客厅都分贝骤升，角角落落弥漫着烹饪的味道。

而方彦下厨动静特别小，排骨是剁好的，除了下锅爆炒那几声，她书房门半敞着都没听见多大声响，饭菜上桌，厨房、台面已经整洁得仿佛没有用过。

方彦很淡地笑了一下：“习惯了。”

林筱茫然地想，这要习惯什么？

“方彦，现在饭菜还烫，你能不能先帮我搬点东西出来？”

“好。”

方彦第一次进林筱的书房，她的书房和主卧打通了，用三扇推拉门隔开，大得惊人的桌上东西虽多，排列有序，透光板上摆着图纸，落地一整面墙的书柜，连通的小功能间变成一角画室，窗边简易的升降画架上有幅画到一半的黑糖。

她的书房够大，也挤得满满当当，地上放了一堆的东西，林筱拍了拍下头最扎实的大箱子：“我爹那个人，只知道买贵的，这个实木的双摇杆画架重得要命，从送过来我就没动过。

“那天看到你撕掉的画，我就在想，你该继续画下去的，天赋、喜爱你都不缺，我也不知道你当初学到什么程度了，但我有的教材和书都翻出来了，你给我个邮箱，我还有很多视频教材和压缩包发你。”她把没开封的数位板、彩铅、画笔、颜料叠在了上头，用不容拒绝的语气对方彦说，“使用权暂时归你，所有权还是我。”

“这不行。”

方彦以为她路上让他把画画正式捡起来，只是顺口说一句，没想到执行力这么强，林筱干脆把自己放画具的抽屉和书柜全打开来给他看，又给他看了自己在用的工作板和备用板。

“别说我炫富啊，这块板不是我常用的系列，已经闲置一年了，你给它一个工作机会，纸、笔、颜料都是别人送的，不是我惯用的品牌，放着都浪费了。”

方彦是喜欢画画的，母亲走后家里慢慢还清了债务，他也减少了工作量，逐步回归正常的学生生活。画画他从初中学到了高二，后来秦晖走了，方乐婷病了，家里又有过一段捉襟见肘的日子，别说应付学美术的开销，连日常生活都维系得很困难，他才重新大量接活。

秦晖再回来就是要离婚，他和方乐婷才知道，秦晖被一个姓邹的有钱女人看上了。方乐婷狠狠敲了一笔钱签了字，日子终于好过了，但高考他只考上了个三流学校调剂的专业，画画也彻底扔下了。

林筱这两抽屉和一柜子差不多是所有绘画人的梦想，而且她没骗人，方彦记得她之前随身带着的素描本是丝蒂摩暖棕，彩铅全套卡达，还有柜子收着的辉柏嘉老佛爷套装，桌上摆的 COPIC 三代 358 色马克笔，随随便便就能拉满一个美术生的羡慕嫉妒恨。

而林筱收拾出来给他的是康颂、霹雳马，属于质量好，价格在尚可接受范围内的高性价比画材，但方彦不禁想起学画那会儿，哪怕霹雳马都是他舍不得下手的贵价品。

方彦看着她塞满底柜的那些不惯用的品牌画材，很想说，土豪，“闲鱼”了解一下，会有很多美术生为你的闲置疯狂。

林筱看他神色有所松动，就知道自己千挑万选出来的东西没错，够好到懂行的人会觉得浪费了可惜，又比她自用的便宜。画材这个东西就是一分钱一分货，闲置的理由很真实，她相信以方彦的为人，不会觉得她在炫富或施舍。

“你一个男人，别婆婆妈妈了，就当帮我清柜子，我现在忙得都没什么机会画工作以外的东西，多个人在家画画，我还能跟着涂两笔。”

林筱见他不动，自己拖着那堆东西往外走，方彦叹口气，弯腰一把抱了起来，他到底臂力大，抱得轻松多了。

“谢啦，我以后算钱给你。”

“啰唆，赶紧吃饭，别凉了。”

坐在桌边的林筱很快被入口的美味勾去了注意力，方彦的厨艺不说出神入化，无疑是好吃的，林筱还有些情人眼里出西施，给他再加两道光环，就觉得这是她近来吃过的最好的一餐。

捧起装得满满的饭碗前，林筱忍不住先拍了张照发到了三个人的小群里。她以前不能理解这种类似炫耀的行为，也没想过自己有一天会做这种事，可是心里太高兴，忍不住想同人分享。

“我下周中要再去一次原宿，然后直接去 T 市出差了，可能要待两三天。”

顺便交代行程的话，在家常的饭桌上好像多了几分暧昧，林筱赶紧又夹了两筷子辣椒，好似被辣得面红。

“这盆辣椒真的很辣，你肠胃不好，少吃点。”

“我吃别的。”

方彦的筷子的确没往辣椒炒肉里夹，不过他不吃，也不影响把一道湖湘名菜炒得色香味俱全，林筱开餐前还觉得饭煮多了，现在觉得凭这盘菜，她都能再干一碗饭。何况半脱骨的肋排口感丰富又入味，上汤娃娃菜清甜鲜香，林筱觉得方彦如果愿意做晚饭，她宁可不收房租，再给三千，加不限量提供画具。

“本来想谢你，现在是我赚了。”

方彦不接她的话，反而说道：“我一个外人住你家第三天，你就两天一夜没回来，下周又要出去，不怕我把你家搬空了？”

“看上什么随便搬，只要你肯每周下一趟厨。”

她的话里藏着想多留他一些日子的小心思，但吃得也是真香。可能工作太忙，林筱吃饭向来快，也不讲究在男生面前的形象，方彦看她吃得那么欢，连鼻尖都冒出小颗的汗珠，在灯下明晃晃、亮晶晶的，忽然觉得下厨也不是件难以忍受的事了。

“我俩认识这么长时间了，你哪是外人？拿这里当自己家就好。”

她说这话的时候，特别真诚，眼眸清澈得能望到她心里去，方彦猛地垂下了头，扒了口饭，把躁动的心给压了下去。

从妈妈去世，方乐婷正式入驻，他在方家就像个外人，到秦晖跟那个有钱的女人走了，无论在方乐婷面前，还是在秦晖那个过于客气的新家，他更是个彻头彻尾的外人，后来哪个名义上的家他都不去了。

他想，有些人来这世上走一遭，就是来被嫌弃的。

他平静地接受了这个现实，在这座从小长到大的城市里当着流浪者。

说起来没多大的事，谁生命里没几个难过的坎呢，只是心里有一块空掉了，当时没补上，之后再多的人和事都补不过来。有人管这个叫矫情，可有些人能懂，那些在少时缺失了的，余生很难弥补。

这是头一回，他和人共坐在暖黄的灯下吃饭，旁边有猫咪吃得太尽兴的咕噜声，灯光温柔，饭菜热腾，以至于生出了错觉，仿佛这是可以长久的人生。

可能有些人的出现，已经像是命运馈赠的礼物。

舒南是第二天早上才出现的，林筱像往常一样，准点陪方彦去送快递，美人裹着真丝的两件套，硬撑着千钧重的眼皮，打着哈欠在门口拦住了人。

“方彦，只耽误你们三分钟。”

她伸手就把林筱拉进了屋，连门都关上了：“我够意思吧？昨晚怕坏你的好事，愣是只回了三个惊叹号，自己激动一晚上，也没打扰你。”

舒南把林筱壁咚在了门板上，只是林筱比她高了小半个头，她的真丝裙又太妖娆，这霸总专属款壁咚画面变得有些好笑。

“你激动什么？”

昨晚舒南和安姐队形整齐的惊叹号，让林筱觉得她们大惊小怪，她果然还是不适合晒。

舒南知道林筱听说过一些方彦家里的事，方彦也没有要隐瞒她的意思，所以起个大早就为了给关系越来越紧密的两人再添把火：“你没见我上回喊着让方彦过来帮忙，他也没进厨房吗？他过去被方乐婷当童工使，要赚钱还要做家务，他爹走了以后那个女人又病了，脾气更不好，方彦做个饭都边做边挨骂，他出来后又在一些餐厅、快餐店打过工，就更懒得进厨房了。”

林筱想起那一晚悄无声息清理干净的台面，还有方彦语气平淡的一句“习惯了”，觉得心里酸酸的。

她低声说了句："谢谢。"

舒南看了她一会儿，目光也柔软了，在她肩头按了按："方彦能遇见你，很幸运。"

外头传来叩门声，助攻届杰出人士舒小姐完成了自己又一次添柴加火，打着哈欠准备回房继续补眠，没想到睡眼蒙眬的周卓雄走了出来。

"舒南，是不是有人在敲门？"

他赤膊穿着居家的四角短裤，揉着眼抬头看见林筱，自己脚下打跌，第一反应竟是抱住了胸，脸涨得通红。他想假装走进旁边的客房，又想起自己穿成这副德行从主卧走出来，恨不得把头埋进沙堆当鸵鸟。

林筱没觉得有什么，成年人嘛，多自然而然的事情，偏偏舒南看周卓雄那副样子起了玩笑心，故意解释了两句："他坚决不从，是被我勾引的。"

周卓雄一张黑脸越发涨红得能滴出血来，舒南婀娜生姿地走过去，扯着他裤头往主卧带："还杵这里干什么，方彦在外头呢，别耽误人家谈恋爱。"

她人都进屋了，忽然又探了个头出来，冲林筱眨眨眼："帮我把门带上啊，加油！追一下我的进度！"

林筱出了门，接过方彦替她拿着的头盔，才反应过来所谓的进度是指什么，脸难免发了一下烫，好在她人前向来端得住，没在方彦跟前露出什么痕迹来。

周六一天的工作都很顺利，自从出了针头的事，方彦让林筱把电动车停在各个小区的岗亭或者店铺门口，余下一点路程两人挤一下他的小三轮前座。

送货的车座坐一个人略有富余，两个人只能挤到一处，在炎热的夏天，对方的身体热气腾腾地贴过来，如果换别人，林筱肯定是宁愿走路的。

"你刚认得我那天，被逼着和我挤个小位子，心里是不是在骂人？"

林筱现在想想，自己那天强行挤在前座，让方彦拉她回来的事，还是挺过分的。方彦对那天只有些模糊的印象，想起来就笑了。

"骂人不至于，只想赶紧把没事找事的大小姐丢到地方。"

"我果然是富二代人设不倒。"

两人的身体因为颠簸贴得更近，方彦胳膊被晒成了棕色，常年搬重物的肌肉劲瘦有力，偶尔擦过林筱的手肘，肤色差鲜明。林筱过去不信有情饮水饱，家境富裕的孩子其实更知道有钱的快乐，可此时她挨着方彦坐着，晚风徐徐，路灯渐亮，哪怕累了一天，一身臭汗，她确实也挺开心的。

两人闲聊着，到了南四隔壁的另一片安置房，因为有大量等待自取的包裹，方彦经常会把这里排在最后。车停在保安亭旁边，林筱和他一起同人打了招呼，跳下车熟练地开始搬东西，有几家要送上楼梯房的方彦不让她跟了，她就把等待取件的按楼栋摆好，余下的开始往快递柜里放。

没想到方彦送完两个件下来，面沉如水，连脚步都比平时更急：“林筱，回网点。”

“还有人没来取呢！”

“我一会儿让老何过来帮忙弄一下。”他漂亮的眉峰紧皱着，“张志在网点。”

林筱一句多话没有，飞快地把余下的包裹放上车，待方彦上了锁以后就和他小跑着往网点赶去。

第十八章

我选择喜欢

张志属于家里有点小钱，但够不上富豪标准的社会闲散人士。他家在隔壁市做些生意，父母离异后各自组建了家庭，人懒得管，钱给得都算大方，但是花大几百万在高新区最好的楼盘给他置业这么大的手笔，不会轻易出手。

他平时好面子，听说家住嘉洲的同学要去外地，就商量着把房子租了下来。同学和他关系虽然一般，但他交租及时，从外观看其他房间也维护得很好，年前才又签了两年的租约。

张志个头不高，相貌普通，性格乏味，追女生虽然舍得花钱，也时常被当作冤大头或者备胎。被朋友拉进虐猫群后，卖视频、打赏的钱是小事，“指点教导”新人，被追捧的成就感才令他欲罢不能。

所以张志在外面还披着善良的外皮，装收养流浪猫的好人，享受着两重截然不同的身份的快感，直到那天被林筱三人戳破。

他不仅被退了租，事件还在同学圈里扩散开了，而且林筱坚持被他骚扰猥亵，态度强硬拒不和解，他最终被拘留数日。这件事一传十十传百，有心人搜一搜，网上到处有视频、照片。

治安拘留不算案底，到底留下了违法记录，他从亲戚、同学、朋友眼中一个存在感不高的小富二代，变成了心理阴暗扭曲的变态，虐猫且对女性有不良企图，就连堂表姊妹见了他都绕道走，他深刻体会到什么叫“社死”。

此时虐猫群里认识的，那些替他叫屈、打抱不平的同好，更显得“仗义”了，张志便寻了那些朋友处处投诉、挖陷阱，绝不放过方彦他们。

他首先碰壁的是周卓雄处，据说对方大哥、外婆家都有钱有势，父亲又是公安系统的老干部，张志本身也更恨林筱和方彦，就把周卓雄放到一边，集中火力先对付这两人。

他现在就坐在快递点的门边，甩着手中那一沓照片，心情颇好地等着方彦和林筱过来，远远看到人了，还露出猫抓了耗子要戏耍一番的狡猾笑容。

“哟，林小姐在一起呀，那太好了。”

他好像不知道周末两人在一处做事般，笑眯眯把手里的照片递了过去：“我路过前头时捡的，一看有些照片不是林小姐吗，想给你送过去又怕你误会，就来快递点想寄给你。不过我话说前头，照片真是捡的，你们不是爱查摄像头吗？随便去查，就是装在这个信封里，我‘无意’捡到的。”

照片里有林筱只穿了轻薄家居服在阳台浇水的，有她穿着牛仔短裤，恶意拉近专拍下半身的，还有她帮忙送快递时，汗湿背后透出的内衣痕迹，每一张的恶意都不言而喻。

吴大姐他们都紧张得很，老何接过方彦的三轮钥匙，护着田田走了，临走时还拉着两人说了句：“你们别搭理他，他就是想激怒你们，方彦投诉的事还没了结呢。”

林筱这半年跟着方彦收发快递，不知见过、听过多少奇葩，哪怕那些照片明摆着就是来挑事的，她太阳穴突突乱跳着，声音还是稳的。

“辛苦你送一趟，照片我先收了。”

张志笑得像条毒蛇：“等一下，这里头有些照片看得出是林小姐的脸，没露脸的那些我也说不好是谁，看背景倒是像嘉洲和这附近几个地方，要不然我到处贴一贴，找找人？”

方彦往前走了一步，被林筱拉住了，他们都知道，生气只会让张志更开心。

林筱深吸一口气，扣着方彦手臂的指头因为用力都发白了，还是冷淡地说道：“是我。”

“林小姐，你看，我俩不是什么朋友，你说句话就要把照片拿走，我信不过呀！要不我还是填个单子，把嘉洲花园那一沓寄到物业去？”

张志得意的嘴脸已经掩饰不住了，他自打从出事以后，今日最为扬眉吐气，摸出手机扫了寄件码，边打字边跟方彦说：“到时候去嘉洲送件的还是你吧？辛苦啦！”

方彦看到林筱笔直地站在前头，掌心出着微汗的手死死抓着他紧绷的手臂，她应该没受过这样的气吧？如果不是在快递点，张志不是故作寄件，她不至于这样忍耐。

平时方彦不把客户刁难放在心上的，只是一份糊口的工作，他自小不知看过多少脸色，早就习惯了。唯独今天，面对张志的耀武扬威，他心中的怒火抑制不住地往上蹿，想上前，被林筱更用力地拽住了。

“别搭理他。”

林筱语气特别冷，看张志的目光仿佛他是路边一团烂泥，那目光削弱了张志的愉悦感，他跷起了二郎腿。

“方彦你投诉单还没搞定吧？要我说你就是做事不仔细，不改变一下工作态度，往后投诉的情况会越来越多，那每个月不都白做了？还连累你们网点的同事绩效跟着下滑。”

他的话里满是威胁，把填完信息提交的手机一摊：“好了，麻烦给我个信封，装好了贴单吧。唉，其实我付钱你们直接送就好，不用再去分拨中心转个来回。”

“方彦，你们先去后面，这里我来搞定。”赵兴走了过来，拉了一把方彦，没拉动。

林筱又推了他一下：“走吧，和人渣有什么好说的？”

方彦跟着她走了几步，两人又被张志叫住了：“林小姐，我劝你以后还是要小心，女孩子大热天穿得少还到处走，被人拍了都不知道。”他越说越嚣张，笑得不知多欠扁，“对了，在家也记得把窗帘都拉严了，现在拍几张睡衣照还好，要拍到别的被掉得到处都是，你可怎么办呀？今天是有我这样的好心人，捡到照片还给你送过来，明天、后天呢？万一被扔在其他有认识你人的地方……”

方彦挣脱了林筱的手，几个同事都围了过来，说处处都是摄像头，让他不要冲动，林筱更是扣住了他的手腕。

“怎么？你还想打人？工作不想要了？”张志故意迎上来，他这样放肆，无非吃准了方彦不敢在网点动手。

忽然，芝麻从斜向冲了出来，龇牙咧嘴对着张志吠了两声，猴子慢悠悠走过来：“不好意思，想给它喂点吃的，笼没关好。放心，我们芝麻很乖的，从来不咬人，平时都不用关着，有别的恶狗来，才把它圈起来，免得误伤。”

“很乖”的芝麻外观已经接近一条成年大狗，它受异常的氛围所动，警惕地在喉间发出威慑的低吼，死死盯住在场唯一的陌生人。

张志被惊得退了两步，他平时欺负猫，却不招惹大只的狗，芝麻再吼两声，他就大叫起来：“你们养狗有狗证吗？我明天就去投诉，让城管拉走！”

本来还爱搭不理的吴大姐“呸”的一声：“打了疫苗，办了证的，平时放出来都拴了绳。你投诉什么？除了投诉，你还会什么？”

C市对宠物政策相对宽松，只要打了狂犬疫苗就可以办证，目测芝麻有三个月后，林筱陪着孙白去的李医生的宠物医院，打针网登一条龙，连办证的寸照都是林筱拍的。

“猴子，把芝麻牵开。”

方彦像是气极了，反而笑了起来，等孙白把狗牵走，拨开了林筱来拦的手，还在她手背上安抚地拍了两下："放心，我心里有数。"

他没有如张志所料的，转身去打人、骂人，而是扫了一眼扬扬得意的烂人，平静地把工作牌摘了下来，问吴大姐要了支笔，扯了张白纸飞快地写下了"辞职信"三个字。

"方彦！你疯了！"林筱今晚第一次大声，去抢方彦手下的纸，却被他躲开了。

"他说得没错，这样被投诉下去，做得也没意思，你不是想我把画画捡回来吗？听你的。"

方彦眼中已经没有了怒意，还冲林筱笑了起来，他的眼尾稍稍下垂，没表情时显得没什么精神，甚至懒散到淡漠，可是一笑起来双眸弯弯的，眼下会有漂亮的卧蚕，衬着下垂的眼角，像无辜的狗狗眼，叫人分外心软。

林筱腾起的怒火就这样一点点被抚平了，她认真地问："你想好了吗？"

"想好了，我喜欢画画。"

林筱不再像网点其他人那样劝了，反而让开了半步，看他奋笔疾书，心里已经在筹划有什么老师可以引荐，可不可以顺便劝他去把鼻炎也看了。

张志并不知道两人的心境转瞬已起了变化，只觉得今天这么简单就把人逼急到辞职，哈哈大笑起来："方彦你这么有骨气，怎么住到林小姐家里去了？你这些同事也不要劝了，他软饭吃得香呢。"

林筱可以忍他说自己，却受不了他这样抹黑方彦，转头大喝了一声："你给我闭嘴！"

张志见她怒了，笑得更开心，说出来的话一句比一句欠："林小姐不是最有修养，向来按规矩办事，跑派出所跑成家常便饭的吗？原来还会骂人啊？看来动他比动你有用啊？"

张志说最后一句话的时候，故意压低了声音，低哑的声线配着他恶毒的眼神，林筱真的想一掌把人抽飞。身后众人还在劝方彦，方彦却腾出只手，轻轻捏了捏林筱因为愤怒而绷成弓的后颈。

这是个特别亲昵的动作，有一瞬间，林筱有种被他当成黑糖逗弄的错觉，整个脊背的汗毛都奓了，但她确实在他的安抚下冷静了下来。

冷静了，她就再不会被张志刻意的嘲讽牵着鼻子走，反而眼神森冷地一步一步踱了过去。她一米七几的个头，比张志还高了几厘米，气势汹汹逼上前，张志不由往后靠了靠。

他坐的方凳并没有靠背，背后落了空，说话底气都虚了："恼羞成怒了？"

林筱根本不搭理他的话，反问道："张志，我记得你嘉洲的房子是租的，现在也是租的别处吧？你家里……好像是在隔壁市开了几个超市？哦，那是你爸开的，你妈做的是美容美发店。”

“你什么意思？”

“我的意思是，我是懒得用钱去砸人，不代表我真的拿你没办法。”

“你家里有钱了不起吗？”

“就是比你家有钱，就是了不起，怎么样？”林筱又逼近一步，每个字都说得铿锵有力，“你觉得猫反抗不了你，你就肆无忌惮，你觉得是人都怕无赖，就以为人不要脸天下无敌？我告诉你！我从小就是硬脾气，不知道什么叫做人留一线！人不犯我，我不犯人，人要是一再犯我，你当心我赶尽杀绝！”

林筱的脸彻底寒下来，很有几分冷酷劲：“我没空和你纠缠，只要肯出钱，有的是人帮我和你过不去。你信不信我明天就把你干的好事全印出来，找上十个发传单的，你搬到哪里我发到哪里，方圆十里地发遍，让你丢个垃圾都抬不起头。”

她把手机也拿了出来：“你刚才威胁我的话，我都录了音，还有你干的那些好事，我可以连音频带视频，按你老家街坊门牌号，你从小到大读的学校，人手寄上一份。我还可以租几辆LED屏的宣传车，去你爸妈店门口、街道放你的无赖嘴脸，让他们都不好意思开门做生意，你看他们还肯不肯给你钱花。”

“你敢！”

张志想起自己回家时收到的内涵眼色，脸都青了，林筱却不退让：“你看我敢不敢！我从不说大话，说得到我就做得到！”

她每一个字都掷地有声，砸得张志晕头转向，他明明方才还处处占上风，怎么就被个女人唬住了？张志还想再拿出点气势来，已经写完辞职信的方彦把纸一折，走到了林筱的身边。

“用不着这么大阵仗，我一个人就够了。”他一面说着，一面摘下了口罩，再看向张志时，视之如草芥的漠然再没了遮挡，他慢悠悠跨了一步，嘴里的话说得又轻又慢，“张先生，提醒你一下，我马上就是辞了职的闲人了。”

方彦很瘦，但是身材颀长，一身常年体力活练出来的肌肉，口中的话说得越轻巧，配着那张冷漠的脸，越有种不动声色的压制感。他还顺便捏了两把拳头，就像电影里常演的那样，每个关节都捏得“啪啪”作响，虽然浮夸，威胁的气氛也烘托到十成。

张志退了两步：“你想干什么？”

他从来把方彦当作一个毫无建树的小快递员，被自己找人投诉得焦头烂额，现在笼罩在对方冰凉的目光之下，才想起这个男人曾轻松把自己按倒在地，那双手仿佛铁钳，扣得人气都喘不过来。

“我，你这里可到处，到处都是摄像头。”

“哎哟，最近电闸老有点问题，那个谁，去检查一下线路吧，我先保存电脑啊！”

赵兴的哑嗓子大声得叫方彦直接笑出了声，而他身后的同事也推推搡搡，好似劝架，却把人挤到了边角。他们日日走，太知道店门外哪里是摄像头的盲区，还有意无意地挡了一圈，连林筱也挡住了。

“方彦，要辞职，总要请个散伙饭吧？”

“对呀，方哥，一会儿去消夜啊！”

众人好似在聊天，高高矮矮围拢来，把张志遮了个严严实实，还亏得林筱够高，在外围也看得见方彦的宽肩，站在最前面，好像一下子能扛起所有事。

她听见张志痛呼了几声，又号叫着：“狗！死狗！你们狗不拴绳的吗？”

芝麻“嗷呜”叫着，在数条腿间穿梭。方彦边笑边说：“张先生，让人痛又不留痕迹的手法有很多，我辞职了以后，有的是时间，你最好不要再经过摄像头的暗角，在外头也不要让自己吃的、用的离开视线，收发快递尤其要当心，毕竟插个小针、加点小料这种事情，学起来也很快的。”

林筱过去认为像张志这样的小人，只敢躲在暗地里玩点阴的，以有心算无心，防不胜防，她不值得为人渣把生活过得胆战心惊，可是现在看到方彦用同样的方式去威胁他，却有种想鼓掌喊帅的冲动！

待张志被龇牙咧嘴的芝麻扯掉一块裤脚，他终是屁滚尿流地跑了。

方彦把照片都收好，和网点众人解释、告别。

快递点人员流动本来就大，方彦只要舍得这个月工资，交接完很快就可以不上班了。老何刚骑着方彦的小三轮回到网点，就听说了爆炸性消息，惊得也去劝，方彦耐性很好地把说了数遍的说辞又慢吞吞讲了一遍。

林筱就站在那里，看方彦把那辆她都熟悉了的小三轮推归位，还充上了电，觉得很恍惚。

她每个周末陪着送快递，对小三轮都生出点感情了，有时在路上见到别家小车厢，心也会短暂地温柔一下，没想到辞职这么大的事，方彦如此平静又迅速地做了决定。

到他出来了，喊走了，林筱还是忍不住问了句废话：“真辞啦？”

“嗯，辞了，我答应主管做完这个月，让他有空招人，而且三轮车还有一千五的押金要退。”

方彦看她皱着眉，就伸出手指在她眉心弹了一下：“不要什么事都往自己身上扯，也不是多难得的工作。”

只要有力气，交得上押金，培训几天就可以上岗，他也没有优秀到赵兴难以割舍，只是个还算好说话的老员工，最近屡屡拖累网点，方彦觉得赵兴的挽留是真的，松了一口气也是真的。

林筱的电动车就停在旁边，往常方彦会开一辆共享，和她一起骑回去，可是今天却没有掏出手机来。

“怎么了？”林筱心中一跳，难道不准备回她家了？

没想到方彦长腿一跨，坐上了她小电驴的后座，抬头看着她，笑如四月春风：“走吧。”

林筱人还愣着，脚先跨了上去，待发动了车子，她才笑了：“好，我们回家。”

她本来觉得今天和方彦送送快递，一起挤个小三轮，累是有点累，甜也有点甜，结果晚间被个龌龊男恶心了一把，坏了一天的好心情，没想到方彦就这样辞职了。

现在两个大长腿挤在她的小电驴上，吹着热热的晚风往家里去，没人提后座不能载人。到拐弯时，方彦的手臂环上了她的腰，没有太用力，虚虚地圈着，两人带着薄汗的身体轻挨着，她的心好像开始飘了，手下不禁催了把油门。

方彦记得刚见她时，跨坐在那辆造型略显浮夸的电摩上，通身气势硬是压住了，吸睛满分，后来却跟着他每个周末骑着三十码的小电驴四处突突，心就变得很软。

“以后你可以骑回你那辆拉风的电摩了。”

因为灌耳的风和林筱的头盔，他凑到她肩边说得很大声，身体就贴得更近了，近得林筱都能感觉到他胸前肌肉的线条。

“我怎么觉得你在取笑我？”

林筱齐肩的发被头盔压得只露出一截发尾，风一吹，小幅地往方彦脸上乱飞，就像她这个人，从不按常理出牌，在春天里突如其来地闯进了他的生活。

仔细想想，方彦发现林筱除了强行要求一起送快递，也没做什么，可自她出现以后，他的生活就是变得不同了，不同到他最近会觉得，试着再接纳一个人进入他的人生，也未尝不可——

打开门，早上出门前炖上的绿豆鸽子汤已经飘了一屋的香。黑糖见人回来了，就一跃上了岛台，再转过半张脸来看着两人。

方彦洗了把脸，很熟练地去厨房放盐、盛汤，而黑糖也等到了它的一小条肉，撕开了和蛋黄拌在一起。

“再这样喂下去，它很快就需要减肥猫粮了。”

林筱冲了凉出来，就看见黑糖圆滚滚的屁股。出院的时候，李医生说它长期营养不良，可以多补些蛋黄和肉类，现在看它体形，林筱都担心它营养过剩。

她故意把手往黑糖餐盘伸过去，没想到黑糖就像背后长了眼睛似的，跟着挪动了身体。林筱不满地戳了戳它的背，黑糖回头更为不满地“喵”了一声，又抬脚跃至另一端，躲开林筱来揉的魔掌。

“小气鬼！我看以后别喊你黑糖，你就该叫肥糖！臭肥糖！”

方彦好笑地看着林筱每天在撸猫路上锲而不舍的努力，说来也怪，黑糖对他还算乖顺，给摸有时还给抱，在林筱这个真恩人加金主面前，却一直很傲娇，林筱就是试上十次，也难得抱成功一次。

“我觉得它可能搞错了包养它的对象。”

见方彦成功地又在黑糖身上搓了两个来回，连打出两个喷嚏都没把它惊走，林筱愤愤不平地控诉道。

“也许它见我后来的，觉得是它包养了我？”

林筱没好气地白了他一眼，表示这个笑话一点都不好笑：“我总觉得它有灵性，记得当初在张志家是你第一个冲进去把它救下来的，而且一出院又先住去了你家。”

接过了他递来的汤，林筱有心问问方彦今后的打算，又不知怎么开口，一碗汤喝得总在恍神。

“我看网上说，老火汤其实嘌呤高。”

方彦说完，林筱皱了一下鼻子：“没事，我年轻，不怕那些。”

“这样啊……”方彦笑得颇有些玩味，“我本来想，辞职了我有空，可以做晚饭的。”

张志闹成这样，短时间内他肯定不放心林筱单住，昨天见林筱几个家常菜吃得那么香，方彦觉得还是可以下下厨，回馈一下林筱让出半套房的好意，谁都知道区区一千块住嘉洲是远不够的。

林筱哪怕心里悔得千回百转，还能不急不缓把汤喝完，好似随意地回答：“你要是不嫌麻烦，现做的当然更好吃。”

那副尾巴都要翘起来了，还藏着掖着开心的模样，真是跟黑糖像极了，方彦看着就笑了。

林筱顺手把碗筷放入了洗碗机，走神想到，当初觉得开火机会少，装的水槽一体的掀背式洗碗机，现在是不是该规划一下，换个空间大一点的嵌入式了？

她目光绕去了身后的橱柜，预留插座、下水以及尺寸适合的品牌型号已经飞速在脑海中过了一遍，思路才绕回了正事上来。

“方彦，你真的辞啦？”

方彦揉了揉发痒的鼻子：“你什么时候变得这么磨叽？难道被谁附体啦？”

他玩笑般做了个手势想逗她笑，林筱却不接，反而严肃地说道："因为是你，我干脆不起来，而且……就是怪我啊……"

"别往自己身上扯。"

"你一开始是为了陪我，才去的张志家，现在连工作都丢了，怎么可能跟我没关系？"

"是我自己选择动的手，也是我选择辞职的，都是'我的'选择。"

"不是这样子算的……"林筱没有再说下去，聪明人话不用说透，他和她都明白，辞职一事从起因到爆发都是因为她。

方彦看她站在那里，两道浓黑的眉毛打起了结，肩头耷拉着，不见平时的爽利，伸手在她头顶揉了揉："就算是为了你，又怎么样？"

林筱诧异地抬头，方彦的手掌很大，穿过她浓密的乌发，暖暖的："我认识的林筱多硬气，你不用为了我勉强自己。"

可以为了一份方案把总监堵在公司门口问为什么；因为不服气，就跟他送了半年的快递；面对张志的小动作，会对着空气高高竖起中指……这样的林筱，不必为了他一份工作，把拳头捏白了，还在忍气吞声。

"可以率性地活着，是很难得的事，那种牙咬碎了往肚里吞的妥协，你不用！"

方彦说话向来很淡，好像天塌下来也和他没什么关系，可他把"你不用"三个字说得特别重，仿佛林筱的骄傲对他来说非常重要。

如果之前林筱对方彦的喜欢是在一点点增加的话，这一刻，她觉得她要爱上这个男人了，那感觉强烈到她自己都很惊奇，而方彦还在继续添柴加火。

"你像过去那样，做你自己就好，喜欢就喜欢，不喜欢就讨厌，往后有退路，往前有选择，没事把人仇恨拉满，那才是你！"

不用像他，从来被生活推着走，习惯接受暴击，学会听天由命，走着走着都快忘记了还有选择的余地。

林筱屏气凝神地望着眼前的人，她对方彦了解得越多，越觉得他的心是关着的。从她意识到自己动心后，就在敲门，敲来敲去，只偶尔能从缝里窥探到一点内里，这是她头一次觉得自己推开了一线门。

作为一个彻头彻尾的行动派，她当即往前再跨了一大步，站到了方彦的跟前，一字一句说道："你也有退路，还有选择，你可以选择喜欢我，或者——不喜欢我。"

她才二十五岁，青春正好的年纪，有时候亲妈都嫌她硬得像块石头，说女孩子有时还是得柔软点好，不然很多人受不了，她总潇洒地说，受不了就拉倒。原来她也会放软身段，就像现在，笑着不说话，直勾勾看着喜欢的人，面上有一点点红，还有令人心悸的温柔。

方彦躲开了她火热的目光，林筱凑得太近了，近得他偏开头都能闻到她发丝上淡淡的薄荷香，好似叫人清醒，又好似更令人迷离。

林筱并不想逼他．见他闪避了视线，身体就往后撤了撤，感情嘛，不是强买强卖，同一屋檐下多的是机会，她可以往后再努力！

她想说上两句俏皮话以免尴尬，到底没生张巧嘴，就瞪向台面上歪着头看热闹看得正稀奇的黑糖，心想养你何用，还不赶紧来活跃一下气氛，给我个台阶下？

方彦看她向猫投去了求助的目光，忍不住笑了，边笑边搂着她的腰往怀里一带，迎着她瞪大的眼睛，在她因为惊诧而微张的嘴唇上亲了一下。

“我选择喜欢。”

他说这句话的时候，眼神和嘴唇一样，柔软得不得了，笑容也好看得不得了。

第十九章

真正的温柔

第二天睁开眼，已经近十点了，林筱抱着被子在床上先滚了两圈，把脸埋进了枕头里。她很少做这么幼稚的事，可是昨晚做梦都在笑，谈恋爱果然让人身心愉悦啊！

林筱下床才发现黑糖居然没在床上，也没在卧室，鼻子倒是闻到了香味，就知道方彦在准备早餐了。

她洗漱后打理了一下头发，出门看到方彦站在西餐台边干活，黑糖乖巧地在旁边候着。

"早。"

平时方彦来接她时早换上了工服，林筱这是头一回在清晨见他一身便装，只是简单的白T恤、运动长裤，站在亮堂的厨房里，用平底锅煎着鸡蛋，旁边还放了两杯橙汁，那画面让林筱觉得他下一刻就会念两句广告词出来。

方彦见她边走神边笑，搓着发痒的鼻子，心想是该去看一下老鼻炎了，否则又是做饭又是养猫，喷嚏打得也不卫生。

他举着平底锅看了看林筱，问道："笑什么？"

林筱觉得他往白瓷方盘里装煎蛋的架势更像了，笑得也更开心："没什么，就觉得你自带滤镜。"

"这是在夸我？"

林筱撑在岛台的边缘，很自然地倾身在他颊边亲了一下："嗯，夸我男朋友真帅。"

方彦愣了一下，手下没停，飞快地将吐司夹了芝士、煎蛋和培根，放进预热好的烤箱里，把橙汁往她手边一推，又给黑糖的猫粮里拌上了蒸好的鱼肉。

"不枉我清早起来表现。"

林筱喝着橙汁直乐，平时他俩的早饭基本是牛奶、果汁，烤吐司或是面包搞定，同样的材料，方彦把早餐做得这么精细，她当然要承情，像热量太高这种事就放一边吧。

“你如果不喜欢做饭，也不用勉强，我们以前怎么样，现在还是怎么样。”

方彦像是认真地思考了一下，才说：“暂时没觉得勉强，等勉强了我就辞工。”

林筱抓到他眼底促狭的笑意，知道他在开玩笑，方彦伸手在她额头上又弹了一下：“再说了，以前你是朋友，现在是我女朋友，怎么能一样？”

林筱不想承认，自己被一句话就甜到了，可是半张脸埋进玻璃杯里，嘴角还是忍不住越翘越高，翘得方彦在对面看着都跟着笑了。

他戴上手套把餐盘端了出来，把烤得边皮微酥、芝士软融的吐司切成了几等份，每一小块放上半片切好的青瓜再插上牙签，林筱正好一口一个，边吃边感叹：“和你比起来，我做的东西都粗糙得没法看。”

“你什么好吃的没吃过？故意这么夸张来表扬我，是怕我做一回就不做了？”

“那怎么一样，这可是爱心早餐！”

“知道就好。”

方彦说完，从她刚叼进嘴里的小三明治上咬了一口，嚼了嚼，才说：“这个牌子培根咸了点，下次一起去选。”

林筱扶着额头，挡住了大半张已经开始红的脸，很想拉出小群来问一声，方彦这个家伙到底谈过多少次恋爱，她又不是初恋少女，怎么轻易就被撩飞了？

脸红归脸红，林筱也很久没有过这么悠闲的周末了，忽然不用一起去送快递，她都不知道该先做什么，问：“你有什么打算吗？”

方彦随意地回答道：“我这几年还是余了一点钱，一年半载不上班问题不大，彻底脱产当几年学生肯定不行。”

林筱想说不上班也没事，我供得起，但这样的话容易伤自尊，她就咽下去没说。

“我查了美院的研习班，下个月初开班，周二、四、六下午或晚上三个小时的，还有别的网课平台，我也在筛选。”他说到这里，眼中闪过一丝狡色，“不过我得先去张志住处附近晃一晃，话都说出口了，不吓吓他怎么对得起我辞职后腾出来的时间？”

“你真去啊？你知道他住哪儿吗？”

“他自己嚣张，有几次寄件虽然换了名字，却是同一个地址，离这里只有十几分钟，大概率就是他现在租住的地方。”

“没必要把时间浪费在人渣身上，你一个人去也不安全。”

“张志这种外强中干的㞞包，你强势他就胆怯了，我现在才是光脚的不怕穿鞋的。”

方彦过去是懒得和他耗，现在既然有时间，不如一把摁死，省得以后麻烦。到现在，他想到张志的那些照片依然很想打人，纯字面意思，想把人暴打一通那种，可惜法治社会，他还是当个遵纪守法的好市民吧。

林筱惊奇地看着他显而易见的怒气，叹道：“我以为你对什么都不大在意的，怎么一辞职跟解锁了一样，要放飞了。”

“不是放飞，是得确保你安全。”

上次针头事件已经让方彦到了忍耐的边缘，昨晚的照片直接踩在了他的死穴上，方彦其实是冷静的，冷静地发觉自己不希望看到林筱为他一忍再忍，冷静地觉得张志不治不行了，冷静地意识到，哪怕林筱再独立、坚毅，他也有了保护欲，他想她平安、骄傲、神采奕奕地生活，像他曾经认识的那样。

林筱一直觉得方彦笑起来很温柔，现在才知道温柔和温柔也可以不一样的，用句最俗套的话，方彦真的温柔起来，那双眼能溺死人。

她似笑非笑地捏了捏自己又开始发红的耳垂，抬手遮住了他的眼睛：“方先生，你再这样撩下去，我怕我会忍不住把你扑倒。”

撩不过，还不兴她行动派吗？

修长的手指虚掩在方彦的眼睛上，随着她说话，偶尔轻触一下他的眼皮，像柔软的羽毛一拂而过。

“哎，你耳朵也红了吗？”

林筱大大方方凑得更近，方彦偏头去躲，她撤开手，歪着头视线追了过去，黑糖竟然也跟着歪头看过来，一人一猫弯出同样的弧度，同样的大眼，方彦叹口气，那气也是温柔的，把她头往旁边一扳：“好啦，别闹了。”

扳过去了，又觉得太拒人了，跟过去把人吻住了。

恋爱就这样谈起来了，生活没多大变化，本来就住在一个屋檐下，方彦把接送都包揽了下来，白天画画、上课，心情好就做饭，懒了两人就叫外卖。

不加班的晚上，方彦陪林筱去上散打的班，还不时会在家“突袭”训练她的反应速度。如果不上课，两人就会去夜跑，不放水的话，林筱大长腿也追不上方彦，跑到后头常常耍赖，扑到他背上去，也亏得方彦这些年练出来的好体力，女朋友一七几的个头都背得比较轻松。

刚上幼儿园的淘淘每天早上还在抱着周卓雄哭，边哭边发现方叔叔和林阿姨出门会牵手，立刻像个小喇叭一样广而告之了。舒南和安怡涵当然是乐见其成，还压着两人请了谢媒酒。

王璐彤也迅速发现了猫腻，她好似比本人都高兴，因为林筱没有要隐瞒的意思，公司里不少人也陆续发现了。

嘉洲花园在恒通的件转到了老何手里，方彦虽然辞职了，但田田只要提问，林筱依然有问必答，老何明白林筱什么都不缺，也不知道该怎么感谢她，于是只要看到611的件，不论大小一概都送上门。

后来老何发现612也是他们朋友，连舒南的件他都一并送到家门口，而以林筱和舒南网购的频率，方彦和老何一周能遇见数面，知道自他走后张志没再骚扰网点，倒是附近各家快递员都在替方彦抱不平。

林筱不止学过绘画，还搞过摄影，后来虽然只为工作服务了，家里装备倒齐全得让专业人士都会艳羡。方彦做过模特，对布景、光影非常敏锐，周末两人有时会带着相机去探老街、民居，探各种店，吃吃喝喝，拍下许多街道、建筑和内饰的细节。

赵清毓很快发现女儿恋爱了，林筱连续几次拒绝了她上门送温暖，最后说得还挺直白——家里养了猫又住了人，你来不方便。

赵女士恨不得把平日的仪态都丢到天边，想叉着腰去戳女儿的头，什么叫不方便？什么叫住了人？

林筱答得理直气壮，就是多住了一个人的意思。

你谈恋爱了？

我十八就谈了，现在快二十六了。

他自己没房吗？还要住你家？

没房，也没钱，怎样？

林筱说得坦荡荡，赵女士倒不跳脚了，反而问，很帅？

别人觉得帅不帅我不确定，反正是我的菜。

带回家来看看？

林筱沉吟了一下，还没到那一步，以后再说吧。

赵清毓看女儿恋爱好似顺心，也不像是被骗昏了头的样子，暂时没再揪着追问，不过林筱知道她心里一定在盘算着什么，也只能以不变应万变。

确定会长住，又要和黑糖朝夕相处，方彦终于如林筱所愿去检查了鼻炎，中西医双管齐下，易过敏的情况开始缓解。

就像自然而然接受了再下厨一样，方彦开始试着在非扬尘飘絮的天气摘下口罩。

有时候他觉得林筱就像一个剥壳的人，一点点打破他裹了很多年的外壳，过去他些微的安全感来自把情绪都遮掩的口罩，来自结束工作就紧紧关闭的房门……被破开了，他竟也接受了，原来不是做不到，付诸行动其实很容易。

转眼临近中秋，林筱谋划着放假回家前先和方彦去吃个大餐，看个电影。没想到被舒南信息截和，说节前再聚一次，安姐和周卓雄下班了都会过来。

林筱是请客铁定选在餐厅解决的人，但舒南更愿意呼朋引伴，下厨置上一桌大家吃吃喝喝聊到深夜。平时这种局都定在舒南家，可串门的淘淘今日忽然得了黑糖一点青睐，肯吃他送到嘴边的肉干了，成就感飙升的小家伙就逗猫逗得不肯挪窝，一副猫在哪儿他长在哪儿的架势。

黑糖被救后始终是谨小慎微的性子，除了去体检，平时哪怕家门大敞着，它也不探出半步。看淘淘巴在家里不走，林筱和方彦商量了一下，干脆转移阵地。

客人上门，方乐婷住院以后安怡涵也帮了不少忙，方彦理所当然把大厨的位子接了过来。舒南看着他在厨房忙碌，轻轻撞了撞林筱："洗手做羹汤这种事，我以为永远不可能再发生在他身上，看一次我惊叹一次，你还是厉害！"

"主要我厨艺不行。"

林筱除了会几样西式的简餐，就是个没有感情的半成品炖煮机器，哪像方彦十八般武艺样样精通。

"呵！我认识他那么多年，方便面都不肯给我煮一碗。"

林筱手一摊："没办法，我俩共性都是重色轻友。"

舒南狠狠翻了个大白眼，觉得和热恋期的小情侣没法聊天，不过她看着方彦系着围裙站在热气腾腾的厨房里，忙得脚不沾地，还把女朋友推了出来，又抽空盛出两小碗东西投喂淘淘和黑糖，桌上水果周到地去皮去核，茶都按大家喜好泡了三种，还是很唏嘘。

"我平时觉得卓雄对我很好了，但和方彦这种事无巨细的体贴比起来，他就是个典型的北方糙汉。"

"可是你喜欢呀。"

舒南好笑地瞥了林筱一眼："学学你家猫，把你过去的高冷端稳点不好吗？都能打趣我了。"

林筱笑了笑，递了块西瓜给她，舒南看看墙边的画，再看看手边切得像饭店出品的果盘，问："是不是你们学过美术的，做什么都追求美感？我现在越来越觉得方彦深藏不露，这要是找不到工作，还能去饭店兼职。"

"他刀工好。"

"我问你啊，方彦在你眼里是不是就没缺点？"

林筱居然认真想了想："应该说，他有缺点也是我不在乎的点，对我，他应该也一样吧。"

舒南探究的目光在他们身上绕了数圈，才说道："我之前撮合归撮合，只是觉得你们可以谈个恋爱，现在瞧着，你俩奔着过日子去了？"

任谁看都会觉得，方彦各方面条件都比不上林筱，但感情好不好，明眼人都知道，舒南真没想到他俩能直接跳到老夫老妻的模式，又有热恋的情浓。

"本来就是过日子啊，我跟他合拍的。"

可以顺畅地沟通，有一致的三观，一方忙的时候能有自己的事做，闲下来有共同的话题、喜好，而不是各玩各的手机，徒留一个躯壳挨着……这些听起来容易，多少情侣、夫妻都做不到。

正说着，周卓雄在外头喊门，淘淘飞奔而至，打开门就欢呼着扑了出去。林筱和舒南探头一看，见他用小推车拉了一满车大大小小的灯笼，把过道都挡住了。

"你干什么呀！"舒南惊得话都说不出了，"你们社区点对点扶助灯笼厂了？"

"我下班经过看做得漂亮，就顺便买了点。"

"你这叫顺便？买了点？"

方彦把火开小了，出来帮周卓雄往家里搬纸箱，淘淘欣喜地翻着宝藏，忽然"咦"了一声："熊叔叔，这是街口那个爷爷在卖的灯笼吧，和小星星的一模一样！"

眼看要露底的周卓雄想去捂淘淘的嘴，没来得及，舒南已经在问："什么爷爷？"

"就前面路边，这两天有个爷爷在摆摊卖呀，边卖边做，做得可好看了！小星星昨天也买了，一模一样。"

"周卓雄！"

舒南气得只差叉腰了，往对门搬灯笼的人一听她连名带姓喊上了，脖子一缩，抱着箱子跑得飞快。

"你是不是又烂好心发作了？看外头下雨了，给人包圆了？"

周卓雄被女友猜得一点不差，头都不敢冒，方彦和林筱使了个眼色，林筱将人往家里推："好啦，要过节了，懒得和他生气。"

"正好我们每家分两个，给杨奶奶也送几个过去，那些小的让淘淘拿去送给他的小伙伴。"

"对呀，要过中秋了，挂几个灯笼增加节日气氛嘛。"

抽出一个红色小灯笼去逗黑糖的淘淘连声应和："好耶，我给大家分。"

"败家子！都多少次了？人家孩子摔骨折，家里人联系不上，他带去垫钱做了治疗，家长赶来居然怪医院没选好，我当场就骂回去了，反正我又没职务。"舒南恨恨地坐回沙发上，“上次扶贫那个苹果，你家有吧？连刘姐、黄姐她们家里都吃怕了，他还敢往家搬！”

对于劝人这个工作，林筱是不得其法的，她觉得自认识周卓雄起他就是这样的人，这些事发生在他身上都不奇怪，只能嘴里含糊应了几声，好在舒南也只是控诉，不需要回应。

“上周，半夜三点，前头老小区配电房出故障送不上电，电力部门、物业和业委会都在还不够，喊他去，一待从头天晚上待到第二天下午。我知道他不怕麻烦，不然当初我也不会认识他，我是心疼他人越好反而越被压榨，什么事都先找他。”

眼看着舒南越说越气，方彦帮周卓雄搬完了箱子，进门边洗手边接口：“所以才需要你管着他，没有你他怎么办啊！”

舒南长叹气，神色却松动了：“是呀，没我管着，他更不得了，人呢？”

“说出了身汗，先洗个澡。”

“他是不敢过来吧？我去看看，别一会儿大咧咧穿个睡衣就跑来了。”

舒南一脸嫌弃地回去了，林筱冲方彦比了一个拇指，淘淘用小灯笼把黑糖逗得晃头晃脑，小大人般语重心长地说着：“天天吵，天天吵，越吵感情越好。”

这话一听就是跟人学的，学得还像模像样，方彦与林筱相视而笑，林筱问他：“我们以后会不会也这样吵架？”

“以你的性格，很难吵起来吧？吵不了五句话，脸先冷了，不想说了。”

林筱绝大部分时候是冷静的，偶尔爆发，迅猛又不留情面，还是据理力争型选手，方彦实在想象不出她吵吵嚷嚷抱怨的样子。

“以你的性格，才不会和人吵架吧？最多生闷气。”

好像除了张志去网点闹事那一次，方彦没怎么发过脾气，过去他用一个看起来温和的罩子把自己隔在了极小的空间里，别人进不去，他也不出来，凡事不在乎，就没什么脾气可言。

熟了才知道，他的温和是假的，凉薄也是假的，他就是普普通通一个人，被往事伤过，就把心藏起来，你真心待他好一点，他就会对你很好，能处处维护，会挺身而出。

方彦在她让人心跳加速的注视里，把最后一道菜放进了蒸箱，擦了擦手，才在她脸上捏了一把：“怎么听起来，我俩很容易冷战的样子？”

林筱眉一扬：“呵！冷暴力更伤人呢！”

“嗯，所以你记得不要对我冷暴力。”

方彦调侃着，接住了林筱砸来的抱枕，黑糖只当两人在闹，跳着加入了战局。淘淘自然也紧跟而来，待舒南去管人管得双唇微肿回来，这边已经热闹非凡了。

安怡涵也前后脚进了门，她上了一天的班，累得腰酸背痛，进门林筱递过来一个按摩靠垫，方彦端上热茶，舒南叉了水果送到手边，她长舒一口气："想起后天回家要受的磋磨，觉得宁可和你们过。"

"安姐要回去过中秋？"

"今年过年准备去海边，所以提前回家点个卯。"

同样要回家陪餐饭的舒南美目一横，指向林筱："看看家里一直盼着回的小心肝，刚刚还接了妈妈视频，说明中午不到家就亲自来逮人，不像我们，盼人回是盼我们兜里的钱。"

安怡涵懒散地伸腰："还好一年就回那么两天，证明彼此之间还有点微弱的感情在。主要今年中秋和国庆连一起了，机票和房价都涨太狠，我一查还不如除夕出去，中秋先把回家指标完成了。我不像有些人，没票了订头等舱眼都不眨一下。"

那个眼都不眨的人把嗓音压到最低，凑到她们耳边说着闲话："你们不知道周淳有多好笑，我们买票的时候只剩一张经济舱了，卓雄本来就不舍得买头等舱，花我的钱他也肉疼，就自己单买了。结果周淳听弟弟过了节第二天就陪我去海边，本来跌起个脸，一听就他宝贝弟弟坐经济舱又不干了，还不好直接给钱，干脆拿积分给卓雄也兑了张头等舱。"

舒南边说边乐，倚着安怡涵笑得像只成了精的狐狸，笑完了又轻轻叹息："我虽然不喜欢周淳，但他们兄弟感情是真的好。"

好得让她们这种在亲情上吃够了苦头的人，光是看看，都觉得羡慕，觉得……嫉妒……

"没办法，我们呀没那个命，扮好给钱的角色就好。"

安怡涵在舒南肩头用力揽了一把，口吻倒是豁达，她中学就要打工赚生活费，考上重点高中差点没学上，大学的路费和前两月生活费都是高中班主任借的。现在逢年过节还肯给家里打个电话，包个红包，不过因为当年安家到底还是给了她口饭吃，并且给她付学费付到了大一。

"你家可比我家要得少多了。"

"你比我有钱啊，而且要我说，你是心不够狠。"安怡涵比舒南又大上几岁，一副过来人的语气，"我刚参加工作，家里就想尽办法要钱，我很快意识到这样下去，我会成为他们的自动提款机，就给定了上限。我爸妈来我实习的医院闹事，我直接走人换地，他们花了半年才找到我，我见面就警告他们，再闹我就敢出国敢移民，总有办法让他们找都找不到。"

限量提款到底比没的拿要好，而且经历过一次他们把钱都贴补给儿子，临时动手术她一分钱不掏后，家里才慢慢消停了，现在偶尔也来闹一闹，基本在可控范围内。

舒南叹出一口迂回的长气："我有时都奇怪，他们好像没想过我们会不会难受。"

"他们只记得'养'了我们十几年，哪记得我们也有颗肉长的心会痛，所以像我们这样被爱得太少，又被索取过多的人，冷酷不下来，就是给自己找罪受。"

林筱默默地听着她们吐槽，还替她们添上了茶润喉。安怡涵最欣赏林筱这点，在撞见她家事后从未废话过一句，更没有像某些家庭温暖生活顺遂的"傻白甜"一样，搬出那套"毕竟是一家人""别子欲养亲不待""救命钱还是得帮一把"之类的说辞来，林筱的沉默就是最大的理解。

舒南喝着林筱倒的茶，还要加一句："多羡慕这种话题都插不上嘴的人。"

林筱不客气拍了她一掌："我都安静如鸡了，你还挤对我？"

"我也想有被挤对的机会，老天爷不给啊！"舒南勾着脚尖的拖鞋晃着，下巴冲周卓雄一抬，"忘了，这里还有一个，每到过节就要为陪老父亲还是陪外婆发愁的人。"

杨奶奶和周父至今没坐在一张桌上吃过饭，每逢年节，周家两兄弟都是分别陪老人过或者转上下半场。

周卓雄正在帮方彦端菜，终于得到一个允许插入女士们聊天的机会，探出头来："哎，外婆让我中秋陪你回家，她发话没人敢拦的。"

要说起这话的缘由来还挺好笑，舒南虽然在杨奶奶那里过了明面，但杨奶奶也就是不反对也没支持的态度，至于周父，自始至终是面都不肯见的。

周卓雄趁着过节，试探地和家里提了提上门的事，周父只丢下一句，想进我家门除非我咽气的老套话来。没想到这句话被周卓雄转述到外婆家，立刻激起了老人家的逆反，说当年我讲"要我点头除非我死了"他们有听过吗？现在倒有脸拿这种话来拦儿子，于是杨奶奶大手一挥给批了特权。

舒南听周卓雄说能去她家里过节，却完全没有惊喜，一脸敬谢不敏："免了，你替我谢谢外婆的好意，我妈的嘴你招架不住，犯不着过节找不痛快。"

周卓雄拍了方彦一下："你说舒南是不是不想和我成家呀？她总不乐意带我见她家里人。"

他原本是想和方彦说个悄悄话，只是天生嗓门大又粗，再压低了问还是模糊听得到，舒南正想搭话，就听方彦安慰他："她是懒得让你和她家里打交道，应该是怕你耳根软，兜里那点小钱都捂不住。"

舒南听了连连点头，周卓雄的工作舒母哪里看得上，知道两人在一起后还常指手画脚，说至少应该参加事业编考试转岗。之所以没激烈反对，无非是打听到了周家和他外婆家都有钱，周淳再说两边公司的钱和弟弟没关系，舒母也不会信。

舒南从小穷怕了，被家人也吸血吸够了，完全不想让周卓雄多接触舒家为钱起的龌龊，她更怕周卓雄吃不消母亲和妹妹的软磨硬泡。

至于成家一事，她经历过一次家长反对的婚姻，知道偏见在前，她百般求全用处也不大，看不上就是看不上，大不了她和周卓雄以后与对方亲人都保持距离分寸，双方家长见与不见，在她这儿压根儿不重要。

她走过去倚着流理台，正色说道："卓雄，你记着啊，我妈、我妹找你任何事，无论大小，再怎么交代你不可以说，你都不许瞒我，否则我俩就不过了！"

"知道啦，你都说过多少遍了，我哪里敢忘？"

"我和你说不要总去包圆、扫尾，不要被人说两句好听的就加班、代班，你记得过吗？"

周卓雄被质问得一哽，扶着她的肩往外推："好啦，我知道你逆鳞在哪儿，不敢惹的。"

舒南是能说会道的人，最近连前一段婚姻被人拿来说事的时候，她都能自嘲着调侃回去，唯独在舒家的事情上容易奓毛，哪怕与母亲、妹妹貌似和平相处着。

周卓雄想她一定吃过很多苦，比她偶尔提及的还要多得多，那些苦让她当初抓住郑浩然这根烂稻草都当作浮木，让他如今想给再多的安全感，一旦涉及她家人，她就会竖起满身的刺。

周卓雄虽然幼年丧母，却是在大哥、外婆的呵护备至下长大，父亲工作再忙，但凡有空也几乎花在了他身上，所以他有时不能理解舒南和方彦对家人的防备和抗拒。

不过林筱和他说过一句话，说对方彦、舒南他们而言，婚姻失败无非是被扎了一刀，割肉也好剔骨也好，总有痊愈的一天，可原生家庭带来的伤痛更像留在身体里没取出的弹片，不时蓄脓，永远隐痛。

所以他从林筱那里学到了沉默是金，而不是当老好人试图去缓解关系，如果舒南原本的家庭没能成为她的避风港，那他争取成为她能安心停靠的港湾。

当周卓雄在心中默默下定第一百零一次决心的时候，舒南还站在那里，俏脸含霜："你要牢牢记着，我不是吓唬你，你如果听我妈她们忽悠，就做好准备和我一拍两散。"

"快别说这么吓人的了，怎么，把我睡了，就想着法子立 flag，要始乱终弃了？"

舒南被周卓雄逗得脸上一红，啐了他一口，拉着过来凑热闹的淘淘要走，被他一手抱住了一个，还用生出来的胡楂扎得淘淘尖叫着直躲。

安怡涵看戏看得直乐："哎呀呀，女妖精也有害臊的一天，到底是一物降一物，老实人都学会拿女朋友打趣了，还是谈恋爱好啊！”

舒南没从男友的熊掌里挣脱出来，抬高音量说着：“那你也谈啊！”

只有林筱听见安怡涵超小声怼了句：“你怎么知道我没谈？”

她说完就冲林筱比了个“嘘”的手势，见林筱果然稳住了风平浪静的脸，她才悄声说：“你和方彦口风紧，先只告诉你俩，要是被舒南那个大嘴巴听见了，就等于广而告之了。”

她默认了林筱会告诉方彦，笑着的眼还是透出恋爱中的亮光。

林筱立刻举一反三：“所以，对方我们都认识？”

“啧啧，和聪明人说话就是不能说太透，什么都藏不住。”

安怡涵扬了扬正在聊天的手机，对方头像颇为眼熟，是只白色比熊的大头，林筱眼睛一亮：“李医生？”

从养了黑糖以后，林筱没少麻烦宠物医院的李医生，对他的头像并不陌生。

“之前被救下来的猫在他店里治病，我才知道他和我都在小动物保护协会做志愿者，可能空闲时间不一样，居然一直没碰上过。后来我把我家崽崽们的根据地换到他那边，还一起去过几次义工活动，我不婚，他丁克，倒是谈得来。”

成年人的感情没那么多试探、较劲，有时就是心照不宣的回应，他们自然地从约饭过渡到约会，顺理成章地成了情侣。

“说起来李医生叫什么我都不知道，不过他做事风风火火的，人也热情，长得还不错。”

林筱不会说恭维话，所以她觉得不错就是真的不错，安怡涵会心一笑：“李嵩，山高嵩，我当然是看他长得不错才点头的，三观和五官都合了，才能处处看。”

三十几岁在旁人眼里早能套上无数模板和身份，但安怡涵抱定独身主义，过得很潇洒，她向来对恋爱乐在其中，人生理想是攒够丰厚的资产，做一个享乐到死的老姑娘。

“那你节后记得请我们吃个谢媒饭，要不是周卓雄和我家黑糖，你们怎么能认识？”

“你自己听听你语气像不像舒南？果然是近墨者黑，连你都会敲竹杠了！”安怡涵边拿手机聊着天，边心不在焉地应着，“到时候还在一起再说吧。”

“安姐，你现在这个样子真像个……标准的渣女啊！希望李医生 hold 得住。”

“什么 hold 不 hold 得住，聊什么呢？”

舒南终于从男友手中逃脱，扑回了自己原来的位置，觉得做设计的真会选家具，林筱家新换的这款圆弧沙发看起来平平无奇，坐起来每寸骨头都格外熨帖。三个女生刚刚好，平时小情侣一窝一躺，不要太安逸，她回头就去搬个同款回来。

林筱看着翻身去拍沙发品牌的舒南，翘起的腰臀弧线诱人，仿佛天生不安于室，而盘腿坐着在回信息的安怡涵，看上去多温柔可亲、宜室宜家，果然是人不可貌相啊！

“说起来你也给人熊叔叔吃个定心丸啊，还是你准备和我一样，打定主意不结婚了？”安怡涵说。

舒南肩一耸：“那不至于，只是觉得还没到那一步。”

安怡涵直笑：“我以为你一朝被蛇咬，十年怕井绳了。”

“怎么会？我可不是当年的我了，现在站在你面前的是钮祜禄·舒南。”

舒南边说边笑趴下了，林筱不陪她疯，还不动声色往旁边挪了两厘米：“你是准备重整旗鼓，报复男性了？”

“不不不，我的意思是，姐现在有房有车有存款，日进斗金，可不是在婚姻里要看人脸色、伸手要钱的可怜虫了，再结婚我的抗风险力不像过去那样不堪一击，怕什么？”

舒南挺着她丰盈的胸，说得气势如虹，旁边帮方彦打着下手还明目张胆“偷听”的周卓雄居然鼓了两下掌。方彦看着鲜活明艳的老友，想想当初她半夜抱着孩子狼狈逃到他小单间的模样，颇为感慨。

安怡涵也给面地拍了两下手掌：“是嘛，漂亮的小姐姐还是搞事业比较好，赚钱是硬道理，底气足了，活得都硬气。”

林筱也伸手，默默给舒南比了两个赞。

“再说了，卓雄不会像姓郑的那样，无能狂怒，我也不是坐在家里没事杞人忧天，有事忍气吞声的软骨头。”

安怡涵笑着举起了茶杯：“来，敬一下我们过去了的苦难。”

舒南举杯：“敬变得强大起来的我们自己。”

“我觉得我像个凑数的。”林筱端起杯子，望向厨房里心有灵犀看过来的方彦，“那我敬未来的我们，都有人爱，有很多爱。”

方彦头一偏，居然也拿起手边的水杯举了一下，两人便都笑了，一切尽在不言中。

淘淘撇下了对他恢复爱搭不理的黑糖，端着周卓雄奉上的佩奇杯也晃了过来，大喊着“我也要干杯”。

城市的夜晚，灯光温暖，友人闲坐，林筱自去年搬来后一直冷冷清清的家，如今暖意融融一满桌客，她想偶尔热闹一下还不错，在这座城市她也慢慢找到了归属感。

第二十章 救人

即便在回家前，林筱已经做好了万全准备，父母对她交了男朋友的好奇心还是打得她不胜其烦。有很多个瞬间，林筱都想着要不这假期也别过了，还不如回去加班的好。

不过以林筱对父母的了解，她上午敢撂挑子走人，她爸可能还硬撑一下，她妈绝对下午就能追到C市。于是只能按捺着性子，把方彦的情况简单介绍了一下，当然张志后续的事是略过的，否则她就不要想回去了。

林建深两口子私下有猜过，到底什么人能把女儿搞定，他们再不势利，方彦的条件听起来还是比预想的差太远了。可是他们家庭向来标榜开明，女儿能实话实说，两人也不好一开口就一棒子打死，又总想再多打探点消息。

林建深见过去并不依赖手机的女儿饭后就忙着聊天，连茶都没陪自己喝一杯，寒着脸叫住了人："过来，陪我坐一下。"

林筱正在看方彦发给她看的小条漫，他最近在学着用电脑画线稿，有时看林筱和黑糖相爱相杀太好玩，就画了下来。

方彦画分镜有先天优势，他太清楚镜头定格那一霎，画面怎样有最佳表达，他仿佛用相机抓捕般，画下了林筱和黑糖或跳脚爹毛或傲娇或故作冷漠的几个瞬间，简简单单就拼出一个绘声绘色的小故事。

林筱喜欢得不行，看得正眉眼含笑，被父亲一喊，警惕地后缩了一下，前后形成了鲜明对比。

她的浓眉大眼基本是随了爹，外人眼里的林建深是个威严又睿智的生意人，家人跟前他倒没什么架子，而且近年身材略微发福，更显和蔼了几分。听他此刻严厉的语气，林筱直觉有问题，赶紧乖巧地挪步茶桌，替父亲泡起了茶。

林筱是标准咖啡党，并不耐烦沏工夫茶的流程，方彦住进来以后，替他调理鼻炎和肠胃的中医建议他可以适当喝点熟普洱、红茶养胃。嘉洲的装备倒齐全，好茶也不少，方彦有耐心倒腾闲置的茶具，泡都泡了，林筱当然跟着喝几杯。

有时候她会觉得，是方彦让她急快的生活节奏慢了下来，让她在C市除了工作渐渐还有了生活。

林建深跌着脸看女儿沏茶手法生疏却一步不差，应该是常和人喝，而且她是负责喝的那一个，所以眼睛看会了，手却不熟练。

他更没好气了，女儿过去回家也会陪他坐一坐，喝上两杯，但主动沏茶还是头一回，敢情他宠大的女儿还要靠外人，才肯动手替他沏几道茶？

林筱也不知道自己哪里又惹到父亲了，怎么越沏茶他脸色越差，她长大后没撒过什么娇，经验稀缺，突然想起黑糖跟方彦要赖皮时，用爪子搭一下，再搭一下的样子，有样学样坐近些，拉了一下父亲的衣袖。

“爸……”

林父挑着眉，看她难得的小女儿情态，不作声，林筱又扯了一下。

“少来这套，你到底找了个什么家伙？到现在照片都不给看一张，他是见不得人吗？”

林筱哭笑不得：“爸，你明知道不是这个意思。”

“你娟表姐和小琪都带男朋友回来……”

“打住！”林筱手一抬，“爸，我才二十五。”

林父“哼”了一声：“年后就二十六了，小琪大学才毕业呢！”

“你难道担心我嫁不出去？”

“我女儿怎么会嫁不出去！”

林建深说完就知道上了女儿的套，果然林筱手一摊：“所以我带回来干什么？我上午带人进门，中午你们出门就会被问我什么时候结婚，晚上就上升到要几个孩子。”

明知入了陷阱的老父亲，还是只能按套路说了下去：“我还没同意。”

“这不结了？”

成功把最开始的话题拉走的林筱在心中给自己比了个“耶”，被父亲瞪了一眼：“学坏了！”

林筱一不做二不休，干脆抱住了爸爸的胳膊，蹭了两下，拉长了音：“爸……”

林建深到底只有这一个女儿，林筱不是满世界飞着玩着只管买买买的娇小姐，她一直是知道自己该做什么、目标在哪儿的孩子，林建深对女儿的定力还是有信心的。

按他老婆的话来说，大不了被小白脸骗些钱，要是能给她长点教训，也不是丢不起钱，享受了片刻女儿少有的亲近，林建深决定放她一马。

“要是下定决心在一起了，还是带回来给我看看。”

“下次。”

林建深听出来女儿并没有推托，以她的性子，说下次就一定是下次，不是敷衍，看来这回恋爱谈得确实上心。

“想好了？”

林筱毫不犹豫：“想好了。”

“你要知道，在外人眼里，他是高攀了的，即使你不在意，长此以往他也要承受很多压力。”

林筱想想方彦过去万事不上心的样子，觉得他会在意的眼光可能很少，而且他抗压力不错的。

“问题不大，有了我们应该也能克服。”

“你们成长环境不同，三观和生活习惯都存在差异。”

父亲语重心长，说的都是实在话，林筱没有即刻回答，而是回想了一下两人的日常相处，才慎重地说：“目前来看大方向还好，其他在磨合期，我们各有退让，还没有涉及原则性的问题。”

她有一说一，没摆出有情饮水饱的姿态说一箩筐虚无缥缈的话，让林建深放下一半的心。

赵女士瞄到老公到底没忍着，去找女儿谈心了，忍不住也挪了过来凑热闹。

“小筱，你到底怎么喜欢上他的？”

赵清毓过去以为林筱会更容易折心于强者，事实上女儿读书时恋爱就是强强联手，方彦应该是林筱谈过的综合条件最一般的男朋友。

林筱疑惑地皱眉，回想了一下才答道：“我没细想过，有感觉就直接追了。”

“还是你主动追的他？”

林建深听得更不爽了，林筱平静地回了一句：“当年不也是妈妈主动追的你？”

“那……不一样。”

“怎么不一样？你那会儿也不是林总啊。”

林建深被女儿堵得一时说不了话，林筱怕又把父亲惹毛，就接着前面的话题说了下去：“大概喜欢他肩宽腰窄，笑起来特别温柔？”

仔细想想，方彦最开始就是靠身材吸引的她，她还因此被王璐彤调侃过肤浅，可人就是视觉动物啊，首先抓眼球的一定是皮相声音，之后才会到性格内心，说起来她到现在依然喜欢摸方彦隐约的腹肌和人鱼线，喜欢他三两句情话就能说得人耳热心跳。

夫妻俩都没想到林筱心动的理由这样简单，赵清毓皱着修饰精巧的眉头："靠外表的感情能维系多久？"

就林筱偷偷给她一个人看的照片，方彦也不是五官出众的大帅哥，赵女士在想这一点的时候，倒不会想女儿也不是什么大美人。

"后来当然是觉得相处起来自在，有话聊，有共同爱好了，"林筱耸耸肩，"而且谈恋爱嘛，这世道难道山盟海誓、筹谋到老，就真的能白头？"

林筱还没想那么远，她只是觉得方彦在风里把她裹进衣服里这么老土的事情，做起来都让她觉得肩膀宽阔可靠，胸口踏实温暖，就够了。

"哎呀，你们放心啦，我心里有数。"

看女儿一派胸有成竹，林建深不揪着她不放了，说到底还是因为林筱从来是拎得清的人，他下意识不信她谈场恋爱就会昏了头。

"你有数就行。"

各怀心思的三人暂时结束了关于方彦的第一次家庭对谈，下午赶去了林筱外婆家，吃一大家子的中秋节聚餐。林筱在初步安抚住父母后，又不得不接受七大姑八大姨一如既往的催她脱单大戏。

林筱舅舅、姨妈家中都至少生了两三个，表兄弟姐妹能坐满两大桌，如今好好上班的没几个，上也是在自家公司混。只有她是家中独女，万千宠爱于一身，而且读书时品学兼优，工作了也靠自己闯。

唯独在恋爱结婚这一步上，这些年大家陆续领了先，速度快的孩子都生两个了，如今算来算去二三十岁的同辈里只有她还单着，连男朋友都没有，还不得集中炮火？

林建深夫妻俩看她明明有人，在八面围攻之下，都颇沉得住气，把男友藏得滴水不漏，唯恐从脱单大会直接跳到催婚场，也是服气。其实林筱心里已经腻烦得不行，一直在默念着，把他们全当甲方，甲方！

安怡涵的电话就在这个时候打了过来，她心中喊着救星，赶紧抓了手机说出去接电话，就遁了。

林筱心里其实挺奇怪，安姐怎么会在中秋节的饭点打给她，怕是真有急事。果然电话一通，安怡涵那头焦急得连寒暄都顾不上："林筱，我父亲急病要做手术，你能不能借我些钱？"

林筱第一反应是拿起手机又看了一眼，确认是安怡涵的号码："你要多少？"

"我差了……三十万，不过你能借我多少算多少，我借了一圈了，实在找不到其他人了。"安怡涵几乎带着恳求，"林筱你帮帮忙，救命的大事。"

林筱皱着眉，陷入了沉默，她站在餐厅的走廊，温度适宜，耳边运流淌着舒缓的轻音乐，额头却冒出了几颗汗珠，半晌才开口："那你不和舒南他们一起去海边啦？"

那边立刻答道："当然了，家里出这么大的事，我走不掉。"

林筱抿着嘴，开着扬声又翻了翻她们三个人的群，见安怡涵果然有一天没讲过话了，她素来越遇大事越冷静，沉吟片刻，才说："安姐，我懂了，你放心，我一定想办法。"

安怡涵骤然松了一大口气，连声说那就好，林筱才问她最晚什么时候要钱。

"越快越好。"

"我现在在外面度假，这么一大笔钱马上转不出，你给我点时间。"

安怡涵明显松弛了："我懂，你尽量帮我想想办法吧，我身边也找不到比你家更有钱的了。"

"安姐，你是在家里吧？在哪儿呀？要不要我找当地朋友给你先送点现金应急？咱们也先小人后君子，安姐你把借条打好，我转账了你就把借条给我朋友？"

电话那头静了片刻，似乎在思考，一会儿才答："尽量转账吧，借条我也可以写了拍给你，再录个口头凭证都行。对了，你记得让周卓雄帮我看看我家几个崽，我一时半会儿可能回不去了。"

"好，你等我把手头能动的钱归置一下，晚点给你回信。"

安怡涵又说了一串的感谢，林筱挂了电话后，立刻给舒南拨过去再次确认，安怡涵并没有改变计划中秋出行，两人更没约着一起度假。

她神色凝重地联系了方彦："安姐可能出事了！你知道她家具体地址吗？"

"我只知道她是Q市人。"

林筱把两人的通话简单复述了一遍，以安姐的性格，不可能张口就问她借三十万这么大的数目，更不会情商低到专提她家有钱。而且都知道林筱是回家，她说在度假安姐也没问一句，这一切的反常都在向她传递信息，安怡涵那边异常。

"我觉得安姐听明白我的暗示了，而且她最后特意提了让卓雄照看一下她家猫猫狗狗，她过节猫狗应该都送去李医生店里寄养了，有男朋友管着，哪需要卓雄照看？"

"你说送现金她拒绝了，可能电话里也说不了老家的地址。"方彦点点头，"卓雄或者李医生那里应该有她家更多的信息。"

"我打完电话就联系他们，你那边如果联系不上安姐，就把去Q市最近的高铁票订好，我们Q市会合。"

林筱做事雷厉风行，分配好任务就挂了，待她打完一圈电话，才看到母亲因为她出门太久不放心，也出来了。

“妈——”

林筱想起那晚安怡涵和舒南提起家人时的神情，心中翻腾着，快走了几步上前，抱住已经比自己矮了半个头的母亲，还蹭了蹭鬓角。

她自小备受宠爱，读了心仪学校，做了想做的工作，交了真心喜爱的男朋友，即便家中亲友偶有涉及利益闹得鸡飞狗跳，在父母遮风挡雨下，也从未牵扯到她身上。

她的确是被眷顾的，有一片被家人撑起来的天。

“朋友家出事了？”

“嗯，我一会儿可能得出去。”

“先去和外公外婆打声招呼。”

赵清毓抬手摸了摸女儿的头，过去总担心她过刚易折，也忧心她太独，如今她在C市能交到让她肯放下家人聚餐的朋友，是件好事。

“注意安全，有事找警察。”

“嗯，我们先去看看情况，不对就报警。”

赵清毓知道她不是行事莽撞的人，点点头：“去吧，需要帮忙的地方，一定跟我和爸爸讲！”

安怡涵冷眼看着父亲挂掉电话，而弟弟安锦宏就贴着她站着，手掌蓄势待发随时准备捂她的嘴，以防她说出实话。安怡涵脸上还留着昨夜争夺间被掌掴的红肿，手臂的划伤也只简单处理了一下。

“找了一圈，就这个朋友应得爽快，她家里有钱，你为什么不再多借点？”

安父说完，妻子扯了他一下，儿子安锦宏先不耐烦了：“到这一步了你还指望她以后会管你们？能多拿尽量多拿吧！”

“要吵出去吵。”

安怡涵懒得听他们闹，靠回了床头。这是小侄子的房间，朝南、通透、采光好，一眼能自窗边看出去好远。当年让人艳羡的纺织厂家属楼，如今挤在高楼的夹缝里，像个灰扑扑的侏儒，这间房也是最好的一间。

说来也可笑，她到昨晚被亲生父母软禁了，才头一次在这个家睡了回正经的床。

中秋节她像往常一样订了附近的酒店，准备在家吃两餐饭，去大姐家走个亲戚，回来后她才知道因为侄儿明年中学问题没解决，三天前弟媳妇终于忍无可忍，提出离婚带着侄儿先回了娘家。

她当时就觉得家里会出幺蛾子，也没料到晚饭时，他们会用蛮力夺走她的手机和包，然后第二次提出了那个荒谬的提议。

就像安锦宏没有婚房时，父母说过的那样，他们要求她把嘉洲花园带C市一流学校派位的房子过户给弟弟锦宏，他们一家子正好落户去C市谋生，还说不让她吃亏，到时候家里这套房子留给她。

安怡涵看着完全不觉得嘴脸可耻的父母和弟弟，他们是当她傻还是当她慈善家？用三线地级市的老破旧换她十几年积蓄攒出来的省会学位房。她是不准备结婚生子，用不上学位，但两者价格直接差了位数叫不亏？而且以她对父母的了解，连老破旧都会是张空饼。

被她坚决拒绝后，二老和弟弟都没用上回一哭二闹三上吊的步骤，直接将她软禁在了屋里，亲妈整宿陪着，说她什么时候想清楚了什么时候放她走。

安怡涵原本是想口头答应着拖延一下时间，只要能离开这个门，谁都休想从她手里薅到钱。没想到他们也学精了，居然准备下不同年份日期的数张借条，要她都签了才放人。做得还挺细致，不知道从哪里撕下来的旧纸张，还是不同纸质各种笔芯，加起来居然列了一百多万。

她要真签了，哪怕打官司可以慢慢扯，后续也太麻烦了，安怡涵不愿意留那么多雷，此事了后，她不想再和安家人打一点交道。

至于寒心……她早寒够了，这些年能维持微末的情分，让她每个月转三千块生活费，逢年过节再给个四位数红包，无非是看在当年父母嘴里骂骂咧咧，还是交过学费，给了口饭吃，给了片瓦遮身，到大学她妈偶尔偷偷塞过几百块，成全丁点母女情分的念想。

她如今收入尚可，工资加科室奖金，还有跟导师做的研发药品下厂生产后也拿了分红，原本不介意一年掏几万块堵住父母的嘴，没想到他们为了儿子，还是做出杀鸡取卵的决定，完全不顾往后了。

安怡涵躺在床上，想了半夜，她这些年已经把自己武装得铜墙铁壁，打碎了也能立刻拼起来，找到对策后就睡了，睡足了才起来同血亲作战。

首先摆明态度，房子过户绝对不可能，但她可以找朋友凑六十万。至于他们拿这笔钱是在家里直接买全款学区房，还是去C市付个首付，她不管，但是父母必须立下字据，拿了这笔钱大家两清，从此她和安家再无瓜葛。

一开始父亲和弟弟是不肯的，张口就要七位数，最后也只磨得安怡涵加了五万。正因为她讨价还价都不给余地，把钱算在了一个能让他们心动，又略宽不足的数目，反而让三人都相信，她是屈服了。

安父心里盘算着，这样一年四五万地拿，也要十几年才能拿到这个数，儿媳妇一走，他孙子都没了。六十五万就六十五万，他不信以后饭都没得吃了，女儿能眼睁睁看他们饿死，那他就去告她弃养。

于是安怡涵终于能口头指挥父亲，从她的联系人里选人打电话借钱，连续好几个人，熟悉的朋友、同事、大学同学，所有人一听她开口就十万、二十万地借，立刻支支吾吾，完全没留意她话外试图传递的信息，直到打给相识仅数月的林筱。

事实证明安怡涵的选择是正确的，当林筱问她还会不会和舒南去度假，又问地址说要送现钱时，她就知道林筱懂了。于是她对所有的错误信息故意照单全认，虽然安锦宏禁止她给出住址，她也把该传递的信息传出去了。

安怡涵只希望林筱能帮忙报个警，没想到她亲自来了，还来得那么快。

她中午打的电话，傍晚母亲局促地搓着手，问她想吃点什么的时候，就听见有人在敲大门，是方彦的声音："你好，快递！"

安母警惕地关上了卧室的门，还反锁上了。安怡涵好笑地看着怯懦的母亲防贼一样防着一切，却又配合丈夫、儿子，强盗般打劫女儿。

"什么快递，你买了东西吗？"

安父问儿子，安锦宏也一脸茫然，自猫眼看出去，楼梯间确实站了个穿着恒通制服的快递员，手里抱了个纸箱。

外面的快递员等了一会儿，有些不耐烦了，声音倒是挺温和："许乔，十六栋二单元 302，是你们家吧？保价的学习机，要签字的。"

安父一听是儿媳妇的名字，松懈了些："家里就她爱乱买，一堆没用的东西扔家里！什么条件还买学习机?!"

"爸，你孙子都要没了，还计较个学习机？"

"要吗？不要我就走了！"方彦晃了晃手里的盒子，背在身后的手示意停留在下一层拐角的人再耐心点，然后把口中的抱怨说得很清楚，"大过节的，电话不接，保了价的机子都不要，这么贵……"

他作势要往下走，安家那扇旧得边沿都生锈了的铁门拉开了一条缝，里面居然还拴了链子，露出一个年轻人浮胖的脸来："给我吧。"

方彦熟练地掏出笔："保价的，麻烦签收一下！"

他递了半天，盒子都卡在门外，不过也够安锦宏看清单面的收件人确实是自己老婆和家里地址，只是手机号不巧被快递员的手指按住了，他在细看的同时，方彦从门缝里也看到了摆放在门口的安怡涵的鞋和大衣，还是节前聚餐那一身。

他挪了两步，将楼梯方向堵了，才飞快地在背后比了个"OK"的手势，嘴里却满是不耐烦："帅哥，我们过节跑点活也不容易，麻烦你快一点。"

他又塞了两次，纸箱自然塞不进去，安锦宏终于打开了门，方彦不动声色把门又挤开了几分，人往里走了半步。

“不对啊，你这手机号不是我老婆的号啊！”

“什么？你这儿不是二单元302吗……”

两句话的工夫，周卓雄、李嵩和林筱已经全都冲了上来，安家父子没来得及反应，就被方彦和周卓雄一人抱住了一个，李嵩和林筱挤了进去。

“安姐！”

“怡涵！”

在房间内一直蓄势待发的安怡涵大声应的同时，也用被子裹倒了察觉不对要去堵门的母亲，才发现门居然被父亲在外面再锁了一道，她用力拍了两下门。

“安姐，你让开！”林筱立刻大声说。

安父和安锦宏暴怒地大叫，说要告他们私闯民宅，却被两个高个又大力的男人箍得动弹不得。李嵩人看着斯斯文文，力气不小，两脚就踹开了房门，安怡涵看到他也来了，愣了一下，就被林筱拉了出去。

走到光亮处，安怡涵脸上的红肿分外明显，林筱眉心一拧，骂了句“浑蛋”。安父耷拉的碎眉气得都在抖，还试图往这边扑，被方彦箍得难进半寸，李嵩也大臂一伸，挡在了前头。

一直躲在外面全程录像的舒南先进来拍了安怡涵的伤，才娇娇软软地怼了回去：“哟，都敢软禁亲生女儿了，还动手行凶，居然好意思说我们私闯？我们可是见义勇为，不甘心你们就去报警，看警察站哪边。”

安父大吼着：“我自己女儿，留家里怎么了？”

林筱捡起被踹飞的锁扣，质问：“您这是留，还是拘？”

安母见势不妙，坐地准备要哭闹，林筱往旁边闪了半步，冷着脸说道：“可别碰瓷，录着的，谁都没挨您。”

舒南凑更近了，还给安母拍了个脸部特写：“阿姨，我可劝你要点脸，如果给你直播出去，你不介意丢脸丢全国，随便唱大戏？”

林筱把锁头拍了照，拍拍手上的灰尘：“顺带说一句，《刑法》第二百三十八条，非法拘禁他人，或者以其他方法非法剥夺他人人身自由的，可处三年以下有期徒刑。”

来之前大家也不知道会来文还是武，舒南觉得万一要谈判，气势得足，假如报警就走柔弱白富美被逼救友路线，于是穿戴了一身贵价行头。林筱更有张沉下面就气势十足、极不近人情的脸，两人一刚一柔站在那儿，看上去非富即贵。旁边仨男人，一个比一个高、壮，把安家十几平方米的客厅挤得快落不下脚。被限制了行动的父子也看出这一行人绝对不好惹，暂时消停下来。

安怡涵昨天被父母抢手机的时候没闹，被动手后知道不能力敌就认栽时没有哭，被安锦宏按着手指把手机里仅有的钱都转走也木着一张脸，现在看着挨挨挤挤一屋人，眼睛却霎时起了水雾。

但是还不是感动落泪的时候，她要把事情先都解决掉，短暂地靠了李嵩片刻，安怡涵就拍了拍他的手臂，示意自己没事。

“我的手机、钱包，不在老头身上，就在他身上。”她指了指安锦宏，而舒南上前还同安家父子说了声“得罪”，果然在安锦宏身上找到了东西。

安怡涵见舒南还在录着，又去父亲房间找出了他们备好的借条和那一把等她签名的笔，摊开一桌拍了照片，讥笑着展示给林筱他们看：“瞧见没，早早布局，层层下套，就是想尽一切办法要掏尽我的积蓄，也是用心良苦了。”

她把该拿的、该拍的都做完了，抬脚就出了门：“走吧。”

安怡涵走得毫无留恋，都没看还瘫倒在地上哭泣的母亲一眼，下楼上到几人租来的七座商务车里。李嵩揽着她坐在二排，想看一下她的伤，被让开了，车开出几分钟安怡涵就让靠边停了，然后掏出手机报警。

“对，我父母和弟弟……昨晚七点左右，一直到刚才我朋友救我出来……他们要求我把 C 市的房产过户给我弟弟，还转走了我手机里的钱，四千左右，并且动了手……好，我就在纺织厂的家属区外头，嗯，我朋友陪着我一起。”

安怡涵五官素淡，平时说话也是温温柔柔的，鲜少能在她眼中看到这样难收的戾气。

舒南刚才在楼上说报警，也就是想吓唬吓唬人，没想到安医生二话不说真报了，她听得暗自咋舌。安医生挂掉电话，自嘲地笑了两声，笑声苍白：“我不狠，他们下次能更狠！”

她每次回家已经特别注意，从不带信用卡，手机里银行的 APP 全都卸载，支付宝和微信挂的卡只留几千块备用，昨晚也全被转走了。而且立不立案是一回事，留下出警记录，能证明是她被拘禁在先，以免给这群朋友带来麻烦——她从来不惮以最大的恶意去揣测安家的人。

坐在右侧的舒南抓住了安怡涵的手，才发现她手心冰凉，但安医生已经开始有条不紊地下载 APP，检查钱包里所有的银行卡明细，车上一时无人出声，气压低迷。

等所有该做的事都做完，她才抬头问道：“你们怎么都来了？舒南不是晚上的机票出门吗？淘淘怎么办？”

舒南这才暗舒了口气，提亮了声：“哇，林筱问完我又找卓雄，谁还不知道出事了，还好之前人口普查的时候，卓雄登记过具体信息，我们才查到你老家在哪个区什么街道，可惜没有更具体的地址，不过李医生记得你订的酒店名字，我们一合计就把范围缩小到这片区域了。”

“你的机票和酒店……”

舒南颇豪气地表示小损失不足挂齿：“我一听林筱把高铁票订了，大家都喊你安姐，我怎么能落她后面？票和酒店都退了。”

“手续费收了多少？”

“哎呀，安姐，郑浩然那个浑蛋欺负上门的时候，你从医院陪到了派出所，怼他的时候一步不让，还有我家淘淘的头痛脑热也没少麻烦你，你还和我算这点小钱？放心吧！淘淘和刘姐在酒店看《小猪佩奇》呢！”

她带儿子出门度假，当然要把刘姐带上，好在刘姐有三倍工资拿还能跟着出门玩，也愿意去。他们和周卓雄原本准备叫车去机场了，一听安医生出事，周卓雄先踌躇了，舒南就全退了。

“不过回头我还是有账和你算，李医生这么好的男朋友你居然藏着掖着，关键林筱知道，我为什么不知道？”

一辆车上有舒南一个人，就能顶一台广播，她东拉西扯了一通，才指着杵在驾驶座，头快挨到车顶的男朋友：“本来准备把卓雄借出来就好，这么大块头，站那儿就能吓唬人，我后来还是怕他心软或者被骗，亲自盯着比较放心，而且我来了可管用了，对吧？”

周卓雄连忙应和：“对呀，安姐，我们到了附近得找你家，全是舒南和方彦见人挨个问出来的，他俩真是厉害，连安医生你家里的情况都问到了。”

“那也是人安姐够出名，当年的高考状元呢！一问一个准，十几年了大家都记着。我都不知道安姐原来读书这么厉害，以后多教教淘淘。”

“可惜没问出安医生弟媳妇的电话，差点露馅了，快递单还是林筱 P 出来的呢，看上去是不是一模一样？”

安怡涵冲坐在后排安安静静的林筱笑了笑：“感谢的话我就不多说了。”

林筱倒有些不好意思：“我没想惊动这么多人的，不擅长说谎，舒南和李医生又太机智了。”

如果换方彦去问，大概就瞒天过海了，不过有一车人办事到底容易，刚才要是只有她和方彦两个，肯定是不能直闯的。而且安姐虽然没说什么，人却一直挨着李医生，在被亲人这样伤过以后，总需要汲取一点情感的养分吧。

李嵩平时是个热情洋溢的人，今儿话却特别少，只是一直搂着安怡涵，他愧疚得厉害。

每回安怡涵出门旅行寄养猫狗的时候，他都会发当天的视频给她看，两人也是因此聊熟了才有后续发展，昨晚他发完视频一直没有得到回应，心里已经觉得奇怪，却没早点警醒。

正聊着，就看见警车往家属区开过去，舒南指挥着周卓雄跟上，嘴里还交代着：“安家站不下那么多人，我先不上去了，你一会儿只管站在我安姐后边，黑着脸别说话，最能唬人！录像我也编辑备份了，一人发一个，如果要吵架就喊我上去，我见机决定是跟他们撒泼还是跟警察哭。”

“放心吧，这种家庭纠纷我一年到头不知掺和多少。”周卓雄憨憨地笑着，“你别忘记我是做什么的了。”

李嵩捏着安怡涵依然冰冷的手，在她耳边低声说：“我陪你上去。”

安怡涵迟疑了一下，答应了：“让你看笑话了。”

窗外暮色渐起，最近几日突然猛烈降温，深秋冷风带着寒意打呼哨刮过，无情地拉扯着抱紧树梢瑟瑟发抖的枯叶，安怡涵的脸朝着窗外，语气柔软，话里却藏着她不愿示人的难堪。

李嵩已经把自己从低落的情绪里拔了出来，他之前觉得和安怡涵三观合，有聊不够的话。除了宠物，比起再去承担另一个生命的全部责任，他们俩都更愿意把自己的生活过得更丰富，恋爱观属于一拍即合。

如今他触碰到她内心更深处的地方，那里更柔软，也更坚硬，他觉得他也愿意再坦诚一点。

“晚点我也可以讲讲我的破事，让你当笑话听。”

他目光感性而热烈，就像安怡涵刚留意到他时那样，带着永远充沛的精力和超乎寻常的热情，仿佛生活里再大的不堪，在他眼中也只是无关紧要的破事。

安怡涵被他逗笑了：“那倒不用，不管怎么样，谢谢你来。”

“回头记得犒赏我就好。”

林筱怕闹腾，决定和舒南留在车上。方彦下车前变戏法般摸出了一个暖手宝塞在林筱掌心里，叮嘱道：“你身上快来了，环保主义今天暂时放一边，别熄火。”

“知道啦，方奶奶。”

她高高扎起的马尾被靠背磨松散了，头顶都是茸茸的碎发，在车内晕灯里染上了橘色，人更柔和几分，她用中指勾着方彦的旧制服：“快递小哥，好久没看你穿这身了，真让人怀念。”

方彦像小皮孩一样扯了一下她的马尾，刚想说什么，舒南咳了两声，声音媚得能滴出水来：“二位，前头还有个喘着气的，今晚反正住酒店，你们换上这身制服再玩啊！”

被调侃了倒也不需要林筱动手，方彦下车时长手顺便一探，就把抱枕砸在了舒南精心修饰过的脸上，惹得她叫唤连连。

待几人都走远了，车上也静了，舒南头倚冰凉的窗，忽地笑了一声：“你说，我们怎么总在和警察叔叔打交道啊，真是难姐难妹，患难之交啊……”

她明明在笑，眼睛却没笑起来，也不见方才噼里啪啦一人赛一车的热闹，反而透出些涩意来。

暮色渐浓，万家灯火也渐渐融入那不知悲喜的夜色中，这世上人人都有数张面孔，有些用来惜甜，有的用来咽苦。

第二十一章

运气

也不知是否真是患难见真情，中秋收假之后，眼瞅着大家关系更亲近了，林筱更常被淘淘打扰得不胜其烦，李嵩开始为黑糖提供上门服务，安怡涵在周卓雄的帮忙下正在改名，并且申请了援非医疗队。

初冬，方乐婷再次进了医院，林筱陪着方彦去的，没进病房讨骂，两人和医护人员沟通完，居然又请到了朱姐做护工，交够钱就撤。

安怡涵表示情况不容乐观，未必能撑过今年，方彦也说不清，听到早能预料的结果，是麻木到不知悲伤，还是临近解脱的空虚。

乐莎这些年经营已经自成模式，老师傅带着熟手的徒弟，年轻却熟练的前台和服务生，每日工作都在轨道上井然有序地进行。老板娘更像提供场地和资金的挂件，彻底病倒也没影响经营，只是方乐婷日日闹着要出院，还叫嚣不会把乐莎留给方彦。

林筱有时也会陪他去，在外头听方乐婷话说得太难听了，就会不咸不淡顶回去，说用不着，我算过乐莎的利润空间，我们分分钟开个别的都比乐莎好赚。

方彦每次都任她去顶，方乐婷嘲他走了秦晖的老路，专吃软饭，他也没什么感觉。和林筱在一起后，他好像越来越闲适、放松，还隔三岔五去张志租住的地方溜达一圈，硬是把人吓得又搬了家。

原宿的深化方案经姚桓略做修改，甲方通过后已经开工。因为是林筱负责的第一个大项目，客户又是姚总监的朋友，所以她每周会去工地看一下现场，如果没有同事一起，方彦就会送她去。

林筱是比起坐车更愿意开车的人，现在发现上班累了，有放心的人接了车在副驾驶打个盹，感觉也不错，便偶尔把驾驶位交出去。

这日气温骤降，方彦送林筱去原宿时，包里给她塞了好几样取暖的物件，以及一个大得略夸张的保温壶。待去画室上完课，见外头起的风，忧心工地太冷，回家又煮了一锅姜茶，搬了手提坐在岛台旁边守着汤煲，边给之前画得差不多的图扫尾。

之前他练笔时，画了几张林筱和黑糖日常相爱相杀的图，林筱看了很喜欢，方彦后来闲了就会画两幅，权当她养猫的绘画日记。

大门处传来开锁进门的声音时，方彦刚完成上色，回头就看见一个相貌秀美的女士和一位笑容敦厚略带尴尬的老人，他迟疑了一下，扫一眼林筱挂出来的全家福，确定了女士的身份。

“阿姨，您好，您是不是……猫毛过敏？我先把猫抱开。”

他轻声哄下来了因为生人入侵领地，已经跃至高处进入戒备状态的黑糖，把它带去了阳台的小猫架，又挠着它的下巴安抚了几句，才拉好玻璃推门，并迅速打开了新风系统和客厅里的空气净化器。

赵清毓看他自如地倒水、泡茶，这些宛如主人般的做派原本该叫她不爽的，但方彦的笑容、声音都太过温和，温和到让人难以产生攻击性。

林筱倒没撒谎，这人不是轻易能将姑娘们迷倒的大帅哥，但和女儿梆硬的性格截然不同。她目光飞快地巡视了一遍屋子，哪怕入了冬，过去阳台上蔫蔫的绿植都养得精神抖擞，还多了不少花，甚至有需要费神照料的品种。厨房里除了炖着的羊肉汤、姜茶，正往冰箱填补的周姐冲她使了个眼色，她看一眼，里头是切好的肉菜，配着备好的佐料，水槽里泡了时蔬、水果，都是林筱爱吃的。

客厅光线和视野最好的东侧窗边摆了两个画架，看进度慢那幅的笔触明显出自于林筱，另一幅是方彦正画着的静物组合，大概是作业，已经完成了大半。

赵清毓是个小有名气的画家，女儿对绘画的兴趣其实是受了她的影响，只是林筱天赋有限，没再往艺术方向走。而且林筱工作渐忙后，已经很少把画架摆出来，现在居然把书房的画架都搬到客厅来陪人画，让赵清毓不得不生出女大不中留的感叹来。

以赵清毓的眼光来看，方彦的画确实比林筱的要好，不过画得比女儿好的人她见得多了，方彦也没有横空出世的绝顶天分。林筱和她通话时的评价是中肯的，基础一般，线条灵动，用色大胆，赵女士只承认他有潜力可挖。

林筱人不在，赵清毓也不私自进女儿房间，方彦的次卧门倒是大敞着，她明知不礼貌但还是忍不住偷偷瞄了一眼，像是正在使用的房间，她眼尖地看到卫生间里放着全套的洗漱用品，两人倒像是真的分居两间房。

赵清毓不是老封建，二十几岁的女儿同居也正常，但两人毕竟刚谈，分开住着她心里自然更舒坦。

赵女士做这些时，始终带着审视态度，方彦却很自然，还切好了一盘水果端过来。她发现他拿的是自己和周姐惯用的茶杯、叉具，一来女儿卖自家人卖得很彻底，二来他也确实细心。

“林筱的电话打不通，所以我直接上门来了，不是为了堵你。”虽然多少存了点看能不能遇上的心思，赵清毓还是解释了两句。

方彦笑容得体：“她去市郊的工地了，那边基站最近在检修，信号不好。”

他当时看手机打不通还想留下确保林筱安全的，林筱指着一屋子的人，手一摊，都懒得争辩，直接把他推回了车上，不许他翘课。

方彦在高新区这一带送快递近五年，为人和气，又有个标志性的口罩常年戴着，和各家快递小哥、驿站甚至一些外卖骑手都混得熟口熟面。大家陆续听说了他被人恶意投诉“逼走”的事，干快递、骑手的都怵投诉，对方还是个虐猫且猥琐的人渣，难免同仇敌忾，于是都主动替他留意着张志的动向。

这年月几乎没有不使用快递、外卖的人，何况张志还是单身独宿，在被方彦接连“观察”了一个多月，之后还不时“回访”，连搬家两回都没能避得开后，张志已经很久没冒过头了。

在林筱的强烈要求下，被骚扰一事王璐彤并没有告诉姚总监，也就间接瞒住了林家人，赵清毓担心的倒是别的：“市郊的别墅？我看她车停在楼下，是公司有车回？”

“有，他们还有两个项目经理在，我和她约好了六点去公司接。”

赵清毓眉头几不可察地动了动：“她把车给你开？”

“嗯，我没有车。”

方彦答得坦然，赵清毓却连忙解释：“我不是那个意思，是小筱她不喜欢坐别人开的车，不过……”

她看着两个并排的画架上的颜料盒，轻叹了口气：“她连钛白和柠檬黄都能给你用，让出驾驶座也不算什么了。”

学过美术的，大概都能懂赵清毓这个梗，方彦也笑了：“她对我很好。”

赵清毓看他说这个话时，分外温柔，确实与她来之前心中想象的英俊小白脸截然不同。

方彦见她茶杯空了，去添水时碰到了鼠标，赵清毓看见屏幕里没来得及关掉的画，眼眸闪了闪：“我能看看吗？”

“当然。”方彦把手提拿了过来，倒有些不好意思，“我学的时间不长，电脑上画得不熟练，您别见笑。”

赵清毓看完了整幅，才惊讶地问道：“你画的是小筱？”

诚如方彦所说，他电脑作画较为生涩，但是简简单单的线条风，勾勒出了一人一猫极为生动的相处。她作为亲妈，明明画中那个女生和林筱同款发型、同样穿衣风格，她都不敢相信，那个简直称得上有趣的女主角是她亲闺女。

“对。”

征得方彦允许后，赵女士不敢置信地将整个文件夹里的图都一一看了，看完还沉默了片刻，才问：“是你加工过的？”

方彦听明白她的意思，笑着说：“没有，她和黑糖在一起时，就是……又傲娇又可爱。”

赵清毓看着方彦说这话时的神情和眼底的笑意，她差不多就决定了，要把来之前多少带着的偏见和挑剔先收起来。

因为她再清楚不过，自家女儿绝不是可爱的性格，就算林筱在私下展示了另一面，也得是真把她放在心上的人才能看得到，更别提这样替她记录下来。

赵清毓本来也不是来做恶人的，扔张支票让人离开这么老土的事不合她风格，何况方彦明显把林筱照顾得很好。谈个男女朋友而已，林家既不缺钱，林筱也没有任何接棒家业的意图，哪怕别有用心也图不到多大的利，还不如随他们开心就好。

方彦从林母进门那一刻，就做好了被盘问家世、工作的准备，虽然这些他都没有能拿出手的。

没想到赵清毓再次请他坐下后，很快就把话题聊开了，问他喜欢哪些画家，中意的风格，平时口味和林筱是否相近，知道他饮食偏清淡，乐意下厨，还直说好，她最不爱女儿吃重油重盐的外卖。

周姨到这里才搭话，问了几句方彦有没有忌口的食物，方彦就顺便赞美了一下周姨准备的汤料包。周姨看他水果切得漂亮，说起煲汤、做饭来头头是道，心里也觉得不错。

林筱到进了市区，才看到妈妈两个小时前发的信息，算算时间方彦正巧下课在家，内心小崩溃了一下。她很快就看到方彦的信息，让她放心，说与她家人相谈甚欢，他已经准备出门接她，赵女士也一同下楼离开了。

把“相谈甚欢”四个字看了三遍，林筱确定方彦不是在说反话，稍松了口气，还好，赵女士还是靠谱的。

因为妈妈过来了，林筱晚饭自然不能和方彦一起吃，她一路上看着方彦开车的平静侧颜，实在看不出什么端倪，方彦句句都说她妈妈好，她越听越迟疑，沉默下来。

趁着等红灯的空档，方彦在她背上安抚地拍了两下：“什么事都没有，你别乱想。”

反而是他见林母颇会聊天，林父是商人应该也善于交际，没想到林筱性格完全走去了另一个方向，也是稀奇。

林筱看他没有作伪，额角在他往回收的手掌边蹭了蹭，叹了口气："总觉得你在惯着我。"

"我只听说过抱怨男朋友对自己不够好的，还没听过抱怨被惯着的。"方彦顺手在她头上揉了一把，继续开车，赶在晚高峰之前将人送到了酒店大门。

林筱下车前想到每次去看鼻炎，那个老中医都更担忧方彦的肠胃，特意叮嘱了句："你一个人也要吃晚饭，不许用面包解决。"

她把关心的话都说成了半命令语气，说完皱了一下鼻子，方彦笑着探身过来："知道啦，管家。"

他调侃着替她解开了安全带，越过表象感受到了她的体贴，想起林母下午再三说起林筱性子直，有时候说话不中听，让他不要放心上。

方彦知道自己不会是父母心目中的合适人选，却还是被林母殷切地交代着，无非是希望女儿恋爱更顺利开心，果然是备受疼爱的姑娘啊。

"你妈妈很好。"

林筱又皱了皱鼻子，和黑糖不满的模样像足十成，她不理解啰唆又爱端姿态的赵女士怎么靠着聊一会儿天，就被方彦高度评价，那一脸的嫌弃看得方彦手痒，在她鼻头上用力捏了一下："不知福！"

林筱不爽都浮上脸，被方彦伸手推下了车。待车尾消失在了车流里，她才揉了揉微微发红的鼻尖进了大堂，到房间时脸上还全是笑，看得亲妈牙酸。

赵女士所住酒店的顶层是C市很出名的一家餐厅，装潢优雅，菜品出众，母女俩坐在窗边卡座，就着天边的夕阳用餐，楼下人细如蚁，汇入车水马龙的黄昏。

赵清毓先和女儿聊了工作上的问题，又说了些家里的闲事，林筱听她开始东拉西扯，把刀叉一放，说道："想问什么直接问吧，别憋着了。"

赵清毓瞪了她一眼，觉得女儿生出来像是给自己的修行："我还不是担心你。"

"我有什么需要担心的？"

"你哪里不需要了？一个人跑到C市来，谈了不靠谱的男朋友，我下午听他意思是准备学画画，暂时不出去找工作了?!"

赵女士只要在外头，生气也会生得保持气质，林筱看她姿态又端了起来，叹了口气："那就不找啊。"

"你纵着他明目张胆吃软饭？"

"除了房租收得便宜点，他其他没用我的钱，还管卫生管猫管做饭。"

"刚开始都这样，一口吃不成胖子。"

“你想太多了，我手里几个钱？他要存心吃软饭，没必要找我，还不如找个钱在自己手里的中年富婆。”

“那他找你是为了什么？”

“当然是喜欢我啊，我好看又有趣嘛——”

赵清毓过了几秒才反应过来，她这个万年没撒过娇的女儿在自吹自擂说笑，那罕见的顽皮模样，看得她心全软了。

“不来了，不来了，没意思。”

林筱了然地叉起一块肉，细嚼慢咽完了，才说道：“你下回扮恶人也扮像点。”

“我先声明啊，我不是说对他满意了。”

“没关系啊。”林筱耸耸肩，“哪怕谈婚论嫁，你们满不满意也只列入参考范围，没有决策权。”

赵清毓抚了抚胸口，免得自己被女儿气出心梗，还是放软了话头：“小伙子有一点值得欣赏，他没有隐瞒自己的情况，问什么就答什么。”

方彦在谈及自身时言语没有任何修饰，磊落地表达了自己一事无成，且毫无野心。

他说他赚得不多，在租房上确实占了便宜，他会争取在别的地方多做一些；谈起绘画时也没怀才不遇的意味，坦言自己只是画得可以，以后看能否往商插方向走，毕竟要赚钱生活。

赵清毓见多了有点天分就心高气傲、眼高手低的年轻人，对于方彦这样务实的说辞好感度很高。而且他说是林筱的鼓励才让他把绘画捡了回来，他过了这么多年才发觉，自己还是喜欢画画的。讲这些话时他目光清澈，语气也很真诚，真诚得赵清毓作为长辈也挑不出毛病。

林筱眼中的精光闪了又闪，忽然问：“我怎么觉得你对方彦印象还可以？”

“我说了，我不满意！”

“不当我男朋友看，当个普通晚辈看呢？”

赵清毓僵了一下，白了女儿两眼：“二十七岁的男人，要家底没家底，要学历没学历，要事业没事业，当什么看都不满意。”

林筱轻声笑了：“妈，你不是说了不当恶人吗？”

“所以我还能心平气和地坐在这里和你聊天吃饭，而不是把你腿打断，拖回去。”

“妈，拿捏好你的气质。”

“所以打断腿这种事，我留给你爸做。”

林筱这下是真笑出来了：“我爸舍不得的。”

林筱虽然聊着天，心思却飘忽了一下，以她对母亲的了解，她上门要么先礼后兵，要么先兵后礼，肯定是拿乔了的。方彦却一个字都没提他之所以留在嘉洲花园，是因为张志，是担心她的安全，哪怕明知道这样说了会加印象分。不然，她恐怕真的会被敲断腿，拖回去了——

“喂！和妈妈说话都能说走神了？”

赵清毓黑着脸，“呸”了女儿一口，林筱笑了：“热恋期嘛，你得理解。”

再次被酸倒的赵清毓无奈地叹了口长气，是呀！热恋期啊！以小筱的脾气，她就是冷水泼尽，也动摇不了分毫，她才不枉做小人！

北风大起的时候，方乐婷病情再次恶化，林筱不加班时两人就把夜跑目的地换成了三医院，看一下护工朱姐是否还能忍受方乐婷的挑剔干好工作，听方乐婷冷嘲热讽三到五分钟，再散步回来。

冬天的夜晚，两人不紧不慢地走着，方彦心情不会太好，有她陪着也不糟。有时回程还能和她去乐莎买个面包，前台的欣欣见两人当真在一起了，很佩服自己当初的眼光。

这日林筱下班晚，到医院时已经快过探视时间，好在不是送餐探望的高峰期，大厅里人影寥寥，电梯来得很快。

林筱进了电梯，才发觉方彦脚步迟缓。如今也只有在医院这类刺激性气味较大的地方，他才会戴口罩。她歪头看去，只能见到他紧皱着眉头，看向外头某处。

她顺着方彦视线望过去，电梯门恰好合上了，只模糊扫到一个年轻人的背影。

病房里的方乐婷居然是坐着的，心情罕见的好，让护工给自己削了个苹果，在细嚼慢咽啃着，知道林筱停在门外也没有挖苦，反而好整以暇地问方彦：“你猜谁来找我了？”

她病容憔悴，就是笑着也阴沉尖酸，方彦直截了当说：“我看到了。”

“这么巧？”方乐婷笑声更尖锐了，“聊了吗？”

“只是看到了。”

“多可惜，还得我亲口告诉你。”她的表情一点都不觉得可惜，还故意埋头吃了一会儿苹果，并看了眼门外。

方乐婷知道方彦那个有钱女朋友每次都站那里，不在她视线范围，但能听清病房内动静，如果她说话太难听，那女的就会用让她牙痒的冷淡语气，喷得不留情面。

方乐婷的眼中闪烁着复杂又怨毒的光，盯着方彦的眼睛，慢慢说道：“邹文池告诉我，秦晖得了白血病，活不长了，想见你一面。”

她说完，特意留了时间给方彦去消化这句话，扬声冲着门外说道：“邹文池是他异父异母的弟弟，他还有个十岁的同父异母的弟弟邹文彦，和你说过没？”

门外的林筱在脑子里迅速理清了陌生名字的关系，毫不犹豫地进了病房，走到面色如常的方彦身边，试探地拉了一下他的手，就被方彦拽住了。

他没有很用力，可掌心里全是汗，林筱什么都没说，紧紧回握住了他。

“谁让你进来的？出去！”

林筱没理会方乐婷，看都没看她，倒是做好了被她用手里苹果砸的准备，连怎么躲开的路线都计划好了，没想到方乐婷只冷笑了一声，又看向方彦：“喂，你见吗？”

她干瘦的手臂上青紫的血管爆凸着，抠住床单的手指已经宛如枯爪，见方彦没答又立刻追问一遍：“见不见？”

“不见。”方彦答了，平淡又干脆。

方乐婷的手指骤然松懈下来，指底的床单竟被生生抠出了破洞，她却浑然不觉，状似疯魔地大笑起来。

她像是开心到难以自抑，脸上仅有的一点皮肉都抽搐着，扭曲了笑容，眼睛却凶悍地定在了方彦的脸上。方彦没有给她刺探自己情绪的机会，平稳地和同病房的人致歉，又和往常一样，询问了朱姐方乐婷用餐、检查的情况，就拉着林筱出来了，没有比平时多待，也没有少待。

走出了病房，他们还听见方乐婷在那儿笑得上气不接下气，她说：“方彦，你多熬几个月，我不肯死了，哈哈哈哈，我要看着他死在我前头！”

她的笑声、尖喊的每一个字全都充满戾气，路过的小护士都是熟人，同情地看了一眼方彦：“又闹上啦？”

方彦客气地冲她欠了欠身：“不好意思，吵到大家了。”

“没事，习惯啦。”小护士笑着快步走开了，林筱看到安怡涵从尽头的办公室里走了出来，冲他们挥了挥手，走近了先打量一番方彦的神色。

“早前有人过来问方乐婷家属的其他联系方式或者地址，我按着没让给。”安怡涵知道方家情况特殊，这些年也没什么亲友，所以先拦住了。

“谢谢。”

安怡涵又看了好似四平八稳的方彦两眼，和林筱说道：“他胃不好，家里备了胃药吗？一会儿最好再陪他喝点温热的汤水。”

林筱记得方彦从搬来嘉洲以后，可能陪她吃饭陪得三餐健康、正常，已经有段时间没犯过胃病，听安姐的口吻，方彦的胃病难道还是神经性的？

看林筱明显接收到自己的信息，安怡涵赞赏地冲她笑了笑，就喜欢这样一点就透还不穷追猛打的姑娘。

走出住院部，迎面就是寒风，刮得两人的羽绒服都在窸窣作响。方彦直到出了医院侧门，摘下口罩，都没有松开林筱的手。他怔忡地站在路边，站了很久，林筱什么都没说，静静地陪他站着。

冬季夜间的小路上，车已经很少了，北风扯着枯叶“刺啦”刮过路面，方彦垂下的眼眸沉寂如暗夜，他不再像送件时每天风吹日晒，皮肤缓慢地恢复了白底，面无表情的侧颜在夜灯映照下泛着透白釉色，仿佛质地上佳的瓷像，冷硬又漠然。

“林筱——”过了许久，他才出声，声音是破碎的。

“嗯。”

“你能抱我一下吗？”他问得很轻，每一个字都空落落的，林筱转身抱住了他，这个时候她很庆幸自己的高个，让她可以用并不别扭的姿势给方彦一个扎实的拥抱。

方彦像是很累了，无力支起自己的脑袋，把头重重地搁在林筱肩头，她不熟练地伸出手掌，在他背后拍了两下，停顿了一秒，又抬高手在他头发上抚着。

她显然没怎么做过这样安抚的动作，简直是学了撸猫的手势，一下一下划拉着方彦的发丝，柔软却有力的指腹穿过方彦的头发，带着微温抚在他的后脑勺，方彦就这样被她稍显僵硬的安抚给逗笑了。

笑了，他就松懈下来，深吸口气回抱住了林筱温暖的身体，学黑糖般在她颈侧蹭了两下，就站直了身体。

“走吧，陪我去吃碗水饺……希望那家还在。”

林筱狐疑地看着好似恢复了精神的他，她记得最早那回方乐婷住院她给送餐时，舒南就告诉过她，方彦不怎么挑口，唯独不吃水饺。

她被方彦牵着拐进了路旁一条窄仄的小黑巷，道旁商铺的劣质雨棚又旧又低，挡住楼上些微灯光，在地面投下巨大的阴影。杂乱的电线横七竖八拉着，模模糊糊看得到有人直接晾晒了衣袜，间或有几个昏暗的红灯箱，写着旅社招牌名。

方彦也走得迟疑，没想到再往里走，真看到了一家水饺店，门边还吊了盏比别家都亮的暖光灯。

林筱扫一眼手表，已经十点多了，店门还敞着，炉灶上放了口大锅，腾腾冒出的热气被底下的煤火染上了微红，在冬夜看着格外暖和。

“幸好，还开门。”

方彦担心林筱介意一路的脏乱，看她抬脚就跟进了店，笑了，两人面对面坐着，方彦冲挂了旧布帘的里间喊了一嗓子：“老板，来份大碗的水饺。”

里间走出一个背已经半驼的大叔，见他们两个人只要了一碗水饺，麻利地从旁边冷柜里拿出一盘饺子来，也没数个，扫了一大片进锅，又取了大碗和勺出来开始调汤。

林筱进来以后就发现了，巷子虽然杂乱，小店收拾得却还算干净，上了年头的桌椅竟然没有常见的油垢，餐具都在工作中的消毒柜里。

“这家店应该开了快三十年，老板不会说话，人很好，一个人带着女儿过。”方彦低声和她解释着，“他是自己的房子，不用交租，我小的时候他家水饺就比别家便宜一块，还多四五个。虽然肉馅少点，但汤是牛骨头熬的，连汤带水饺吃下去特别管饱，医院里好多陪床家属都在他家吃。”

“现在生意应该也不错。”

林筱指了指旁边垒得高高的几摞高低塑料凳，应该是店里坐不下了，就搬去外头当桌椅用的。

两人正说着，老板已经把水饺端了上来，还贴心地给林筱拿了个小碗，放下后就回了里间。

“吃吗？”

“吃几个吧。”

方彦把水饺分了，林筱发觉这家的量真的很足，方彦分了她一小碗，饺子依然挤得满满当当。两人不约而同用勺子搅动着，等凉一些再下口。

“我妈当年就住的三医院，那会儿还是旧楼，我记得墙上贴的老款的那种小白瓷砖，缝隙里黑漆漆的。”

瓷勺子撞在碗壁，发出脆响，方彦盯着浮在汤面的翠绿葱段，轻声说起了往事：“我小时候喜欢吃饺子，后来我妈住院了，总嫌我瘦小，经常摸着我的头说，你这么小就要出去赚钱，太辛苦，要多吃点饭，快长高啊。方乐婷就经常带我来这家店吃，两个人共吃一个大份。”

林筱意识到这是方彦第一次和她提及童年，听他说家事，她忽然想起他父亲姓秦，而两个孩子最后都随了母姓，忽然想见一面，难道是要上演病重想要儿子认祖归宗的戏码？她一面瞎想着，一面舀了个水饺送进嘴里，味道就像方彦说的，肉馅略小，汤很鲜。

“她不懂，做童模不能长太快，像舒南，她童年和少女时代几乎都没吃饱过饭，到现在都念念不忘自己本来可以更高的。”

林筱听他明明在说笑，却笑不出来，只能干巴巴地接了句：“你和舒南认识好多年了吧？”

“二十几年了，说起来很多人会觉得我们矫情，早出社会早赚钱，帮家里分担不挺好的吗？那么多孩子没有童年，那么多人挣扎在贫困线下，值得这么记着？”方彦嗤笑一声，“只有我们自己记得，长大有多难。”

童模的黄金期短，最受欢迎的都是一米三以下的孩子，拍大童不够萌不够可爱。舒南亏得长得好，多扛了几年就转型成功，正式做了平面模特，后来帮他引过路，也利用过他，不过两人二十余年的友情还是真的。

“我快五岁入的行，那时童模市场还没成规模，要长得好看，要听话，拍摄也没现在规范，经常一拍十几个小时，上百套衣服，基本是反季衣，冬天拍春装，夏天拍秋冬……正经的大棚没有几个，出外景经常被人赶，我想着能帮我妈治病，也不觉得难。”

林筱不知道方彦和舒南的情谊是怎么建立起来的，不过想想他说起舒南和安姐的友情，不外乎是物伤其类。

“我妈在三医院陆陆续续住了五六年，她走那天我都在拍外景，拍到一半，方乐婷把我交给熟人跑了，那段时间她病危通知书下过十几次了，我以为也会像之前一样……后来秦晖来接的我，我没赶上最后一面。”

方彦记得自己就坐在走廊里，靠着小白瓷砖贴出来的墙面，从天亮坐到天黑，也不肯承认，妈妈不会醒过来了，不会再用苍白的手摸一摸他的头，说你要乖乖吃饭。

“到了医院秦晖一直在哭，比我还能哭，手续差不多都是方乐婷办的，办完了她把我拎到店里，点了一碗水饺，让我快吃，吃完才带我去看我妈一眼。”

那大概是他此生吃得最难下咽的一碗饺子，和着流进心底的眼泪，把汤都喝得一干二净，从那以后他就再没吃过一口水饺。

“这么多年，我才想起来，那时候方乐婷忙了一整天，好像也没吃一口东西。”

方彦说完这些，就端碗吃起了水饺，他吃得很慢，两三口后还是停了下来，只用勺盛了两口汤，可热乎乎的汤也没办法让他暖起来，他觉得整个人都在无声下沉，沉进了寂暗的水底，空有两个肺叶，无法张嘴呼吸。

他后来有乖乖吃饭，努力长高，那双摸头的手连梦里都没有再来过一次。

再后来，他胡乱填饱肚子，且混日子，觉得活着让人扫兴，可好死又不如赖活着。

坐在对面的林筱突然清了清嗓子，问：“这个时候我是应该坐到你身边来，挨着你，还是让你一个人平复更好？”

方彦抬头就对上她晶亮的黑眸，有关切还有疑惑，她如此郑重其事地询问着，他胸口的窒闷在她清澈的目光里一下子就被打破了。

“还是过来吧。”

林筱起身长腿一勾，把凳子挪到了他身旁，贴着他胳膊坐了，过了两秒，头也靠了过来。

方彦有很漂亮的肩颈线和锁骨，这样靠着却因为过瘦而有些硌人，林筱找了两三次位置都不舒服，干脆把他放在桌上的手压了下去，这才靠好了。

“林筱，我这样的人放以前就是个煞星，克母克父克……”

林筱都没等他说完，就老大不客气地“哼”了一声，用鼻孔表达了自己的态度，方彦也觉得这种话说起来没意思，就收了口。

“你知道吗，从小算命的都说我命好福厚，”她抓着方彦那只被她压下的手，十指交叉握住了，“你如果信这个，我就把我的好运分给你。”

他们挨得那样近，从方彦的角度只能看到林筱那头又厚又黑的发，额角还有几缕碎发，绒绒的，不驯地翘着，她的手掌也是暖的，有力地贴着他的掌心。

她从来不是温柔可亲的女生，却总能把他的心泡进柔软的暖水里，方彦心想，能遇见她，已经是天大的运气。

第二十二章

他敢

周日，方彦去老房子给方乐婷收拾换洗的衣服，把林筱也带去了。

林筱往常都是在车里坐着，这是她第一次进方家老屋的门，两室一厅，四白落地，只有一些必需的家电。方乐婷大概自知时日无多，又收拣过一遍，如今屋内只余下些许衣物和日用品，空空荡荡。

这个房子和方乐婷在外头高高架起的派头完全不一样，倒让林筱想起方彦在南四租的那个顶楼小单间，简单得近乎简陋。

方彦指给她看南向采光更好的那间卧室，说那是他小时候的房间，当年里头摆着上下铺，方乐婷来了就和他睡，直到再婚，后来方乐婷把屋子从里到外翻修过两回，过往痕迹都被抹得一干二净。

方彦说这些话的时候一直平静，没有触景伤情的意思，也没更多可说的了，他说不记得不像是回避，而是真的搜刮不出太多记忆。

倒是林筱越看越觉得方家眼熟，她毕竟是学设计的，对房屋布局、结构尤其敏锐。方彦如今在电脑上画黑糖和林筱，也依然用纸笔画那些郁暗的画，只是被林筱夺去了画的处置权，方彦也随她去，并没有问过她把画收起来做什么。

所以林筱很熟悉他两种截然不同的画风，也熟悉他画里的每个细节，稍做比对就发觉，方彦那些画里的废墟、洞穴似乎都带着老屋的影子。

今天其实是难得的晴天，楼道都被照得明晃晃的，可方乐婷的主卧挂着厚重的遮光帘，存心要把光隔在屋外。方彦也懒得拉帘子，只按开了卧室的壁灯，冷白的灯泡用的日子长了，黑了半截，幽微的光映得方彦的背削薄如纸片，在不见阳光的屋里虚浮如暗影，脆弱而落拓。

林筱心想老屋留给方彦的记忆可能苦多甜少，而且幼时的甜，他记不清了，后来的苦，他不愿记，于是早早放弃了回忆，却在画里留下了旧日的残影。

房屋数日没进人，方彦拉开柜子都惊起灰尘，他连打了几个喷嚏，林筱也呛咳了两声，他挥了挥面前飘浮的尘：“你去外头等我吧。”

“没事。”

“去吧，乖。”

林筱偶尔会觉得方彦在拿自己当黑糖哄，要是别的男生和她说乖，她大概率就翻脸了，可方彦每回都说得太温柔，她就像被顺了毛的猫，伸着懒腰就出去了。

客厅的沙发蒙了布，林筱也懒得坐，干脆拉开了铁门，门外的光落了一束进来，屋里又亮堂几分。

方彦听见门响就探了半个头出来，看她靠着门框懒洋洋在晒太阳，笑了笑：“你别出去啦。”

“是，方奶奶——”

张志最近人没冒头，房子也退租了，这让方彦神经总紧绷着，林筱每回笑话他关心过度时，就会喊他奶奶，方彦也不恼，好脾气地任她嘲。可林筱也发现了，方彦的好脾气都要打引号，他虽然不生气，可也不退让。

算算林筱有几个月没单独行动过了，她自己都觉得不可思议，按理早该觉得方彦敢限制她的自由，分手八百回了。

毕竟当初某任男友只是要求她每周末陪他去打一次球，她都觉得生活节奏被干涉，直接让对方荣升前任。

可能是对主动追到手的容忍度比较高？而且方彦从头到脚哪有半点掌控欲过强的模样，他只是润物细无声地融入了她的生活，然后摸准了她自律的脉门，极有分寸地按她的生活习惯排出了合理的时间表，她居然就这样习惯成自然了。

以柔克刚这招果然男女通用，林筱越想越觉得自己入了套，还入得太过心甘情愿，正反省着，忽然听见了两声“喵呜”的猫叫。

循声看去，一只瘦瘦的小灰猫自二楼拐角跃下，站在楼道落着太阳的地方，满身绒毛被阳光晒成金棕，看得她心都软了。

作为黑糖名义上的主人，林筱对自家猫不冷不热的态度一点办法都没有，毕竟朝夕相处管吃住铲屎的都是方彦，她偏偏还热脸去贴冷屁股，对喵星人的喜爱直线上升，最近不时威胁要给黑糖找个伴，再来一个争宠的，看黑糖还敢不敢对她傲娇。

林筱看小灰猫月份也不大，浑身脏兮兮的，它再走几步，就发现它有一只后脚似乎不能落地，是走丢了还是流浪猫？

她蹑手蹑脚往二楼转角挪过去，小灰猫还是被惊得跃上了高处的窗，林筱专心致志地观察它的后腿，变故就在下一刻发生了。

有人自背后大力绞住她的脖子就往楼上拖，被卡住气管乍然缺氧又被大力拖拽的情形下，林筱完全发不出声音，本能地去扯扼住咽喉的手臂，不过两秒已经被拽到了二楼敞开的房门口。

这些日子上的课和方彦打打闹闹的练习，在关键时刻给了林筱近乎本能的反应，她抵住后跟重心顺势后倾，让偷袭者身体短暂失稳，趁机抠住对方捂嘴的食指用力往外一折，同时挣扎着用脚去勾老式楼房铁铸的护栏。

厚底的老爹鞋卡进了造型折出的弯口内，让林筱借到了一点力，她另一条腿用力回踹向对方脚踝上方的胫骨。对方上下吃痛，闷哼着手劲松了片刻。林筱获得一口新鲜空气避免窒息后，立刻摸向手机上挂的熊猫，按响了尖锐的警报。

张志知道功亏一篑了，这么长时间，那些会帮忙通风报信的快递员、外卖员都松懈了，方彦从来没让林筱落过单，他连近身跟踪的机会都没有，反而不时看着两人卿卿我我，讽刺着他的遭罪像是替他们做了媒，他一无所有，他们爱情事业丰收。

国庆的时候张志回去过几日，完全走不出家门，快窒息在亲戚、邻居躲避变态的目光里，连父母言语间都透着嫌弃，更别提他们各自的配偶。

张志恨透了林筱和方彦，只不过几只猫而已，他们逼得他像只过街老鼠，在C市不得安生，回家更无处立足，父母一心想逼他出国。张志太想要出一口气，但杀杀猫他敢，和人动刀还是手软，搞到了硫酸也不敢用，他只想看他们跪地求饶，没胆识闹出人命。

所以他在返回C市，发现方乐婷人快不行后，干脆想办法租到了方家楼上的小套间，被恨意支撑着深居简出熬了一个月，好不容易等到了机会。

张志知道林筱去报了班，以为是些不中用的花拳绣腿，他自己在家反而咬牙练出了肌肉，就算打不过方彦，他不信自己还奈何不了一个女人。

显然，他低估了林筱的能力。

警报刚响，方彦三步并作两步跨了上来，张志只觉得眼前一花，被人重拳击倒在地，打出满嘴锈味。

方彦扶起了林筱，目光在她脖颈的红痕和手背擦伤上转了一圈，目光阴沉地往前跨了一大步，对着张志腹部就是一脚。

张志撞在了门框上，觉得周身骨头都要开裂了，他才知道方彦上一次动手居然是收着力的。见方彦又逼近一步，他连滚带爬地想冲回去，被方彦单手就掰住了他全力去关的门，一脚将他再次踹飞。

张志重重地砸在了鞋柜上，剧痛到发不出声音，方彦冷酷地盯着缩成一团的张志："我有没有说过，你敢再动她一下，我不会放过你？"

他说得很慢，眼神却凛冽得让张志一对上就不由自主地颤抖，在混乱和背部的疼痛里，他看到了不远处跌落的剪刀，那是他摆在鞋柜上拆快递的新剪刀，极为锋利。

同一时间，方彦也看到了屋内桌上摆着的器皿，他在嘉洲张志那间出租房里看到过同样的东西，里面盛着的是硫酸。方彦的瞳孔猛地一缩，又是一拳，打得张志整个人都滚了出去。

张志两耳都在轰鸣，见方彦再抬手，惧怕地挡住了脸和头，慌不择言地开始向林筱求救。

方彦只是语速极为平缓地把刚才的话又重复了一遍："我上次就说过，你敢再动她一下，我不会放过你。"

林筱没想到方彦出手会这么重，顾不上腰背的疼痛，冲过来拉人。方彦安抚地在她手上轻拍了两下，对有些人若是手下留情，只是纵容，不如打服。

他一拳挥出，张志抱着头蜷成一团，惊恐地大叫着，手下意识向旁边的剪刀探去。方彦轻蔑地扫了一眼，脚毫不留情踩在了他手腕上，带着全身的力道碾下去。

"我的手！我的手要断了！你还是人吗！你们要杀人吗？"

张志痛苦地哀号着，咒骂着，方彦踩着他慢慢蹲了下来，几根手指钢箍般扼住了他的下颌，力道重得张志觉得自己牙床都快要被捏碎了，再说不出话来，只能从喉间发出含混的呼痛声。

"可以了！方彦！"林筱的手搭在了方彦的肩边，带着几分力道，"可以了，我没事。"

方彦反手在她手背上捏了一下，示意自己有分寸，低下头，在林筱看不到的地方，他的目光却淡漠得像在俯视一只蝼蚁。

"你把那些猫剥皮、火烧的时候，有拿它们当命看吗？"

他手指捏得更重，张志的头几乎都要被他硬提起来，从下颌到脖颈痛得像是要被掐断，张志另一手徒劳地去掰他的手指，却撼动不了半分。

"你觉得她在明你在暗，跟踪、偷拍，小动作不断，嘚瑟着我们拿你没办法的时候，有想过做个人吗？"

林筱的手还搭在方彦的肩上，所以能感觉到他的身体不知是因为用力过度还是后怕，也在微颤。她手掌挪了挪，贴在他颈边，没有隔着衣服，她摸到了满手的冷汗，还有他激烈跳着的大动脉。

她的手掌是暖的，手指有力却温和地捏着他紧绷的肩颈，方彦的颤动在她掌下缓缓平复。他看着张志因为疼痛过烈，只能放弃掰手指，撑起另一只手肘给脖子一点支撑力，笑了笑，笑得张志遍体生寒。

“你仗着女生先天力气不如你，拖着她走，对她动手的时候，有想过她会痛吗？”

方彦把头垂得更低，几乎快贴到张志被他拎起的面孔前，这个姿势也让他半身重量全压在了踩着张志手腕的脚上，张志发出困兽般痛苦的号叫，怨恨却又无力反抗。

“有本事就冲我来，别那么尿，只敢动没有还击力的猫，只敢欺负女人……”方彦又勾了一下嘴角，极冷淡地说，“你配做男人吗？你连人都不配做。”

也不知有意无意，方彦的脚掌松了两分力，张志剧痛间丧失了神志，手指努力抠着地面往外扯好似要断掉的手，指尖却触碰到了剪刀，他心一抖，抬头看着近在咫尺的方彦。

不过一个小小的快递员，还被他逼得连工作都丢了，却带着他过去熟悉的鄙夷，高高在上地、不屑地看着自己，又骂了一句：“孬种！”

一时间，缩头乌龟般生活的日子，社死的家乡，一幕幕挟带着澎湃的恨彻底冲乱了张志的脑子，他抓起剪刀，用尽全身力气挣开了方彦的脚掌，胡乱冲方彦身上踢了一脚，趁着方彦短暂失去平衡那一两步，张志举着剪刀就向旁边的林筱扎去。

方彦要的就是张志出手，才故意放松了力气，却没想到他绕过自己，直接去攻击林筱。还好林筱敏捷地往左侧滚地，躲开了第一下，方彦忍住被踢个正中的胃部的剧痛，将人抱摔在地，张志再次举起剪刀划破了他的胳膊后，摔飞了出去。

下一秒，张志的喉咙被方彦双手掐住了，他拍打着方彦的胳膊，有温热的血淌落他颈边。

方彦像不知道痛般，手收得更紧，凑到他耳边低声说：“扎得好，我无非就是防卫过当。”

他的语气还带了丝笑，张志被掐得两眼翻白，正对上了方彦那双冰冷的眼。张志在虐杀那些猫时，看到过自己扭曲而快意的脸，却不像方彦这样，没有一丝表情，只是寒彻骨的杀意。

这是张志第一次直观地、真实地贴近死亡，他看着方彦的眼睛，能确切感受到方彦敢杀他！真的敢杀！

他在方彦眼中一文不值，方彦会像捏死一只蚂蚁一样，不假思索地捏碎他的喉咙。

疯的也怕不要命的，何况张志本质就是个只敢对弱势群体下手的尿人，在如此真实的死亡威胁前，他骇得几乎要尿裤子，却完全无力撼动那只欲掐断他生机的手。

林筱没有看过这样森冷的方彦，她冲过来去掰他的手，掰不开就回头大喊“救命”，隔壁或是楼上好像有人再次开了门，又默默地关上了，她只能抱着方彦的腰拼尽全身力气往外拖。

而方彦方才被踢中胃部后涌上喉间的腥甜再没忍住，一口血喷在了张志脸上，张志在濒临窒息的痛苦、恐惧里，忽然满眼血色，蹬了两下腿，活生生被吓晕了。

林筱没看清发生了什么，回头就见张志脸上、脖子上有不同颜色的血渍，旁边掉着锋利的剪刀。

她抖着手指去摸张志的鼻息，一息之间脑中不知想了多少对策，却没有一条出路。她头一次有人生完全失控的感觉，如果真出人命了，方彦要怎么办？

方彦拉住了她的手，就像镁光灯熄灭，镜头挪开，他丢开了他需要扮演的角色一样，眼中哪里还有方才的腾腾杀气，反而温柔地抱住了她。

他的身体因为疼痛，也因为刚才扎向林筱的那一剪子，抖得比林筱还要厉害，却安抚地拍着她的后脑勺："他没事，我落手有轻重，不把他胆吓破，他下次还敢……"

林筱僵了一下，眼倏地瞪圆了，这几秒间情绪的大起大落，激烈转换下简直想开骂，方彦却借着她一点力瘫坐在地："先……先帮我叫救护车吧——"

林筱才发现咖啡色的血渍竟然是方彦呕出来的，她努力镇定下来，扶着方彦先叫了救护车，又打了 110，才知道已经有人先一步报了警。

方彦靠着她的肩，揉着林筱方才用力过度已经红肿的指关节，虚弱地笑了一下："你猜秦晖，有没有命撑到……撑到我康复？"

林筱疑惑地看着他，秦晖？关秦晖什么事？方彦已经没力气回答她的问题。

最近的三甲医院正是三医院，派送来的救护车接上方彦的同时，轮休的安怡涵在接到林筱电话后已经联系好了同事，之后方彦检查、办理入院她也全程陪同。

舒南人在工作，周卓雄倒是第一时间赶到了，去看了张志的情况，张志虽然鼻青脸肿，基本是外伤，有一处肋骨骨折。林筱也基本是擦伤和瘀青，方彦手臂伤口不深，没伤到筋骨，反而胃出血情况比较紧急，最后做了介入栓塞治疗。

三医院的消化科床位向来紧张，方彦清醒后被安排进了普通病房的双人间，好在病房医生护士都熟，安怡涵也提前打过招呼，请大家别和方乐婷提及方彦住院的事，免得她幸灾乐祸更糟心。

林筱公司得请假，第二天警方也去了寰宇了解情况，姚桓听王璐彤义愤填膺说着林筱被寄照片、跟踪，电动车被人搞小动作，才知道林筱私下里应付了诸多状况，当然不会替她瞒着家里。

于是林筱人在医院，迎接了当即驱车前来的父母暴风雨般的洗礼，既然他们知道了，林筱就把张志一事来龙去脉都说了，林建深夫妇才明白女儿好似突然的恋情里还藏着这么多曲折。

他们以为方彦蹭住林筱的房子，为了讨好管接管送，原来是几次三番维护，大半年贴身保护，还被连累得从频繁投诉到辞职，甚至无处安身，可赵清毓上门那回，他什么都没说。

颇受猜忌的软饭男变成守口如瓶的救命恩人，尤其在听警方说，张志租房内有不知是用来虐猫还是准备对付林筱的工具和化学用品，本来就持开明态度的赵女士简直态度大好。

用赵清毓硬气的原话来说，哪怕往最坏了想，方彦的帮助从一开始就是另有所图，她都感谢他的所图屡次护住了女儿，反正他们家又不是图不起！

至于林建深，脸色全程不咋的，看着病床上虚弱的方彦，和明明有护工依然无微不至在照顾人的女儿，很是不爽。但作为父亲，他更多的是后怕和感激，所以心塞的老父亲只能把满腔怒气都转向了试图和解的张志及其家人，发誓要把人送进去。

隔日方彦情况稳定后，警方过来做了笔录，来的也是熟人杨振国师徒。他们很清楚张志一事的来龙去脉，相比只是受了外伤的张志，直接住院治疗且“虚弱不堪”的方彦看起来严重多了。

阿华更是喷道：“张志那天在急诊还装得魂飞魄散的样子，到现在我们一提方彦，他都抖得跟筛子似的，不知道的还以为是方彦把他打住院了，装也没有用，这次他逃不掉了。”

林筱想想方彦当时一脸煞气，把张志掐得眼翻白，心想说那个浑蛋可能不是装的，是真吓到了。

不过方彦就装得十足像了，说几个字恨不得喘三喘，杨振国师徒大致问了一下，就不忍心再劳累他，临走方彦连再见两个字都说得断断续续，两人又连说让他好好休息。

林筱让护工王哥回去了，拉上隔断的帘子，把声音压到最低：“我现在信舒南说的，你做模特的时候可以驾驭任何风格，简直可以去做演员。”

方彦脸色看着灰败，说话其实问题不大，只是费劲些：“我把人打了，总得装惨一点。”

他看着林筱眼角残留的水光：“戏剧团当年的台柱子，刚才眼泪不也是说来就来？”

林筱从鼻子里“哼”了一声：“是谁教我，人可以适当示弱的？”

“可不是嘛，我们就是适当示弱嘛。”

林筱懒得和他说：“快睡吧，我让王哥回去了，今晚我陪你。”

“你昨晚就睡在这里，今天回去好好休息。”

“明天再说。”

方彦知道劝不动林筱，摩挲着她依然微肿的指节，无奈地笑了笑。他脸型瘦削，挂不住肉，线条清晰的下颌，被浅蓝泛白的病号服一衬，笑容分外虚弱。林筱对脆弱的他完全没有抵抗力，俯身在他发白的嘴唇上亲了亲。

他的嘴唇很干，蹭过她柔软的唇，探来的舌尖却是软而湿润的，林筱握着他手指的掌心都发了一下紧，努力坐了回去，端正且目不斜视。

方彦抬头看到舒南和安怡涵不知何时站在了帘边，两人不仅没什么不好意思，脸上的揶揄还如出一辙。

“安姐，我们来得不是时候啊。”

林筱大方地站了起来，要招呼两人坐，病房里凳也不够，安怡涵摆摆手：“舒南刚落地，探视的点过了，找我走个小后门，我就顺便过来告诉你一声，那只灰猫李嵩已经找到了，腿也在做治疗了。”

“那就好。”

“张志父母又过来了，我让卓雄跟去派出所先交涉，别让他们来烦你们。”

周卓雄对张志也是咬牙切齿，倒不担心他心软。

舒南看向方彦，突然一脸挑拨：“你家这位真可以啊，你都倒下了，她还记着摁死张志，记得要安顿猫。”

“我又不是不能治了，她难道要魂不守舍，号哭上吊？”

方彦说的正是林筱所想，当天听到止血后她就放下了一半心，胃出血无非就是好好治好好养，治交给医生，养她慢慢来，眼下当然不能放过张志，那只小灰猫能找到也别放弃。

“哎哟哟，是我操闲心哦……”

舒南更一脸搬弄是非的坏女人相，被安怡涵在她腰上掐了一把：“好啦！治猫的费用都是你出的，在这儿演什么呢？”

舒南被戳破了还在过戏瘾：“你不知道，我这样离了婚的女人啊，看别人甜蜜就心塞呀。”

林筱一本正经点头：“那我回头告诉周卓雄，你觉得不甜蜜不幸福。”

正中命门的舒南瞪了她一眼，想起男朋友已经够够的黏糊劲，拱手告饶：“林姐，我错了。”

林筱一脸大气：“乖。”

方彦要不是胃痛，简直要笑出声，林筱看他倦了，就拉两人去走廊坐，舒南听她简单把经过说了一遍，连连皱眉。

“听着都怕死了，”她拍着胸脯，“亏得你个高腿长，还练了点防身的，要是我这个头，被他一把就拖进去了，门一关天知道会发生什么事。”

“所以周卓雄已经问了我报班的地方，说和你一起去上课。”

舒南眼都瞪圆了：“我瘦身都靠饿的人，哪里受得了训练的强度？”

林筱却沉默了片刻，认真说道：“还是练练吧，郑浩然万一没老实呢？之前方彦拖我去上课，又在家逼我练，我也觉得麻烦，现在还是庆幸，多学点防身小技巧，关键时候是有用的。”

一直在开玩笑的舒南也静了下来，良久才叹口气：“我们只是想安稳生活，怎么这么难？”

林筱也苦笑着摇头：“我问过杨警官，我没有做错任何事，张志做坏事的成本却那么低，而且他不行动我就只能靠自己千防万防，行动了没有严重后果也拿他无计可施，会不会太不公平了？”

安怡涵也感慨地说：“来的路上我和舒南也在聊，你住在安保周密的小区，有朝夕相处的男友管接管送，依然防不胜防，我们单身的，还有那些没办法承担好点住所的独居女孩子，该怎么办？”

“所以我一步都不会让，绝不息事宁人，绝对不和解，得让别人看到，做错了事必须付出代价！”

安怡涵拍拍舒南的肩：“去吧，报班去，我也报一个。”

“去，去，靠天靠地，还是靠自己最靠谱。”

三人相视而笑，笑容多少有些无奈，又添了几分惺惺相惜。

安怡涵她们走后，林筱去了趟走廊另一头的重症病房。方乐婷如今每天清醒的时间也不多，林筱只是和朱姐再交代了一下，别说漏方彦也住院的事，也不用去探方彦。

再走回病房，房间里的病人都睡了，顶灯全关着，只剩隔壁陪人按了床边小灯，薄光扑在深蓝的帘子上，勾勒出方彦因为疼痛而侧身微蜷的背影，静静的，单薄的，一动不动，莫名带着点孤独和距离感。

林筱以为他睡了，悄悄走了过去，见他一只手抵在胃边，另一只手搭在腰窝处，指节半握着一团被子，她落座时再小心，翻开折叠椅时还是发出了“吱呀”声。

“林筱……”

隐约听到三人在外面交谈的方彦声音有些哑，林筱凑近了点，小声问：“你没睡着啊？又难受了吗？”

方彦没有回头，没有睁眼，只是更轻地问道：“我前天有没有吓到你？”

“还好，不过我第一次看人吐血，你得赶紧把胃养好。”

“我不是说这个，我是问我对张志动手……”

“不会。”林筱很少这样打断人说话，而且打断得很干脆，“我没觉得你帅呆了，也不会觉得你可怕。”

方彦就是想问，你会不会觉得我吓人，被她直接堵住。

林筱半趴在床沿，头挨着他颈后，蹭了蹭：“谁都可能有另一面，你是什么样的人我有自己的判断，你不用担心遮掩，也不用改变。”

方彦轻笑出声，脊背都因为笑颤动着：“遇上你，我运气会不会太好了？”

“可别这么说，我不想当什么光芒万丈的圣女。”林筱打了个略显夸张的哆嗦，“我之前就说过，你想怎么画就怎么画，现在还是那句话，你愿意怎么过，就怎么过下去。两只猫都有不同的习性，何况两个人？我们不可能完全在一条轨迹上，但我愿意和你一起走下去。”

她很少灌这么长串的伪鸡汤，灌完自己都别别扭扭，方彦还是没转过身，却反着摊开了搭在腰上的手，林筱把手放了进去，他就用力握住了，干燥的手掌冰凉，贴紧林筱总是暖烘烘的手心。

“你胃还痛吗？”

“嗯，痛死了。”

方彦声音软软的，都像在撒娇了。

“赶紧睡，睡了就不记得疼了。”

“好。”

方彦听话地放缓了呼吸，很快就昏昏欲睡，他用半迷糊的声音说了句晚安，又补了一句：“我有记忆以来，第一次生病天天有人陪夜。”

“啊……”林筱拉长了小气音，“我合理怀疑你在故意招我心疼。”

“啊……”方彦学着她的腔调，声音睡意浓，笑意更浓，“被猜中啦……”

他转过身和林筱挨着头，很快就睡着了，林筱借着隔窗微小的光看着他完全柔和下来的眉眼，笑了笑。

怎么办？又被一句话打倒，明天晚上都不想用护工，继续甘心来睡这个小破椅子了！

第二十三章

不配

社畜的痛苦就是，只要你没倒下，班还是要上的。

林筱清晨醒来，捏了两把发硬的脖子，准备回家飞速洗个澡，刚走出病房便遇见安怡涵来上班。

安医生看她脸上湿漉漉的，挂着水珠，已经是精神抖擞的模样，直叹息。

“年轻真是好，那么窄的床躺一晚上，洗把脸就能神清气爽。”

“谁说的？背都要折了。”

林筱又做了几下拉伸，安怡涵看了看病房内居然还在睡的方彦，枕边贴了张便利贴，龙飞凤舞的几个字应该是林筱的笔迹。

“没醒？”

“前半夜还是痛，隔壁床也出了点状况，后来才睡沉的。”

林筱心疼归心疼，安怡涵和值班医生都说方彦情况还好，她就稳得住。

“我早上看过了，血压已经稳定，血色素回升到8，问题不大，到下午心电监护应该可以撤了，不过……方彦睡眠不好，看过几回医生的，没想到在医院都能睡踏实。”

“前半夜痛得没睡好，不过，”林筱一抬下巴，“有我在怎么会睡不踏实？”

安怡涵看着她偶尔探头的小傲娇，笑着说：“你们俩在一起后都变了。”

“那当然。”林筱拨拉两下头发，“安姐，我先走了，今天得上班，护工大哥马上就到。”

“你等一下，我早上听人说，昨天有人在帮方彦联系单人间，都找到院长那里去了，你知道这事吗？”

以安怡涵对林筱两人的了解，不像是强要单间的人，他们消化科在市里排第一，床位很紧张，一共只有两个单间，一个住着省厅的老干部，一个危重，当初方乐婷都没挤进去。

“单间？没有啊。”

“难道是张志家？做点补偿到时候法庭上好看点？”

林筱听见名字都皱了下眉：“补偿？我是缺钱还是缺证据？这次我和他死磕到底！不过……要是他家联系的病房，我们也受得起。”

安怡涵扯了一下嘴角：“我听周卓雄说，张志被吓破胆了，每天都在做噩梦，听人提方彦就打哆嗦，在求他父母把他弄出国去，再不回来了。”

“那可由不得他了，想走也得受完他该受的罚。”

“你先去忙，这边有我在呢。”

林筱伸手给了安怡涵一个大大的拥抱，安怡涵笑着推开她：“还是方彦面子大，平时哪见你这么热情，忽然学起舒南来我都不习惯了。”

当天中午安怡涵就告诉林筱，方彦真的转进了单人病房，说是运气也好，老人家查出了别的问题，转去了内分泌，但等单间的人多了去，给方彦安排进去的人一定花了大力气。

林筱正想和方彦通话，一个电话打了进来，接通就亮明了身份，是邹文池，请她务必抽空见个面。

林筱记得方乐婷提过方彦这个不同父不同母的弟弟：“我不觉得和你有见面的必要。”

邹文池没想到她说话这么直接，愣了一下才说：“林姐姐，我们只是担心大哥的身体，家里人都想来看看他。”

他声音好听又富有活力，喊起姐姐来不会让人觉得突兀，反而带着自然的亲昵。上次邹文池在医院出现过后，方彦曾经提过一两句，秦晖再婚后，邹文池就管他叫哥，对他态度还不错，偶尔见了都挺热情。

林筱忍耐着，用手指磕着桌面，眉头锁死：“他已经度过危险期，没什么好看的。”

她话里有刺，邹文池也没生气，反而好声好气说道：“就是知道过了危险期，我才来找你，姐姐，我们还是想去医院看看大哥。”

“你是联系过他被拒绝了，才想办法来找我的吧？”

邹文池明显噎了一下，才继续劝道：“毕竟是一家人，大哥都住院了……”

林筱虽然家庭幸福，却看不来专打亲情牌的，靠着极佳的涵养硬忍着没有打断邹文池的话，开了扬声任他在那头动之以情晓之以理，继续画起了图。

而她之所以有耐心，是因为方彦那天忽然冒出来的话，问秦晖有没有命撑到他康复。林筱知道其中一定有她不知道的事，方彦没有再提，她就不问，邹家人上赶着找来，她自然听着。

待邹文池好说歹说了半天，发现林筱拒绝的态度比方彦还要强硬后，终于不再拐弯抹角了："姐姐，我求你无论如何劝一劝大哥，和我们谈谈，终归是父子，总不能眼睁睁看亲爹死吧。"

林筱冷冷一笑，终于肯说正题了！

她又不傻，十年都没多少往来的亲生父亲，再组家庭忽然这么殷勤地想见面，而且前脚换了病房，后脚电话打到她这里来，这个单间大概率是投石问路，别有所求。

"你有话直说，亲情牌对我没有用。"

"电话里确实一两句说不清楚，你哪怕给我一杯咖啡的时间。"

"我中午可以休息半个小时。"

"我尽快到。"

林筱和邹文池约在了楼下咖啡厅，墙边的假壁炉烧着虚火，欧式的飞鸟烛台自他们落座后被推到了桌侧，邹文池又体贴地把对着女士的尖嘴换了一个角度。

他二十出头，打扮潮且得当，眉尾和嘴角都往上扬，不笑的时候都带着点开心样，一看就是生活无忧的富家子弟，见面后嘴也很甜，有着不叫人尴尬的热情。

林筱手一摆，不想和他客套："探病的事不用说了，那不是你们的真正目的，说正事吧。"

邹家找来前多少有了解过林筱的情况，邹文池通过电话后更清楚她的性子了，摸了摸咖啡杯温热的边沿，为难地说："林姐姐，我爸他病得很厉害。"

林筱知道他和方彦异父异母，她想起方彦每次提起秦晖，大多直呼其名，邹文池作为继子喊爸倒是喊得顺口，一副父慈子孝的样子，她听着都硌硬。

"听说了。"

邹文池缓缓地，把一沓检测报告推到了林筱手边，小心翼翼地观察着她的反应。林筱先是随便翻了翻，很快脸色沉了下来，翻到最后他们甚至已经做了高分辨配型，结果显示方彦和秦晖半相合。

她再瞄一眼报告出来的时间，居然在数日前。林筱想了想，只能是她上个月惯例陪方彦去复查鼻炎和肠胃，顺便在医生建议下拉他做了个体检，抽了好几管血，看来邹家已经在背后偷偷搞了许多小动作。

林筱把报告往桌上一扔，起身就去取大衣，邹文池比她快一步，把搭在椅背的大衣抱在了手里："姐姐，求你帮帮忙！"

“无耻！”

怪不得不敢在手机里说，是怕开口就被她挂掉吧！怪不得肯费心力去安排单间，怪不得方彦倒下前会说出那样的话！人还在医院躺着治病呢，他们倒惦记上他的血和骨髓了。

林筱撑在桌面的手指因为愤怒过于用力，指节绷得发青，邹文池到底年轻，勇气鼓得再足，在她锐利又充满讽刺的逼视下，也羞愧得低下了头，喃喃地说着：“本来应该我妈来见你的，但她急得病倒了，林姐姐……”

“别喊姐，我恶心。”

“那林筱，林筱你至少听我把话说完好吗？”邹文池看她拔腿就走，也是急了，“我们不谈血缘，付钱！付钱好不好？就当他去救一个不相干的陌生人，我们绝对给到一个让他满意的价格，他以后就不用再去干体力活，可以做点自己喜欢的事。”

林筱简直气笑了，她可算明白了，为什么影视剧里有人生气了会往人脸上泼水泼咖啡。她以前觉得浮夸，但是此时此刻如果不是从小到大的教育撑着她，她真想把桌上那杯水泼到邹文池脸上。

她肯出来是听邹文池一口一个“大哥”，方彦也说他过去待他还行，可是透过邹文池情急之下的一串话，她听出了里头潜藏的，他们家对方彦骨子里的不在意——邹家人包括方彦法律上的父亲，没有谁真拿他当过家人看。

“你看我像是缺钱的样子吗？”

林筱自打懂事后，鲜少拿富二代的身份出来炫，结果在方彦的事情上，她庆幸自己可以炫得底气十足，理所当然。

邹文池被她的反问问住了，蔫了下来，半晌才挤出一句：“那毕竟是你的钱，不是大哥的。”

“只要我愿意，就可以是他的，不像你们家的钱，全都姓邹，给一点都在做交易。”

林筱一句话都不想再多说，她连邹文池抱着的大衣都不要了，径直往外走去，大门一推，寒风刺骨地吹过来，她搓搓手臂顶着风走了出去。

邹文池手忙脚乱地边结账边打了个电话，追上来把衣服想给她披上。林筱气狠了都顾不上冷，抓了衣服直接扔在地上，摆明了你们碰过的东西我都嫌脏，然后加快步伐走进了旁边的服装店，随便伸手取了件最暖和的，见是自己的尺码就递给了店员：“麻烦开票。”

邹文池也不敢去抢买单，只能抱着衣服小弟般跟在后面：“林筱，于情于理，你也别替大哥直接拒了呀。”

林筱笑得更冷了：“别糊弄我，你们肯定是在方彦那里碰了钉子，才会来找我。你们都能想方设法采了他的血去配型，怎么不直接把人骗去采干细胞？”

邹文池被她的咄咄逼人打得毫无招架之力，苦笑着说了实话：“我家又不是在C市能一手遮天，抽点血配型家里还有办法可想，采干细胞步骤那么复杂，我们哪有那么大能耐？”

林筱付完钱，外套剪了商标往身上一套，就出门了。邹文池随她怎么甩脸，亦步亦趋跟着劝着。

直到他跟进了维星大厦，林筱站住了，转身仔细地打量了他一番，邹文池长相属于普通却有眼缘那种，讨好地笑着都不怎么招人烦，林筱看他一副任打任骂的样子，忽然替方彦心酸，只道：“秦先生和你没有血缘关系，你还肯这样为他跑，是能得到更多的好处，还是他对你很好？”

邹文池听明白了她话里的意思，也不敢隐瞒，显然在林筱面前，实话实说是他如今仅能展示的诚意：“他对我很好。”

林筱笑里全是讽刺：“不是父子胜似父子，对吧？”

她说完，就刷卡进了关闸，没再看闸口外的邹文池一眼。

正是午休结束的时间，电梯里挤满人，林筱退到轿厢最里处，各种体味混杂着，像将人埋进了雨季发潮又汗湿的衣物里，呼吸都没有一口舒坦的气。她看着镜子里映着的重叠人头，还有自己眼中收不回的怒气，在轻微的失重感里，心气愈发不顺畅了。

她知道，邹家人一定见过方彦了，她尚且气愤至此，都不知道方彦是怎么去消化情绪的。

到达寰宇所在楼层，林筱没进公司，而是去楼梯间拨通了电话，那头接得很快，林筱一听方彦声音还算精神，直接说道：“心情不好，想翘班来看你。”

方彦下意识拿着手机又看了一遍来电，夸张地“哇”了一声，从来只听林筱说要加班，可没听过她喊翘班。而且她在医院待了两天，手头攒了一大堆事，早上留的便笺还在说，中午实在赶不过来。

不过方彦敏感地察觉到了她情绪低落，没追问原因：“那就翘吧，正好换了病房，你有床可以午睡了。”

“好。”

林筱挂了电话，准备进公司请假，推开楼道的门就看见邹文池带着一个男孩，正往公司里走去。

“你干什么？”

邹文池转身，露出他身边小男生眉清目秀的脸，那孩子虽然五官还未长开，已经有英俊的雏形，再过几年不知能迷倒多少人。

“文彦，这是林姐姐。”

他的名字让林筱眉心跳了跳，看出来他轮廓与方彦有几分相似，不难猜出身份，文彦，邹文彦……林筱觉得刚消停些的火又蹿上来了。

“林姐姐，我想见见我哥。”

“你要见他，来找我干吗？”

男孩眨着那双好像没染过尘的眼眸，笑着往前凑了凑：“姐姐……”

林筱深深地看着他，男孩快一米五的个头，因为长得俊俏，稚气未脱的笑脸都像早春枝头才抽的新叶，每一寸都干净得透亮，谁都很难拒绝这样的笑容，何况他还是方彦的亲弟弟。

林筱却后退了一步，忽然问道：“你几岁？”

邹文彦看了哥哥一眼，才答：“十岁。”

“十岁……”林筱在心中算了算，冲邹文池说道，“也就是说方彦才进高三，你们母亲已经怀孕了，怪不得秦先生连等他毕业都等不及，就把家撂下，去迎接自己的第三春。”

秦先生三个字林筱说得极尽嘲弄，她听安怡涵提过，方彦高三的时候方乐婷病了，他后来只能一面赚钱一面上学，里外都是他一个学生在忙。方彦自己也随口说过，他高考考很差，在一个不入流的学校混了几年，后来工作了，才觉得书读少了，有空会看看书画个画。

“林筱，不管你信不信，爸爸其实是想大哥的，所以弟弟的名字才用了‘彦’字。邹家一直有他的房间，里面还有每年给他准备的礼物，是大哥不怎么和我们联系。”

“联系什么？看你们父慈子孝一家亲？”林筱终于压不住话里的刻薄之意，“以你们家的财力，留出一间空客房很难？婚内出轨怀上的孩子，名字加个‘彦’字，秦先生这个不称职的父亲就能心安了，还挺划算。”

哪怕没有接触过秦晖这个人，林筱也推测得出，他一定极会做面上功夫，否则一个又一个女人怎么都死心塌地，方乐婷恨都恨了一辈子。

邹文池脸皮到底薄，被怼得有点下不来台，低声说了句：“也不用把话说得这么绝对吧？人都有感情的。”

“真有感情，怎么会把儿子丢给后妈，又让他一个人在外面过了那么多年？没有焐不暖的心，只有懒得用心的人！”

林筱笑得讽刺极了，维系感情靠的从来就是真心实意，可不是嘴巴说说的表面文章！

“你们到底要干什么？我要进公司了。”

和这两兄弟待在一个屋顶下头，她都难受！

“现在只有你陪在大哥身边，他不愿意见我们，我们只能等在你这里。”

林筱冲里面听到动静趴在门边的王璐彤摆了摆手，示意不用她帮忙，然后寒着脸看向邹家两兄弟。

她冻着一张脸不说话的时候，气势颇为强悍，邹文彦被盯得脖子一缩，挤出过去无往不利的笑脸，才要开口，林筱就寒森森地开口了：“你不要以为小孩子我就不骂。”

“谁是小孩了。”

邹文彦在家也是被人捧着的少爷，因为想救爸爸，他已经按哥哥叮嘱的，千小心万小心了，被林筱一再冷待，口气里多了丝藏不住的骄纵。

林筱嘴角扯出点弧度来，可邹家两兄弟被她笑得脖子后面齐齐发凉，她走到电梯前，说：“你们如果再用心调查一下，就会知道我是个软硬不吃的人，死缠烂打对我一点用都没有。再烦我，等方彦出院我就立刻请长假，和他出去旅游几个月，国内国外，走到哪里算哪里，反正我一不怕丢工作，二不缺钱。”

邹文池脸色大变，两次交锋下来，林筱在他眼里性子烈得明显，绝对是说得出就做得到的人，如果真等方彦病好，他们跑出去几个月，爸就完了！

“不要以为我不知道你打的什么主意。”林筱下巴冲邹文彦抬了抬，“别指望带个小孩来，就能让我心软。我家对面三岁天然萌的娃娃都不敢招惹我！”

电梯“叮”的一声开了，林筱态度倨傲地按住了门：“问你们最后一次，走不走？”

邹家两兄弟不甘地离开后，林筱才靠着电梯门，吐出了一口浊气，心情在邹文池出现后被破坏殆尽。她现在特别想把邹家从上到下骂一遍，最后也只能收拾一下心情，走进公司迎面对上王璐彤关切的目光。

“我什么都不会说，也什么都不会问！”王璐彤举着手指在额边做了个发誓的动作，才说道，“但是我可以翘半小时班，请你去楼下咖啡馆喝点东西，他家还推出了新品蛋糕，吃起来甜蜜又暖和，特别治愈。”

“我得先去医院。”林筱虽然拒绝，却笑了，“记个账，明天你请。”

王璐彤冲她比了个“OK”的手势，又从自己摆在脚边的养生壶里倒了杯热花茶给她。林筱捧着小玻璃杯往里走，这样湿冷的糟心冬日，有人关心，还是能稍微缓解一下郁结的。

林筱到医院的时候，方彦的监护仪已经撤了，他靠坐在病床上看着床尾在想什么，嘴角带了点笑意，却笑得极凉薄，好似对什么不屑一顾。

而床尾就搭着林筱扔下的那件大衣，不用说谁先一步找过来了。方彦气色远没恢复，皮肤毫无血色，青紫的血管在白炽灯下清晰可见，坐在那儿像块碎裂的水晶，碰重一些就会零落一地。

林筱心骤然一酸，不想跌着脸进去见方彦，转到门外摸出手机扫一眼，发现父母在三人群里发来数条信息，她走到安全出口附近才细看。

林建深夫妻必然打听过方彦的背景了，赵女士去林筱家的时候，无意间发现了方彦夹在画架上的几张画，那阴郁的画风促使他们查得更为细致，所以一改刚来C市那天的口气。

赵女士说他们非常感谢方彦为女儿所做的一切，但担心他心里偏阴暗，他们打听过方彦，之前遇事更多是事不关己高高挂起。林建深说得更直接，一个之前没那么善良的人，却一再出手帮女儿，当然不合常理。成长坎坷的人那么多，他也同意工作无贵贱，但方彦正是拼搏的好年纪，就窝在小快递点毫无进取的意图，太没担当了。

林筱心里憋着气，直接降低音量怼了回去："所以做人没有不善良、不积极的权利吗？怂一点活着怎么了？苟着怎么就是错了？"

她说完都觉得委屈，打心眼里替方彦委屈："你们不能强求一个几乎没有被善待过的小孩，长大后也具备良善、坚韧的品质吧？方彦没做过坏事，没害过人，而且只要对他好一分的人，他都能还十分，他对外人冷淡点，心里有些小阴暗怎么了？谁还没点见不得光的小九九！"

手机那头的父母听到她回应也急了，赵女士直接语音发了过来："小筱，我们只是担心你和他在一起会辛苦，咱们损失钱物都不怕，爸爸妈妈是担心你吃亏，怕你伤心。"

林筱知道家里是急了，急到从小到大都没怎么听过"我们是为你好"这类腔调的她也得面对，在要顶回去的当口，她想起方彦总和她说"有时态度适当放软一点"，深吸了口气，似服软却又疲惫地说道："爸，妈，你们可以不信任他，但是像过去我们有分歧一样，多信我一次好吗？我心脏足够强大，没那么容易受伤，而且就算受伤了，我还有个可以疗伤的家随时能回啊！至少眼下，我和他在一起很开心，也很有安全感。"

群里一时没新的消息发来，林筱也顾不上等一等，因为她回头看到方彦坐在轮椅上，被护工大哥推到了门口。

见她回头，方彦举起一只手："我不是故意偷听，是王哥说你过来了，看你半天没进来，我就来看看。"

林筱僵硬地站着，方彦伸手来拉住了她，她才撇了一下嘴，气鼓鼓地说："心情更差了！"

方彦就笑了，林筱爱看他望着自己笑的模样，再没有那副游离在世界之外的漠然，而是和软的、温柔的，带着真正的温度。

方彦是林筱主动追到手的，林筱猜想他对她的好很大一部分是细致使然，她没指望过方彦立刻对她情深义重，但她也不信会给她这样笑容和关怀的人没心动，她有自信能让方彦越来越爱她。

她飞快地发了两个微博主页给赵女士，然后推着方彦进了病房，护工王哥把人扶上床后，识趣地说去门诊取一些检查结果，就退了出去。

方彦看她硬着脖子黑着脸在看床脚的大衣，就拉了拉她的手："个高就别杵着了，我还得仰头看你。"

林筱扯着嘴角意思意思笑了一下，在床边坐了下来。方彦伸手在她颈后轻轻捏了两下，林筱缩了缩脖子："别拿我当黑糖撸！"

方彦只是笑，林筱硬梗着的脖子在他的揉捏下还是渐渐松懈下来。

"请好假了？"

"我和组长说了，晚点会回去，就算通宵也会把活干完。"

林筱只要说会做完的事，量再大，时间再赶，从来都会准时交活，绝不偷工减料，公司也知道她出了什么事，徐阳批假批得很爽快。

"这么忙还回来陪我午休，太感动了。"

林筱瞪了方彦一眼，并不想看他粉饰太平，指了指床尾的大衣："邹文池送来的？"

"给护士递进来的。"方言耸耸肩，"毕竟我现在血脆，他们不敢惊动我，只是惹我们林小姐生气了。"

方彦在说这话的时候，其实有悄悄打量林筱的神色，他知道邹文池去找林筱后，最担心自己一时隐瞒，会在林筱心里留下疙瘩，从接过大衣后就在思考该怎么解释这件事，没想到林筱听他说完就靠了过来，脑袋还在他肩头蹭了蹭。

方彦难得见她这样示弱，心软得不行，伸手将人虚抱着往床上带了带，不怎么宽敞的病床被两个长手长脚的人占满了。

"喂！"

林筱想拍他一下，想到他呕血的样子，又缩了手，被方彦搂着腰贴得更近了。

"他们之前找我，我也不知道怎么跟你说，因为实在不愿意提过去那些破事。"

"我没生你的气，我是气邹家人恶心。"

她很清楚，方彦骨子里和她一样，是不愿示弱的，而且在她看来，再亲密的关系也不能去挖人伤疤，与方家过往相关的事，方彦愿说就说，不提也罢，都是他的自由。

"我快要被邹家人气死了，在逼人讲亲情之前，请他们先做个人吧！"

方彦瞧她果真不曾心生芥蒂，松了口气，忍不住在她气鼓了的脸上轻轻捏了一把：“何必为那些人气成这样？”

林筱郁闷地“哼”了一声：“能不气吗？他们一个比一个讨厌！”

方彦听她认真说着讨厌，语气和淘淘提及不喜欢的人如出一辙，他少年时都没能这样明确表达过对他人的喜恶，多好！

他低声笑了笑，温热的鼻息拂得她碎发搔在耳后，痒痒的。

“你笑什么？”

“不是笑你，是羡慕你，到二十五岁还能活得这么直率，其实过去都偷偷羡慕过不知多少回了。”

林筱扬眉道：“过去？那现在呢？”

“现在啊，我希望我能像你家人一样，护得住你的……”方彦边想找个准确点的词，边笑了出来，“你的耿直。”

林筱的眉扬得更高了：“我确定你的停顿里，有笑话我的意思。”

方彦学她挑眉学得十足十：“你要这么想也行。”

要在平时，林筱手肘就侧击过去了，不过病人大过天，她只能放松身体虚靠着摇高的床，轻声叹了口气：“明明他们是在伤害你，我还要你来哄我。”

方彦温柔地笑着：“就好像本来该受伤的是我，你却比我还要难过。”

狭窄的病床让两人依偎在一起，近得好似能听见彼此的心跳，林筱觉得有许多话想和方彦说，却又不知该说什么，挫败地又叹了口长气，觉得自己是个不称职的女朋友。

“我不难过，林筱，真的！”方彦缓缓说道，“我早就知道，这个世界不是所有的父母都爱他们的孩子，有些是没那么爱，有些根本不爱。”

他说得那样平静，带着轻慢的笑，却把林筱的心揪在了一块儿。她回握住了方彦的手，方彦摩挲着她还没完全消肿的关节，将她的愤懑也轻轻抚平。林筱退开了些，咬了咬下唇，直直凝视着方彦的眼。

“我知道这么说很老土，但是我会对你很好的。”她的脸轻微泛红，却大方地说了下去，“不是同情，而是……因为爱你。”

就像习惯林筱某些在别人眼中不那么令人舒服的措辞，并能从中体会到她的关切一样，方彦也开始习惯她的坦诚说爱，而且每次听来依然心动。他内心短暂地纠结了一下，不知道是先听完表白，还是先吻一下她咬得嫣红的嘴唇。

“他们欠你的爱，我加倍给你补回来。”林筱语气一点都不温柔，还挺霸道，“你不许觉得不一样，你只可以说好！”

她强硬地宣告，眼眸纯粹而炙热，方彦长久地望着她，就像望着凛冬里一团火，滚烫地落在了他掌中，钻进了心上，烧得每一寸血液都灼灼发烫，也烧去了他遇见邹家人后所有的冷漠、自嘲。

方彦二十七岁以前的人生，一再失去，总是被丢下，病逝的母亲，离家的父亲，没有时间维护没有共同语言所以几乎留不住的友情、爱情，连舒南都在嫁入豪门时疏远过旧友……成为继母的小姨竟然是唯一对他尽到了基本责任的人，哪怕只是基本。

直到林筱出现，无亲无故，却开始在他的世界扎根。

方彦手指在两人中间晃了晃，笑容温柔得能把人溺毙："你这样霸气，我像拿错了剧本。"

"我没开玩笑！"

"我也没开玩笑，这些话该我来说。"方彦虽然在笑，声音却是哑的，"林筱，我会对你好，不是因为感动，而是喜欢你，是——爱你。"

方彦过去觉得，爱来爱去说起来多肉麻，可真到了这一刻，他好像没有更准确的词来表达心中满溢的情绪。

他不知道该怎么告诉林筱，她是他孑然一身走了那么久，老天爷忽然开恩给的礼物，他拿到了手里都不大相信自己能拥有，心里其实总在害怕会失去，可这个礼物太美好，他哪怕害怕着，还是忍不住把她越拽越紧。

林筱一直以为，自己要融化的是座藏起来的冰山，却不知道和她在一起的方彦不过是初春的浮冰，下头的水早就被暖化了，余下一层薄薄的壳，维持些许寒冷的尊严。

刚才气势汹汹的林筱，这会儿头反而偏到一侧去了，好像不敢直视方彦的眼睛。

方彦笑眯眯地在她耳边轻吻了一下："别憋着了，都看到你嘴角咧到耳朵边了。"

林筱回头果然一脸灿笑，捧着他的脸亲了下来。方彦揽住她，更热切地吻了回去，互诉衷肠之后的亲吻让人唇齿都着了火，病床的温度急剧上升。

"好啦……还病着呢。"

林筱撑着他的肩往后撤了几厘米，方彦的指腹留恋地摩挲过她泛着水光的下唇，目光简直色气，看得人发烫。

林筱干脆捂住了他的眼睛，方彦张嘴在她手上又咬了一口，又痛又痒，她飞快地缩回了座位，红着脸，笑着说："等回家！回家！"

一起回他们有花有草，有热汤热茶，有猫咪可撸的家。

第二十四章

我会怕

既然说开了，病房也转了，对于邹家的“照顾”方彦干脆受了，还能笑称，这辈子没被秦晖和邹家这样关心过身体。

邹家在本地人脉毕竟广，人不敢露面，也给安排了最好的医生，用最好的药，日常又有安怡涵盯着，林筱和护工照顾细致，方彦情况一日好过一日。

快递点的人听说方彦被张志“害”进了医院，也让主管赵兴做代表，过来探望了方彦。

林筱看着向来节俭的赵兴提来三大袋水果，心里小震惊了一下，看分量每袋都扎扎实实，怕是得让安姐拿去跟小护士们分分，否则到出院她和王哥都消灭不完。

“大家集资送的，让我买个豪气点的大果篮，提点营养品。”赵兴嫌弃地瘪了一下嘴，“我觉得那些是摆着好看，你们还得拆，不如这个实在。”

他说着看了林筱一眼，毕竟从到他们网点开始，林筱就是不差钱但吃得苦的形象，而且进了病房，看到安静整洁的单间和格外专业细致的护工，还有堆在角落的大果篮，一看就贵重的礼品盒，赵兴不自觉地搓了搓塑料袋的提手，稍显局促起来。

林筱伸手就接过了袋子，还立刻掏出两个苹果和一撮葡萄去洗：“还是赵哥会选，我喜欢这个。”

她说这话也不是客套，那些鲜花、果篮、礼盒，要么是邹家，要么是张志家连面都没露，让人捎进来的，林筱总不好给人小护士、保安脸色看，扔出去也不像样，就先堆在这里等出院了再处理。

所以她夸赵兴的语气很真诚，都知道林筱不是妙语连珠的人，赵兴些许局促立刻被抹平，坐下来和方彦聊了会儿天。他说网点的近况，抱怨两句新人难带，芝麻偶尔会小便在门口，然后从背包里掏出一个玻璃瓶，里面装满了五颜六色的纸鹤。

“田田听说我今天要来，昨晚上赶出来的。”赵兴不改抠门本性地发着牢骚，“大家还陪她玩这种小把戏，猴子他们下了班都帮她折，电费不要钱？”

他重重往床边一放：“小孩才喜欢这种土把戏，里头还写了祝福的话，要我告诉你，来不及折一千只了，先折一百只。”

林筱转着玻璃瓶，连连摇头：“太浪费时间了，也耽误学习，快让她别再折了！”

方彦刚才才觉得林筱都能救场了，见她一句话又说得赵兴不知怎么接，赶紧打开上面贴着的手工贺卡：“哇，林筱，田田还特意感谢了你呢！”

尴尬的赵兴也赶紧跟着换了话题：“田田说林筱给她的资料特别好，老何这几个月总在嘚瑟，说女儿英语测试，一次比一次进步，数学和语文也更好了。”

“有同事老公正好是做英语家教的，我把田田情况给她说了，她把能外传的学习资料都发我了，我只是简单整合了一下。”

她说得轻描淡写，但谁都知道没那么简单，方彦虽然常和来送快递的老何见面，却不知道林筱也和他家保持了这么多的联系。

“老何本来想来的，但他老婆又病了，而且你用硬盘给田田挑了很多视频和音频吧？田田用吴大姐的电脑有时会影响她做事，老何上个月咬咬牙还是买了台二手手提，我估计他手头很紧，担心来探病太寒酸，就说等方彦出院了再去看你们。”

赵兴见方彦说话间有些倦了，再聊了几句闲话就告辞了，方彦随便取了两只纸鹤拆开看了一眼，笑了一声，林筱也不知他在笑什么，方彦就把纸鹤递给了她：“手气不错。”

只见两张纸条上，一张用稚嫩的笔画写着“身体健康”，方彦晃了晃另一张“早日康复”，笑：“赵兴的笔迹。”

“主管还是一如既往的傲娇啊。”

“你不也是吗？”

“我没有。”

方彦就学着她刚才的语气，把“我只是简单整合了一下”再学了一遍，惟妙惟肖到林筱凶神恶煞瞪了他一眼。

“本来就很简单，小学英语而已，我标准的从小到大的学霸呀。”

林筱属于轻易不张扬，但骄傲起来也特别嚣张的人，看她抬高的下巴，方彦都想去捏一把。

“我其实有台不用的旧手提，但担心再给田田就过了，我以前给她带奶茶，老何还给我拿土鸡蛋呢。”林筱耸耸肩，“帮忙这种事也得适度。”

方彦看着她，笑得意味深长，半晌才说道："我们林小姐越来越会替他人着想了呀。"

方彦出院那天是安怡涵开的出院医嘱，又过来交代了一些常规的事，日常生活没问题，近期不要剧烈运动，注意饮食清淡。

周卓雄踩着点来接的人，说舒南最近实在忙不过来，等方彦彻底恢复了再请大家吃饭。他帮忙运东西，跑上跑下，方彦的目光一直跟着在转，上了车还在观察，林筱自然也察觉到周卓雄的反常。

周卓雄本来就是身壮体粗的大黑个，可今天脸黑到赛过锅底，再想想，他们其实有两天没见过舒南，也没看到她发消息了。

在病房里周卓雄还不觉得，如今一辆车上被频频注视，连林筱逢红绿灯都不自觉瞄他两眼，周卓雄不自在地挪了挪屁股。

"怎……怎么了？"

林筱在开车没说什么，她好奇心不重，只是担心舒南出事，方彦直接问了："舒南到底怎么了？"

周卓雄摸了摸后脑勺，叹了口气："很明显吗？"

林筱和方彦点头的模样如出一辙："如果是你俩吵架，舒南不至于不见人，她出什么事了？"

"怪我。"周卓雄懊恼地捧住了头，把头发搓得稀乱，"我想偷偷买戒指求婚，偏偏碰见郑浩然，那个王八蛋就来和舒南抢淘淘抚养权。"

方彦的眉头紧锁："他家以前看不上舒南，连带着对淘淘也不当回事，郑老太太总说有的是人给郑浩然生孩子，现在出来抢抚养权纯粹是为了硌硬人。"

"他哪里是要孩子！就是不想让我们好过！但他提出诉讼，舒南只能应，所以一堆事要处理。她这几天都没休息好，我出门的时候看她睡得很沉，就没叫她。"

说话间，已经到了车库，林筱停好车，周卓雄提了最大的包，夹了个收纳箱，火烧火燎跑到电梯口。林筱单肩背着包，另一只手勾着方彦的胳膊，慢悠悠往里走。

"你其实不用来的，东西我多跑两趟就拿完了。"

"那舒南起来不得揭了我的皮？"

周卓雄急归急，还是一副有女友万事足的模样，林筱笑着摇头："快上去吧，东西放门口就行了。"

周卓雄嘴里嘟囔着这不好，身体还是诚实地进了电梯，一进612暖气热得冲头，看到正在通话的舒南长发蓬乱地用大发卡夹在脑后，只到大腿的真丝小睡裙被她又在腰上的手又提溜上去几厘米，危危险险挂在臀边，曲线不知多香艳。

可她气得脸色煞白，连周卓雄进门都没察觉，冲手机吼了句：“你有种就来打死我！”

周卓雄就知道又是郑浩然来电挑衅了，也不知那头回了句什么，舒南冷笑出声：“打死我，你逃得掉？花天酒地、香车美女的好日子可就没了，你舍得？”

她挂了电话，才看到换好鞋皱着两道大粗眉的周卓雄，正要开口，听见电梯响，没合紧的门外传来林筱的声音，她拉扯了一下衣服，挂上张不露痕迹娇笑的脸，和两人打招呼：“回来啦？”

舒南又在周卓雄手臂上掐了一把：“怎么不给人把东西搬进去？哟，方彦，你住院还给住胖了一圈啊？”

方彦深深打量了她几眼，说：“有要帮忙的地方就开口。”

舒南虚起的精气神就散了，苦笑：“你先养身体，有事我和林筱商量。”

林筱点头：“我家联系了几个口碑很好的律师对付张志，需要他们介绍专攻抚养权方面的吗？”

舒南自嘲地笑了：“C市，甚至N省，有哪些离婚官司厉害的律师，我都知道。”

林筱偏头想了想，指指自己门上带摄像头的猫眼：“之前郑浩然来闹事，我发现的都存了，需要吗？”

哪怕是和舒南并不熟悉的时候，一个单亲妈妈被酒鬼前夫骚扰，她看到的也顺手下载了，后来认识了舒南更没有删除。

舒南眼睛一亮：“太好了！我家虽然装了，但有两次砸门撬门，他带的工具小，角度也不对，没拍清。”

“晚点发你。”

林筱开门，黑糖如往常一样假装路过门口，却在看到许久没见的方彦时停住了，它小脑袋瓜一歪，居然软糯地对着方彦“喵”了两声，然后在林筱嫉妒的注视里走了过来，蹭了蹭方彦的裤腿！见方彦没有像平时一样蹲下来摸自己，还不满地又“喵呜”了一声，都没走开。

“这小坏蛋没法养了！”

林筱每天跑医院，忙加班，还挤时间出来好吃好喝伺候黑糖，尽心尽责做铲屎官，什么时候有过这待遇！

她背包都没放，在方彦按着腹部忍痛都憋不住的大笑里，一把捞起了扭动的猫：“肥糖，人家说摸得到肋骨的猫，才是健康的猫，你必须减脂了！所有小零食没收！”

这厢是一派“和谐”的一家三口，隔壁合上门后，气氛却紧张起来，舒南看周卓雄脸色不对，进到卧室也是默默收拾被她扔乱的房间，就推了他一把。周卓雄也没有像平时一样配合地假装被推动。

“你这是……生气了？”舒南惊讶地问，“怎么了？”

周卓雄一脸严肃地看着她：“你不要去激一个酗酒的人，他喝上头了，丧失理智怎么办？”

舒南刚才被郑浩然磨得颇烦，提起他气就不顺：“我受够了，再说不还有你吗？”

“我不是时刻都在的，而且你看方彦，都没让林筱放过单，她还是差点出事。”

“放心吧，姓郑的动手归动手，他怂得很！心里也清楚，不敢闹到要坐牢的地步。”

“那也不可以！”

周卓雄吼完，自己都愣住了，他从来没和舒南大声过，他知道舒南精归精，娇也够娇，历来都是顺着她的，舒南被他吼得也愣了两秒，咬着下唇，半晌没说话。

“我是，我是……”周卓雄急得结巴了，“我、我不想你们娘儿俩有危险。舒南，你、你看看，林筱个那么高，常年健身，还总下工地，对上张志都差点吃大亏，方彦住了半个月院，我、我都、都不能想象不好的事再发生在你身上。”

舒南颓然地在床边坐了下来，手指轻轻抚着缎面的床单，她小时候穿够了粗糙材质的衣服，住够了低劣条件的屋子，后来始终偏爱质感丝滑的用品，好像呵护到了每一寸肌肤，就也能弥补几分过往。

不过是自欺欺人罢了，舒南讥笑着，什么都补不回她满目疮痍的情感和内心。

“我知道，你不用和我解释……”

“结婚吧。”

周卓雄丢出一记炸弹，把舒南炸得呆住了，他单膝蹲了下来，牵住她发凉的手指：“舒南，我们结婚好不好？我想过很多求婚方案，鲜花、音乐、烛光、朋友都得有，这么仓促地开口是委屈你了。但结婚了，我就能名正言顺和你们天天住在一起，结了婚我更有立场去和郑浩然争淘淘。”

周卓雄说完，手忙脚乱地去翻起了包，因为买戒指惹出这么大麻烦，他压根儿就没敢把戒指掏出来，一急又找不到，翻得豆大的汗珠子往下滚。

舒南看着他的背影，先是笑，笑着笑着眼圈就红了，深吸了一大口气，待情绪稳定了才喊他：“好啦，别找了……这件事，以后再说……”

周卓雄翻找的手停了下来，迟疑地回头看了看已经恢复淡定的舒南：“你……不愿意？”

舒南望着他，半晌只是沉默。

她没觉得自己是所谓的婚姻失败者，事实上更多时候她是为自己骄傲的，依她为生的人太多了，从孩提时她就知道自己不能倒下，所以一直勇敢地生活着，短暂地停泊过后，她更确定不能把命运依托在他人手里。

后来她说过很多次，不会抗拒再去爱一个人，可嘴上说得再勇，畏惧和勇气也是共生的。

她怕，怕不够爱，也怕太爱。

是，她现在底气足，输得起了，可是感情一事，怎么用输赢来定？再说她如今生活自由自在，恋爱谈得滋润又没有负担，不想再入一个不欢迎她的家庭的深坑。

在舒南漫长的沉默里，周卓雄知道自己被拒绝了，他尬笑着，还试图安慰舒南：“没事，我就没想过一求婚你就能答应，我有心理准备的。”

舒南揉了揉周卓雄颓然垂着的头，笑着说：“我不会是个好老婆。”

“你、你不需要做好老婆，你……”最不擅长说情话的周卓雄憋了半天，才把下半句凑了出来，“我只想要你做我的老婆。”

舒南搭着卓雄的肩，笑得花枝乱颤，边笑边喊傻子，而周卓雄也的确被她笑傻了。

“傻子，我从来就不是当贤妻的料，我当年学厨艺学插花，是为了钓有钱人，我冒着毁身材的危险偷偷怀孕，是要逼宫，我被打了还不舍得走，是舍不得钱，我甚至……”舒南深吸了一口气，“要不是钱，我甚至不想带孩子走，我当初抢淘淘，有一小部分原因，是他爸爸会动手会家暴，更多是因为，带着他，拿得更多。”

舒南笑得讽刺极了：“郑家老太太不喜欢我，郑浩然以后一定也会结婚生子，但淘淘好歹也是她孙子，她不会省钱。”

“可是你……”

舒南不让他开口，快快地说了下去：“我这个人什么时候算盘都打得叮当响，永远都在做对自己最利大的选择，我不适合结婚的。”

“可是……”

“回去吧，好好想想，不要一时情绪上头就定下一辈子的事，你家里也不会同意的。”

舒南抓起他的包，推着他往外走，周卓雄一九几的个子，木木地被她推到了门外，都没有说出他的那句“可是”。

因为伤心了，他看得出来，舒南是认真的，她可以做他女朋友，但她不想当他妻子。

他也看得出来，舒南知道他伤心了，还是把他推了出来。

“快回去吧，方彦他俩都回来了，我会很安全的。”

她替他套上了羽绒服，笑容可掬地挥着手，还踮脚亲了他一口，然后“咔嗒”一声关上了门。周卓雄站在门外，萎靡不振地贴着门，门板冰凉，心也冰凉。

他小声地、无力地说出了那句被舒南两次都堵回去的话。

“可是，你选择了我呀。”

而门后什么都听不到的舒南不过片刻怔忡，拾掇一下衣襟，回头看到永远知道什么时候该听不见看不到的刘姐指了指淘淘房间。

“睡醒啦？”

“醒了，说跟他熊叔叔约好了下午去游乐场，在问几点去。”

舒南嫣然一笑，飘进了儿子房间：“宝贝，今天下午妈妈不播，可以带你去买乐高，去吗？”

屋内响起淘淘的欢呼，母子两人不知还说了点什么，笑作了一团。

最先发现周卓雄情况不对的是方彦，也已经是一星期以后的事了，他上门打听的时候，舒南表情精彩得不亚于看到马里亚纳海沟爬出来的海怪，就差上手捏脸确认是不是本尊了。

“你什么时候主动管别人感情上的小闲事了？”

每一次她求助，大到闹离婚、进警局，小到淘淘生病、接送，方彦都不会拒绝，可前提都是她先求助。

“你有本事别让人怨夫一样，没事上我们那边唉声叹气。”

方彦扫了她一眼，舒南软着腰身依进沙发，边摇头边拍着自己胸口，因为肤白胜雪，明眸善睐，这样矫揉造作的姿态做来也很好看。

“他跟我求婚了。”

方彦扶着额头，叹口气：“他急什么？你现在不会答应的。”

舒南也扶着额头：“所以躲着他点，我现在应付起诉还来不及，哪里有心情想别的。”

她正心不在焉地翻着合作人发来的春季选品图片，通知取件的信息发了进来。

“我恨不得什么都发恒通，因为那个老何会给我送上门，你看其他家不管件大件小，都是给我往快递柜或者菜鸟一丢，外婆也是，可想你了。”

“进展不错，都喊上外婆了。”

“那你是没见周淳，什么时候见我都横眉冷眼的，活像我挖走了他家几千万，他爸更是从不肯露面，你说这种婚结了有什么意思？”

方彦看她脚趾都放松地在翘着弹动，并没有把阻力放在心上的样子：“周卓雄对你好就行。”

“这话老气得都不敢相信是从你口里出来的。”舒南继续翻着手机里的图，不时刻薄又犀利地吐槽两句，“我都说了等我明天去仓库看，他们都预选了些什么品！哎，说起来卓雄今天还在讲，他大哥好久没打听过林筱了。”

“我们在一起以后，周淳再来约，林筱直接跟他说有男朋友了。”

成年人的感情总是理智的，周淳那么精明的人，眼看没回报自然及时止损，痴心男二号的人设只适合小说和电视剧，奔四的男人动一点心，大多收放自如。

“我最喜欢林筱干脆，有魄力！”

方彦会心一笑：“她一直是这样的性格。”

“啧啧，听听你这语气，栽得心甘情愿啊。”

“你难道不是？”

舒南指甲一剔：“那不一样，我是在享受恋爱，也不是说恐婚恐育了，就顺其自然吧，什么时候想结了再说。”

舒南已经吃过一次不受家族欢迎的亏，觉得男欢女爱比成家后的一地鸡毛愉悦太多，她如今收入稳定、恋人体贴，孩子又送幼儿园了，正过得逍遥，对于婚姻实在兴趣不大。

“你说他急什么？现在几个人二十来岁就结婚的，”舒南瞥了他一眼，“你不会也劝我找到一个，就要抓紧吧？”

方彦看了她一眼，一副懒得答的架势，舒南自己笑了一声：“其实我抓紧的。”

冬日焦糖色的光穿过透亮的落地窗，迟缓地淌了一地，室内暖气开得热烘烘的，舒南光着脚丫踩着短绒地毯上的毛，隐约听见淘淘和刘姐回来，被周卓雄在门口撞见，就扛着“坐飞机”又下楼去了，留下一串“咯咯”大笑，她眉眼比冬日暖阳还要柔软。

“那傻子都不知道，带淘淘来嘉洲的第二天，我就记得他了。”

下定决心要离婚那天，舒南果断带着儿子搬了出来，郑老太钱方面是大方的，嘉洲这套房子在她生了孩子后，直接全款落在了她名下。

郑浩然哪里肯放过她，第二天就打上门来。舒南当初风风光光嫁入郑家，也愚蠢地在姐妹群里嚣张过几日，后来被打了也没脸去找别人。虽然方彦帮过她几次，但那天他在远处派件一时赶不到，物业听郑浩然说是丈夫，不敢直接插手，民警和社区工作人员差不多是同步到的。

不同于物业工作人员软到无力的劝解，她听见外头有人直接拉开了砸锁的郑浩然，透过摄像头看过去，一个壮实到把郑浩然完全遮住的大高个，像山一样挡在门口。

她才敢打开门，脸上还带着前两天被打的瘀青红肿，那人自称社区的周干事，看了一眼她脸上身上的伤，就把她和她怀中在哭的淘淘护到了身后。

后来去派出所调解，周卓雄始终陪着，还帮她抱睡着的淘淘。舒南见过太多和稀泥的、劝解的人，鲜少有周卓雄这样第一次参与其中就跟她强调，家暴就该零容忍，强调让她保留证据，记得验伤，多录音录像的。

虽然这些事舒南都做了，可是被人那样重视地一再叮嘱，在面对郑浩然的软磨硬泡加保证书老一套时，她更坚定了。

后来方彦赶了过来，周卓雄也坚持和民警一起把她娘儿俩送回家，并留了私人号码。他说他就住隔壁小区，社区办公室也在对街，如果安全受到威胁，随时给他打电话，人进电梯了，还探头出来强调哪怕晚上、假日都可以打。

舒南记得旁边的女民警还帮腔，说周干事心地好人又热心，让她放心。之后的一个星期，他真的每天都打电话过来，询问郑浩然有没有找麻烦，啰唆到婆妈。

如果舒南是平日里的模样，会怀疑他另有所图，可是两人第一次见面那天，她鼻青脸肿无比狼狈，哪看得出半分美貌？

正式办理离婚时，舒南手头有数次验伤报告，家暴、出轨都有视频有照片。郑家做好了和她打硬仗的准备，舒南却求速战速决。房产只要了原本就在自己名下这一套，钱直接退让到她猜测的郑家心理底价，郑老太太就爽快给了，但要求立下公证字据，房子一旦转卖，钱必须留给淘淘，防的倒也不是她，而是她吸血的母亲。

其间周卓雄帮了不少忙，只是舒南看出他对自己动心后，彼时心伤情伤，怎么可能对人动情，就疏远了他，直到淘淘肺炎住院那回，才恢复了往来。

方彦看她想得出神，靠着沙发喝起了茶，还是舒南自己回过神来，看他还想问，干脆换了话题："你身体恢复了？"

"差不多吧。"

"怪不得安姐会找你帮忙画画。"

"他们动物保护协会要做领养日的宣传，李医生和她到处抓壮丁，不止让我帮他们画了几张猫猫狗狗的 Q 版像，还抓了林筱今天去基地帮忙拍摄。"

"我们身边有高级相机又会拍，还能免费的人，只有你家那位了。"舒南直笑，"李嵩和安姐是真配，省钱的算盘都能打到一起去，不是说电视台那个虞梦也会帮忙拍宣传海报，还是你家那位牵的线。"

"林筱他们组最近接手她的别墅单，安姐给林筱打电话的时候，正好被她听到了。估计想搞点话题，立个善良、喜爱小动物的人设？基地这边觉得她在 C 市还是有点名气的，能多带点关注，双赢嘛。"

舒南"嘁"了一声："什么虞梦，我以前还和她一起拍过平面的，她原来叫马佳佳，走后门进了电视台，这两年巴上高层陈栋，主持了一档节目和几场晚会，只会拿着话筒傻笑当花瓶，一天到晚被骂。”

舒南打开微博随便翻了翻：“方彦，我没想到你画得这么好。安姐说你不仅给画了Q版，还画了个拟人的小条漫，她们爱得不行，准备和待领养的小动物信息一起放上公众号，还要印到赠送的台历上去。”

“顺手而已。”

舒南“啧啧”两声：“你以前哪会‘顺手’管这么多闲事？而且我昨天又转发了你的画，两个号赞的人都越来越多了。”

方彦疑惑地看着她：“转发？”

舒南这才意识到他可能什么都不知道，一捂嘴：“完了，林筱是要给你惊喜吗？被我说漏了怎么办？”

说都说漏了，舒南索性把微博调了出来，免得更茶里茶气。

“林筱前一段把你的画发网上了。”她一看粉丝数，又“哇”了一声，“看嘛，粉丝数和评论数确实越来越多了，不过还是小条漫更受欢迎。”

方彦当初说了那些灰色系的画随林筱处理，林筱收起来他也没有过问，没想到林筱不知什么时候居然开了一个叫“Charon”的号，把画都陆续放了上去，连最开始在天台抢下来那几张撕破的，都做了技术复原。

而另一个号则是顶着黑糖一张罕见卖萌头像的“肥糖大人”，隔三岔五发的都是他这几个月画给林筱的，她和黑糖相爱相杀的小条漫。

他往下拉到了底，发觉每个号一开始看的人寥寥无几，在被几个插画大V和舒南转发之后，人气才慢慢起来，尤其是肥糖那个号，已经有十几万粉丝，每篇也有上百条评论了。

“那几个插画师，还有两个小有名气的设计师，应该是林筱的师兄师姐吧？最开始的一万粉和评赞是我教她买的，后面这些可是被转了以后，靠你实力攒出来的。她一天忙得人仰马翻，还抽空打理两个微博，对你够用心了。”

方彦惊讶得说不出话来，忍不住翻起了评论，林筱间或回复过，自然有键盘侠抬杠、指手画脚，尤其是Charon那个号，一开始总被说压抑，还有人怀疑他心理变态，后面慢慢也攒出点真粉，每一条表达喜欢的评论林筱都认真回复了，比肥糖的号显然费了更多心。

肥糖那个号自然更火爆些，大喊有爱、太萌的居多，人气旺了数倍，还有催更的。

“出息了啊，方彦，苟富贵勿相忘啊！”

舒南原本是句玩笑话，方彦安静了很久才说道：“我是不是可以靠这个赚钱了？”

“拜托，你家那位不缺钱，你急着寻思赚钱的路子干吗？”舒南说完瞟了方彦一眼，见他完全不介意这样的说法，才继续讲了下去，“我觉得林筱还是希望你先专心学画吧？”

方彦伸了个大懒腰，懒洋洋地说：“我知道她不在乎钱，你就当是我小时候穷久了，留下点可笑的自尊吧。我不想太没出息了，或者说，我不想再潦潦草草过了。”

作为一个从不在乎“没出息”很多年的人，突然想振作的方彦说得好像是在自嘲，目光却格外温柔。舒南认识他多年，都没见过他谈及哪个女生时露出过类似神情，不仅温柔，简直有点黏腻的甜。

她摸了摸其实不存在的鸡皮疙瘩：“我以前可想不到，你会被这样的女孩子收服。”

“你以为会是什么样的？”

“那种爱笑会闹，很阳光的？”

她没说完，方彦就笑开了，心说林筱也很阳光，只是她的向阳更像是恣意的、生命力旺盛的绿树。

“或者像卓雄这样，没受过毒打的好孩子，婆婆妈妈管得宽的好人，不然像我们这样满是童年阴影的，谁受得了啊——”

舒南生出了满腹的感叹，最后也只是一声拖长到叹息的尾音，方彦却摇了摇头。

“你和我不一样的。”

他目光悠长，想起了很久以前，他现在已经允许自己回忆了，平静地回忆。

“你记不记得你十六岁的时候拍杂志，特意跟人一起推荐了我，那个姓吴的。”

“快别跟我提那恶心玩意儿。”

舒南蹙起了漂亮的眉尖，她发育早，身材也漂亮，碰到过不少揩油的。彼时毕竟是少女，被人那样直白地上手摸胸，还明确表示可以用身体换工作还是头一回，好在她妈向来陪她上工的，直接骂完就带着她走了。

“你妈当时一通骂骂咧咧，之后也没再接过那家工作室的活。”

“她贪归贪，这种事倒没……也不好说，可能那会儿碰到的地位低了，换个有钱有势的，没准她就主动把我送上去了。你看郑浩然之前把我打成那样，她还催我复合，不就是因为郑家有钱，出手也大方。”

不过舒南好的歹的都记着，这些年常被亲妈气得够呛，但想想她单亲拉扯两姐妹长大的难处，钱上只要不是太夸张的数目，也没难为过。

“那个姓吴的就是个变态，你走以后，也对我动手动脚了。”方彦平静地说。

舒南猛地坐直了，怒火中烧地看过来：“你怎么没和我说！”

她美目里腾着火，继而想起活是自己介绍的，也是自己先撤的，说了又能怎样？

她当年不过是个平面小模特，对方却是享有盛誉的摄影师，她知道后能做什么？

“你不用把责任往身上揽，我没受到实际伤害，何况方乐婷就在旁边，看到他的手捏过我的腰和臀部，也看到我躲开了，她都没管，和你有什么关系？”

那时方乐婷与秦晖婚后不睦，时常怀疑他不忠，日益阴阳怪气，回家还说被男人摸两下又不会少块肉，从那天起他更清楚地知道，即便是与同病相怜的舒南比，他也是不同的。

十六岁的舒南被人摸了胸，平时嗜钱如命的舒母挡在了前头，而十三岁的他，只得到了方乐婷的冷嘲热讽。

人性有时复杂得让人看不懂，就像舒南不知道如果换个更有钱有势的人，她母亲还会不会发飙，他也不会知道，如果对方真有侵犯意图，方乐婷会不会保护他。他只是待经济宽裕些，以锻炼肌肉线条为由去学了散打、柔道，时刻提高警惕保护好自己。

舒南看着端坐在沙发另一头的方彦，平和地说着这些，眼中没有怨怼，也不灰丧，好像只是在叙述一件无关紧要却恰好记住了的旧事。

“你真的变了，你以前不会和我谈心的，更别提说往事了……”

方彦笑容轻得像微风吹起的一片羽毛：“大概心被打开了吧，就不钻牛角尖了。”

在还不懂开解自己、放过自己的年纪，他自我保护的方法就是钻进壳里，之后那么多年，没人跟他说你出来，他就一直把自己关着。

而林筱就是那个打开门，轻轻就把他拉出来的人。

“说起来我俩运气都不错，居然还有人肯好好爱‘妖女’，爱‘废柴’。”

舒南偏头看向外头，也不知想了什么，又“扑哧”笑出了声。

方彦每次和舒南说事，也是一两句话点到为止，日子都是自己过，旁人没什么资格指点江山。

他边起身边给林筱发了条信息，问她那边情况怎么样。几秒之后林筱的语音开始发过来，她平时打字居多，这回居然连发了几条语音，背景声乱糟糟，她声音冷飕飕的。

“虞梦迟到了三个小时，刚到。”

“来前说太远，来了吐槽路上太脏，基地里太臭。”

“她不肯和狗狗进草丛，怕踩狗屎，不肯抱，说会有虱子。”

“她可能以为自己到基地是仙女下凡，来施舍众生了吧。”

林筱的吐槽都冷冷的，说到最后方彦都能想象她冷笑的样子，舒南听得也捂着嘴一直笑：“我觉得自己都快进冰箱了。”

“她过去连不准时都受不了，现在能忍这么多，已经进步巨大。”

“我看你身体也好得差不多了，今天难得出大太阳，别窝家里了，去基地看看？”舒南问，“开车过去就二十来分钟吧？要把我的车给你开吗？”

“林筱和安医生她们一起走的，车在楼下。”

“去吧，要是马佳佳实在难搞，你就给她替了嘛——”

舒南当然说的玩笑话，她比谁都清楚方彦内心有多抗拒镜头，否则做模特的钱不比快递员来得快得多？他也不用谋划着找赚钱的门道，就算年纪大了点，以她的门路，给他联系活不难的。

在舒南看来，林筱能让方彦把贴身物件般的口罩摘下来，已经非常厉害，让方彦再站到镜头前，那是不可能完成的任务。

第二十五章

过往的囚徒

方彦在基地大门外的土坪停好车，正遇见虞梦脸臭到不行地从里头快步走出来，把旁边跟着的小助理骂得头都抬不起。

基地所在地是高新区当时开发时，因为土地和废水争端遗留下的一片山头，后来所有者把山脚废弃掉的养鸡场半租半送给了市小动物保护协会，才让他们有了一片相对大的地方安置无家可归的猫猫狗狗。

基地外没有正式停车场，今天来的义工比较多，一小片土坪里车停得挤挤挨挨，方彦只能靠在最外头，隔壁恰好是迟到的虞梦的车。

走到车边的虞梦还在骂骂咧咧，看她一身打扮还是费了心思的，休闲服，运动鞋，老天爷赏饭吃的小脸只上了淡妆，远看颇为清纯，走近就会发现裸妆盖不住她肤质已糙的缺陷。

“我来是给她们面子，知道我平时拍个二十秒宣传视频都要收多少钱吗？我现在免费，她们倒好，请个业余人士拍，还有那衣服是人穿的吗？又肥又大，没有一点曲线，那么丑的大 logo！”

“可是梦姐，我们连通稿都写好了，你现在走了……”

虞梦眼珠子一转：“我刚才搬狗粮和摸了两下那只残疾狗的画面你拍到了吗？”

“拍了。”

“到时候放出去，然后我找朋友化个被咬伤的特效妆，你隔远一点模模糊糊给拍了，我再找医院的人写个急诊病例，谁还会说什么？”

“这样……不好吧……”

“有什么不好的，你没见那只臭猫把我包抓成什么样子吗？你也是个死人，连个包都看不住！我包多少钱你不知道吗？”

虞梦目露凶光地拉开了车门：“那个林筱以为她是谁，一个设计公司的小跟班，还敢训我！明天——今天我就找个理由投诉到她公司去！顾客是上帝！上帝！懂不懂？”

方彦徐徐降下了车窗，露出一张人畜无害的温柔笑脸：“是虞梦吗？我们家都好喜欢你，能不能给我签个名呀？”

虞梦也没想到旁边车子里还坐了人，吓了一跳，不过她做主持的到底反应灵敏，马上镇定下来。再看方彦开的车品牌还凑合，长得也行，立马仿佛变脸般挂上了亲切的笑脸：“当然可以，要签哪里？”

方彦递出来放在中控台上的笔记本，她笑着接过来，好似随口问道：“要 to 签吗？怎么称呼？”

“姓陈，陈栋，马小姐。”

虞梦龙飞凤舞刚写完一个“to”，笔顿住了，冷笑：“你什么意思？”

方彦晃了晃手中刚录的视频，随便放了几秒钟，欣赏完虞梦的脸色大变，才笑着说：“我这么喜欢虞小姐，看到了当然会拍会录，说不定还会发到网上去炫耀啊！”

他笑得比刚打照面时还要温柔，嘴里还说着喜欢，可虞梦看着他，连一句“你敢”都说不出口，毫无气势地低声问了句：“你到底要怎么样？”

“为刚才的事，发信息和所有人道歉，然后，”方彦笑吟吟的，“立刻滚。”

他连说滚都说得很轻柔，虞梦心里骂了两句脏话，却不想惹事，她能在台里混出头来，靠的可不只是抱上的大腿，还相当识时务。

她当机立断让小助理当着方彦的面，打开微信里和安怡涵他们联系的群，语气诚挚地发了一长串道歉的语音，表示最近私事缠身心情不好，给大家添堵了，希望大家能够谅解，也希望下次能有补偿的机会。

“行了吧？”

“谢谢虞小姐了，不枉我们都这么喜欢你。”方彦也客客气气把视频当面删了，连草稿箱都清除，然后头挨着车窗，笑容满面地和两人挥了挥手，“再见。”

他的面孔在阳光直晒下都没太多血色，过度苍白加上和善的笑容，虞梦也不知道他是大病初愈，只觉得越看背越冷，完全没有再找场子的意思，上了车跟躲瘟神似的，直催促助理开车走人。

因为虞梦不负责任地撂挑子走人，林筱和安怡涵正商量着对策。王璐彤居然也来凑热闹了，还指派着李嵩和其他几个义工的站位，点到的人痛苦而生硬地替小动物们检查身体、梳毛，林筱拿着相机随便抓拍了几张，边和安怡涵回看边摇头。

王璐彤元气满满地替大家加油：“自然点啊，你们平时怎么做的，就怎么弄。”

李嵩抬头就看见方彦背了个双肩大包，迈着大长腿走过来，那身形要多漂亮有多漂亮，他并不知道方彦的往事，手中的毛刷往前一指。

“你们非说得找个帅一点的更吸引人，把我都要拉下水，不是我不拍，镜头里实在太僵硬，不好看。林筱，我看方彦比我合适，你看看人家那大长腿，和我们阿虎在草地上随便跑一跑都漂亮。”

阿虎是基地最威风的一条黑背，只是被打残了一只眼睛，在李嵩手边温驯如绵羊，看方彦走过来就先警惕地竖起了耳朵。

“方帅哥也来啦！”

王璐彤用力摇摇手，林筱过来接过他的包，语带责备：“这么重！”

林筱就像没听到李嵩的话，方彦看她神色其实高兴居多，不像会因为自己出门生气的样子，松了口气，他为一个胃病快被林筱当林黛玉搞怕了。

“以为你们要拍室内，带了点取暖的东西，室外太阳大倒是用不上。”

“喂！我说，我强烈建议，让方彦来替我！”

没看懂脸色的李嵩一心脱离苦海，热情洋溢地推销着方彦。

林筱直截了当拒绝：“方彦不拍。”

“怡涵，你管不管？她男朋友不拍，就非得让你男朋友拍？”

安怡涵无语地瞪了他一眼：“你平时不是这么没眼色的人啊。”

李嵩这才收了声，凑到女朋友跟前，小声问：“他俩吵架了？”

“想什么呢？不懂别瞎说话。”

“完了，我说错话了是吧？”

李嵩三十大几的男人，笑起来像个大男孩，安怡涵也发不起脾气，恨铁不成钢地对着他叹气加摇头，还被搂着亲了一口。

“不想拍啊，实在不想拍，你看林筱的脸色，拍了也不能用啊。”

什么都不懂的王璐彤也伸手投方彦一票：“我同意，我觉得方帅哥的脸型一定上镜！”

林筱再次装聋作哑，皱着眉，目光在院中所有来人里穿梭，不时翻一翻相机里已拍的，集体做事的还可以，一到镜头特写一个个关节都跟木头似的，画面委实不好看。

“林筱，要不我帮你找两个专业模特来吧。”

王璐彤看出她不情愿，就出着别的主意，林筱摇头：“都下午了，哪里有人随传随到，再晚就不好拍了。”

“也是，明天周一，大家都没时间了。”

方彦习惯性地把手搭在她果然又发硬的脖子后，轻轻捏了两下，林筱稍稍放松：

“你别理李医生那个疯子。”

“我来吧。”

“不用。”

方彦轻声笑着，凑到她耳边问：“你不想拍我？”

林筱一愣，回头看了看方彦，见他坦然地笑着，并不是玩笑，也不见勉强：“你真的愿意？”

“没那么难。”

现在想想，出门前舒南说的虽然是句玩笑话，也“悍跳”预言家了。

他太了解林筱藏在冷静之下的好强，虞梦是她怼走的，所以她更想把这件事做好，比起被拍，方彦更不愿看到林筱为难。她仿佛有把他桎梏解开的魔力，每一次破锁都自然而然，到现在把话说出口，方彦也没有一丝后悔。

李嵩在安怡涵的指挥下，陪方彦去换为领养日活动特意定制的冲锋衣，顺便陪他熟悉一下要一起拍摄的猫狗和环境。

“我刚来的时候，基地才七十几只小家伙，现在已经快三百只，绝对是超负荷的。”

李嵩指给他看每个小犬舍都关了超量猫狗的现状：“基地要付租金，固定员工的工资，其他粮、猫砂、日用品每个月消耗都在一万五以上，驱虫药、肠胃药、皮肤病药品、测试纸这些常规药品，我和另一个同行都是按进价走的，绝育、治病我们也只收了用药成本，每个季度都至少一万起，好多人还说我们为什么不免费。”

李嵩说着就笑了：“我们开店也有开支，全免费谁扛得住？做事要量力而行，能帮我帮一点，也不是什么大富大贵随便亏。而且基地不时还会收容大病被遗弃，或者伤残的猫狗，治疗少则几千多则上万，都是靠各路捐赠和来帮忙的义工出钱出力，很多时候都是硬撑。”

虽然说的都是直观数据和困难，李嵩始终在笑，他年纪和安医生差不多，比方彦他们都大了好几岁，是个眼睛里也藏着故事的人。但他向来活力满满，看上去乐观而热情，站在方彦身边也没太大年龄差。

方彦总说自己没那么善良，但他懂得欣赏像李嵩、安医生他们这样，把善举坚持下来，哪怕遭受非议也能一笑而过的人。

“基地条件确实比我想象的要差。”

“这边总是过量饱和的状态，条件能好到哪里去？只能管个基本需求，领养才能真的改变它们的生活。”

“以前没有做过领养活动吗？”

方彦没接触过，但理论上领养应该是基地常规要做的活动。

“当然有，只是没什么水花，知道的人太少。所以我们就想做点吸睛的周边，配合公众号做抽奖，找像舒南她们这样的网红在各个平台帮忙做宣传，最好以后都能固定下来，每个月找一个周末做开放日和领养日。把‘领养代替购买’这个观念根植出去，才是它们最好的出路，所以这次的宣传效果对我们来说很重要。”

方彦看着笼舍里几乎都是被遗弃的小动物，那些警惕的、怯懦的、过度热情的表现都在戳中他，他不是善心过剩的人，他只是——太清楚被丢下的滋味。

方彦换上冲锋衣回到前院草坪，几个义工看得直感叹，夸他衣服架子，王璐彤更夸张，说他把一百块穿出了几千的效果来，还开玩笑说怕他穿得太好看，被人质疑款项被挪用买品牌衣去了。

安怡涵笑眯眯地让她放心：“我们收支账目都是公开的，还可以把冲锋衣的购买页面贴上，一共就六件，原价 128 还打了九折。”

林筱为了尽量减少方彦的不适，拿着相机站得很远，在方彦站到那几只相对温顺的猫狗里开始熟悉后，她也没有催促，给足他时间适应。

镜头离得远远的，掌镜的人是他再熟悉不过的恋人，她还放了他平时常听的音乐来帮助放松。方彦站在那里，能听见自己刻意放缓的呼吸，他看着林筱，林筱什么都没说，却在用她温和又肯定的目光告诉他，他随时可以放弃。

他抬手：“可以了。”

“好。”

林筱举起了她的相机，没有迟疑。

六七年没拍摄，方彦充斥着别扭和陌生感，可他打小千锤百炼出来的经验如同本能般，克服了心理上的排斥，迅速进入了状态。从一开始明显的生涩，到迅速调整好状态，他只用了林筱按七八次快门的时间。

方彦身材挑不出毛病，五官不会英俊到夺去身旁动物的关注度，却知道在长焦镜头里找到最好的角度。

不同性情的猫狗他搭配了不同的表情、动作，或蹲或站，或抱或追逐，笑容灿烂的、温柔的，略带忧伤的，一丝丝怜悯的，他连眼神的细节都完全到位，简直就像按照拍摄者的臆想跳出来的作品，镜头感满分。

旁边看热闹的人，包括知道他过去的安怡涵都看呆了，李嵩震惊到口吐芬芳：“我去，我就是想逮个人替下我，没想到逮了个王者！”

王璐彤更是呆若木鸡：“以前，小筱和我说，方帅哥完全是她的菜，我还觉得她挑帅哥的标准也就那样，我终于知道是我看走眼了。”

唯一沉着脸的只有林筱，不是成片有问题，而是她不想看到方彦为了她，又一次委屈自己。于是她把快门按得极快，又有完全配合的模特，很快就按需要把该拍的都拍了。

“可以了！”

林筱盖上镜头盖那一刻，才长舒了一口气。大家围住了方彦，夸得天花乱坠，方彦却看着人群外转过身去的林筱，看到她连背影都快透出来的沮丧。

他应酬了几句，从旁边准备的一些简单道具里翻出了个东西，走了过去。

“不高兴啊？”

林筱听他声音回头，看到方彦居然戴了一个黑色猫耳的发箍，还把右手举到耳边做了个招财猫的手势，冲她“喵”了一声。

她摸了摸额头，眼睛都有些发涩，还是踮脚去摸了摸那一对猫耳：“你也太会哄人了。”

“林筱，没有人可以勉强我做不愿意的事，只要我做，就是心甘情愿。”

林筱叹了老大一口气，伸手去遮他的脸：“你这样的表情，还戴着猫耳和我说心甘情愿，太犯规了！”

方彦拉下她的手掌，亲了亲。

王璐彤在旁边大喊着当起了电灯泡：“天啦，求求你们照顾一下单身狗吧！”

她两眼亮晶晶的，看着方彦的猫耳：“方彦方彦，我有个想法——”

林筱带着杀气的目光扫过去：“你没有想法！”

“哎呀，求求你们听完，我有个绝妙的点子，保证你们宣传活动会一炮而火！”

王璐彤调出之前她看了的，方彦画的拟人条漫：“这个漫画里出过场的猫猫狗狗，方彦，你绝对可以一人分饰数角，给这一批主推领养的动物都拍一张拟人版的主题海报！我光想想都觉得效果炸裂！”

“不行，到此为止，绝对不行！”

方彦看看安医生哪怕听得眼睛放光，也克制地没有发言，再想想之前看到的饱和的犬舍和猫屋，还有坚定维护他的林筱，思索了一下，又看了看时间。

“可以，不过这种主题更适合棚内拍，我刚看到后面有一个纯色墙壁的屋子可以用。安姐，你把要拍摄的动物正面和侧面照各发一张给舒南，让她找衣服，妆发、造型她都会做，不用花钱。”

他迅速地安排起来，大家也按他说的着手准备，林筱去拉他的手：“方彦——”

“没事。”他拍了拍她的手，“反正都拍了，也不差这一点。”

方彦不仅迅速安排了需要做的准备工作，包括把舒南惊得差点以为自己疯了，还把林筱带到大家按他需求腾出的房间给安顿好了。

林筱板着脸试完光，又调整了一下补光，查看了预备拿来做背景的几块布帘，方彦已经像哆啦A梦般从包里掏出一堆东西。他背来的大包里应有尽有，热茶、暖手宝，还有盖腿的大围巾，甚至连便携的USB接口小灯都有。

“怎么样？”

被一个刚病愈的人费心费力照顾成这样，林筱也不好再冻人，勉强挤了个笑。

待方彦走了，她盖着围巾，喝着暖到胃的姜茶，掏出速写本画了画基地的框架，才逐渐冷静下来。

她只能选择相信方彦的话，只要他做，就是心甘情愿。

很快人到了，魂还没归位的舒南不仅送来了东西，还带了两个帮手，到了现场先是惊叹地给林筱连竖了三次拇指，说“你太牛了”，然后又娇滴滴地拉着安怡涵撒娇。

“我就说我安妇又找林筱拍照，又让方彦出工，怎么能把我落下？”

“周卓雄居然没跟着你？”

安怡涵也感觉两人最近有心结，顺便问了问，舒南“哼”了一声：“我俩都走了，谁管淘淘？要让小家伙跟过来，我就不用做事了。”

她又夸了林筱一通，才拉着方彦去捯饬了，换的第一身衣服是黑色系丝质的，舒南给他整理完猫耳推到光下，王璐彤直接“哇”了一声。

林筱觉得自己是见过世面的，不想老土地惊叹，可灯下的方彦简直又换了一个灵魂。

他轮廓深，眉眼的色泽却偏淡，上妆之后，五官变得更为立体，两道浓眉之下的浅色眼眸，在深色背景和按灭了绝大部分灯光刻意营造的氛围下，阴郁又带着难以捉摸的迷离，勾着你，又防备着你。

林筱拿着相机走过去，故作镇定地调了调光，吐出一口长气。

舒南在旁边笑得前俯后仰，明知道林筱是习惯肢体保持距离的人，还是搂住了她的脖子：“怎么样，方彦在镜头前真正的样子——”

她双手一摊，做出了新世界大门向你打开的手势，而林筱却仔细观察着方彦在补光灯和打光板前的一举一动，越观察眉心越打结。

她看出了方彦藏得严严实实的戒备，不是为了配合角色演出来的，而是真的警惕，他在警惕离他越来越近的镜头。

对方彦来说，这样近似摄影棚的环境，与在宽阔的室外，林筱还特意拉远了的拍摄距离截然不同，强烈的逼迫感像有双冰冷的手，在抠着他的心神往地底按去。

林筱忽然把相机往身后一背，歪头笑着说："男朋友这么好看，不想拍给别人看了。"

方彦一下就笑出来，就像被破开了迷咒，五官都松弛了，他扯了一下林筱的衣袖，把相机也从后面扯了出来。

"赶紧拍吧。"

林筱却把相机往他手中一塞，带着他的手举高到眼前，才摘下他头上的发箍戴上，退后几步。

她确定自己整张脸都会在镜头里后，学着他方才在外头做过的，把手放在耳边，"喵"了一声。

她做不到方彦那么自然，一点别扭和傲娇搁在小视窗里，直直击中方彦的眼睛，方彦所有的气闷、难受都潮水般退去，只被她明亮而平静的眸子隔着镜头注视着。

"咔嚓"一声，方彦下意识按下了快门，他无比熟悉又许久没听过的声音，林筱摇了摇手，又"喵"了一声。

方彦放下相机，走过去大掌包住了她还没放下的小拳头："去吧，赶紧拍。"

"你确定可以？"

"确定。"

他说完这句话，立刻就进入了状态，还是一样的衣服，方彦居然能随机切换风格。

他先是跨腿反坐在靠背椅上，抓着尾巴的末端漫不经心扫着下巴看过来，像黑白电影里心灵破碎的风月高手，你明知他无心无情，还是忍不住捧着心奉上去。

拍了几张后，他一起身，目光已经温顺而驯服，只是简单笑着望住镜头，都能被他面上的依恋打动。

"需要什么样的状态你和我说，多拍几种，到时候挑着用。"

林筱给他比了个拇指，飞快地按着快门，一说"OK"，方彦就习惯性取了舒南按套挂在旁边不锈钢架上的衣服，直接脱衣换装，完全不在意毫无赘肉的漂亮身材被围观。

倒是王璐彤和另外两个女士都转过了身去，又忍不住偷瞄，舒南干脆大大方方看着。

"方彦这些年身材保持得相当好啊！"她得意地撞了撞林筱，"得亏我是卖衣服的，这几天正好又在做春季选品，你今天能大饱眼福了。"

知道男模很多都就地换装是一回事，亲眼看到了，林筱再看看舒南为了凸显方彦身材，带来的几乎都是轻薄春装，愉快地点了点头。

毕竟秀色可餐这个词，不光美女可用，帅哥也是通用的。氛围感的帅哥也是帅哥，镜头前的方彦无疑是个抓氛围的高手，她终于直观且近距离体会到了，什么是天生的上镜脸。

方彦拍完两件深色系的衣服，舒南又替他改了一下妆，他换了身花哨得仿佛打碎了调色盘的休闲裳，头发抓散，手肘随意地搭在头顶的绒耳边，只隐隐挂了点笑，懒散地转着圈，长尾轻摆，匀称紧致的腰身若隐若现，眨眼间又变了一个人，或者说，一只慵懒的猫。

王璐彤已经惊得连话都说不出了，尾音都带着大大的惊叹："活该我找不到好男人啊，方帅哥以前和我打交道多久，我都不如和他撞见一次的林筱眼光毒辣，我不是看走眼，我是眼瞎！"

到最后一套仿阿虎的妆扮完，王璐彤夸张得倒吸了一口气，方彦戴了单眼罩，劈过半张脸的疤痕被垂下的湿发遮得若隐若现，他脸上和胸前全是各种血痕，敞着舒南不知从哪儿找来的棕黑皮草，硬是用气场压住了本该轻浮的衣着，仅余的一只眼桀骜地盯着镜头，缓缓勾起了嘴角，眼眸深处闪出嗜血的光。

就连安怡涵都低声叹了一句："绝了！"

舒南说："这家伙当初如果不转行……"

她话只说了一半，看了看林筱，笑了："可就遇不上我的宝贝邻居了！"

同样的装扮，方彦又展现了好几种状态，有脆弱无助，有坚韧不屈，他甚至顶着那道疤拍出了萌且无辜的特写。

林筱的单反平时基本拿来拍景，从未这样酣畅地拍过一个人，她都想不到，日日相见的男友居然在镜头前能这样惊艳。

终于完成的时候，外头天都黑了，林筱赶紧把羽绒服给方彦裹上，又摸了摸他的手，居然不凉，方彦知道她在担心什么。

"李医生他们给找了那么多取暖器对着，还打了灯，冷不到。"

"那就好，你别忘了自己才出院。"

方彦边笑边摇头："你这个'才'的范围未免太广了。"

林筱忍不住在他做好造型的头发上薅了一把，硬硬的，还摸出一指头的亮片，她嫌弃地"咦"了一声，逗得方彦用头在她手上故意又蹭了几下。

"我听安姐说，等舒南带装备过来的时候，你还和大家聊了好久的天，怎么不叫我？"

"你不喜欢就不用去。"

"舒南带来帮忙的那个黄衣服小姑娘，还要了你联系方式？"

"空号。"

方彦的话和眼神都有些凉薄，可不是刚才人前春风化雨般的和气，林筱冲他皱了皱鼻子，调侃道："虚伪。"

方彦知道她是开玩笑，貌似威胁地在她屁股上拍了一掌："你再说一遍？"

林筱立刻改口："我的意思是，你厉害！你最会应付人。"

方彦却没有接话，而是在她头上也摸了一把："不一样啊，你跟人只是熟得慢，而我，是不会熟起来。"

林筱细细品了品他的话，揪了一下心，继而得意地挑起了墨黑的长眉："那我算是你'不会熟'里的意外了？"

方彦看着她，突然停下擦卸妆绵的手，探身撑着椅子扶手，飞快地含着她嘴唇，亲了一大口。

"对啊，你就是我的意外。"

再怎么是角落，林筱还是听见了舒南的调笑和王璐彤的尖叫声，亏得她脸皮厚，明明内里都在呼哧呼哧喷热气了，面上也雷打不动。她还能貌似淡定地坐下，打开速写本，接着画她的画，只有被方彦用大围巾盖住的脚狠力却幅度极小地跺了两下。

"你不会……吃醋了吧？而且我们换衣服这么随便……"

"我男朋友身材这么好，别人只能眼睛看，我才能吃到嘴里，要吃醋也是别人醋我。"

林筱画在本上敲了敲，用纯欣赏的口吻说："这一套拍的时候最有张力，我最喜欢。"

方彦这才看到她画的居然是自己最后一套衣服的速写，她功底没话说，也抓住了他眼神肃杀的重点，画得全神贯注。到方彦卸完妆，干脆又去收拾了大包，回来看到林筱正举着本子，欣赏自己的成品，笑得温柔又恍惚。

"想什么呢？"

林筱是想起刚认识的时候，方彦还是个穿着工装，累得汗流浃背的快递员，没想到镜头前如此判若两人。

"想我男朋友在镜头前帅成这个样子，以后一定好好藏起来。"

方彦牵着她手往外走，正好舒南她们东西也收得差不多了，大家约着一起聚餐，林筱连忙拒绝，只说累了。安怡涵她们知道她是担心方彦身体消耗，也帮她挡了，两人愉快地先走一步。

走了车边，方彦把大包往后备厢一扔，才晃了晃林筱一直十指紧扣的手："可以啊，还特意去舒南她们那边秀个恩爱。"

林筱两条长胳膊往他肩上一搭，歪着头说道："我的人，说了别人只能用眼睛看。"

方彦笑着搂住她的腰往身前一带，两人倚在了缓缓盖上的后厢上，他故意压低的嗓音像在下蛊："原来还是会吃醋啊……"

"嗯哼，不行吗？"

林筱挑着眉，眼波流光，撩拨得势均力敌，待方彦边笑边认㞞，连声说"可以，当然可以"，她揪着他的衣领就亲了上去。

方彦敞开羽绒服将人半裹了进去，在尾灯幽暗的光线里满足地接受了她的热吻。半晌，两人气喘吁吁地分开了些，抵着额头，方彦喉结还猛地滚动了一下，他哑声问："这么热情，我是不是可以认为，今天还是迷到你了？"

"那可不？"林筱蹭着他的鼻间，直笑，"你看，我都等不及到车上。"

方彦在她下唇上咬了一小口："不害臊。"

"下次我争取矜持一点？"

她有点小坏的模样，惹得方彦又咬了她一口："倒也不必。"

回程是林筱开的车，她暖气开得很热，车速又平稳，方彦拍了这么久到底是累了，很快就歪头睡着了。

他睡得很香，完全没有做梦。

重新站回镜头前，方彦可以靠刻在骨子里的经验来应付，心底也仍藏着无法磨灭的抗拒，可是在林筱毫不掩饰的赞赏里，方彦觉得为她拍摄一次也不是那么令人厌恶。

他不爱这世间，直到林筱出现后，才开始觉得这世间还是有可爱之处的。

这个初见时心高气傲、满身棱角的姑娘，有一双温柔而有力的手，慢慢熨平了他回忆里的每一道波折，让他厌烦的都变得可接受，憎恶的能试着释怀。

他终于不用再做过往的囚徒——

第二十六章

好姑娘

方彦再醒来的时候，发现车已经停在了车库，身上盖了条小毛毯，车窗留了条缝。

他下了车，摸出手机想给林筱打电话，看到周卓雄抱着垒得高高的包裹走在前头，林筱替他拿了两个快递袋，另一只手牵着淘淘，三人和谐得宛如一家三口。

周家两兄弟无论是谁，在外人看来都比他更合适林筱吧，可用舒南的话来说，有什么办法呢？偏偏有人遇上了妖女，有人喜欢上了废柴。

自贬很彻底的“废柴”从侧面突袭了林筱，之前训练到位，加上在家不时搞突然袭击，林筱反应十分灵敏地往旁边躲去，连手中快递都拿得稳稳的。

“不错，没荒废。”

“张志都要进去了，你还担心什么？”

周卓雄那么个大个子，都露出点八卦的兴奋：“据说他都快精神分裂了，连你名字都听不得，到时候上庭不知道是什么德行。”

“万一是装的呢？”林筱不屑地说道。

“可惜他就算进去了，也坐不了太久，听说他催着家里办出国，说什么国家都可以，只要走得掉。”

“有案底能随便出去吗？”

“不清楚，有些国家可以吧，反正张志应该不敢再出现在你们面前了。”周卓雄长叹气，避着已经跑去按电梯的淘淘，“我有时候忍不住想也把郑浩然狠狠打一顿，打到他不敢出现在舒南面前。”

“法治社会，周干事。”

林筱锁了车，把包裹移到一只手上，另一只手挽住了方彦，被他在手背上弹了一下："不管张志怎么样，你都记着，安全第一。"

"知道啦，方奶奶！"

淘淘自电梯口探出头，咯咯笑着，学着林筱的口吻重复了两遍"方奶奶"，被他熊叔叔瞪了才收了口。

方彦佯怒地在她背上轻拍了一下："教坏小孩子！"

林筱眼眸一垂，挽住了他的胳膊，故意放松几分力道靠在他身上："累死了，也饿死了。"

方彦叹了口气，明知道她在故意卖惨，胳膊还是在她腰间带上几分力："回家先睡会儿还是直接开饭？"

"吃饭！"

林筱点漆般的瞳仁映着电梯里的暖光，睫毛上都浮着金，嘴角一点恰到好处的笑，看得方彦的心软乎乎的。

恋爱就是这样吧，惯于遮掩情绪的人展露自己的脾气，个性强烈的人学会服软撒娇。

方彦觉得，周卓雄之于舒南，林筱之于他，其实都是推开门窗的人。谁没点不好的过去，他们好歹身体安康，平安长大，回头看看都没什么大不了的，多的是更悲惨的人和命运，他们不值得再揪着往事不放。

林筱洗完澡出来，方彦正抱着黑糖在翻手机，定睛一看，居然是她悄悄搞的账号，她也没有被逮个正着的尴尬，只问："谁告诉你的？"

方彦还没答，她眼睛眨了两下，自己猜到了："舒南对不对？"

方彦抬眉："未经我允许，就传我的画上网？"

林筱看到他眼底的笑意，就弯腰去捞越发胖了的黑糖，长腿还往他小腿上一踢："不是送给我了吗？说了随我处置啊！"

方彦看着她简直嚣张的眉眼，问："在我面前越来越不讲理了？"

"我谈个恋爱还要讲道理，那是找男友还是找同事？"她好不容易强搂住了自家胖猫，黑糖虽肥却灵活地从林筱的手臂上流体滑脱，又钻回方彦怀里，引得林筱"嘶"的一声，"李医生今天又在说，它脂肪酶和淀粉酶都超标了，怕引发急性胰腺炎，真的要吃减肥猫粮。"

黑糖凑到方彦手边，亲昵地蹭了蹭，浑然不知自己的口腹之欲会被彻底抹杀。

"越活越回去，天天和猫计较。"

"那你和女朋友计较？"

方彦二话没说，举手投降：“我错了！”

林筱满意地靠回他身边，借着他的光在黑糖身上撸了几把：“我之前和公司负责运营公众号和微博的同事吃饭，聊了两句，才动了开号的心思，反响还可以。”

“不错呀，现在在公司不止王璐彤一个饭搭子了？”

林筱冲他拱拱手：“有师父领进门嘛。”

从张志一事后，大家对她格外照顾，她会因此烦心，但对同事们的好意还是领情，而且她发觉适当示弱反而能拉近距离，可能有烦恼的大小姐比较接地气吧。

林筱随便翻着 Charon 那个号的评论给方彦看：“喜欢这个号的人也不少，你看，什么样的风格都有受众的。”

“有没有人喜欢，我真的不在意。”

方彦现在已经可以坦然地在林筱面前展示另一面了，因为她总是自然又诚挚地接受着他的所有，就像她说过的那样，在她这里，他有不善良、不坚韧的权利。

“怎么想起这个名字的？”

方彦在下午被舒南告知后，还特意查了一下卡戎和冥王星关于“天际共舞”“被守护的孤独者”等文字，觉得用心良苦，结果林筱想了想，都没想起来。

“忘了，应该是手边正好有本书上写着，就被我拿来用了吧。”

方彦笑了，嗯，这很林筱！

林筱切进了肥糖的号，随手翻了几个同类型的博主出来递给方彦：“我看了不少宠物条漫的博主，觉得你们各有所长，当时就挑了几套图发上去试试看。”

方彦宽大的手掌有一搭没一搭在她背后按着：“你这算不算情人眼里出西施？”

“东施总看不成西施。”

方彦被她逗乐了：“现在都会拐着弯地夸人了？”

林筱笑笑，就着他的手看了一眼涨粉数，还行，心里盘算着是不是需要找舒南介绍个营销团队再推一把，方彦已经默契问道：“听说你买粉买赞，还找了人帮忙转发了？”

“这是常规的入门小手段……”林筱斟酌着该用什么词，她是目的性和执行力都很强的人，既然做了，肯定不想做无用功，“肥糖这个号和 Charon 不一样，如今不兴酒香不怕巷子深了，质量重要，包装营销也很重要，寰宇是 C 市公认的业界翘楚，每年推广营销费一点没少花，姚总监昨天还接受了封推采访。”

“你们公司本来就实力过硬。”

“你画得也很好。”

林筱说得斩钉截铁，她说服人时，总带着尤为坚决的肯定，方彦当初连她一起送快递这样荒谬的提议都被说服，现在明知道她是特意夸自己，也不禁被夸得有种自己真的很棒的飘飘然。

“你看这个大V哪里画得好了？人体功底还不如我，背后推手很高明，重点索性放在他颜值上，他照片我一眼能找出来十个修了的地方，可是粉丝不在乎。”

方彦敲了敲那人的简介：“他至少是科班，还是国外名校。”

林筱闻言坐直了身体，很认真地看着他：“你知道吗，中国早就是最大的瓷砖产量国，佛山许多厂家的瓷砖质量相当过硬，可我们许多客户偏爱进口的，说起来就是不差钱，还有水口镇的水暖……”

林筱拿本职知识继续拐着弯地解释，虽很生硬，不过方彦听明白了她试图表达的意思，他想起两人刚认识的时候，林筱那毫无转圜余地的犟性子，不得不说，这一年她变化颇大。

“我在美国读书时，见多了出来两三年，英文都讲不利索的混日子党。科班当然好，但科班也得扎实肯学，他这程度我都怀疑只是在挂牌学院混了个文凭。说真的，方彦，你的分镜和画面表现力都远胜于他。”

可能当过太多年模特，方彦对镜头定格那一瞬所需的故事感太过敏锐，画出来的每一格都气氛精准，视觉表达丰富而直接。

“我以前都不知道你这么会夸人。”

“那看我想不想夸。”林筱完全不脸红地看了回去，反倒是方彦被她看久了，脸有些发烧，伸手把她的头扭了过去。

“林筱，我最成功可能也就是转型去画个商插或者条漫，这辈子都发不了财。”

方彦其实很多年没想过今后，哪怕是刚和林筱在一起的时候，他都没想过。大概潜意识里，他认定自己是没有未来可言的人，可如今他认真地思考起将来。

林筱闻言，愣了一下，这也是方彦第一次和她说起以后，不过她爽快答道：“没事，我也就是个靠爸妈才过上好日子的二代。”

方彦笑了出来：“你真是舍得自黑。”

“是实话呀，我走后门才进的寰宇，你知道我很多同学毕业后去的公司，都是营销能力至上的小公司，他们要把签单放在第一位，口才越来越好，设计千篇一律，只求稳和快。”

而寰宇从不缺大单，前期工作由业务员敲定，她虽然也要满足客户的需求，但和那些同学比起来，发挥和进步的空间是截然不同的。

“这话说得拉仇恨了。”

林筱潇洒地一耸肩：“没办法，拉很多年了。”

她如今可以轻松承认家庭助力，借力再奋而往上，原本就不太上心的闲言碎语完全如风过耳，甚至能调侃自己了。

方彦好笑地捏了捏她的耳朵，林筱耳垂肉乎乎的，用老人的话来说，就是有福相。林筱闪了两下，没躲过他捣乱的手指，被偏凉的指尖捏得心浮气躁，干脆跨坐在了方彦的腿上。

骤然被挤开的黑糖很不爽地“喵呜”了一声，弓起身体想抢回地盘，方彦单手将它轻按在沙发软垫里，搂着林筱往胸前一带，吻住了。

和生活里的温暾不同，方彦的亲吻总是热切的，今夜还带着点蛮横，手臂压着林筱的腰，像是要将人裹进身体里。林筱被她亲得腿都在发软，气喘吁吁地搭着他肩膀，好不容易挤出一个字：“喂！”

方彦已经长出点青胡楂，下巴在她肩窝边蹭着，刮出一阵的酥麻，呼出的气息烫得叫人脸红，他低笑着：“怎么了？”

都不等林筱回答，他手指已经犯规地钻到了她衣下，轻轻摩挲着。他没有掩饰自己的情动，反而将林筱扣得更紧，嘴唇凑到了她滚烫的耳边，低哑的声音颓废又色气：“你每晚洗完澡，出来和我聊几句说晚安的时候，我都在想，什么时候能进那扇门。”

林筱被他钻进耳蜗的浑浊热气激得心猿意马，扭了扭腰，没躲开他使坏的手指，搂着他脖子咬了一口。

“我天天在想，我这么好的身材，你瞎吗！”

她难得的脏话逗笑了方彦，笑声却被吞没在她反客为主的热吻里。

黑糖终于被松开了，刚从垫子里钻出来，一把被抱起的女主人的拖鞋又砸了下来，待它跳远了再回身，就只看到已经进到门后昏暗里的两道虚影。

小年附近，原墅工地已经休息，要等节后才会开工，林筱手里只剩下几个组里合作的散活。因为不忙，她偶尔会走神纠结一下，要不当个恋爱脑上头的不孝女，陪方彦在C市过年？

安怡涵和李嵩去海边，舒南回家守完岁就出去旅行，大家各有去处，只有方彦一个人过除夕，邹家隔三岔五冒个头，例行探望方乐婷还可能被刺几下。

方彦倒是不在意地说，你总让我把这里当自己家，我也是在家里过年啊，还有黑糖陪我，你如果留下来，我在你妈面前好不容易立住的那点形象就全毁了。

林筱有被他带着长远打算的潜台词开心到，到底觉得大过年一人一猫寂寞了点，她过去觉得恋爱脑不可思议，在她看来，什么情况该做什么事，是一清二楚的，现在才知道自己也有理智不起来的时候。

就这样拖着，也拖到了年二十八，照赵清毓的说法，如果林筱二十九再不回，以后就不用回那个家了。

林筱只能循惯例，去商场给外婆奶奶到侄儿外甥女都安排上，她选礼物干脆利落，那点没焐热的小年终奖很快就消散在 POS 机几个来回间，好在也不差钱。

方彦看着林筱用一个小时迅速填满的后备厢，隔空感受到了她家族的庞大，也能理解为什么说起回家过年，她就一张头痛脸，以她的性格，这种密集型大型聚会确实是难为她了。

关上车门，方彦才说："我好像没给你买过礼物……"

林筱不带犹豫地回答："我也没给你买过。"

再一想，方彦还给了她一阳台花，一屋子画，正想说什么，方彦的手机响了，他扫了一眼，扯了扯嘴角。

"邹文池。"

林筱准备发动车的手指停下了："他找你干吗？"

方彦枕着手往副驾驶上一靠："不是喊我吃年夜饭，就是秦晖不行了吧。"

"要接吗？"

"接啊，有什么不能接的。"

方彦按了免提，因为知道不接林筱只会更担心。

"大哥，"邹文池口吻依旧亲热，或许怕他不耐烦，直接切入主题，"年三十我们一起吃个饭吧？"

方彦冲林筱耸耸肩，满脸"你看我没说错吧"的表情。林筱眉一抬，意思自己能不能说话，方彦把手机往她掌心一塞，表示你随意。

林筱面无表情地说道："你好，我是林筱。我想请问，你们是怎么做到这么没脸没皮的？"

对于林筱从来不留余地的怼法，邹文池一时还没找到应对方法，无力地喊了一声："林姐姐……"

林筱却狠狠地打了个冷战，说了句"当不起，再见"，就把电话挂了，然后看方彦哂笑着望着自己。

"难道还要听他废话连篇，口蜜腹剑？"

方彦捧着她写满不爽的脸就亲了一口："我女朋友真厉害！"

林筱冷着的脸就化了，方彦又笑着亲了第二口："我女朋友真好哄。"

好哄的林大小姐就一路放着歌，开开心心和方彦回到嘉洲，在车库遇见了正骑着三轮往外走的老何，方彦冲他挥了挥手。

“老何，来送货啊？”

老何见到两人眼睛一亮：“回来啦，你们的包裹我放门口了。”

“谢谢啊！”

林筱以前去南四，基本是一身简便不易脏的运动服，虽然性格使然，也不太好亲近的样子，但是看到她衣着鲜亮地坐在颜色张扬的大越野里，距离感越发强烈。

老何迟疑了半晌，方彦看出他有话想说，覆住了林筱挂挡的手，林筱心领神会地停了下来。

方彦没催，也没问，两人都耐心地等着。老何虚握着车把转了两圈，已经皱皮的橡胶套呲着他常年劳作已经变形的关节，半晌，他才鼓起勇气问：“我，我一会儿请大家吃砂锅菜，夜市那家，你们去……去吗？”

老何说到最后，声音已经很低了，他没抱什么指望，过去大伙儿凑份子吃大餐，他和方彦都几乎不参加，他是怕花钱，方彦是不喜欢，何况林筱——

但他难得请客，内心又实在感激两人，还是试着问出口了，方彦立刻笑呵呵地问：“老何有什么大好事吧？”

“田田期末考了年级第三，他们年级五百多个人呢！”老何摸摸头，干瘦的脸都笑得舒展开了，“我们转学的时候只能上二小，但是田田班主任说，以她现在的成绩在实验小学也能排进班级前十了，只要稳得住，实验中学一定没问题。”

老何说起女儿成绩来，罕见的话多，周边学校排名属于林筱、方彦的知识盲区，不过嘉洲自带的实验小学和中学学位有多好，林筱还是知道的。不仅组长徐阳没事就念，之前安姐弟弟也是肖想不已，以此推论，田田的成绩确实是有了大进步。

“多亏林筱整理的复习资料，我一直想好好谢谢你，平时来送件也遇不上，最近田田妈妈过来了，她身体不好，不方便出来，交代我请大家吃个饭，感谢你们平时对田田的照顾。”

“田田厉害呀！”方彦回头看了林筱一眼，见她立刻点头，就应了下来，“几点？我俩都去坐得下吗？”

“坐得下！坐得下！”老何激动得脸都放光了，“田田要是知道你们去，会高兴得跳起来！我件送完了，回去放了车就过去，他们带着田田在那边点菜等着了。”

老何从定了吃饭，犹豫了很久也不好意思在微信上邀请两人，今天特意最后送嘉洲的件，还在车库等了一小会儿，以为见不到人了，没想到峰回路转。他听方彦一口应下来，心里也是欣喜，赶紧回去送车了。

林筱因为工作太忙，绝大部分需求是靠网购解决的，所以老何说来给他们送包裹的时候，她并没有意识到自己年前买的东西都到了。

当两人提着后备厢的大袋小袋回到六楼，电梯门打开，就看到淘淘像吉祥物一般蹲在611门口，满脸稀奇地看着地上的水桶，周卓雄拖都拖不回去。

“林阿姨，快看！熊叔叔说这就是王八！”

水桶里用很浅的水养着一只甲鱼，上面贴着田田手写的字条，说甲鱼是妈妈从老家带来的，野生的，给方叔叔补身体。

旁边超大号的玻璃罐里，堆了满满当当的纸鹤，不用想也知道田田折满了一千只，而另一个小塑料袋里放着一块手绣的百福布，一看就是田田妈妈的手笔。

“老何是个顶天立地的父亲，他还有个好妻子。”林筱感叹地说道，“田田以后也会是个好姑娘！”

方彦过来牵住了她的手，十指交缠着往兜里带：“你也是个好姑娘！”

淘淘捧着脸长声“咦”着，在两人开门进屋后，被周卓雄强行拖走了。

老何说的夜市砂锅店是家做了十几年的老店，门面不大，牛腩沙煲和鸡煲物美价廉，加汤之后再涮菜，三百块够一桌人吃到饱，以前网点的人凑份子打牙祭最喜欢去这家。

林筱按方彦说的位置停好车，夜市因为新年临近冷清了许多，不再有扑面而来的喧嚣，往常火爆的麻辣烫、烧烤摊都收了，红顶大棚被推到角落，木桌塑料椅捆扎成墙，等待来年再开启。

还在敞开门做生意的都是有门面的，家家摆着预订年夜饭的黑板或海报，倒是灯火通明，推杯换盏，有人谈别情，有人喝相聚。

田田一看到方彦和林筱进门，就激动地站起来挥手，她穿了件崭新的红大衣，扎着精致又复杂的蜈蚣辫盘发，红色缎带被人心灵手巧地打成了一朵花，衬得小脸红扑扑的。

林筱只来得及和田田表示了对礼物的喜爱，就被吴大姐扯着大嗓门让两人坐下，一通寒暄，别人差点插不上话。其他人关心有真情有假意，还有新来的听大家提过这位“少奋斗二十年”的前辈，只管看稀奇。

都知道方彦胃出血住过院，老何来后又赶紧加了两个清淡的菜。林筱在饭桌上除了替方彦拦酒，没说什么话，只是耐心地听田田说妈妈，说学校，说对她而言这个太过开心的寒假，而方彦则飞快地和大家打成一片，把场面维持得热热闹闹。

任何饭桌上，酒都会是气氛的催化剂，虽然网点本地人就吴姐一个，但快递公司如今都打着过年不打烊的旗号，其他人基本也不回老家了。这餐饭算是年前聚餐，又有林筱说好了的啤酒不限量，都是年轻人很快就喝 high 了，只剩下赵兴在徒劳地劝阻着，怕明天没人能爬起来上班。

也不知是谁先诉起了苦，大家纷纷聊起遇见过的各种糟心事，勾肩搭背、你推我挡，边喝边吐槽得起劲，平时意见最多的猴子却一声不吭，在被人追问后，却忽然冒出来一句："我年后就不做了。"

桌上静了下来，只有猴子端着啤酒喝了一大口，"哐"的一声砸在桌上："怎么，你们吐槽吐得这么凶，难道准备送快递送到老？就算你愿意送，现在机械化越来越普遍，再过十年有没有快递员这一行都不知道了。"

他"嘿嘿"笑着，把赵兴都笑沉默了："我去年是在油站上班的，说自助加油就自助，直接裁一半人。跑来送快递，日晒雨淋，到处被骂，一年到头留得下几个钱？朱宏你女朋友哪天不跟你唠叨赚太少的？"

老何站起来想打圆场："好啦，大过年的，大家都开开心心的，不说这个啊！"

"那说什么，说你在恒通做了八九年，还带着田田挤地下室，老婆来了就没床睡？"猴子举起杯子作势敬方彦，方彦没动，他又恢复了嬉皮笑脸的样子，"送快递也要分三六九等，混几年才能分个好区域，还不如有些人脸好身材好，处处有出路。"

"猴子，你喝多了！"吴大姐去拿他的酒杯，猴子想躲，被吴大姐拎着衣领抓住了，抢走了酒杯，"田田还坐在这里呢，你少说两句！"

"少说什么？就该让小孩子早点看清现实，让她知道这个世界有多残酷！"猴子盯着田田，边看边笑，"我们田田学习好啊，加油说不定能考实验中学！可你看看你林阿姨，她的孩子闭着眼睛就能进去，考都不用考。田田，没用的，你努力跑一百圈，跑得筋疲力尽，站到终点会看到，那不过是别人出发的地方。"

被猴子无差别扫射到，林筱并没有忙着生气，而是悄悄晃了晃方彦的手，想问他发生了什么事。她到底在南四待了那么多个周末，猴子平时做事不靠谱，对田田却相当好，当妹妹在疼，怎么忽然间戾气这么重。

方彦摇摇头，表示自己也不知道。

"可是孙哥哥，如果我不跑，不是永远被人先拉开一百圈吗？"

在一片沉默里，田田坐在老何旁边，一双清澈的眼睛看着孙白，用平时在微信里和林筱问问题一样的声音，轻轻问他。

孙白愣住了，田田咬着嘴唇，看了看爸爸。老何先是皱眉，继而鼓励地对她笑了笑，她就继续说了下去："我刚到城里来也有很多不开心，我同学有车接送，他们爸爸妈妈都在身边，我也想要自己的小房间。可是我妈妈告诉我，生下来就穿着金鞋子的人只有那么多，没有金鞋子的人就不走路了吗？还是要好好走的，不管穿什么样的鞋子，哪怕没鞋子，都要走的。”

孙白一米七几的大老爷们，被四年级的小姑娘说得哑口无言，赵兴这才站起来把他一把按下了：“好了！都不许再喝了！三杯黄汤下肚就乱说话，看吧，连个孩子都说不过。”

吴大姐也赶紧把话接了过去：“对啊，猴子，你说你要是走了，芝麻怎么办？我们做什么事都得负责到底呀！我可不给你养狗啊！”

“对对对，送快递也挺好的，像我这样没读什么书，只白长了点力气的人，好歹在城里也有个活路，能养得起我姑娘。再说恒通不错的，有些承包的快递点，连社保都不给交，想买房子都买不了。”

老何摸了摸女儿的头，看看这一桌的年轻人，质朴的脸上露出了不好意思的神情：“我其实还有个事，想和大家说的。我在南四看了一个小套间，很小，三十几平方米，首付的钱凑得差不多了，年后要签合同，所以我老婆才过来看看，她怕我被人骗。”

老何这话一出，桌上立刻就沸腾了，有打听细节的，有恭喜的，有说他几喜临门，要再点几个菜的，老何确实也人逢喜事，大方地应下了。

过了一会儿，赵兴的微信悄悄发到了方彦手机上。

今天是 AA 啊，不用老何请，钱在你们来之前我就付过了，三百二，为你加的两个菜和刚才添的到时候再算。

方彦回了个“OK”的手势。

对面又发回来一句，还以为你会把这一桌请了。

方彦笑笑，回了个“我没钱”，赵兴回回来“真抠”两个字，后面带了三个惊叹号，方彦看得失笑，回了个“同抠”，准备和林筱分享，自老何说完话以后一直埋头在查手机的人连眼都没抬一下。

“查什么查得这么专注？”

林筱看一桌人又热火朝天地喝起来，离她最近的田田都被吴大姐搂着夸去了，才用最低的音量说道：“南四是拆迁安置房，不一定都有产权，我查一下二手房的交易细则，你问清楚老何买的户号，让周卓雄也去打听一下，不行就找律师问清楚，怎么确保交易安全！”

被老何父女连灌两碗鸡汤，灌得颇有些感触的方彦看着她正色的脸，撑着头大笑起来。

因为方彦滴酒不能沾，林筱还是被大伙儿起哄哄得多喝了两杯，好在她酒量好，只是回去时换方彦开车。

扑在车窗的大风里开始夹杂雪粒子，“噼里啪啦”砸上来，像支冬季进行曲，连同大街上的红灯笼一起，叠加着年味。

“下雪啦！”

林筱看了一眼窗外：“麻烦，希望明天别封高速……不过，如果高速封了，我正好有理由再晚一天回家。”

方彦看着一想起要回去和一大家子过年就头痛的林筱，好笑不已。

“孙白到底是怎么了？”

方彦走前已经听吴大姐说过了，只是看林筱心情不错，就一直没和她讲，现在被问到了，只能实话实说。

“他爸问他要钱盖房子，他那点工资什么时候余得下？他不给，他爸把他妹妹给嫁了。”

“嫁了？”原本倚着椅背的林筱倏地坐直了，“猴子不是说他妹妹只比田田大几岁吗？田田今年十来岁，那他妹妹才多大？”

“十六，男孩子也才二十，都不到法定年龄，所以不打证，只给礼金，办个酒就算结了。”

“那……猴子，我们，都没有什么能做的吗？”

“吴大姐说他妹也没抗拒，对方家里条件可以，对她也不错，可能比在家天天对着个酒鬼爹还强点。而且猴子知道的时候都办完酒好几天了，他们那边这样的事太多，都习以为常了……”

林筱小的时候，以为爱在一个家庭里，就像草是绿的，天是蓝的一样，是件理所应当的事，后来才知道自己天真了，如同方彦说过的那样，这个世界，不是所有的父母都爱他们的孩子。

“我长大后才知道，能遇见什么样的父母，跟开盲盒一样，我这栏的是顶好的运气，开出稀有款了。”

方彦轻笑了一声：“在我眼里，田田都算顶好的运气。”

被爱大的孩子，无论贫穷、富有，都获得了一个更为温暖、柔软的世界，而那些没有得到爱的孩子，不知道何为安全感，也未曾被呵护，也许浑身尖刺，也许棱角磨平，内里全都荆棘满地。

第二十七章

我也在想你

第二日，方彦炖了一煲浓稠的水鱼汤，又炒了两个菜，两人各喝了一大碗就吃不动了，林筱干脆提议把砂锅给老何端过去。

方彦不知道老何租房的具体位置，两人把砂锅端去了南四，老何人不在，吴大姐麻利地收了起来，还藏到了办公桌下面。

“好东西啊，别被那些不懂的臭小子回来给偷吃了。老何媳妇大老远带过来的呢，他们自己没舍得吃，非要送给你们，他媳妇确实也该补补。”

“我俩也吃不完，我问过安医生了，里面加的海参和药材田田妈妈都可以吃的。”

吴大姐连声应了，两人开车出来，林筱忽然问道：“我们是不是应该问老何家具体位置，直接送去他家？”

方彦迅速领会了她的意思，笑出了声：“以我对吴大姐的了解，她肯定会装一些回家的，不过余下的她也一定会收好，交给老何。”

他夸张地叹息着：“我手艺太好，汤那么香，吴大姐怎么可能忍得住。”

林筱开着车若有所思，忽然说道：“那年后咱们多搞几只，你炖一大锅送过去，人人有份！舒南、安姐，咱们都送！”

方彦顿了半晌，才“啧”了一声：“我时常忘记，我找了个大小姐这件事。”

如今的林筱已经对大小姐三个字完全免疫，两人在家还不时以“大小姐”和“方管家”“方奶奶”互称互黑，说笑间到了乐莎，方彦把年终的红包发了，给众人放假。

方乐婷这一个来月昏迷的时间居多，只能把钱交到方彦手里。说来也好笑，她那样不喜他，又不得不在身家性命的事情上依赖他，也没有怀疑过他会私吞她的钱，甚至卷款跑路。

给钱的时候，方乐婷又强调了一次，她不会把乐莎留给方彦。林筱不得不再次怼回去，表示他俩对乐莎没有一点兴趣，而且方彦也找到了自己的职业方向。

不过方乐婷的积蓄还是比方彦想的少多了，林筱倒是意料之中，说她把乐莎开得那么大，整两层的独立院落，生意再好，收支能略有盈余都叫她惊讶了，加上这些年治病、看护的支出，还能攒下多少钱？

两人私下算了一下，除去医院需要预留的费用，方乐婷留下的钱办完身后事，买块普普通通的墓地就差不多了。

乐莎做了好些年的烘焙师父如今已经是店长，店里也运转正常，只是大家想起老板娘人都快没了，对未来有些惶然。方彦并不知道方乐婷的打算，只能安抚众人几句，还给林筱选了几款爱吃的面包，免得回家路上堵车饿肚子，第二天林筱依依不舍地离开了 C 市回家。

独自在他乡打拼的林大小姐回家，虽然这个他乡也就是邻市，高铁一小时，车程两小时，还是受到了林家上下热烈的欢迎。

林父做地产起家，家族观念又强，所以林筱的叔叔伯伯、七大姑八大姨，绝大部分都住在一片别墅区内。这让林筱每次回家都头痛不已，不得不承受来自长辈们过于热情的关怀叠加，其中有真情，也有奉承和虚意。

她不知道妈妈在亲戚堆里的游刃有余是如何修炼出来的，但她还蛮怕逢年过节的，尤其是这种从年二十九到年初六挨家做东，几大桌人或店里订餐，或一展厨艺……每轮饭局对她都堪称一场修行。

万幸赵清毓还没把她谈恋爱的消息散开，林父更是对“拐走”女儿的方彦气不打一处来，绝口不提。众人催婚、试图安排相亲纵然可怕，比起方彦和她的事被扒得底朝天，林筱选择继续装单身。

好在亲戚们也熟知她性格，念叨归念叨，没人真揪着她不放，待她自关爱里逃出生天，真是分外想念自己在 C 市的小窝，分外想念方彦——哪怕她刚拒绝了他送她回来再折返的提议，还振振有词，自己不是那么黏糊的人。

可当她饭后坐在家中一隅，听着大家伙的高谈阔论，看小辈们穿得红红火火，追追打打，她脑子里全是邹文池会不会再骚扰方彦，方乐婷会不会搞东搞西，不用给她做饭方彦还会不会按点用餐，黑糖昨晚可能偷吃太多有点腹泻，上午她走时精神还蔫蔫的，不知道好点没？

林筱一面想一面诧异自己怎么会变成这样，一闲下来，满脑子都是相依过年那一人一猫。

原来不是小女生了，真喜欢上一个人，还是看不见就会想念。

原来再自诩理智，也会冒傻气说傻话，会婆婆妈妈，拖泥带水。

她手指下意识地翻着手机，其实心思都在别处，忽然方彦的信息跳了出来，她点进去一看，是一人一猫的餐盘，都以素为主，还给拍了张黑糖的胖脸，说它身体基本恢复正常了。

林筱自家族群里取了张大餐的照片转发回去，方彦立刻回道，吃得不错。

我愿意回去和你吃草。

自方彦出院后。他们饮食整体是偏清淡的，而家里的餐做得再美味，过年高朋满座，还是大菜为主，林筱居然不适应了。

她又发了张家里热火朝天的画面，说，吵得我头痛。

你一年就营业这几天，忍忍，回来给你做好吃的。

林建深经过女儿身后时，忍不住瞄了一眼她手机，怒气值瞬间飙升——我家里难道没能吃的了？我女儿回家叫营业？

林建深板着脸叫住了女儿："过来一下。"

父亲无来由却明显的怒气让林筱愣住了，林建深的脸更黑了："怎么，回家几天都不肯好好营业了？"

林筱看一眼自己还亮着的手机屏幕，肩一松，叹口气坐了下来："爸，你偷看，还没点幽默感？"

"没有。"

林父的一本正经与女儿倒是一脉相承，林筱担心方彦几句调侃的话在父亲跟前再减分，有意补救，奈何水平有限，眼看着要谈僵，没想到赵清毓先过来打圆场了。

林母细细看过林筱发给她的两个账号，如果说她当初以方彦摆放在客厅的画为凭证，忧心他内心阴沉，那么林筱给的这两个风格迥异的账号就是最直接的回击。

无论是 Charon 还是肥糖，方彦的画都在变得更细腻。

Charon 里丑陋的怪兽有了挡雨的树，孤独的幽灵脚边多了只安睡的猫，废墟的雕塑肩头开出了迎风而立的花，深海的巨怪找到了安身的洞穴。那些阴郁、压抑的部分依然有，但能看到画者内心渐渐有了栖息之地。

评论里众人的感受也是如此，有执着于暗黑画风的人愤而留言，抨击博主不该逢迎改变，然后离去。也有人把评论区当作了树洞，说着自己对画中孤寂、空虚的感同身受，诉说起过往的隐痛，还有老粉自那些大树洞穴、那陪伴的猫咪小花里感受到了些许治愈。

更不要说完全展现了女儿另一面的肥糖，赵清毓绝不承认自己甚至在追更，更不会告诉林筱，丈夫在被她逼着看过一两条后，也有偷偷看到发笑被抓包的事迹。

“小筱，当初是我坚持以画见人，那我现在只能接受你用画来做反驳。我不会因此看好方彦，但你二十六了，我不能打着为你好的旗号，连你恋爱的自由都要干涉。我只能先退一步，恋爱可以，结婚现在不考虑。”

妈妈最后一句话出来，林筱心中大石倏地落地，她才谈了几个月恋爱而已，事业更是刚刚起步，当然没有结婚的打算，那么对她而言，妈妈这一关就算过了！

她转脸看向爸爸，心中底气十足，面上却带着小女儿的娇态。林建深看着十八岁时宁可被停卡断钱，也要硬着脖子和自己冷战的女儿，现在反而学会示弱来以柔克刚，不用说，是谁让她学会柔软。

而妻子倒戈早有征兆，应该说一开始赵清毓就没有旗帜鲜明地反对过女儿的恋情，林建深满腹的话最后变成了一声长叹。

“林筱，方彦在我眼里是配不上你的。不过你妈妈问我，什么样的男人我才觉得配得上？我这么出色的女儿，什么样的男人都未必配得上！”

他看着早已亭亭玉立的女儿，一脸的严肃，话里却字字温柔：“我林建深的女儿，有试错的权利！你只要记住，到了发觉选错人的那一天，不要倔，不要硬撑，立刻回来！找我们哭也好，寻求保护和帮助也好，在我和妈妈这里，你可以一错再错！当然，如果最后你能向我们证明，错的是我们，我们向你道歉！”

在回家之前，林筱是做好了打仗的准备的，反正她也不是头一次在重大抉择时违逆父母的意愿了。

无论是当年高考专业选择，还是她放弃母亲为她挑选的、有前辈铺路的英国名校，孤身前往纽约求学，抑或回国后拒绝留在A市，每一次让步的都是父母。

她确信她能打赢这一仗，只是时间长短而已，但她没有想到，战场号角都没吹响，爸妈已经偃旗息鼓。

他们依然不信任方彦，甚至视方彦为错，可是他们退让。

方彦和舒南都说过类似的话，只有打小就需要察言观色的孩子，才会格外懂人情世故。

而她……从小到大，只需要往前冲就好，无论她所作所为是冷静理智，还是任性冲动。

她突然伸手抱了一下父亲，在他一脸错愕里，又抱了一下母亲，在二人脸上亲了一下：“谢谢你们这么纵容我。”

林筱长大后很少这样直接表达亲昵，她是再多娇宠都理所当然受得起的大小姐，却不是嘴甜会哄人的姑娘。

此刻她搂着父母，红了眼眶。

不过林总的感性时间已经结束了，心底依依不舍，面上却嫌弃地将女儿一把推开，又摆出了你该干吗干吗去的姿态。

林父和林筱如出一辙的傲娇，引得赵清毓冲丈夫直瞪眼，难得女儿撒个娇，当妈的还没享受够呢！

其实老父亲内心不得不承认，方彦用的“营业”二字是准确的。从林筱回家，他已经不止一次见过，她面对亲戚们的追问，开始能把不耐烦藏严实，谈话间还会打太极，待抓到空隙再偷偷开溜，比过去机灵多了。

工作后的社会是个大课堂，但那小子多少也影响了她吧？越是这样，林建深就越不爽，总有种千辛万苦呵护大的花，被人连盆端走，还带修枝剪叶茁壮成长的感觉。

林筱搞定了爸妈，赶紧给方彦发信息，“试错”论当然再感动都不能说，只说自己平安落地，方小哥你初步通过审核了！

方彦连发了两组佩服和膜拜的表情包，然后说，我在肥糖给你准备了一份小礼物。

林筱舒服地窝进了沙发，伸手打开微博，却没有发现什么变化。

从方彦发现肥糖的微博后，她就把账号交回给了他，昨晚两人还一起登录了，方彦给换了新画的除夕头像，顺便回复了一些评论。

方彦和粉丝互动比她自然多了，不像她大多是蹦出“好的”“谢谢”“明天更新”几个字，而是有来有往，所以有老粉在质疑，博主说话风格都变了，是不是皮下换人了？也有人反驳画风是一致的，难道签了公司，账号被统一管理了？

这两条评论还被顶得挺高，林筱翻了翻楼中楼的讨论，被打开了新思路，觉得他们确实可以考虑找家文化公司，包装、推广加出书啊！

像上回她跟方彦嘲的那个插画师，画功只是过得去，火起来靠的不就是一些挑角度的修图，要是比拍照，方彦拾掇一下，放在美术圈，那是核弹级别的！

如果拿颜值来哄抬名气和热度，以方彦现在身材和脸维持的水准，感觉可以用很多年。

林筱越想越觉得可行，她甚至迅速在脑海中把联系人里做相关行业的都过滤了出来，包括短暂追过她又迅速撤退的周淳，都被纳入了可用人选。她头脑风暴规划着，退出那一条微博，发现主页居然更新了，并且直接置顶。

只有一句话，一张图。

正式介绍一下，右边是我家那位。

下面配图是男左女右并肩坐在各自画架前，黑糖卧在中间，头枕着方彦的腿，尾巴却闲闲地搭在她的手腕上。

方彦平时的画风都是简洁的，这次却是一幅层次丰富的水粉画，色彩明亮，场景逼真，细节精致，光线、纹理都处理得极为考究又生动。但从黑糖和她的描线里看得出是出自同一人手笔，只是笔触格外温馨，简直冒着粉红色泡泡。

林筱首先想的是，这半年课没白上，方彦水平又进步了，然后才想起他过去的画都是以黑糖和她为主，好似刻意略去了自己的存在。

老粉里有人争执过，博主到底是肥糖的铲屎官本人，还是男友画手在喂狗粮，林筱看大家猜得兴起，不失为炒话题的方式，就一直没给出正面回答，今天终于一锤定音。

果然最先刷出的评论里很快有单身在哀号，说博主没有心，大过年的强塞狗粮。林筱忍不住有些得意，得意里还有着“我在想着你的时候，原来你也在想我”的小甜蜜。

方彦在去看方乐婷的路上，收到了林筱的视频，她一聊起画和设计来能多几倍的话，方彦都只能间或插几句，不知不觉就到了医院。方彦戴上口罩，林筱也不让他挂，表示连着线要给他撑腰。

方彦笑着说：“我像是那么脆弱的人吗？”

林筱霸气说道：“不在于你脆不脆弱，是我不愿意你被她乱枪扫射，就算是听惯的闲话也不行。”

她从来不喜欢诸如“我习惯了”“听多了就没事了”的说法，不舒服就是不舒服，时间长了只是麻木，并不是真的不会刺痛人。

方彦推开病房，方乐婷难得清醒着，看向他的目光里满是厌烦。他在这样的目光里度过了他整个少年时代，直到脱离那个家，可此刻方彦觉得自己确实不在意了。

他心里确定自己是正被爱着的人，真的会变得更强大——

“你不用，勉强自己……每天来报个到。”

方乐婷浑身插满仪器，瘦到皮包骨头，头发也只剩寥寥一点，说话已经是断断续续的气音，没有气势可言。方彦随她又讽刺了两句，也没纵着她，而是指了指静坐在旁边的护工大姐。

“朱姐过年这几天是三倍工资，日结。”

“你可以，可以手机转。”方乐婷喘了几口大气才说道，“强迫……自己来看我，你还不如，替我去看……看一眼姓秦的，看他还有几天好活。”

性烈如方乐婷，自签下离婚协议之后，就再没见过秦晖一面，可是她又固执地困着自己，到病倒、到行将就木还隔空赌着那口从未过去的气。她在最好的青春背叛了如母的长姐，才换到她以为轰轰烈烈的爱情，不过七年就一败涂地，她成了被背叛的那一个。

方彦站在床头注视着她，她高耸的颧骨上因为激动泛起了病态的潮红，让她倒不像快咽气的人。他知道方乐婷不是余情未了的嘴硬，她就是在硬撑，不肯走在秦晖前面。

他动了一下，触碰到兜中的手机，他知道林筱没有挂掉视频，可是刚才说要给他撑腰的人，在方乐婷提出这样的提议时一句话都没说——林筱心里一定是不愿意他去的，却用安静给予了最大的尊重。

方彦正想着女友，方乐婷也问他："你那个，寸步不……离的，女、女朋友呢？"

"回家了。"

方乐婷尖笑了一声，却被硬挤出来的笑呛得咳嗽到差点背过气去，最后朱姐唤了护士来替她操作吸痰。方彦就站在那里看着，看着曾经那样好面子的人枯瘦如柴，毫无尊严被人摆弄着。

隔着口罩，方乐婷只能看见他一双垂下的眼，也被他眼中的不忍刺到了，勉力抬起一只手，指尖颤着朝着门外，让他滚。

方彦没有挪步，等床前忙完了，才说："我会去一趟秦晖那边。"

有一霎，方乐婷眼神复杂到方彦无法解读，就像他也无法解读自己对于方乐婷行将就木的感受。他没有伤心，他想自己可能都不会流泪，可是又不能说心中毫无波澜，他只是木然地等待即将到来的离别。

"你不会……心软吧？"

喊方彦去的人是她，得到应允后担心的也是她。方彦看着方乐婷，许久，笑了笑："你们对我，从来没真正心软过。"

好似都照顾过他，也短暂地爱护过他，可在他心上扎刀时，无论是方乐婷还是秦晖，都从不手软。

他们背着病重的妈妈勾搭上，发现他做童模比正常上班还好赚，在母亲过世后依然替他接活。秦晖天倦了，明知道方乐婷会把气撒在他身上，照样夜不归宿，最后走得更是爽快，还说方乐婷不仅是后妈，也是他小姨，拿了邹家那么多钱，会好好供他上学。

他一次次被动接受着分别，总在被抛下，最后和方乐婷互厌又互依地生活着，直到他下定决心离开。

方乐婷听他说完，眼中全是笑，那笑容要多讽刺有多讽刺。方彦不知道她嘲讽的是他，是秦晖，还是她自己。

"你女朋友，回家都……不带你，也没多喜欢你嘛。"

方彦知道她是要转移话题，依然不想她编排林筱，凉凉地回了句："不劳您费心。"

"那女人……一看就强势，再过两年你更压不住。"

方彦扯了下嘴角："我不像你，谈恋爱结婚都像比赛，非得比过谁、压过谁，她强就强啊，我替她高兴。"

彼此太过了解，就知道什么话扎心，方乐婷和人比了大半辈子——少时默默和姐姐攀比，在婚姻里时时要压秦晖一头，想把他抓紧在手中，离了婚又处处要和那个姓邹的女人比，店子排场搞得那么大，时时装点体面，到最后病入膏肓，都吊着一口气等人先走，方彦一番话精准地扎中了她的痛处。

"呸，屎货！"

方彦手一摊："没办法，我不是成大事的人。"

他说完就离开了，走到过道掏出手机，看林筱正打开速写本在画着什么，不时看一眼屏幕，并没有要对方乐婷的话发表意见的意思。

他就笑道："被我逮到了吧，你是不是把聊天开成了小窗口，画什么呢？"

林筱二话不说截了张屏发过来，她居然把方彦画的一家三口图设成了桌面，正在勾线临摹。

"看来是很喜欢。"

"当然。"

林筱从不掩饰自己的喜恶，所以和她在一起，方彦几乎不用去猜她的心思，他截了一张自己的桌面发过去："算不算有默契？"

看着两人一模一样的壁纸，林筱笑得特别灿烂，方彦这才说："我准备去看一眼秦晖。"

林筱笔停了一下，只问："什么时候？"

"明天起来就去。"方彦迟疑片刻，"再拖一拖，就不想去了。"

他这句话说得很慢，隔着口罩和医院的嘈杂，甚至有些模糊。林筱停下笔，把手机扶起来看了他一眼，因为凑得近，镜头放大了她漆黑的眼睛，里面有让人心安的宁静。

"那就去吧，一件事如果做与不做都后悔，试过了懊恼，比没做之后悔恨要强一点。"林筱的干脆替方彦的决心加了一层码，"不过你去了也不用端着，不舒服就骂，有气就撒，懒得和他们生气就早点走人。"

方彦被她说得笑出了声，眉眼全舒展开来，两人约好了睡前再视频，就挂了。

出了医院，风寒透脾胃，方彦想到要去见秦晖，心里还是不得劲。经过水饺店的巷子口，他也不知道年二十九他们家关门了没，就往里走走，看能不能喝上口热汤暖暖身子。

巷中的灯光依然昏暗，但看得出来路面都有尽力打扫过，许多人家还贴了门神和福字，夜色里满眼的暗红，空气中飘着电视声，还是有临近过年的气氛。

远远看得见水饺店那盏标志的灯，方彦加快了步伐，走近了惊讶地发现老店不知何时换了新颜。

四面墙粉饰一新，两套字体加大的价目表挂在醒目的位置，沿墙增设了三个长条窄桌配方凳，很适合独自前来的食客，隔一米宽过道，原本的四方小桌变成对坐的长桌，客人面对面坐下，中间有调料盘隔开，一眼看去，店内既不显拥挤，座位却翻了一倍。

干活的灶台加宽加长，高度降低了，更适合店家操作和摆放，冷柜、消毒柜移位到伸手可及的台面。方彦平时听林筱说动线设计说得多，看得出做到了取物到出餐一条龙，并且几乎避免了弯腰。

天花板做了简易的集成吊顶，既防潮又扛油污，四块扣板 LED 灯照得满屋亮堂。灶台顶上别出心裁地加了一组嵌入式筒灯，加亮台面的同时，能把影子投到背后，不会遮挡任何台面操作。

虽然店内翻新明显走了简单低价的路子，可方彦不知是不是自己想多了，他平时在家没少看林筱的书和作品册子，总觉得小店配色、风格，甚至通往里间那幅招财猫防风帘都带着林筱的味道。

“你好，请问吃什么？”

他人刚上台阶，就有感应的门铃响，里屋走出个年轻的女孩，大概是店主女儿。

方彦点了单，问：“你们家新装修啦？看上去很不错啊。”

“你有一阵没来了吧？我们都装完一段时间了，别看我们店小，可有专业设计师给设计的。”

“你们还做馄饨啦？”

“对，新加的。给我们做设计的小姐姐说她家里人不喜欢吃水饺，我爸给她包过两次馄饨，包多了也卖卖，结果还挺受欢迎，就加上去了。”

方彦心头又一跳，想起林筱好像有提回过新鲜馄饨，说是吃到好吃的店里打包的。

“那我要馄饨吧。”

“帅哥你先坐，这会儿没什么人，我煮好给你端过来。”女孩手脚麻利地下起了馄饨，人也很健谈，随口就和他聊起来，“一开始说装修，我爸还不愿意，非说人小姐姐是骗子，哪有那么好的骗子，一分钱没要就直接把图纸发给我了，还给我们列了造价表，连工作证都发给我看了。”

方彦随便应了句话引她往下说："什么公司啊？"

"寰宇你知道吗？好像是特别厉害的公司。"

方彦心里已经再确定不过，也没提林筱的名字，只说听过。

"是吧，我学设计的同学说，整个南方他家内装都是头一号！"小姑娘说得眉飞色舞，"那个小姐姐来店里吃东西，我爸盛汤差点和取餐的撞上了，把自己手背烫了一块，她第二天就联系上了我。"

小姑娘指了指墙上的付款码："我家店里付款码是我弄的，我爸哪懂这些，收款名片里我留了自己的联系方式，她说家里人小时候经常在我家吃饺子，就顺手帮我们画了设计图。"

作为"家里人"的方彦再清楚不过，上个月林筱忙得像陀螺一样，居然还抽时间悄悄帮人做了大事，不是方彦自大，林筱会帮手，一定是因为他。

"我一开始还想，哪有这么顺手的事，但是看她发的图像模像样，又有工作证，我就给学设计的同学看了。"小姑娘叽叽喳喳，一张嘴巴拉巴拉说得没停，手下也利落地把馄饨盛好了，"她们内行才看门道，说图纸好着呢。我们又照工作证去官网搜了也是真的，小姐姐真是心好又长得漂亮，还说我们家装修工作量小，有些活不好找人，给我们联系了施工的，几天就给弄好了。"

她看了一眼屋内，压低了声音："我早觉得我爸这个小店子该好好装一下了，我爸就觉得小姐姐是骗钱的，结果听做工的大哥说，人开着七位数的豪车，住八位数的豪宅，家里超有钱！我们有什么好给骗的？你看我们店里里外外搞这么好，一共才花了一万出头，我爸开始还心疼钱，用起来就觉得好，做事看得清清楚楚，也不用在灶前打转了，连弯腰低头的地方都没有，客人座位也多了，取餐走动多方便。"

方彦怔怔的，都不知道去接人家小姑娘端来的碗，她把馄饨摆到桌上，又放了个小碗，里面盛了两个水饺。

"帅哥，这是请你的，要过年啦，还是得吃个饺子。"

"谢谢。"

"不用谢，我这两天都送的，毕竟我们也是运气好，上哪儿遇着小姐姐这么好的人啊。"

热气在方彦眼帘蒸出一片迷离水雾，他夹起一个饺子，细嚼慢咽了，才低声附和了一句："是呀，哪有这么好的人。"

"我爸以前总说病人家属不容易，我们自己家的老房子不用房租，卖便宜点没关系，我还觉得他固执。现在才明白多结善缘是对的，人家小姐姐不说了，是因为家里人小时候常在我家吃嘛。"

小姑娘说得意犹未尽，大叔大概怕她吵到客人，掀了帘子出来把人拉了进去，还能听见她在里头和父亲“哇啦哇啦”说着什么，方彦脑子里全是小姑娘的话。

林筱总在和他说，回家，回家。

原来在他不知道的地方，他也早已是她口中的家里人。

一碗热汤馄饨还未开吃，方彦的心已经被咽下的水饺暖得热烘烘的，再没有方才的憋闷、孤寒。

第二十八章

他的太阳

林筱挂了电话，铅笔在指头转得飞快，没落在纸上。她胡乱想了些方彦家中的旧事，回过神来发现母亲不知什么时候站在了身后，正在看壁纸和她描的画。

“妈，你怎么和爸一样，都偷看手机呀！”

“你大剌剌摆在这里画，我也算偷看？”赵清毓对女儿的指控很不满，“你小时候的日记我都没翻过，谁现在偷看你手机？”

“我爸。”

赵清毓觉得亲生女儿说话这么不留余地，的确欠打，又觉得老公的确丢人，只能换话题：“方彦画的？”

“对啊。”

林筱干脆调出大图来给她，赵清毓仔细看了，才说：“他还在进步。”

林筱闻言笑出两排白牙：“我也觉得。”

赵清毓看她比自己得表扬高兴得多，愤愤说道：“他就靠这些小把戏把你哄得熨熨帖帖？”

“人家肯哄，也得我肯受啊，”林筱晃了晃手机，“我以前还觉得设情侣桌面挺傻的呢！”

“你的速写本我能看看吗？”

林筱把本子递给了母亲，赵女士慢慢翻着，差不多看到了女儿的心路历程。

最开始本子里和过去一样，全是格局框架、水电定位、内饰单体图，然后开始夹杂着黑糖和方彦的速写，接着除了设计相关的，会出现仿肥糖的小漫画，最近几张都能看得出来是两人联手画的，一个精细一个随意，完全不同的画风却奇妙地融在了每一幅画里。

林筱从小就是领土意识很强的孩子，她可以大方地分享新玩具、零食，但是一旦是自己用过的，就不喜欢经别人手，赵清毓还是头一回看到其他人的画出现在她的本子上。

“很久没看到你画和设计无关的东西了。”

林筱童年受赵清毓影响，对绘画产生过兴趣，长大后觉得自己在这个方面发展空间不大，迅速改走了设计方向，之后除了绘图所需的基本功，和偶尔涂抹几张风景画，她画画差不多丢开了。

“我过去觉得自己没天分，从小学的技巧就当为设计打基础了，但是遇见方彦以后，我才发现，纯粹画几笔我也挺乐意的，我还把摄影也捡回来了呢。”

赵清毓合上速写本，看着女儿，一时竟有些感慨：“所以，你找到只是用来打发时间，也愿意耗在上面的喜好了？”

“嗯。”

林筱点点头，她就像所有家境宽裕的女孩子一样，舞蹈、钢琴、书法、绘画、摄影都学过，以她的好胜心，学了的东西该过的级都过了，可就像游戏通关一样，她过完就像走到了终点。

“以前总担心你变成工作机器，能听到你这么说，我很开心。”

在林筱读书的时候，赵清毓就和她说，真正的爱好是你明知道无用，也愿意沉迷其中的，无论这个爱好是不是美术，她都希望女儿能够找到。

林筱笑着调侃：“妈，别人家都劝晚辈，不要在和学习工作无关的事上浪费太多时间，你不能因为自己拿画笔，就丢了原则。”

赵女士知道她在开玩笑，还是骂了回去：“胡说八道！这和我做什么没关系，比起沉迷无用的喜好，更可怕的是没有爱好！”

像林筱这样信奉一寸光阴一寸金的实用主义者，业余爱好不需要多有意义，赵清毓只希望那能成为她短暂抽离忙碌节奏的乌托邦。

就像有时候她觉得女儿太过冷静，宁可她当一下傻姑娘，只是她和丈夫真看到一个男人对女儿影响越来越大，又难免酸上一酸。

“妈，你放心，我还是很喜欢做设计的，我喜欢那种看着自己的构想一点点成真的成就感。”

林筱翻出原墅的现场图，一幅一幅讲给母亲听，这是她第一次独立负责的项目，甲方夫妻俩返改的意见还不多，给了她足够的发挥空间。

舒南她们说得没错，她就是个幸运儿，父母开明，工作上手，男友贴心，她只能加倍努力来对得起这份幸运。

“成品会很漂亮吧，要不是猫那么多，我都想去住一段时间。”

赵清毓的过敏倒是顽症，虽然有好转，却不如方彦的治疗效果好。听说女儿带着方彦去同一个中医那边看了，她还和医生偷偷打听过情况，知道方彦确实除了肠胃弱点，其他都很健康的事，就不用林筱知道了。

“你姚叔叔昨天和你爹夸了你，说你进步巨大。”

“是吗？他当我面从来不夸的，都是挑错。”

不过林筱很清楚，就她手头那些小案，哪里需要总监一一过目，姚叔是在给她频频开小灶，至于能学多少，就看她自己的造化了。

“你别得了便宜还卖乖，不学好，越来越皮了。”

赵清毓还在酸着，林筱抱住了母亲的胳膊：“等过两年我水平成熟了，给你和爸专门设计一套房子，完全按你们的喜好来。”

“听听，工作了到底不一样了。”赵女士一副我家有女初长成的感慨万千，“那我们就等林大设计师的大作了啊！”

林筱想起刚认识方彦时，姚叔语重心长地说她做的东西是个花架子，现在她已经懂得那句话的意思了。

反正闲着没事，她把两人相识那天发生的事简单和妈妈说了一下，还翻着速写本说了她跟着方彦送快递的时候，看过的或贫或富的居家环境，说了她怎么学着和林林总总的人打交道，刁钻的、善意的、古怪的、急躁的，说她从中汲取了和甲方、同事相处的经验，也更能体会水饺店主那样朴素、节俭的需求。

赵清毓知道，林筱肯聊这么多，是因为她想给方彦加印象分，可是有个打小就独立自主的女儿，能听她这样细致地聊工作、生活的机会不多，光看在不远处和兄弟聊着天的丈夫身体都朝这边倾斜了，就知道有同样感慨的不止她一个。

“我以前觉得设计最讲究合理、美观，总想出作品，但我现在更喜欢客户满意的样子，我现在做的不是给专业老师看的作业，也不是参赛作品，而是别人要长久住的家。”

林筱甚至把自己那些失败的竞争都跟母亲说了，以她倔强的性格，这是太难得的事，过去她都是默默输了，咬牙再战，但是绝不会和家里提一个字。

“姚叔，姚总监说我的设计终于不再带有强烈的个人色彩，是件好事，以后可以慢慢摸索回来，学着在尽量满足客户需求的同时，怎么掺揉多一些的个人想法，这个探索的过程，就是我真正塑造自己专属风格的路了。”

赵清毓看着女儿说起男友和工作神采奕奕的脸庞，心中忽然就定了。

名和利他们两口子都不缺，女儿能如她自己所愿地活着，温暖地爱着，其实足够了。

C市过年的新闻里说，本市流动人口已经升至五百万，而春节期间不止流动人口，许多已经扎根C市的人都回了老家。年三十的早晨，偌大的城市头顶张灯结彩红红火火，路面却空空寥寥，让公交司机难得过一把飙车的瘾。

车上没坐几个人，方彦在最前端的位置，被过暖的空调吹着，车子摇着，昏昏欲睡，回忆也会胡乱翻腾。

其实在他四岁之前，可能也有过快乐的日子，父亲英俊幽默，母亲温柔美丽，一家三口应该是和和美美，人见人羡的。

只是太久远了，只留了些残影在照片和分辨率低得一塌糊涂的老式录像里，还被方乐婷收得严严实实的。后来，当他有了清晰的记忆之后，只觉得人生实苦。

连他去做快递员，也不是为了怄气，或者打什么人的脸，只是在三流大学里打了几年混，到找工作发现垃圾学校的文凭一文不值，面试人家开两千八还不包吃住。

宿舍马上要退，他也绝不想再回到方家或是站回镜头前，去取快递时见门口贴着招聘的纸就随口问了一声，恒通还真要人，底薪加提成说是能到五千，还提供一年的集体宿舍。

他为了保持身材也为自卫，一直在练拳和柔道，一身肌肉不是虚的，不缺力气，培训几天就试着上工了。

送快递果真是累，可他发现在极度疲惫之下，精神前所未有地放空了，他刚开始累得倒在床上就睡实了，不会再想任何事。就这样习惯成自然地做了下来，还因为方乐婷的病情加重换到了就近网点，眨眼就是几年，直到林筱出现。

秦晖住院的地址邹文池早就发给过方彦，是一家颇有名气的私立医院，所有VIP病房要探访必须先登记，经家属或者病人同意才能上楼。方彦在导诊处登记后，没想到会是邹洛霞亲自下来接他。

方彦上一回见到邹洛霞还是几年前，她是细眉弯眼的长圆脸，长相不及方家姐妹，但钱滋养出了富贵优雅，高价保养品和医美也尽最大努力维持了她的身材和皮肤，当时看起来比方乐婷状态还要好，加之她爱笑，是面相和气的人。

不过她的和气只挂在了皮上，他大学时曾去过邹家两回，所有人对他都很好，却过于客气，那客气之下有着无法忽视的隔阂和防备，你能清楚地感知自己是外人，是个不被真心欢迎的闯入者。

倒是比他小的邹文池勉强真诚，彼时心思单纯的少年觉得自己占去了方彦该有的父爱，带着补偿心理一口一个哥。和他沾着血缘的邹文彦反而是个骄纵的小屁孩，后来邹文池不时也会联系他一下，逢年过节的问候比秦晖还积极，所以一度邹文池是邹家人里唯一能和他聊几句话的人。

如今的邹洛霞看起来苍老了数岁，眼下青黑，圆下巴削尖了，连鬓边的发丝都是散乱的，从电梯里走出的脚步凌乱又急切。

以邹家的家底，给秦晖请上一队护工都没问题，邹洛霞居然亲自陪在医院，方彦心想秦晖是真能耐，女人个个对他念念不忘。邹洛霞当年和他算是双双出轨，十年居然也处出了真心，只是可惜了，真爱也没无敌啊，如今照样病入膏肓——

他客气地喊了声"邹阿姨"，被一把抓住了手，方彦很不喜旁人触碰，胳膊上即时冒出一整片鸡皮疙瘩，邹洛霞先红了眼眶。

她当年厌烦了家中安排的，毫无感情可言的婚姻，遇见秦晖后耽于美色欲望，一举将人抢到手。这些年她反正银钱不缺，秦晖又一直是知情识趣的丈夫，比起上一桩门当户对的婚姻，她过得是舒坦的。

时日久了，那些浮于表面的情爱也日积月累成了真，救命钱对她来说更不是问题，她当然想拼尽一切救人。

"来了就好，来了就好，文池也在来的路上了，一会儿就到。"她手指因为用力半陷在方彦手腕上，像是唯恐他会走掉，拉着他往电梯走去，"你爸爸听说你来了，高兴坏了。"

方彦借着进电梯，挣开了邹洛霞的手，语气平和地说了句："我只是过来看看。"

"看看都好，你爸爸很想你。"

方彦看着擦拭得锃亮的电梯壁，闻着很淡的医院常规气味，还被一股令人放松的幽香掩盖着，他笑了一声，在空荡的电梯里脆得像碎玻璃，随时能扎出血来。

"是想我，还是想我的干细胞？"

他过去不会把话说得这么难听，所以在话脱口而出后，方彦第一反应是，林筱你把我带坏了，话说这么直一会儿给人气出个好歹来，怎么办？

他一边想着一边就真笑了，并没有理会邹洛霞变得难看却强忍的脸色。

电梯打开后是段安静的长走廊，仿古色墙纸，缎面素色窗帘，山石、盆景安置在中式的高几之上，射灯造影，要不是包角的扶手和医护值班表，都不觉得是医院。

护士见人也是笑容满面地打了招呼，方彦觉得"病魔面前，人人平等"这句话并不贴切，想想他每回去三医院时的嘈杂，觉得方乐婷看到这里都会多生半日闲气。

不过当他看到被护工推在病房门口等待的秦晖，又觉得病魔还算公平，向来最注重形象的人已经瘦出了老态，上半身佝着，哪怕他努力想挺一挺，显得精神点，更像驼背老头的徒劳工夫，昔日的英俊只余下些微模糊轮廓。

但看起来方乐婷想要熬死他的心愿是不可能达成了，秦晖状况比方彦预想的要好，起码能坐起来，能出门。

“来啦？”

“小姨让我来看你一眼。”

秦晖愣了一下，七年婚姻，他当然熟知方乐婷的个性，她绝不是于心不忍的人，而方彦肯喊一声小姨，从那年他离家之后，却再没怎么喊过爸。

最初他是有愧疚之心的，可文彦很快出生了，他慢慢把扭不动的大儿子放下了。这些年他过得还算顺心如意，又觉得方彦跑去送快递纯粹为了怄气，对他越发不关注，没想到最后得靠方彦救一命。

秦晖想去拉儿子的手，方彦这次有准备了，让开半步，看到套间的会客区里已经备了茶，还有一小盏水果，橘子橙黄，葡萄紫红，都是他小时候爱吃的。

“不用这么麻烦，我只是来看一眼。”

秦晖看出他有离开的意图，赶紧说道：“我们两年多没见了，你坐一会儿吧。”

“三年。”

三年前邹文池几次约他吃饭，他不想再被烦了就答应了一回，结果去了才知道邹文池还单向约了秦晖。方彦能理解他是好意，希望父子能和解，结果当然和过往一样，不欢而散。

“对，三年了。”秦晖完全不显尴尬，热情得很自然，“听说你交了女朋友了，人挺好，还特别护着你，爸爸听着都替你高兴。”

他聪明地选择了林筱作为话题切入点，闲聊几句，还抖着手替方彦剥了个橘子，他甚至都记得方彦不爱吃外面白色的橘络，挑干净了才递过来，仿佛真是一个慈爱又细致的父亲。

秦晖哄人的天赋一直都是点满的，只要想对谁好，就能细心又妥帖，哪怕不做实事，一张嘴也能说得天衣无缝，连离开都成了迫不得已。

方彦打量着眼前从外形到情感都已经陌生的男人，他有想过，和病危的秦晖面对面坐下来会是什么感觉，原来这样平静，平静到心中仿佛有个电影式的旁白，说，哦，这位是他法律意义上的生父，已经快死了……而他也像一幕电影的旁观者，在看着秦晖的表演。

邹洛霞看他沉默，就帮着腔：“你爸心里总在挂念你，每年你生日还给你准备了礼物，只是……”

她顿了一下，方彦替她把不好说的话说了下去：“只是我不肯见他，他也懒得去‘贫民窟’等快递员儿子下班，礼物寄过来，还会被我不识趣地退回去。”

他每一字都说得轻轻松松，好像是普通的聊天，却把夫妻俩说得尴尬不已，迟迟无法搭话。

方彦发现像林筱那样，想什么说什么，不用言语去粉饰太平确实会爽。他索性把秦晖剥得干干净净的橘子放下了，推回到秦晖坐的那一侧，自己又拿了一个剥开，鼻尖一时全是清新的香气。

“橘络吃了对身体好，健康。”

他最后两个字特意加重了音，说完塞了一瓣在嘴里，甜滋滋的味道灌了满喉，吃得出是典型改良过、精心调整过甜度的高端水果，味道纯正得只余下配出来的甜。

他决定吃完这个橘子就走，太假的甜容易齁到。

“大哥，你来啦。”

邹文池走到门外就觉得气氛不好，眼看要聊僵，赶紧推门进来，后面牵着的邹文彦也甜笑着喊了方彦一声“大哥”，“咚咚咚”跑到秦晖身边去了。

“爸爸，你今天可以跟我们回家一起过年吗？”

秦晖也塞了个橘子在他手里：“医生同意批我两天假。”

“好耶！”

邹文彦欢呼着，他五官倒是随了秦晖，俊俏又带着被宠上天后藏不住的跩劲，再过几年就是带点小坏的大帅哥，不知能招得多少人趋之若鹜。

方彦上回见他，是方乐婷诊断出病来，他去了趟邹家，邹文彦还是个口齿不清的小屁孩，指着他问的话天真又无情：“他又不是我妈生的，为什么是我哥？为什么来我家？”

他还知道邹文池带着邹文彦去找了林筱，把林筱气得够呛。

现在他却扑闪着无辜的大眼，转头问：“大哥，我们一起过年吧？我们一起守岁呀！”

他长得好看，笑容灿烂，声音清脆，装起乖来无往不利，结果在林筱那里惨遭滑铁卢，现在又被方彦眉都不抬地拒绝了：“不去。”

“大哥……”他伸手想来抱方彦的胳膊，方彦错开，一双偏淡的眼眸不动声色地盯着他，明明什么都没说，邹文彦就觉得后颈发凉，讪讪地收回了手。

“一起嘛，大哥，我没和你过过年呢。”

“对呀，都是一家人，难得聚一次。”秦晖气血不足，话都虚虚的，“说不定也是这辈子最后一次了，你陪陪爸爸。”

方彦的胃生理性抽搐了一下，忽然就钻痛起来，他才记起林筱的交代，让他深冬别乱吃水果。果然再甜的橘子都是凉的，落进胃里会寒，可不就痛了吗？

他过去很习惯胃部的疼痛，忍一忍就过去了，如今不知是药还是人常呵护着他的肠胃，老毛病猛地来一下，他痛得连捏着橘瓣的手指都用了几分力气。汁水溅了出来，滑在指节上黏糊糊的，还有一滴落在他大衣沾着的猫毛上，带着黑色的毛从呢子面料上浸下去，好像要把那两根细毛扯进衣里去。

“大哥……”

方彦被邹文池一唤，才把断掉的思绪接了回来，他收回看橘子汁的视线，见一屋人都望着他在等答案，仿佛他们真的多期待和他一起过年。

他胃痛得更厉害了，疼痛把林筱说过的话一个字一个字从他脑袋里抠了出来。

去了别端着，不舒服就骂，有气就撒，懒得和他们生气就早点走人！

他撑着大腿，准备起身：“不了，我回去了。”

邹文池焦急地按住了他：“大哥，都是一家人，什么结不能解开？坐在一起吃餐饭都不行吗？”

方彦好笑地看了他一眼，拍掉了他的手，这一拍好像也拍开了他始终忍耐的开关。

他干脆坐了回去，舒展开身体，放松地说道：“我有个朋友，每年和他哥哥分别陪父亲和外婆过年，因为他外婆从他母亲走后就不肯见他爸了。”

他语速不急不缓，像在讲故事，但邹家几人已经能听出来，这不会是一个对他们有利的故事。

“他是个老好人，看到流浪猫狗会救，摔跤老人会扶，平时习惯到处管闲事还不讨好，可是他从不劝他外婆一起过年，你们知道为什么吗？他说他小的时候哥哥就教过他，这个世界不是所有事都需要劝和的。”

方彦摸了摸手机，那上面有和林筱同款的桌面，他的面色柔和下来：“我女朋友反问过我，谁规定一定要和过往和解？一辈子都不解，又能怎么样？”

最后五个字方彦说得又重又狠，说完就站了起来，秦晖想去拉他，手抖得太厉害，把自己辛苦剥好的橘子撞到了地上。

“啪”的一声，橘子砸得歪七扭八，方彦迈开大长腿，已经走到门外。

邹洛霞追了上去，哑声喊道：“方彦，你难道要眼睁睁看着亲爸去死吗？”

她声音凄楚到方彦忍不住想起，林筱说她们大学在戏剧社时怎么练习哭腔……他脚步却没有停，直到邹文彦跑着追上来，却因为腿短撵不上，在家人的惊呼里他把手中的橘子掷了过来。

“你就是要害死我爸爸！”

半大小子的力气一点都不小，橘子结结实实砸在了方彦的背上，又透过胸腔，将他的胃捶得更加不适。

方彦猛地转身，居高临下地凝视着赶上来的男孩，冷笑道："对呀，那是'你的'爸爸，关我什么事？"

"大哥，"邹文池也跑了过来，用力扯了弟弟一把，"小孩子不懂事，你别和他计较。"

方彦嗤笑道："小孩？他十岁可以不懂事，你猜我十岁一个星期要工作多长时间，得赚多少钱？我十岁刚没妈的时候，你的爸爸已经和我小姨住到一间房里去了！"

邹洛霞冲过来，想捂住儿子的耳朵，却被眼中射出寒光的方彦逼视得下意识退了一步。方彦看着被护在怀中的邹文彦，笑容更大了，只是那笑完全不进眼底，反而阴沉沉的。

"你的爸爸出轨成性，又和你妈在一起的时候，是我在承受我小姨兼后妈的怒气，那个时候我才上高中。"

"大哥……"

邹文池明明有张能说会道的嘴，却在当年难堪的事实前，发挥不了。

"你们一家人天伦之乐的时候，方乐婷病情加重，我因为排不上床位，不得已来你们家求了你的爸爸，那一年我才进大学。"

方彦没有怒骂，他只是用冰冷的、不带一丝一毫感情的声音，把过往说给呆住了的邹文彦听。

邹文彦已经十岁了，不是什么都不懂的孩子，方彦每强调一次"你的爸爸"，都像在他脸上抽了一耳光，把他说得头都抬不起，最后躲到了邹文池的身后，而这些巴掌也同样摔在了数米外的夫妻俩脸上。

邹文池从来没面对过这样疾言厉色的方彦，平时方彦待他都彬彬有礼，哪怕只是出于礼貌。当初他带着病历求上门的时候，方彦也比他女朋友和颜悦色多了，这是方彦头一次在他面前直白地表露出不耐烦和憎恶。

是的，邹文池清晰地感受到了，方彦打心眼里厌烦他们一家子，可人命大过天，他不得不迎难而上："大哥，我知道爸妈有错，我们这些年也有很多做得不到位的地方。"

邹文池舔了舔干涩的嘴唇，试图劝解："但是你能不计前嫌，照顾方阿姨，我求求你也救救爸爸，以后我们都会好好补偿你的。"

"我肯照顾我小姨，不是不计前嫌，是因为她在我妈生病的时候确实撑起了家，是她再讨厌我，秦晖出轨离开后她也没赶我走，是这些年无论我们多不耐烦对方，隔十天半个月也勉强见一面，知道个近况。他秦晖凭什么？"方彦倨傲地冲缩在病房门口，都不敢直视他的人抬了抬下巴，“他这辈子都在向我展示，怎么做一个只顾自己的人，现在快死了，来和我谈亲情？不可笑吗？”

方彦已经疲于和邹家人做表面功夫，他连基本的客套都懒得维持，直直看向每逢大事必定躲在人身后的秦晖，满眼的嘲讽。

他不是没有恨，只是懒得去恨，过去他们尽量互不干涉，他就权当没这个爹。如今就凭他生而不养，还来惦记他的骨和血，拐着弯想来讲亲情，就如林筱所说，恶心！

“秦晖，我只问你，就凭你是我法律上的生父，我就没有不和解的权利吗？”

最可恨的人从来不是方乐婷，也不是邹洛霞，是在妻子生病只会无用哭泣，最后嘴里说着心疼，却花儿子赚的钱花得心安理得的秦晖。是他明明有妻儿，却勾搭了青春少艾的小姨子，也是他再婚后又攀上了有夫之妇，抛妻弃子。

“在逼别人讲亲情之前，自己先做个人吧！”

方彦按着刺痛的胃，在鲜有的咄咄逼人里感受到了前所未有的痛快，哪怕有痛，都痛得很爽。

就像林筱过去没机会去学什么是做人留一线，他也没试过什么是肆无忌惮，眼下把林筱怒气冲天时说的话原样奉上，他甚至想大笑两声，给邹家人丢一句，我可去你的吧！

他大步往外走去，不想再多留一秒，走出医院时外头又下起了雪，寒风刺骨，阴云青灰，压了满头。

“大哥，今天到底过年，你一个人要去哪儿？”

锲而不舍追上来的邹文池在问这句话的时候，有目的，也有关心，方彦侧身瞥了他一眼，答得很坚决：“我有家。”

这个世界再冷漠，也有个姑娘静静温暖他，他把她放在心尖，于是心头都会因为她热起来。

“方彦，”声音焦灼到尖厉的是邹洛霞，“你女朋友家里如果知道你对亲人都这么无情，也会觉得你不堪托付！”

“才不会！”旁边忽然传来爽脆的回答，林筱在方彦愕然的回头里走过来，把自己兜里揣得热乎乎的手塞进了他冰冷的掌心，往他肩头一靠，才看向邹家三母子，“请问，当年你们婚内出轨有顾忌过道德、人伦吗？现在怎么好意思道德绑架？”

方彦两耳轰轰的，看着大年三十应该待在A市家中的女友，压根儿没听她和邹家人还说了什么。

应该很难听，林筱生气时向来言辞犀利，还不是撒泼骂街那种，反而条理清晰，刀刀见血，三两句批得邹洛霞的脸都青了。然后他就被林筱快步拉走了，拉到四面灌风的停车场，被推进了副驾驶，人还是呆滞的。

他原本站在风雪里，隔着数米和邹家人对峙，形单影只，冷冷清清。

没想到他的太阳忽然来了——他那时常很安静，偶尔会炙热的太阳。

第二十九章

人间

“啪”的一声，林筱用力关上了驾驶座的门，把空调开大，面带倦容却双目清亮：“Surprise！”

早上出门前两人还视频说了两句话，林筱那时刚跑完步准备去吃早饭，没想到转头开了两小时车赶过来。方彦情不自禁伸手触了触她的脸，总觉得像幻觉，冰凉的手指让林筱一缩，他才如梦初醒，赶紧把手放到出风口去暖。

林筱把温度又调高了些，才冲方彦挑了一下眉：“我出现的时机抓得准吧？我在外头等你的时候就想好了，如果他们磨着你不放，那我出场姿势务必要帅，开口必须得酷，才镇得住那一家渣。”

方彦知道以她的性格说得这样浮夸，是想逗自己开心，也如愿被她逗笑，给她比了个拇指：“帅呆了，酷毙了！女朋友的男友力太足，觉得自己可以安心当废柴了。”

他把手吹暖一点，才捏上了林筱开车开得僵直的肩颈：“不是让你放心吗？我搞得定。”

“放心是放心，不舍得让你一个人去打仗啊。”

林筱被他按得很是惬意，舒服地眯起了眼，她从来是想什么就去做什么的行动派，既然一宿都睡不踏实，开两个小时车而已，也不算什么。

“方先生，我十五岁都没做过这种傻事，你看你魅力大不大。”

“承蒙抬爱。”方彦笑着眨了眨眼，“不过我也照你说的做了，听着不舒服就骂，有气也没憋着。”

他双眼皮细且狭长，到眼角只余一点浅弧，不笑的时候总是漠然，一笑起来会多折几道褶，平湖般的眼像起了微澜，波光粼粼地晃人眼。

“那就好！”

林筱满眼我男朋友真棒的赞赏，看得方彦忍不住伸手在她刘海上薅了两把。

“喂！你拿我当黑糖撸呢！”

方彦好笑地看了看她，说道：“女孩子别把‘撸’字挂嘴边啊。”

林筱迟钝了两秒，才反应过来，也不脸红：“一见面就搞颜色？没必要吧。”

方彦叹口气：“你这样，我都不好亲你了。”

林筱探身过来，在他唇上响亮地“啵”了一口，发动了车子：“我好意思，不过我只能再待两小时，正好够时间陪你把三医院也去了。”

方彦就知道，她昨天在视频里听着方乐婷嘲他，当时没说，心里却记下了。

“不用。”

“用！”

她倔强地看着他，摆明了不会让步，方彦只能答应，她才懒懒地把胳膊搭在方向盘上，叹了口长气：“只能再陪你吃个饭了，除夕夜的团圆饭我要没赶回去，我爸妈到七大姑八大姨会集体让我整个春节没有一刻安宁。”

方彦看了一眼手机，说：“是四个小时，我送你，回程我开。”

“不用！”

“用！”

这一次倔的人变成了方彦，林筱想想，各退一步，也没磨叽：“好吧，我只是觉得这样送来送去有点傻。”

方彦伸手又在她颈后捏了捏，笑得不知多温柔：“那谢谢二十五岁的林小姐给我机会，让我陪她一起做傻事。”

谈恋爱不就是这样？哪怕最聪明的人，都愿意为心上人说傻话，当傻瓜。

两人到三医院时，方乐婷处于半昏迷的状态，只有眼皮在微微颤着。方彦也不知她能不能听见，凑在枕边把秦晖的状况简单说了一下，又给护工朱姐塞了个大红包。大姐接了红包难免热情些，送他出病房，才看到守在外面的林筱。

“小林也来啦。”

朱姐做了这么久，从方乐婷每每的咒骂里也能知道大概的过往，也知道前一阵方彦才住了院，觉得他挺不容易的，看到林筱在旁也替他高兴。

林筱和朱姐打了招呼，将手中的保温杯递给了方彦：“喝了。”

在那边医院林筱就发现他脸色不对，照平时她开了趟长途，方彦肯定会把她换到副驾驶去，一定是不舒服了才会让她继续开车，她路上果然偷瞄到他悄悄揉了两次腹部。

她和朱姐聊了两句，等方彦把药喝完了，才同人告辞。

“我一开始觉得小林不好打交道，现在发现她就是话不多，人蛮好的。”

朱姐把人送到了电梯口，又多聊了两句，方彦看林筱经过护士站还和值班小护士打着招呼，寒暄两句，虽然以林筱的性格应该永远不会像舒南那样，扎人堆里都能如鱼得水，但她也不像刚认识那会儿，看上去那么生人勿近了。

进了电梯，方彦才问：“你随身带着药？”

“随车。”林筱纠正了一下他，“我家那边都说大年初一不吃药，一年无病无痛，所以你今天赶紧把胃养好。”

“呀，林大小姐也迷信啦？”

林筱边笑边摇头：“没办法，太希望喜欢的人无灾无难，偶尔迷信一下也无妨。”

方彦被她说得面上一红，偏头隔着口罩在她发边亲了一下：“别一直撩我，不想在医院壁咚你。”

“啧啧，别这么老土。”林筱闲闲地挨着他的肩，眼里都是笑，“快决定中午吃什么，吃完回去看一眼黑糖，我就得走了。”

方彦等上了车，摘下口罩才提出建议：“去吃水饺吗？”

林筱愣了一下：“他们家今天还开？”

方彦笑着说：“昨晚还开，今天嘛，你去的话，不开也会开的，不过放心，我没打着你的旗号吃白食。”

林筱听他这样说也笑了：“上个月我去吃东西，看到老板被烫了手，就用软件随便测量了一下，不到四十平方米的小店，随手画了画，回头再完善了些细节，也不费什么时间。”

她会帮忙，一方面是职业病，更重要的是，对她来说，这家小店在方彦的童年给过他小小的温暖，又记录过他重重的伤痕，所以她愿意为店家做点什么。

“其实都是小改动，规划动线、提高坪效和增加容客量，这是餐饮设计的入门需求，王璐彤那个广播站还说得大家都帮我集思广益了。”

方彦知道事情绝不像她说得那么轻巧，也知道她心里真没觉得是多大事，所以默默地做了，提都没提。

“你还帮忙联系了施工吧？”

“我画图的时候，做预算的同事就在旁边，听我说老板做生意那么实诚，顺手帮我列了个耗材表，免得贵了他们不舍得。我想着他家量太小不好找人，就请来报账的项目经理帮忙联系一下，还不是天时地利人和。”

林筱在强调的是顺手、顺口，她确实没花多少工夫，方彦的感受到是她如今渐渐融入了公司，大家也愿意帮个顺水人情。

“既然你去看了，成品怎么样？是不是物美价廉又实用？”

在公司里林筱因为资历浅，总端出副稳重如山的模样，到方彦跟前终于流露出些得意来。方彦定定地看着她，忽然伸手勾过她的肩，重重地吻住了她。

不是浅尝辄止的吻，他带着让人血气偾张的热切，亲吻着面孔晶亮的姑娘，亲得她脸都涨红了，微凉的手指还在她耳边轻轻摩挲着。

“林筱，”他的嘴唇挨着她泛红的耳垂，哑声说着，“你怎么可以这么好？”

很多不熟悉的人会觉得她人冷，其实她内心始终是温暖的，还不仅仅是温暖，方彦知道，她时刻把他放在心上，并且爱屋及乌。

林筱被他揉得脊背都在发酥，笑着去躲：“所以找到这么好的女朋友，你记得抓紧点。”

方彦听话地扣紧了她的手，送到唇边又亲了亲：“我只是不知道，我可以给你什么？”

他想把所有都捧到林筱面前来，却发现她什么都不缺，他想对她好，也不知道该怎么对她更好一点。

林筱一本正经地数起了另一只手的手指：“你当了我的大厨、管家、司机、贴身保镖……”

她明亮双眸在他脸上勾了一圈：“还管甜言蜜语和暖床，够了。”

赵清毓把女儿放回C市的时候，让她立了军令状，心里却做好准备年夜饭会面对大家的追问，林筱去哪儿了？

她连理由都想好了，年轻人嘛，被同学喊去聚会了。

虽然这个理由，他两口子都不会信。

林筱在学校时就独来独往，足够优秀却不易接近，也很少参加课外的聚会，赵清毓和丈夫嘀咕的时候，林建深很不以为然地说，正好，免得一群臭小子围着她转，放不下心。

可是现在二十好几的女儿，想往外跑谁还拦得住？赵清毓在“装个开通的家长”和“做个老古板”里纠结，到底选择了前者，等到下午林筱准点回来了，她又开始担心别的。

谈恋爱恨不得黏在一起很正常，怎么大老远跑过去，真待两三个小时就回来了？是不是那个方彦没把女儿放心上？甚至于，他这边骗着钱，那边还养了人，恨不得小筱回来过年，别缠着他？

到了饭前，赵清毓还是忍不住拉着女儿说起了悄悄话，林筱听得啼笑皆非："妈，你要不要前脚说随我，后脚瞎操心？你是新闻看多了，觉得我遇上感情骗子了？"

林筱精神奕奕的，哪像感情出了问题的样子，只是赵女士再优雅端庄，面对女儿还是操不尽老母亲的心："我刚刚吃饭和你姨她们聊天，现在就是有人专找海归、高知，随随便便就能骗个几百万。"

"我那么好骗吗？而且方彦除了住进嘉洲，没花过我的钱，难道我要担心他趁我不在把嘉洲搬空？大型物件出小区还得业主开证明呢！"

赵清毓没好气地想给女儿一掌："我每天纠结来纠结去，牵肠挂肚，你还学会插科打诨了！"

"你又不是没见过方彦，他像那样的人吗？"

赵清毓对方彦确实没太大恶感，除了无意看到的几幅画让她心里小有发怵，整体来说方彦还是态度从容，不小家子气，但是……

"老话说嘛，知人知面不知心。"

林筱立刻把父亲的说法祭出来做挡箭牌："那我就回来找你们哭，找你们认错，承认我眼瞎！拜托，妈，我就是回去办点事，完了他就送我回来了。哦，我把车给他开走了，照你这样说，他要是把车拆了卖掉，是能小赚一笔。"

赵清毓原本听着两人这样送来送去，倒有点热恋的样子，结果女儿越说越不像样，听得她手痒得不行。

"大过年的，你真让他一个人回去了？"

不会留在了本市，晚上又溜出去约会吧？

林筱耸耸肩："我还有黑糖啊，你知道黑糖出门容易应激，也不方便寄养。"

其实下午方彦送她到家门口，两人很是不舍地磨蹭了片刻，不过林筱本来也不是特别看重节日、仪式感的人。她在国外读书，春节都是自己过的，不仅拒绝父母留下老人过来陪伴的提议，连唐人街的热闹都没凑过。

她赶回 C 市，是明白今天的会面对方彦来说是道坎，她希望能陪他一起迈过去，但是两人分开几天，她想念归想念，不至于演琼瑶大戏。

林筱觉得方彦也是一样的，他们心中平静而踏实，知道往后还有更多的时间，并不急于这一时。

方彦到天黑才到家，后座还有林筱早上从家里装的三盒吃食，在地下车库回了周卓雄信息，就收获了他从杨奶奶家匀过来的丰盛大餐，上了楼，门口居然放了一个小箱子。

箱子就是快递点的泡沫盒，里面用旧棉衣裹了个外壳坑坑洼洼的不锈钢保温桶，上面依然是田田的小纸条，说她妈妈包的饺子可好吃了，愿他和林阿姨来年都有好运气。

旧保温桶的保温效果虽然不怎么样，但在层层防护之下，里面东西还是热热的，盛得满满当当的饺子放的时间久了，都软塌了粘在一起，夹一筷子带起来七八个，还有肉馅从破了的皮里掉出来，那馅也看得出用料实在。

方彦把林家的菜、周卓雄送的大餐、老何家的保温桶，还有小纸条一起拍了张图片发给林筱，然后对着窗外的万家灯火，和桌上过于丰盛的餐食，吃了一大口。

田田说得没错，她妈妈的手艺确实好，方彦嚼了几下，看到凑过来的黑糖，就违规地夹碎一个肉馅给喂了，黑糖大口吃完，舔了舔他，又蹭了盘子几下，表示还要。

林筱的回复也发了过来，让他吃不下就别勉强吃，然后发了几张家里数桌人乱成一团的酒局，还有一个大大的无奈的表情包。

方彦笑出了声，回了句“保重”。

林筱居然回了个谐音梗，说自己一定会在假期“保住体重”，把方彦又逗得大笑起来。

他边笑边夹了第二个水饺，“咯嘣”一声差点崩到牙，方彦吐出口中的硬币，明白了田田那句祝他们来年都有好运气的话。

想着辛苦生活的老何一家子，慎重地把象征好运的水饺放在保温桶最上层，方彦抱着黑糖笑了，然后边笑边吃完了一大盘他已经多年难以下咽的水饺，还把那枚硬币也发给了林筱。

“老何他们送的好运，分一半给你。”

林家那边的团圆餐可能已经抵达高潮，林筱一时没回复，方彦这两日情绪起伏大，又开了几个小时车，吃完饱饱的一餐，就早早躺下了。

他入睡也很快，在有人惦记有人祝福的除夕夜，睡得踏踏实实。

而在不远的安置小区，最低价的地下室，老何一家三口围在大木板铺出来的桌子前，难得的四荤两素，还有两大盘饺子，方彦和林筱送来的水鱼汤他们也没舍得吃，放在冰箱里冻着，今晚凑出了长长久久一桌菜。

“妈妈，你知道吗，我和爸爸回来的时候，准备带着你的饺子去给芝麻加餐，结果看到赵叔叔给芝麻带了一大碗汤拌饭，还加了猪肝和鸡肉，他还抱着芝麻揉了半天！”

平时都文文静静的田田依偎着妈妈，叽叽喳喳说个不停："妈妈，方叔叔会喜欢你包的饺子吧？我觉得你包的饺子天下第一好吃！"

就像应和着她的话，老何收到了方彦和林筱前后脚的信息，方彦发来了吃空的保温桶和新年祝福，林筱则拍了一大箱烟花，留言让田田等她回来，到时候一起放烟花！

田田妈妈趁着女儿开心地把两人的信息看了一遍又一遍，将标记好的另一个藏了硬币的水饺夹到女儿碗里，笑着摸着她的头，看田田惊喜地吐出小硬币，放在桌面许愿。

"我希望妈妈的病快好，希望我们家能快点买下那个小房子，能和妈妈住在一起，我希望帮助我们的人明年都健康顺利。"

小姑娘贪心而虔诚地许着一个又一个心愿，老何摸着妻子全是茧的手，拍了拍："明年，明年我一定让你搬过来和我们一起住！"

田田妈妈靠着丈夫并不宽阔的肩，笑得温柔又满足。

到十二点前一刻，方彦才被跳到被子正上方压着心脏的黑糖闹醒，睁眼就看见窗外怒放的烟火，在阴蓝的夜空盛放出满窗的繁花。

他安抚着被烟火惊得奓毛的黑糖，点开林筱不知何时发来的语音，清爽而明亮的声音一下子填满了房间。她说："方彦，你睡了吗？你送的好运我收下了，提前祝你新年快乐啊！"

方彦看还来得及说跨年第一声祝福，马上拨了视频过去，林筱很快就接了，她穿着绒大衣站在哈出白气的室外，手中的仙女棒大概是远处放焰火放得热火朝天的小辈硬塞的，她微笑着说"新年好啊"，忽闪的小焰火映得她眼底仿佛落了一片星空。

方彦也道着"新年好"，他把黑糖裹进柔软又热乎的被窝，摸着它探出来的半个小脑袋，身旁那一窗的天，忽而橘红，忽而明黄，忽而青蓝，瑰丽而璀璨。

他方才一觉睡得极沉，此刻四肢百骸散开的倦懒里都淌着安稳，耳边林筱又在吃醋黑糖的投怀送抱。他想起去年的除夕夜，自己像个离群索居的游魂，今夜却大被一盖，睡了场踏实无梦的黑甜觉——是林筱把他拉回了人间。

林筱问，你发什么呆呢？

方彦就眯了眯那双因为残留睡意而染着红的眼，笑得像只勾魂的狐狸，说："不是发呆，这不正给你暖床吗？"

林筱高马尾一甩，咬了咬牙："你给我等着！"

"好，我等你，这几天顺便给你和黑糖画个新春特辑吧。"

林筱晃了晃捏着仙女棒的手指：“只画俩？”

方彦就笑了：“一家三口，一个都不少。”

在林筱之前，方彦一直都觉得，人生就是这样的，你以为已经很糟了，结果还能更糟一点。

而林筱让他开始相信，再糟的人生，也会有人给你开一扇窗，放一束光进来。

他想，他已经成为一个幸运儿。

自从得知秦晖的苟延残喘还颇能喘一阵后，方乐婷撑着的那口气便散了，病情每况愈下，节后已经陷入深度昏迷，病危通知书下了一沓。

生死大事，护工朱姐当然不敢揽，方彦就是她的定心丸，于是翻来覆去的抢救消息不时逼得人赶一趟医院。

方彦和林筱陆续准备好了方乐婷离世后需要的物件，那把钝刀子就这样慢悠悠地割着方彦与方家最后那点关联，不给人个痛快。

好在林筱始终表现得平静又克制，她陪他每天跑医院，也尽量保持着正常的生活节奏，该做的工作、该做好的铲屎大任都井井有条，她是方彦的定心丸。

三月的第一个周末，林筱约到了周淳，订的还是周淳过去约她时力荐的餐厅，不大，却颇有设计感。

一通到底的房型，内材使用水洗石墙面，辅以曲线竹制屏风增加了空间的流动，也保证了用餐者的私密性，仅有的两间小包厢更是利用层差、不规则旋顶做了视觉延伸。

她一查才发现居然是组长徐阳七年前的作品，心里不得不服周淳的用心，当初她若是应约，餐桌上是不缺聊天话题的。

周淳被引进包厢时先道歉：“我到晚了。”

“没有，你很准时，是我早到。”

“看来是有求于我啊。”周淳拉开椅子坐了下来，因为笑容潇洒，这话说着也没压迫感，“有事一会儿再讲吧，事过境迁，终于能和你吃次饭，先不想谈正事。”

林筱撑着额角，有些头疼：“我不擅长聊天。”

“我擅长。”

周淳没有说大话，接下来的用餐时间他都把话题控制在他能侃侃而谈，林筱也不会觉得索然无味的界线内。

其间林筱思绪有过片刻飘移，觉得周淳可能会是常人眼中合格的女婿人选，能坐下来谈生意聊经济，也能讲艺术说哲学，是不算油腻且有点趣味的成功人士，也不对，妈妈应该会嫌他年纪大，爸爸……不会看顺眼任何一个抢女儿的人吧？

她眼眸黑亮，放空时都像是在思索着什么，而且在无数次的会议、对接里，也学会了用不时的简短语气词来掩饰自己的走神，在周淳看来她全程做了合格的聆听者，于是用餐过半，他终于谈及正题。

林筱是为方彦而来，她自从年前动了找专业人士包装、出书的念头后，已经找人咨询过一圈，最后发现做同类型推广做得最好的公司就是明亚，经验足，合作出版社口碑好，平台推荐位渠道多。

她不觉得尴尬，直接找上了周淳，连推荐资料都打印好，电脑里备着 PPT。周淳粗略翻了几眼，作者特色、作品亮点、市场前景评估都列得清晰明了，而且版面美观，语言精练，标识清晰，可以拿去给宣传部门那些年轻人当范例。

“你约我……”周淳手指有一下没一下敲着资料的封面，“就是为了让我签你男朋友？”

“对。”

“他自己人呢？”

周淳的鄙夷都写在脸上，林筱必须解释：“今天暂时是我个人行为，我对贵行业不算了解，先探个路。”

她目光极诚恳，周淳却想到，原来林筱也是可以说应酬话，也懂说话先留三分余地。

“看在卓雄的面子，还有你作为外行，拿出来的这份有质量的推荐表，”周淳把册子一合，“我可以把公司这方面的负责人推给你。”

“我直接找您，当然是希望通过您加把力，我敢说方彦是有很大发展空间的，市面上目前推出来的画手，比他能画的没他长得好，比他帅的没他能画。”

周淳听罢乐了，这种伪命题拿来说服人，还说得理直气壮，连“您”都用上了！林筱也算个妙人。

只是周淳一般不喜欢公私混淆，他对林筱有过兴趣，也有不强求的风度，鲜花满园，他自有别的去处，但绝不会大方到去帮前竞争对手。

“林筱，你知道我们一年要筛多少有潜力的新人？”

林筱飞快地按在了他手机上，防止他离开：“所以才找您想走个后门啊，起码别在海选就被踢了。”

周淳这样被人捧惯了的人，看着过去铜墙铁壁、油盐不进的姑娘姿态放低下来，虚荣心也难免小愉悦，而且即便有求于人，林筱也是字字敞亮，倒不讨嫌。

“你这样帮他，不怕白做了跳板，被人踩着往上爬了，最后一无所有？”

林筱眉心拧川，一脸难以苟同的表情：“都什么年月了，谈个恋爱犯不着立无私奉献的人设吧？哪怕分手，我也享受了恋爱的温存，还有美好的肉体啊！”

她答得露骨且嚣张，这才是骨子里既理性又骄傲的林筱，用那些世俗的框架去质疑倒成了他的浅薄，要不是周淳历来有不夺人所好的气派，他简直能再心动一回。

罢了罢了，周淳只当是最后留个好，最终应了下来：“我可以给下头推一下，成不成我不管。”

林筱灿笑着，第一次对周淳伸出了手：“成交！多谢！”

周淳潇洒地回握住了，就这样阴错阳差地挖到了公司未来几年发展势头最猛的畅销画手。

“还有，周先生，我想再多嘴一句。”林筱想了半天，在明知道自己对周淳有所求的情况下，还是开了口，“我的邻居，人没有你想的那么糟糕。”

原本都准备走的周淳拿外搭的手一顿，好笑地坐了下来：“你应该知道，我们只是达成了口头协议，而且我还只是答应了做推荐。”

他的言下之意很明白，为什么要提会让他不高兴的人？

“可是你立刻就坐下来了，不是吗？”林筱笑着说，“你不喜欢舒南不要紧，但你看重周卓雄。”

“那你知道卓雄最近在闹着要和她结婚，而她前夫却在抢抚养权吗？”

“知道，抚养权的事情，舒南自己已经搞定了，她手里不止有家暴的证据，还找私家拍到了郑浩然嗑药，所以那边不会再闹了。”

林筱其实还藏下了话，周卓雄在家闹结婚闹得热情无限，眼前这位大哥知道，舒南才是在一票否决的那个人吗？

“所以舒南得是多精多厉害的女人？林筱，我们将心比心，以卓雄的性格，我希望他找一个简单点的女孩子不过分吧？”

“也许对周卓雄来说，找个能管得住他的女人也不错呢？毕竟他到处管闲事，管得有时还会惹事上身，而你这么忙，不是时刻都顾得上的。”

“他又不是小孩子，要管什么？”

“对呀，他又不是小孩子，要管什么？”

被人用一模一样的话堵了回来，周淳抬了一下眉，有一瞬间的怒意，可是看着灿笑的林筱，那脾气没再起得来。

“我不是多事的人，所以我在有事相求的前提下，还肯为舒南说话，能不能证明一小点，她作为朋友是值得交的，那么作为爱人，她一定也有可取的地方。”

周淳看着林筱自信又从容的脸，觉得自己过早地放弃了这个姑娘，是有点可惜的，当然，也只是有点。

“再说吧，我家那头倔驴，我和父亲说了不同意，也拉不回来，何况还有外婆在唱反调。”

周淳说起家人，语气还是完全软了下来，甚至有些无奈。林筱看出来他心里早已服软，就放下心来，笑眯眯地主动替他续了一杯茶。周淳看着比刚认识时说话处事都柔和了的林筱，一时感慨万千，不过喝完那杯茶，也不再留恋地利落走人。

林筱出门前只说约了饭局，反而是周卓雄一听林筱约的是他哥，麻溜地把消息卖给了女朋友。

林筱待周淳离开后，还惦记着给方彦发微信，问这家的药膳不错，要不要给他带一份回家。

也不知是不是方乐婷进重症监护室后，连下两次病危，邹家人又厚着脸皮一再骚扰，多重压力之下方彦好不容易安稳些的消化系统再次崩了。昨天夜里林筱有察觉到他悄悄转过身去，痛出一背的汗，她只能下周再拉他去医院做次全面检查。

事一件一件做，坎一个一个过，老天爷总不能逮着一个人可劲折腾，都会否极泰来的，不是吗？

林筱滑着手机里的待办事项，有人敲门，问：“这位客人，请问吃好了吗？”

她放下手中的图册，抬头，见方彦戏谑地站在那里。他皮肤已经彻底白回来了，只是白得冷冽，因为近来更瘦了，透出血管的青底色，廓型长风衣懒散地挂在身上，几缕润湿的凌乱刘海，睫毛上都闪着泪般的光。

“下雨啦？”林筱貌似从容地问了句，其实心底却在腾起“我男朋友怎么越看越好看”的得意，哪怕她平时并不吃病娇系。

“雨不大。”方彦替她拿起电脑包，“走吧。”

林筱觉得他今天看上去格外倦怠：“你怎么了？”

方彦站定，深深地看了她一眼：“正在和我的占有欲做斗争，虽然知道不应该。”

林筱叹了口不甚真诚的气：“周卓雄不会特意提，又是舒南，对不对？”

她没有故意隐瞒，只是事情不知成不成，所以方彦没问，她就没提前说，至于周淳作为她前追求者这件事，她觉得方彦不会多想。

可见方彦居然有些介意时，她心里不但不气，还冒起些甜滋滋的气泡：“你吃醋啦？”

方彦状似严肃地点着头：“不过我能消化掉不良情绪，过一会儿就好。”

林筱走到他跟前，歪头，挑眉，问：“真的吗？”

方彦显然在来的路上，把道理都想过一遍了，他半真半假地用林筱平时在家练习做陈述时一样极其程式化的口吻，背书般说道："我前两天就看见你打印的东西了，我能猜到你为什么找他，我也不会自尊心受损，我就是……"

他说到半途，见林筱的笑容越来越大，把人一把捞到了身上，两条手臂钢圈似的箍着："我就是吃醋你见追求者了，怎么了？"

林筱攀着他的肩，就势在他嘴唇上咬了一小下："不怎么，而且在适度范围内，我还有点享受，不过下次严谨一点，是前追求者。"

"嗯哼——"方彦虚应着，不轻不重地掐了掐她的腰，"要听土味情话吗？"

林筱在他放松的臂弯里负手，示意他且说来听听。

"我不会把你当所有物，林筱……"他俯身挨到她的耳边，冰凉的嘴唇和发烫的呼吸都贴在她的鬓边，沿着耳郭蹭下来，"你是我的归属。"

饶是稳如林筱也被他说得脸上阵阵发烫，她又不肯堕了气势，硬着脖子将人往外推，去扫一身的鸡皮疙瘩："肉麻。"

方彦大笑起来，压在身上的疲惫都减轻了："是谁和我说的，我除了大厨、司机、管家，还负责甜言蜜语和暖床？"

林筱打了个激灵，只能认㞞："适可而止，过犹不及。"

方彦笑得更开心了，正想要说点什么，手机在裤兜里振了起来，他取出来看一眼来电，面上的笑容陡然卡住了。

是护工朱姐的电话，最近她和安怡涵打过来都只会是一件事——方乐婷不好了。

"走吧，先去医院。"林筱轻车熟路，拍拍他的肩，拉着人往外走去。

他们在夜间的车流里穿行，司机换成了林筱，她跟方彦说了一下和周淳见面后的情况，还告诉他原墅的老板娘又介绍来一个准备开猫咖的朋友，两层楼的规模，在高新区最大的购物中心里。

然后距离三医院最后一个红绿灯时，方彦突然看到了手机里跳出那悬而不决的最后一刀——

"方乐婷去了。"

方彦说完反扣了手机，接起方才的话题，林筱就和他聊了几句自己的初步设想。手机在中控台上一直"嗡嗡"地振着，林筱浅浅地吸了口气，在理自己思路时忽然掠出一线回忆。

她和方彦相识，就是因为她在乐莎买的一片吐司，擦身而过，他留下一道痕迹。

林筱把车熟练地拐进了停车场，雨下得越发大了，方彦撑了伞到驾驶座来接她，她下了车却没迈步，而是从后面抱住了他。

她的手指不柔软，自他手腕边擦过，覆上了他垂下的那只手。方彦低着头，看见脚边几丛矮草从停车坪方形砖中央的圆洞里钻出来，被反复来往的车辆碾压得抬不了头。

林筱紧紧贴着他的背，两人的外套摩挲着，发出“沙沙”的声响。方彦的脊背很宽，但是单薄，仿佛能用蛮力折断，此刻绷成了一块钢板，然后在林筱的拥抱里缓缓放松下来。

他嘶声说：“林筱，我好像……比我自己预想的要难过一点。”

他熟知如何控制情绪，也有足够的理性，但是他将半身重量都卸在了林筱身上，纵容自己片刻失态。

幸亏林筱的个头够高，勉强抵着身后的车门撑住了他的身体。她环住了他的腰，轻声说：“我不知道说什么合适。”

“不用说，借我靠一下。”

大雨如注，住院部的灯光经一排排规则的方窗透出来，再被雨幕摇摇晃晃分隔开，像是飘摇在了水中。两人头顶的伞倾斜着，有水滴在林筱颈边，冰得她缩了一下，腰没坚持得住，只能实话实说：“那你先转过来，不然我腰要折了。”

方彦也没料到对话会是这个走向，方才那一瞬的小崩塌被林筱的乱拳打散，他闭了闭眼，再睁开时吐出口浊气，转过身搂住了她的腰，想说点什么，最后只是把凉似冰的嘴唇在她额上贴了须臾。

第三十章

余响

方乐婷的离开在所有人意料之中，方彦却到她走后才知道，邹家除了骚扰他，居然也没少找过方乐婷，而方乐婷还找了律师，由朱姐和乐莎的店长做见证，立下遗嘱。

她安排了身后事，把乐莎的经营权留给了店长，积蓄办完事如果有余，就分给店里几人。

叫方彦惊讶的是，乐莎那个两层的铺面，她居然不是租的，最后连着住了二十来年的老房子一起，都留给了他。

除了遗嘱，方乐婷还录了段差不多内容的视频，只是末尾多了几句话，她诡异地扯着嘴角，那不算是笑容，有说不出的古怪，她说："早年乐莎的铺面就是拿姓邹那女人的钱买的，当年她和我买离婚协议，如今又来找我买命。方彦，他们报了个好价码，我人都没了，你也不用再理我，救不救随你吧。"

方乐婷彼时已经干瘦得骇人，到最后都没真正笑出来："方彦，你如今有了高枝，未必稀罕我的东西，不过我们互厌半生，还是给你留个响吧，没办法，方家只剩下你了。"

视频方彦是在医院走廊里看完的，十七年前，他在三医院的走廊，送走了母亲，从此成为被困幼兽，只余生存本能。

十七年后，他成了方家最后一个人。

方彦按着作怪的胃，问朱姐："邹家的人，什么时候来的？"

朱姐拘谨地揉搓着衣角，想了想："来过好几回，只有两次撞见她醒着，她也不让我说……"

要做的事情还有很多，方彦问不了两句就被安医生叫走了。朱姐迟疑地打理着脑子里之后要说的话，被林筱喊住了:“朱姐，邹家的钱你收了就收了，但是不要乱说话，乱劝人。”

她没说什么威胁的字眼，语气也淡淡的，邹姐却被说出了满背冷汗，畏缩地想为自己辩解一下，对上林筱没有一丁点表情的脸，只觉她两道浓眉像削尖的长剑，敛着眼尾的锋，半句谎都说不出来，讷讷地道：“我、我不会说。”

林筱颔首，客客气气说道：“这段时间辛苦你了，一会儿我给你结工资。”

按照方乐婷的意愿，她的身后事一切从简，也没什么亲友，准备充分的方彦操办得井井有条，林筱都没有多少帮手的地方。

方彦看方乐婷积蓄有限，又一直住着方家的老房子，只当她太讲排场把钱都花了，他们也没有能聊到经营和财务的情分，确实没想到方乐婷早盘下了乐莎的铺面，怪不得林筱算过她店面那么大该入不敷出，乐莎还能小有盈利。

店里的人分了余下的几万块，店长表示乐莎他想继续开，但撑不起这么大的店面，准备挪到小一点的地方去。

方乐婷留下的老房子离嘉洲并不远，那是附近最后一片待拆区域，方彦按比市场底价还低了数万的报价挂了出去，哪怕知道户主过身，也立马有人接手，毕竟拆迁在即。

门面方彦也挂在了中介，可放租可卖，没人和钱过不去，方乐婷那么犟，当年也是拿钱放人，只可惜她人放走了，心没甘，最后蹉跎了一辈子。

方彦不想再被困住了，他想往前走，和林筱一起。

杂七杂八的事办了数日，C 城已经悄然入了春，给新户主交房前，方彦和林筱又去了趟老房子，他们就在这个马上要交出去的屋子里，等着约好的邹洛霞。

林筱在方彦开门时，还心有余悸地看了看楼上。

“知道怕了是个好事。”

“我不是怕张志，他人都进去了我怕什么？”

张志最终如林筱所愿，因故意伤人和非法拘禁未遂被定罪，可惜只判了一年，而且拘留所的时间抵下来，很快就可以出狱。

不过除非他演技好过奥斯卡奖，不然以他在庭上一见方彦恨不能钻桌，全程头都不敢抬的行径看，出来了也不会再构成威胁，何况他家里确实在想方设法，寻找对案底无限制的国家送人出去了。

“我是想起你那天吐血的样子就怕。”

林筱说完还深吸了一口气，那一天的惊魂她再不想经历了，方彦看着空荡荡的屋子却忽然问道："你说方家人都早逝，我会不会也一样？"

林筱"坯"了一声："你什么时候迷信了？"

"这不是迷信，是回避不了的遗传学，秦晖还是血液病。"

"那我们就科学点分析，阿姨是工作环境诱发的肺部疾病，没有得到重视，积劳成重疾；方女士是典型的饮食习惯和结构不当，导致慢性胰腺炎，最后诱发病变；我也没听说过白血病的后代就会得白血病。"

方彦哭笑不得地看着林筱一本正经地分析，捏了一下她的鼻子："我就是刚刚想到，万一我以后病倒，害你像邹洛霞一样求人……"

林筱跳过字面，听出了另一个重点："呀！有人是想要和我长相厮守了？"

方彦自己都愣了一下，然后才抵着她的额头"嗯"了一声："我怕害你吃苦。"

"那就麻烦您老赶紧去好好看你的胃，不然真的要英年早逝了！"

方彦大笑起来，有个不解风情和百无禁忌的女朋友，有时候反而会像一堵坚实的墙，让无谓的感伤没有空隙可循。

邹洛霞母子比约定的时间足足早到了半个小时。自从除夕那天见过后，邹文池就把也许能喊动方彦去医院的方乐婷当作了突破口，他跑了数趟三医院，最后是方乐婷给他打的电话，要求秦晖自己去一趟。

没人知道两人在病房内说了什么，只能靠轮椅行动的秦晖，和躺在床上的方乐婷，见了他们相隔数年后的第一面，也是此生的最后一面。

等在屋外的邹文池隔着病房门上那条窄窄的玻璃，没看到继父痛哭忏悔、奋力哀求，方乐婷也没有歇斯底里咒骂。大概死亡当头，他们看着对方，一切过往都已经成了笑话。

出来后秦晖也萎靡得厉害，只说没可能了。邹文池见母亲憔悴不堪，还想再努把力，没过几天方乐婷就进了重症监护，邹文池再没机会见她。

谁都没想到方彦会突然约他们，肯见面就代表有转机，哪怕方彦把见面的地点定得这样硌硬，他们也赶了过来。

邹洛霞当年未必不知道秦晖不是忠贞的人，否则怎么会被她撬走，但她或许出现在了准确的时间点，秦晖年岁渐长，又见识过各色美人，到了更愿享乐的年纪。她有钱，舍得花钱，两人将日子过得悠闲安逸，孩子也俊俏可爱，万事无忧，秦晖就这样安定了下来。

所以秦晖一病倒，邹洛霞安宁的生活全面崩塌。她不想失去丈夫，不想小儿子十岁就没了父亲，不过邹洛霞也看出来，方彦对邹文彦没有兄弟情谊可言，所以这次只带了文池。

她捏着手袋，站在门口，表达了一下她虚伪的体贴："我们不方便进来吧？站在门口也可以。"

林筱皱了皱眉："都约在这里了，有什么不方便的？"

客厅里只有张蒙了布罩的沙发，茶几上叠了几个收拾出来的旧相框，相框里方乐婷还是少女的模样，笑得像朵明妍的花。

邹洛霞捏紧手袋的柄，绕着上面缠的小丝巾，指尖被绕得失了血色。他们没再往前走，无处落座，也没人招呼。

林筱觉得屋内挺挤，干脆走去门外透气，也把空间让给方彦去和他们谈。但她特意站在了方彦目光可及的地方，方彦留意到了，冲她笑了笑，林筱示意他赶紧办正事。

方彦就开门见山和邹文池说了："我同意做外周血采集，只做一次，和他不见面不联系，动员剂能不能成，他活不活得下来，以后如何，都和我再无瓜葛，还有，大哥你也不必再叫。"

邹文池激动地上前，想拉他手臂，被方彦让开了，他急急地说："非亲缘才做外周血采集，毕竟有高分入库最后也动员失败的，医生也会建议亲缘用骨髓采……"

他自己说到一半，就已经明白方彦的意思——不讲亲情，只做交易。

邹文池唯恐将人说烦了反悔，赶紧收了口，门外的林筱看了他一眼，邹文池是个聪明人——

不过他聪明，不代表邹洛霞也聪明，她听到转机更急切地开口："我可以加钱，我……"

林筱靠着门，很不耐烦地，也不符合她一贯修养地打断了她的话："邹女士，你看我像是缺钱的样子吗？"

她斜睨着眼，态度简直盛气凌人，越是这样，越让邹洛霞的底气不足，喏喏地说了几个字，又不甘心，望向邹文池。

邹文池当机立断："好，就做外周血采集！"

"文池……"

邹文池托住了母亲颤抖的手腕："妈，入血库都只有三十万分之一的机会，耗不起时间的是我们！别拖了，我马上安排大哥……方彦再做体检。"

林筱听他们开始商讨后续细节，思绪飘远了。方乐婷为方彦做出决定推了最后一把力，也好，方彦不是冷酷至极的人，只是对那些人失去期待罢了，不会爱之欲其生，也不至于恶之欲其死，所以在方彦征求她意见的时候，她没有反对。

林筱只是默默查了许多资料，安姐也帮她咨询过相关专业的朋友，外周血采集造血干细胞对身体损伤极小，即便有不良反应也基本是很短期的，如疲惫、酸胀，抵抗力略微下降，风险性甚至不及阑尾炎手术。

就像陌生人一样做外周血采集吧，方彦还能赚笔钱。她能理解方彦，这次之后，就当把从秦晖那里得的骨血都给回去了，至于秦晖的生死，他们仁至义尽，让他听天由命。

春末的烈日铺天盖地的时候，方彦的新书发布会也准备就绪了，推进的速度能这样快，得益于方彦当初为基地拍摄的宣传照，尤其是一整个系列的拟人海报。

因为形象太过摄人，那组海报在C市狠狠火过一波，许多养宠物的女孩子都被迷得不行，模特却像凭空冒出来的，打听不到任何资料。

而方彦对林筱掌镜已经没那么排斥，舒南干脆建议他多拍早脱敏，林筱就不时拉他拍几张，原墅竣工出图时，林筱也顺便拍了几组他逗老板家猫的照片。

方彦做模特多年培养出来的敏锐，加上对林筱构想的烂熟于心，在原墅选拍的角度都极好，结果被老板娘无意间看到给征用了，还洗了一些大幅的挂在大堂做模本。

后来方彦拍照那几个点成了住客必打卡点，老板娘的猫也成了网红猫，有些人甚至慕名而来，订房专为拍一套羡煞朋友圈的照片。当然，原墅住得舒服、吃得开心，是它能打响名气的基础。

巧的是，肥糖微博的铁粉里有一位正是C市本地的，某个周末为原墅的猫而来。她看到方彦的大照片，忽然想起肥糖博主女朋友撒狗粮时画的一套图，图上博主的衣服和照片里的一模一样，而且方彦的手指也越看越眼熟，毕竟博主人脸虽然没入镜，却发过几次工作图。

于是她伙同几个粉丝抠着肥糖微博里的几张手部特写照片，开始八倍镜挖细节，一挖不得了，不仅确定了方彦的身份，还把方彦为基地拍的那套海报都挖了出来。在平台上炸裂的效果，就不是C市小范围传播速度可比了，肥糖的号一下出了圈。

明亚立刻和方彦签下书约，并且趁热打铁，推波助澜。诚如林筱所说，比方彦能画的没他好看，比他好看的没他会画，在明亚背后的造势下，方彦正式火起来，以至于画册的出版进度都飞速加快。

明亚还接受了林筱的提议，把发布会和基地的年度领养日活动结合起来，做了个响亮又好听的噱头，所以发布会布置现场，安怡涵、李嵩也在做活动摆场。安医生马上要随援非队伍离开，李嵩说是顺其自然，眼下也在努力替异地恋打基础，据说人都已经住到二栋去了。

活动场地选在林筱设计完工的猫咖，老板大方地借出店面，正好做一波开业前的预热宣传。

“你要是谢我，就请你男朋友帮我拍套照片，比着原墅那套拍，我的店说不定就成新晋网红点了。”老板半开玩笑地说着，“说起来我也遇见过小方接送你，他平时还真看不出，有照片里那么……”

老板嘴里啧啧有声，王璐彤抱了一大箱东西进来：“老板，这就叫氛围感帅哥！”她往背后一指，“筱，你家氛围感也来了。”

林筱看到方彦和周卓雄各拿了两大袋物件往里走，赶紧跑过去：“不是跟你说了，这几天不要搬重物吗？”

方彦好笑地把看起来很大，里头都是黑糖周边公仔的袋子往她手里一递：“一针动员剂而已，我什么感觉都没有。”

在决定做外周血采集后，邹家也没料到方彦体检会因为肠胃问题没达标，之后陆陆续续养到了春末。

秦晖也是命大，居然撑了过来，前不久方彦各项指标终于合格，没拖他们时间，立刻把采集提上了日程。其间邹家与医生都有再次劝说，亲缘关系做骨穿更保险，方彦笑而不语油盐不进，林筱脸黑得眼看就要转身走人，最终维持原定。

只是谁都没想到明亚有个迷信的营销策划，在找所谓大师算过以后，新书发布会的日子改在了开始打动员剂的第二天，林筱立刻要去谈延期，方彦在咨询过医生后拦住了他。

“别人打完都能正常上班、上学，我哪有那么娇气？”

“这不是娇气的问题！”

发布会有明亚的人负责，众人基本都在布置领养活动现场，方彦那套海报又被挂了出来，王璐彤正一百零一次看得感慨连天，痛呼自己有眼无珠。

安怡涵站旁边听着林筱居然也会大惊小怪，直笑：“放心吧，那些采集有反应的，绝大部分也无非是感冒几天，方彦今天还只是开始打动员剂，说白了就是促进他的造血干细胞释放到外周血里，你紧张什么？这可不像你啊！”

李嵩更是哈哈大笑：“我看今天打针的要是林筱自己，她转头就会去上班。”

林筱被两人一唱一和笑话了，也没反驳，他们说得一点都没错，如果打完针的人是她，肯定去上班了，方彦还被她赶回去睡了一觉。

“真的没感觉？”

方彦双手一摊，示意她随便观察：“完全没感觉，还睡得特别香。”

林筱上下打量了半天，才伸手在他头顶拍了两下：“那就好。”

方彦一八几的个子，居然顺从地靠过来，还用头在她手上蹭了蹭，才将人搂住了。

亏得两人个头都高，这样的行为做起来还不违和，画面还颇为赏心悦目。安怡涵二话不说，拉了男友作势就走，免得被酸倒牙，徒留空窗期的王璐彤被强塞狗粮。

林筱这才有空注意真的搬了重物，在旁边默默干活的周卓雄，他们最近都习惯看到他那张脸不时黑上加黑。

她轻轻撞了一下方彦，问："又求婚失败了？"

"不然呢？"方彦笑得胸口都在抖，"我看他俩都拿求婚当每日功课了，没见过卓雄这么越挫越勇的人。"

方彦正说着，周卓雄把大箱子都垒好，伸了伸腰，迅速满血复活，诚实地说道："舒南让我和你们说一声，她今天的直播要做活动，就不过来帮忙了，让我们记得给淘淘带两个公仔回去。"

"那个财迷，赚那么多了，还一点钱都不放，快钻钱眼里去了吧！"

安怡涵打趣完，看周卓雄边帮忙做事边点开了舒南的直播，最近也不知是不是郑浩然出了新损招，她的直播间总有些新号踩着违禁词的边缘在刷屏，说她二手货啊、败家啊、浪啊，等等，今天一打开又是 n 条。

当然有粉丝帮舒南回怼，但她自己春风满面，完全不受影响，等手上的新品介绍完了，才说道："姐妹们，咱不理他们，我们自己赚的钱想怎么花就怎么花，有什么好说的？浪费我们变美的时间。"

她说完，就继续上新，在小小的屏幕里都美得那样勾人心，又那样不屑一顾。

安怡涵和基地负责人对完流程，忍不住拉林筱八卦了两句："觉不觉得郑浩然虽然阴魂不散，其实拿舒南越来越没办法了？"

最开始舒南在哭在嘶吼，然后她防备存证，后来她身边有了周卓雄，隔壁又住着方彦，郑浩然想动用暴力都没有机会，如今舒南已经能见招拆招，学会反击了。

淘淘抚养权的事还没闹起来，大家想伸的援手都没来得及伸出去，她已经妥善解决，到如今郑浩然这些小伎俩，只能说黔驴技穷。

"事业越搞越好，自然没空搭理跳梁小丑了。"

两人正聊着，就见周卓雄刷了把礼物，刚才还范儿十足的舒南忽然多了点娇羞。老粉对周卓雄的号已经不陌生了，鉴于他公屏都求过几次婚，人一冒出来就有人在调侃，熊哥今天升级成功没啊？

周卓雄"革命尚未成功"的回复很快消失在刷屏里，舒南笑着聊着差不多要上最后一件单品，她没有照惯例让身材各异的副播穿搭一番，而是带着镜头坐到了桌前。

她展开了铺在桌上的 T 恤，简单的白 T，上面印的是方彦和林筱替领养日活动专门画的 logo，一猫一狗，尾巴绕成小房子的一笔画。

“今天最后一款是我和C市小动物保护协会联合推出的一件公益衫，姐妹们，夏天最百搭的白T，图案简单大方，还不会撞衫。我亲自去打的版，纯棉料，腰部做了修身，配裙子、配短裤，怎么穿都好看！也请我们善良的小可爱们，尤其是C市的姐妹，多多关注领养日活动……”

耳朵最灵的安怡涵是头一个听到的，她诧异地看了一眼李嵩，李嵩也摇头不知情，还是基地的负责人解了惑。

“上次方彦拍海报，舒小姐不是一起去吃饭了吗？她留了我的联系方式，后来商量说要送安医生一个离别礼物。衣服她们去做，到时候扣除成本，盈利全部捐给基地，用来改善小家伙们的生活环境。”

安怡涵看着已经换了装的舒南出来，各个角度地展示着公益衫以及不同搭配法，她已经播了近四个小时，完全不见疲态，美得闪闪发亮。

她笑盈盈地从桌面又取了本画册，正是从方彦那里要的样书：“肥糖大家也不陌生了，我推转过很多次的，以前那头熊没出来前，你们还以为是我男朋友……不是啊！绝对只是朋友，二十三年的老朋友，而且人家有白富美女朋友，条件没的说，对他也没的说！”

舒南把封面拍得“哗哗”响：“今天前一千个买公益衫的，我自掏腰包，再贴邮费，给你们送这本书！”

大伙听得都愣住了，安怡涵在内心算着账，王璐彤直接惊叹道：“我舒大美女威武啊，刚才安姐还说她钻钱眼里了，她这是把这几天赚的都搭进去啦！”

安怡涵立刻认错，笑道：“周卓雄，你是故意在我们眼皮子下面看直播的吧？”

周卓雄也是一脸蒙，连忙摆手：“不是不是，我看最近老有人在公屏捣乱，想盯一下，不行就帮她举报几个，绝对不是故意给你们看的！我都不知道她有这一出！”

他说是这样说着，看向屏幕里的女友，满眼的柔情蜜意。舒南总在说自己精于算计，可是她算来算去找了他，算来算去把朋友也算在了心上。

成功惊到所有人的舒南把书凑到了镜头前，给了各个角度的大特写，还翻页展示了一下，才柔柔笑着说：“我这人没读过太多书，让我介绍衣服我在行，谈书谈画我不行，我没法说这本书哪儿好。不过，我和画手认识二十三年了，明天对我朋友而言算是新的开始，我祝你，祝你们，要离开的，留下来的，每一个人都有个好的将来。”

她说完低了一下头，温柔的大卷遮去了她大半张面孔，没有人看得到她眼中那一霎闪过了怎样的情绪，闪过了多少年的苦事，再抬头她又是妩媚的主播，对刷着屏的财神姑娘们笑得不知多迷人。

“对啊，走心了，我都这么走心了，你们还不给我清一波销量？”

“清完啦！谢谢，谢谢宝贝们的支持。”

“那当然，主播当然人美心善，我的宝贝们，你们也会有个漂亮的未来……”

采集外周血的前夜，方彦住进了医院，林筱陪着他一起，邹家托人送来了一封信，看封面是秦晖的笔迹，只是笔锋虚软，字字歪斜。

据说这是捐赠前的惯例，志愿者们都会收到来自对方家庭的感激，方彦用手指弹了几下信封角，没有打开，当着那人的面把信封丢进了垃圾桶。

“我不是捐赠，是买卖，用不着感谢。”

他微笑着，说得很平淡，连唏嘘都无，是真的不在乎秦晖还想说什么，不在乎里头的话是真情还是假意。钱他到手，血送出去，之后是否排异，能否治愈，和他再无关系。

待来人走后，林筱给方彦倒了杯温水喝了，将人按倒在床，冷静地交代道：“我看他们采集时间有四个小时到七个小时不等，躺着不能动的，你明早起来就不要喝水了，记得排空。”

方彦仰头看着她，张开手臂：“我以为会给个抱抱。”

林筱淡淡地看了他一眼：“你几岁？”

方彦把人一把拖进了怀里，用力抱住，下巴还在她头顶轻轻摩挲着：“林筱，别怕。”

林筱的冷漠脸就垮掉了，伸手紧紧搂住了他的腰，闷声嘴硬：“是你做采集，我怕什么？”

“对啊，是我做，你不要怕，安姐都帮你问过多少人了，采集的危险系数还没流感高。”

“我知道。”

可是眼看着五天动员剂打下去，方彦的疲惫明显递增，到今晚还出现了肌肉酸胀，脊椎胀痛，几乎整晚都躺在床上，林筱差点临阵反悔了。

“医生都说了，所有症状都属于正常现象，甚至不到感冒发烧的程度。”

“但是你难受。”

方彦拍了拍她的背，轻声笑着：“没关系的，林管家，哪怕脱层皮，都当还给秦晖了，这点难受对我来说不算什么。”

他笑得特别放松，趴在他身上的林筱感受着他胸腔的震动、他平稳如初的心跳，也笑了，赶紧坐起了身，让他侧过去，替他摸着胀痛的脊背。

这就是关心则乱吧，林筱理智上很清楚风险率不足百分之一，可情感上仍然担心，他是那一百个人中的一个怎么办？

“林筱，我今天去病房那边了，在无菌室外头待了一会儿，我看到很多的患儿，他们见我换的衣服，可能把我当成捐赠的志愿者了，都在和我招手。我想他们肯定吃了许多苦，大部分孩子都等不到合适的配型，可是还能笑得那么灿烂，我觉得，我过去那些事不算什么了。”

医生有交代过，方彦今晚可能会出现失眠症状，可是在背后那双手的轻抚下，他的声音已经渐渐迷糊。

“真不算什么了，我还是长大了，才有机会遇到你，现在也有人陪伴，有人心疼啦……”

因为睡过去了，方彦最后的话在深夜寂静的病房里，像一声长叹，又似梦呓。林筱看他真的睡着了，脸色因为疲倦和酸痛有些苍白，就凑过去轻轻地贴着他的背，像哄孩子一样拍着，也不知是在哄他，还是在哄自己。

隔日的采集非常顺利，哪怕轻微的疼痛都没出现过，方彦躺足七个小时，看着所有的血液从身体淌出，经过仪器将干细胞分离后再输回体内，林筱手指不时轻抚过他的头，陪他聊着天，说书反响很好，给他读微博上的留言，他最后还小睡了一觉。

醒来时，他听见林筱小声地在询问前来查看情况的医生，关于干细胞捐赠的细节，并要了一张志愿者的填写表。

她的手还摸着他的鬓角，暖暖的，特别温柔。

他像做了场大梦，梦醒来，摒弃掉最后一点不堪回首的阴霾，遇见此生最好的晴空。